명량, 왜곡과 진실 下

잃어버린 대륙: 임진왜란

명량, 왜곡과 진실 下
잃어버린 대륙: 임진왜란

발행일   2015년 3월 31일

지은이   배 영 규
펴낸이   손 형 국
펴낸곳   (주)북랩
편집인   선일영   편집   이소현, 이탄석, 김아름
디자인   이현수, 김루리, 윤미리내   제작   박기성, 황동현, 구성우
마케팅   김회란, 박진관, 이희정
출판등록 2004. 12. 1(제2012-000051호)
주소   서울시 금천구 가산디지털 1로 168, 우림라이온스밸리 B동 B113, 114호
홈페이지 www.book.co.kr
전화번호 (02)2026-5777   팩스   (02)2026-5747

ISBN   979-11-5585-525-6 04810   979-11-5585-527-0 04810(SET)
        979-11-5585-526-3 05810(전자책)

이 도서의 국립중앙도서관 출판예정도서목록(CIP)은 서지정보유통지원시스템 홈페이지(http://seoji.nl.go.kr)와
국가자료공동목록시스템(http://www.nl.go.kr/kolisnet)에서 이용하실 수 있습니다.
(CIP제어번호 : CIP2015009574)

배영규 역사소설

명량,
왜곡과 진실
잃어버린 대륙: 임진왜란 下

북랩 **book** Lab

역사 소설을 쓰면서

| 일러두기 |

① 역사적 사실에 가능한 충실하고자 고전 사료들을 충실히 검토하였으며, 이야기 전개를 위해 글쓴이가 지어낸 부분도 있다. 그러나 역사적 사실에 어긋나지 않도록 노력하였다.

② 임진왜란이라는 역사 앞에서 당시 유교가 금지한 사상과 억압을 훌훌 털어내고, 현대적 자유로운 가치관으로 역사를 해석하고자 하였기에 이 글은 역사 소설로서 읽히기를 바란다.

③ 명량, 영화에 있어(소설) 창작의 자유란 이름으로 가해지는 역사 왜곡을 심히 우려하지 않을 수 없다. 더 이상의 역사 왜곡은 없어야 한다.

④ 명량, 영화가 단순히 배설이란 인물만을 왜곡·곡해한 것이라면, 이 글을 쓰지 않았을 것이다. 우리 국사가 일제가 써준 것을 베끼고 있다는 사실을 안타깝게 여겨 '역사의 울음'에 대답하고자 노력하였다.

5 고전이 특정한 목적을 가진 '징비록', '고대일록' 같은 고문은 역사적 사건 일지의 비교 교차 분석을 통해 왜곡 과정을 밝히고자 했다.

6 '영화라는 문화 현상에 역사 왜곡을 연결할 필요가 있느냐?'라는 질문이 있을 수 있다. 일반인들은 왜곡된 역사의 문화를 완전히 사실로 여길 수 있다. 문화와 영화의 소비자는 역사학자가 아니라 돈을 내고 영화를 감상하는 소비자이기 때문에 역사 소설은 '역사적 사료의 비교 교차 검증을 통한 진실 발견'이 있어야 한다.

2015. 2
배영규 드림

명량, 왜곡과 진실
잃어버린 대륙(임진왜란)에 대하여

유교사상에 편향된 시대에서 명분을 중시하는 역사에 정리가 필요했다. 살펴보면 누르하치 세력과 맞먹던 여진족 반란 세력을 진압했음에도 불구하고 신립 장군이 전사하므로 만주 대륙을 상실하게 되었고, 배설 장군의 '침략군 상륙 전 심해 섬멸'이 받아들여지지 않아 대마도주 종의지(평의지)를 회유하지 못해 대마도를 영원히 상실하고 말았다.

부산 상륙전 심해 해전이 받아들여졌더라면 대마도의 운명이 바뀌었을 것임에도 당시 동인 조정과 군 수뇌부는 임진왜란 승리에 고취된 전후 조정의 대처는 패전을 인정하고 혁신할 기회를 놓치게 했고, 조선의 지도부가 와신상담의 필요성을 무시한 전후 처리의 문제는 분명 짚고 넘어가야 할 역사적 과제이다.

여러 역사적 임진왜란의 자료를 교차 검증하여 진실을 파헤친 다큐멘터리 소설을 집필하게 되었다. 역사 왜곡을 통해 자기 민족을 헐뜯고 있는 상업주의의 폐해와 역사의 진실 사이에서 고민해 본다. 구국적 청야 작전을 하고 이순신 장군에게 군대와 거북선을 넘겨준 실존한 역사 속 명장을 악의적으로 비난하고 깎아내린 영화의 사실 왜곡을 바로잡기 위해서 역사의 진실을 알리고자 한다. 역사에서 진실은 곧 국력이기 때문이다.

고전과 실록을 통해 다큐멘터리 형식으로 사실을 찾아가면서 본의 아니게 특정 선조에게 알고 있던 사실과 다른 부분이 있다면 이해를 구하며 어디까지나 역사의 가치 재발견에 중점을 두었다. 진실 발견에 심취하여 대부분 자료는 역사적 실록으로 다소 인물의 묘사에 과장과 픽션이 있을 수 있다. 어느 인물도 비하하거나 헐뜯고자 함이 아니라 독자의 재미를 위한 허구에 있어서는 오락물로 미리 심심한 이해를 구하는 바이다.

왜? 무장들을 역적으로 몰았나?

명나라와 일본 간의 강화협상에서 유성룡은 조선과 일본 간의 강화를 위해서는 군권의 장악이 무엇보다 필요했다. 특히 유격전으로 일본군을 괴롭힌 장수의 제거는 왜군들의 희망 사항이었다. 따라서 배설이 '배를 팔아먹은 도망자'와 같은 비겁한 존재로, 조직적으로 언로에 유포되었다.

명군 지휘부는 조선 조정에 대해 일본군을 공격하지 말라고 강요했고, 일본군을 달래기 위해서 자신들의 명령을 어기고 일본군을 공격한 조선군 장수들을 잡아다가 매질을 하기도 했다. 조선군의 작전 통제권은 명군 지휘부에 의해 박탈되었다. 선조가 양위를 선언하고 칩거하여 왕권이 행사되지 못한 전란이었다.

고니시는 '명나라 황녀皇女를 도요토미 후궁으로 주고, 조선 영토 가운데 4도를 떼어주고, 무역을 허락하고, 조선의 왕자를 일본에 인질로 보내야'만 조선에서 철수할 수 있다고 했다. 벽제전투 패전과 갈수록 불어나는 전비戰費 부담에 대한 명 내부의 불만을 무마하기 위해 진행한 일본군의 서울 철수는 양자의 이해가 맞아떨어진 '일시적 성과'였다. 1593년 4월 20일, 남쪽으로 철수하는 일본군을 '보호하기 위해' 명군 장졸들이 일본군을 추격하던 조선 장수 변양준邊良俊을 붙잡아 목을 쇠사슬로 묶은 뒤 난타했다.

서울을 무사히 빠져나온 일본군은 남해안에 머물면서 철수할 생각을 전혀 하지 않았다. 명군도 삼남의 요충지에 병력을 배치하여 일본군을 견제하려 했을 뿐 전의戰意를 보이지 않았다.

역사가의 주 임무는 사건의 기록에 있는 것이 아니라 가치의 재평가에 있다. 역사에서 승리의 영웅은 과대 포장되어 널리 알려지고 교육되는 반면, 큰 실패한 사례들은 진실을 내포하고 묻힌 이야기이다. 역사 그 자체는 반복되지 않는다. 그러나 실패에서 교훈을 얻지 못하면 그러한 흐름은 분명 반복된다. 역사는 매혹적이며 진실을 이해하는 산 증거이기 때문이다.

일본은 '시마즈 가문'과 '가토 가문'의 사서를 역사에 많이 참조하고 있다. 반면 우리나라는 가문의 기록을 완전히 무시하고 관의 기록만 인정하고 있다. 역사에 있어서도 관존민비의 사상의 벽을 넘지 못하고 있다. 역사물이 국가주의 독점물이라는 생각부터가 잘못된 발상이다. 중요 전투에 있어 참여자의 기록을 무시하고 국가의 기록만이 인정되어야 할 이유가 어디 있는가?

　역사에 있어 관료주의 편식은 사실의 왜곡으로 이어질 가능성이 높다. 종군한 현장의 기록을 무시하고 진실이 국가에 있을 것이라는 관료주의적인 편향된 시각으로 왜곡한 기록을 국민들은 비판 없이 사실로 믿게 될 가능성이 크다. 따라서 가문의 사서와 구전을 모아 각종 사료를 교차 분석하여 역사적 진실을 찾아 나가는 과정에 탄생한 역사 다큐멘터리 소설이 새로운 역사 고찰의 자료가 되기를 기대한다.

|목차 |

6.
6대 재벌 경제

　조선의 법은 세상을 법으로 규정한 것이므로 불법이 성행하고 법이 사각지대가 많았다. 법대로 세상이 생기지 않았기 때문이다. 세상의 가장 기초적인 모래알 하나도 법대로 되어 있지 않다. 그 위에 쌓아 올린 인간 생활 모두가 법대로 되어 있을 리 없다. 그래서 사람들은 법 집행자들에게 뇌물을 주고 사업을 영위하고 먹고살아 간다. 모든 백성의 행위가 불법이므로 법대로 할 수 있는 것이 없다. 법대로 하면 되는 사업이 없고 되는 일이 없다. 성공했거나 잘 나간다는 것은 편법이거나 탈법이거나 법이 봐주기 때문에 남달리 성공하는 것이다. 법대로 살 수 없는 법치국가에서 모든 백성이 부정부패 속에서 헤엄치며 사는 개구리와 같은 것이다. 크든 작든 부패 속에서 뇌물과 촌지 속에서만 살 수 있는 육법전서六法全書라는 경전의 법치국가를 건설하였다. 조선의 약 15%의 사대부 양반들은 오직 경서(육전六典)만을 달달 외워 과거시험에 합격하면 조선이 자신에 것처럼 되는 것이었다. 그렇지 못하면 피고이며 죄인인 백성民이 되었다.

　용병으로 나온 중국군이 조선 지방수령들의 목에 끈을 매어 끌고 다니며 민가를 약탈하는 과정에 수령들의 목뼈가 부러져 죽어 나갔고, '미군처럼 PX를 운용할 줄 몰랐던' 명나라군은 돈 벌러 조선에 출병하여 원하는 생필품인 밥과 배추, 참빗 이런 별거 아닌 것을 판매하는 곳이 없어 생필품의 약탈 과정에서 무고한 민가를 약탈하여 조달하며 백성을 죽거나 다치게 했다.

　명나라 상인들이 따라 들어 와서 이들에게 배추를 제공하는 조선 상인이 생겨났는데 이들이 바로 난전이었고 난전이 생기고부터 명나라군의 약탈은 줄어들었지만, 비단장수 왕 서방을 비롯한 되놈들은 한반도에서 인삼이나 비단 따위를 사고팔더니 작금의 되놈들은 제주도 땅이나 서울 북촌과 서촌 옛집들을 닥치는 대로 사들였다.

화난 얼굴, 감정이 없는 무표정한 모습은 백의민족이란 죄수를 말했고, 부의 균분론富分論이 국가의 번영 곧 국력임에도 재벌경제를 주장해서 국가적인 재앙을 자초하였다. 센리큐가 도자기 수요를 창출할 수 있었던 것은 일본에 수요를 만들 부가 있었기에 가능했고 해가 지지 않는다던 대영제국의 몰락도 빈부의 격차 때문에 몰락했다. 'TV 사극 드라마'를 보면 색감이 아름답던데, 그게 다 관리들의 옷차림이지, 백성의 모습은 백의(죄수)뿐이란 말이다.

조선의 법치 권력과 지도층의 무지로 백성이 전쟁의 참화 속에 죽어갔다. 명나라의 백성과 조선 백성의 동등한 신분을 조선 조정이 주장하고 보장했더라면, 아니면 상업이라도 있었다면, 중국군이 그렇게 행동하지 못했을 것이다. 전쟁 중에 선조 임금부터 조정 대신 관료 평민에 이르기까지 모두 바지에 불과한 형식주의에 갇혀 있어 조선은 주인 없는 유령과 같이 실체가 없고 아무도 결정권자가 없는 무책임한 사회였다.

나라 재산의 70%를 왕실 외척이 관리해온 6의전, 6대 재벌 도주(총수)들 손주는 상국의 시민권을 취득하여 상국 놈이 되었다. 나라가 '아이디어, 노력, 기술'을 거의 날강도처럼 권력의 보호 아래 갑甲질을 통해 백성에게서 빼앗아서 상국에 바친 꼴이었다. 또 한 쪽에서는 '김명란 법'을 만들면 일거에 청렴한 나라가 될 듯이 몰표를 요구했다. 몇 푼이라도 관리가 뇌물을 받으면 감방으로 보내자는 법이라고 하는데, 6대 재벌들이 쌍수를 들고 환영한다. 이 법이 통과되면 재벌은 오천 년 세습이 가능해진다고 믿고 있고, 빈부는 신분이 되고 뇌물은 고액의 경우 은밀하게 전달되므로 빈대만 잡는다는 것이다. '부패근절 수단' '수사권력 비대화' 부패비리는 형식주의 법치의 산물에 불과하다. 사실은 백성이 사법권(배심제)을 되찾기 전에는 다 공염불로 재수 없는 놈만 잡는 것이다.

나라가 이래선 안 되니 '실사구시' 실학을 해보자며, 정약용의 여전론, 유형원의 균전론, 이익의 한전론, 박제가 박지원 등등 선비들이 몸부림쳤었고(MB는 실용시대를 외쳤다.) 그들의 몸부림은 육법전서 형식주의(바지) 앞에서 무기력했을 뿐이다. 조선의 권력은 돈과 신분에서 나왔다. 따라서 백성, 의병(시민단체)은 물만 먹고 전투(봉사)하는 족속들이다.

임진왜란에 명나라 군대가 용병으로 들어오면서 조선에서 생활물자를 파는 곳이 없었으므로 명나라군은 조선인 민가를 덮쳐 약탈로 버텼지만, 전쟁이 장기화하면서 명나라군의 봉급인 은화가 시중에 나와서 명나라 상인들이 따라 들어오고 물자들을 사고팔고 하게 되어 자연스레 장마당이 생기고 거래가 늘어났다. 전쟁으로 농토가 황폐해져 유랑민들이 땔감과 식수인 물과 곡류 야생 동물 등등이 거래되기 시작하고 상인이 생겨났다.

이런 은화는 다시 종로의 상권으로 몰렸으며, 이를 왕실에 고변하여 전매 특권과 국역國役 부담의 의무를 지겠다고 하면서 종로의 여섯 시전市廛. 어물, 종이, 면포, 잡화, 식품류 따위를 팔게 되었다. 이는 사상인私商人 한양의 노점상 난전亂廛을 단속하는 금난전권禁亂廛權이라는 독점적 상권을 부여하는 대신, 궁중 관청의 수요품, 특히 중국으로 보내는 진헌품進獻品 조달도 부담시켰다.

황폐해진 농촌을 떠난 많은 농민이 서울에 유입 상업이 크게 번성해지자 왕실과 그에 결탁한 세력이 상권을 독점하고자 법으로 상업을 엄금하고 이들이 난전 상인亂廛商人으로서 기존 시전 상인과 경쟁 상태에서 시전 상인 들은 이미 관청과 맺은 유착관계를 발전시켜 난전 상인을 고발하고, 그 상품을 압수할 수 있는 금난전권을 획득하게 되었다. 조선 왕실이 재정 파탄 상태에서 이들 조정과 결탁한 대기업들은 조정에 큰 도움을 주었고 백성들의 고혈은 더욱 뼈 빠지게 되었다.

왕실이 가만히 있어도 상인들끼리 서로 고발하고 독점권을 획득하고자 난리를 피우므로 조정은 세원을 확보하게 되고 종래보다 높은 상업 세를 거두게 된 것이 육의전이다. 그러나 국역 부담의 고액 전이 6의전에 한정된 것이 아니고, 때로는 칠의전七矣廛 팔의전八矣廛이 되기도 하고, 한양 전체의 상업을 금지하고 독점권이 분점 형태로 변하였다. 명나라군이 용병으로 지출되는 은화가 약 700만 냥, 일본군이 뿌려진 돈이 약 500만 냥, 중국 재정의 거의 반절에 이르는 어마어마한 돈이 뿌려진 종로는 상업 중심지로 조정에서 혈세 44만 냥을 들여 노점 단속 활동을 해주고 육의전 도부들의 유랑민을 고용, 적치물 단속을 하기도 하였다. 한양의 상업은 독점으로 되었고, 불법 적치물은 단속이 시작되었으며, 본래 5인 1조로 함께 다녀야 하지만 단속원은 2명만 고용하여 비용을 주머니에 챙기거나 깡패를 고용하였다. 노점단속을 강력하게 의금부에 지시하여 노인이나 아주머니 장애인까지 폭행은 예사였고 인권 인권유린과 폭행을 자행해도 벌을 받지 않았다. 종로의 국제 시장으로의 성장은 6대 재벌 허가로 자유 시장은 폐쇄되고 중강진의 누르하치의 영역으로 거대 시장이 이동하는 결과를 낳았다.

상황이 이렇다 보니 한양의 노점 단속 활동이 형식에 그치고 암암리에 단속원과 유착하여 장사하다 보니 생활고로 배추나 시래기 따위를 노점을 팔려고 처음 나온 사람들이 무자비하게 곤장을 맞고 단속되었다. 나는 신분제 나라의 육법전서 때문에 천대받고 힘들어하시는 분이나 멸시당해 힘들어하는 사회적 약자들을 보면 왜 그런지 모르겠는데 불끈불끈 분노가 솟구쳐 오른다. 나쁜 법으로 백성 등쳐먹는 독점으로 조선의 상권은 전란으로 생기다 말았고, 대신 관청의 권력을 이용한 거대한 상인들이 나타났다. 명나라는 한양의 '금난전권'으로 물가가 비싸지자 중강진에 자유 시장을 개설하자 한양의 노점상들은 보부상이라는 형태로 중강진에서 쌀과 방물 생필품을 사들여 보따리상이라는 새로운 형태의 보부상이 출현하였다.

중강진에 명나라가 대규모 시장을 열게 되면서 만주 누르하치의 번영이 서막을 열게 되었다. 조선 한양의 상권은 독점으로 쇠락하고 중강진과 만주로 시장이 옮겨 간 것이다. 자유 시장을 난전이라고 하는 이유가 이때부터였다. 임진왜란으로 일본군이 진주하자 따라 들어온 일본의 상술로 종로에 처음으로 등장한 조선의 난전亂廛은 오사카와 비슷한 모습의 엄밀히 말해 노점상의 등장이었다. 엄청난 전쟁비용 때문에 명나라는 붕괴 직전이었고, 조선에 투입된 전쟁비용을 놓고 6대 재벌 독점으로 만주의 중강진 자유시장이 대체하여 만주 누르하치의 번영과 성장으로 이어졌다. 도요토미가 음성적으로 지출한 전비 또한 명나라 용병 수준을 웃돌았다. 조선에 투입된 전비는 최소 은화 1,500만 냥으로 중국 재정의 반절 규모로 조선의 상업이 태생할 중요한 여건이 충족되었으나 6의전 독점을 강제하는 금난전권으로 종로의 상업은 싹트다 말았고, 종로의 상점들은 폐쇄되고 단속되어 번영은 깡그리 몰수되었다.

6대 재벌 도주란 작자가 '상국에 이사 간다'고 풍을 떨자 온 왕실이 사정하고 또 특혜를 보장해야 했다. 그러니 백성은 안중에도 없었다. 조선의 상업화 가능성의 새싹은 왕조와 권력 추구 깡패들에 의해 법에 이름으로 압살당하고 말았다. 육법전서가 상업발전의 근본부터 말살해 버린 후 상업 종사의 자격을 법으로 엄금하여 아무나 사고팔지 못하게 하고는 '금난전권'으로 돈을 받고 상인의 이마빼기나 손바닥에 붉은 도장을 찍어주어 상행위를 장사를 허락한 것이다.

종로의 상권이 태동하여 세계적 기업이 생기기 전에 육의전이란 재벌이 먼저 탄생했다. 왕실 권력을 등에 업고 장사를 할 수 있는 사람은 6의전뿐으로 이들은 5백 년간 영화를 누렸다. 그러니 조선에서 장사하는 모든 백성은 불법이 체질화된 범죄자였다. 그러니 깡패를 고용하여 난전의 물건은 빼앗고 포도청에 잡아넣어 법에 위엄을 보여야 했다. 조선에서 육법전서 아래에서 모든 백성은 죄인이었다. 왕은 말했다. 이 땅에 천사가 있다면 그는 죄가 없다. 하늘에서 내려온 천사가 아니라면 모두 잡아넣고 재물을 빼앗을 수 있는 위대한 조선의 육법전서가 있었다. 세상은 법처럼 생기지 않았으니 모두 죄인 또는 간첩을 만들 수 있다. 그 판단은 오직 형조 아전만의 독점권이었다. 역적을 만들 수 있는 육법전서가 법에 있었고 악마는 법전에 살고 있었다.

전쟁과 죽음

누구나 죽는다. 순서가 없다. 아무것도 가져가지 못한다. 대신할 수 없다. 경험할 수 없다. 이 세상에 죽음만큼 확실한 것은 없다. 그런데 사람들은 겨우살이 준비하면서도 죽음은 준비하지 않는다. 사람은 누구나 모든 사람이 다 죽는다고 하면서도 자신은 죽지 않을 것처럼 생각한다. 모두가 죽음은 머릿속에서 지운 채 정신없이 미친 듯이 산다. 죽음은 사람을 슬프게 한다.

삶의 3분의 1을 잠으로 보내면서도 죽는 자를 위해 울지 말라. 그는 휴식을 취하고 있기 때문이다. 잘 보낸 하루가 행복한 잠을 가져오듯이 잘 산 인생은 행복한 죽음을 가져온다. 훌륭하게 죽는 법을 모르는 사람은 한마디로 살았을 때도 사는 법이 불행했던 사람이다. 참된 삶을 맛보지 못한 자만이 죽음을 두려워하는 것이다. 바른 법을 모르는 어리석은 자에게는 삶과 죽음의 길 또한 길고 멀다. 죽음을 찾지 말라, 죽음이 당신을 찾을 것이다. 죽음은 한순간이며, 삶은 많은 순간이다. 죽음이란 영원히 잠을 자는 것과 같다. 진실로 삶은 죽음으로 끝난다. 오늘의 문제는 싸우는 것이오, 내일의 문제는 이기는 것이며, 모든 날의 문제는 죽는 것이다. 인간은 울면서 태어나서 불평하면서 살고, 실망하면서 죽어 가는 것이다. 전쟁은 승패를 떠나 많은 포로를 만들었다.

선조 대왕은 적치하에서 부덕이 일본에 부역한 조선인들을 찾아내어 효수하고 미처 피난하지 못해 낙오된 일본군, 병들어 낙오된 일본군 포로들은 심문하여 조사한 후 목을 효수하게 하였다. 천안에서 잡힌 복전도감이라는 일본군도 귀순을 희망했으나 군법에 따라 일본군 정보를 취조한 후 효수하였다. 조선은 소수의 양반을 위한 나라이기에 일본군 낙오병의 인력은 필요가 없었다. 특별히 귀순을 허용한 경우가 있지만, 그들은 대부분 전쟁에 도움을 준 때에만 귀순을 허용하고 성을 내려 양반으로 대우하였다. 노비가 생산하는 기술과 노동력 자체를 조선 양반은 인식하지 못하는 체제였다. 전쟁에서도 매복 같은 유격전은 비겁한 것으로 헐뜯을 정도로 군자의 나라였다.

| 김덕령(金德齡, 1567~1596) |

1593년 8월에 노모가 세상을 떠나 본격적으로 의병활동에 전념하였다. 어머니 상중에 담양부사 이경린, 장성현감 이귀 등의 권유로 담양에서 의병을 일으켜 그 세력이 크게 떨치자 선조로부터 형조 좌랑 직함과 충용장이라는 군호를 받았다. 의병장 김천일과 최경회의 의병군이 진주에서 전멸한 뒤, 광주에서 새로운 의병을 조직하였다. 1594년(선조 27년) 담양에서 출발하여 해안가로 진군하면서 올라오는 왜군을 격파해 나가며, 진주에 주둔하였다. 조정은 의병들을 한 곳에 통제할 목적으로 의병을 관군화정책을 시행하고 있었는데, 의병조직을 모두 김덕령 휘하로 배속시켰다.(김덕령이 공식적으로 조선 의병 총대장 3대 창의사) 의병 숫자는 확연히 증가하였으나 전쟁의 주도권은 명나라군에 넘어갔다. 세자의 분조로 세워진 무군사撫軍司에서 광해군으로부터 익호장군翼虎將軍을 수여받고, 선조로부터 초승장군超乘將軍이라는 군호를 하사받았다. 의병장 곽재우 장군과 휘하 등암(배상룡)와 막역한 사이가 되어 고성으로 침투한 적을 격퇴하며 작전을 함께하며 전공을 세웠다. 왕족 이몽학이 반란을 일으킬 때 의병 총대장인 김덕령의 이름을 팔아 김덕령이 함께 한다는 약속을 하였다고 병력을 모아 끌어 들였기에 선조 대왕의 국문을 받고 역적죄로 사망하였다. 춘산곡春山曲, "춘산에 불이나니 못다 핀 꽃 다 붙는다. 저 뫼 저 불은 끝물이나 있거니와, 이 몸의 내없는 불이 끝물 없어 하노라." 옥중에서 죽음을 앞두고 읊었다.

김덕령은 억울하게도 나라를 위해 목숨 걸고 싸운 죄로 1594년 의병을 정돈하고 선전관이 된 후, 권율權慄의 휘하에서 의병장 곽재우郭再祐와 협력하여, 여러 차례 왜병을 격파하였다. 1596년 다시 의병을 모집, 때마침 충청도의 이몽학李夢鶴 반란을 토벌하려다가 이미 진압되자 도중에 회군하였는데, 이몽학과 내통하였다는 모함으로 체포 구금되었다. 혹독한 고문으로 인한 장독杖毒으로 옥사하였다. 1661년(현종 2) 신원되어 관작이 복구되고, 1668년 병조참의參議에 추증되었다. 1678년(숙종 4) 벽진서원碧津書院에 제향되었고, 1681년 병조판서에 가증加贈되었다.

대흉년

1593년부터 1594년까지 조선은 대흉년으로 많은 이들이 굶어 죽었다.

조선 500년 역사에서 사람이 사람을 잡아먹었다는 것은 이때가 처음이자, 마지막이다. 조선은 상상하기 힘들 정도로 전쟁의 여파로 임진년에 농사를 망친 것 때문에 흉년으로 식량이 부족해졌고 고통이 배가 되었으며, 양식을 조금이라도 가진 양반 계층들은 양곡을 땅속에 묻었기 때문에 대규모 아사가 발생했다.

전란에 의한 부상병들도 속출하였지만, 직접 전투에 참여하지 않은 백성들도 아픔을 겪기는 마찬가지였다. 풍비박산의 가족들의 고통, 전란으로 인한 암담한 미래, 살아 있는 사람들은 누구나 다 아픔이 있었다. 죽은 자들만이 평화로운 세상이 되었다. 전란의 아픔을 통해서 조선이 새로운 우주 질서를 찾아가기를 바랄 뿐이다. 누구라고 아프지 않겠는가?

그리고 흉년 외에도 명군이라는 외국군으로 둔갑하여 주둔 중인 누르하치의 여진족이 원정하여 생필품을 구할 수 없자 약탈을 자행했다. 이들은 일본군과의 교전을 가능한 피하면서 조선 조정과 대신들을 들들 볶아서 재물을 가져가는 것 외에 관심이 없었다. 즉 이들은 명나라 황제로부터 돈을 받고 들어온 용병이었다. 1592년 12월부터 1594년 9월까지 명군은 조선에 장기 주둔을 하였다. 초반에 명군은 45,000명이 들어왔고, 곧이어 6,000명까지 가세하여 총 51,000명이 조선에 들어왔다. 이들에게 조선이 식량이 대는 것은 장난이 아니었다. 평안도의 곡식으로 얼마간 버티었지만, 그것마저 전선이 길어지고 주둔하는 기간도 길어짐에 따라 곧 바닥났고, 결국 명군의 식량은 전라도와 충청도에서 징발해서 해결해야 했다. 조선 조정은 중국의 화폐를 가져다가 말과 소들을 사들였기 때문에 명나라의 재정 악화를 불러왔다.

또한 명나라 군대는 조선군들을 자신들의 사졸 정도로 생각하고 수발을 들게 하여 명나라 군대의 위용을 갖추려고 하였다. 선조 대왕과 조정 대신들이 일본군과의 교전을 수차 독촉하고 눈물로 읍소하였으나, 명나라군은 가능한 희생을 피했다. 또 직접 교전한 벽제관 전투에서 처참한 패배를 하여 명분상 출전하여 일본군과 협상을 하고자 했고, 일본군도 명나라군을 어떻게든 철수시킨 다음 조선을 점령하고자 하는 휴전이 성립되었다.

군량 수송에 게을리한다는 이유로 조선 신료들이 줄줄이 끌려갔다. 명군에선 선조 교체론에 이어 '조선 직할통치론'까지 나왔다. 벽제전투 패전 직후 협상은 4년이나 이어졌다. 7년 전쟁 가운데 4년을 명나라군은 협상 운운하며 흘려보냈다. 명군이 그저 '주둔'만 하면서 용병 월급만 챙겨 가서 백성들의 고통은 가중되었다.

'진주성의 비극'을 겪은 이후에도 강화협상에 매달리던 명군 지휘부의 집착은 전혀 달라지지 않았다. 일본군이 부산과 웅천, 거제도 일대에 머물며 철수할 생각을 하지 않음에도 그들을 공격하려 들지 않았다. 심유경이 주도하던 협상은 시간만 끌 뿐 전쟁은 끝날 기미를 보이지 않았다. 1593년 벽제전투 패전 직후 시작된 협상은 1596년까지 4년이나 이어졌다. '7년 전쟁' 가운데 4년을 '협상' 운운하면서 흘려보낸 셈이다. 명나라 신료 서광계徐光啓는 일찍이 이러한 임진왜란을 가리켜 '전쟁도 아니고 평화도 아닌(비전비화非戰非和)' 어정쩡한 전쟁이라고 규정한 바 있다. '일본군은 물러가지 않고 명군은 그저 주둔만 하는' 상황이 지속되면서 조선 조정의 고민은 깊어졌고, 백성들이 겪어야 했던 고통은 가중되었다. 선비들이 공자 왈 양명학을 배운답시고 역사를 왜곡해서 교육하니 많은 군자도 나왔지만, 얼추 양상군자가 많이 나왔다.

딱정벌레(바퀴벌레 종)는 자신 스스로는 갑옷에 날카로운 창과 같은 발톱 집게까지 가지고 배고픈 조선 병사들과 일전불사 임전무퇴하고자 했다. 그러나 배고픈 병사들은 한가하게 전투할 시간이 없었다. 굶주림에 딱정 벌레들을 허겁지겁 잡아서 구워 먹어야 했다. 세상은 촌각을 다투고 있었고 일본의 도요토미는 도자기(산업기술)와 노비(노동인력)에 굶주려 있었다. 일본의 영토를 경작하는데 많은 노동력이 필요했기 때문에 납치한 조선인 중에 글을 아는 포로들은 가까이 두고 환심을 사서 중국과 동남 아 무역 일꾼으로 활용하고자 했다. 또 조선을 지배하려면 조선인이 필요했다.

진주 백성의 눈물

나는 1594년(선조27) 가을 진주 목사로 부임하였다. 정사를 바르게 펼치고 주민들에게 덕을 베풀어 지역민들의 결속에 힘을 쏟았다. 왜적이 경상 좌우도를 점령할 정도로 매우 급하였다. 나는 진주 목사직을 수행 중 1595년(선조28) 경상좌도 수군절도사 겸 부원수水軍節度使兼副元帥로 발령을 받았다.

경상 우수사 원균이 다대포 해전의 참패로 탄핵당해 충청 절도사로 전임 후 갑자기 경상 좌수영을 이어받게 된 것이다. 나는 수사 발령을 받아 임지로 향할 때 진주 지역민들은 재임 중 베푼 선정을 아쉬워하면서 나의 부임길을 가로막았다. 이로 인해 부임이 늦어져 대책을 논의하는 장면이 선조실록에 상세히 기술되어 있다. 실록에는 수사 교체에 관한 선전관宣傳官 조광익趙光翼의 비변사에 보고한 내용이 이를 잘 입증한다.

"진주晉州의 백성들이 배설裵楔이 떠나는 것을 막아 그대로 머물러 있게 하여 온 경내의 노인과 어린애들이 떼를 지어 에워싸고 지키며 나가지 못하게 하고 있기 때문에 배설이 아직도 부임하지 못했다." 뒤이어 윤선각이 아뢰는 내용도 실록에는 상세히 소개되고 있다. "선전관 조광익趙光翼이 도원수의 처소에서 와서 말하기를 '배설이 부임하려고 하는데 진주 백성들이 길을 막고 더 머물러 주기를 원하여 성을 나가지 못하게 하니, 도원수도 난처하게 생각하여 선거이로 하여금 막하에 와서 있게 하려고 한다.' 또한 김응남이 아뢰기를, '배설은 이미 수사水使가 되었으니 즉시 부임해야 할 것인데, 백성들에게 차단당하여 성을 나가지 못한다는 말은 극히 놀라운 일입니다.'"

영리, "김시민도 곽재우도 필요 없고, 오직 배설 장군과 생사를 같이 하겠다는 눈물의 행진이 하루 이틀이 아니라 한 달간 계속된다. 장군을 떠나보낼 수 없다는 목숨 건 시위가 전란 중에 있었다. 일본군이 두려워한 유일한 장수와 함께 하겠다던 진주 백성의 눈물은 경상 우도수사 발령에 어린아이와 노인들 백성 모두가 관청과 성문을 에워싸고 인간띠를 형성하였다. 백성을 버린 대왕도 조정도 그 어떤 장수도 필요 없다며 배설 장군과 함께하겠다는 백성의 눈물을 알 수 있다."

나는 진주 목사로 재임 중 짧은 기간이지만 심혈을 기울여 주민들을 보살피고 선정을 베풀어, 온 고을이 내내 평안케 하였다. (진주 지역민들은 거사비去思碑를 세워 공의 업적을 오래도록 기렸다.) 나는 경상 좌수사로 부임 후 군정을 바로잡고 창고를 헐어 군병에게 급식하고 함선과 병기를 수리하며 전투에 대비하고, 수군영의 깃발을 교체하여 장졸들의 사기를 드높였다. 나는 병사들과 숙식을 같이 하며 관할 지역의 안정을 회복하고, 백성을 편안하게 하였다. 나는 시국의 폐단을 들어 상소한 것이 도원수 권율의 눈에 거슬려 밀양 부사로 좌천하게 됐다.

"배설裵楔이 어찌 백성들에게 만류당하여 부임하지 못할 리가 있겠습니까." 하자, 이헌국은 아뢰기를, "도원수는 대궐밖을 전제해야 하는데 임기응변하는 일을 스스로 결단하지 못하고 매양 품명稟命하는 것으로 규칙을 삼으니, 남쪽 지방의 일이 매우 염려스럽습니다. 체찰사를 반드시 내려보내서 진압하게 하고 모든 일도 재결하도록 해야 할 것입니다."

"명군의 기예는 아군에게 미치지 못하는데 군량을 공급하는 어려움은 배나 됩니다. 만약 또다시 명군을 청하고 그에 맞춰 군량을 댄다면 우리나라 백성들은 모조리 아사하여 아무도 남지 않을 것입니다. 그때 명군에게 준 곡식을 아군에게 주었더라면 10만의 병력을 기를 수 있었을 것이며 지금과 같이 쇠약한 지경에는 이르지 않았을 것입니다. 이것이 이미 명백한 증험이 되었는데 어찌 다시 똑같은 잘못을 허용할 수 있겠습니까?" 명군에게 신경 쓰느라 조선군에 대한 군량이 상대적으로 소홀해져서 조선군의 전력은 더욱 피폐해질 수밖에 없다는 통탄이었다.(임진왜란)

바다에서의 원균의 지휘로 이순신, 이억기 함대의 활약에도 도요토미는 부산항과 일본 간의 보급선은 유지했다. 원균 장군이 자주 부산포를 공격했지만, 그것은 산개적인 소수 병선에 대한 공격으로 주력 선단을 완전히 차단하지는 못 했다.

진주 목사로 부임하여 굶주림을 해결하고 혜청을 설치하였는데, 경상 우수사로 발령이 나자 진주 백성들이 우수영에 지원했다. 제석 산성에서 약 3천여 명이 경상 우수영에 지원하여 광양 망덕포구에서 장작귀선의 건조에 투입되었다. 이처럼 경상 우수영의 병력은 자원해서 입영한 병사들이었다. 반면 전라 충청의 병사들은 노비 중에 강제징집하였고 전쟁 내내 식량난으로 굶주렸다.

> 기선騎船이라는 것은 기병騎兵을 태운 배이니 기선이 2백 척이나 된다면 보선步船을 알 수 있으며, 청정한 사람의 통솔한 것이 이러하다면 네 사람의 통솔한 것을 알 수 있습니다. 진실로 두려운 것은 왜노倭奴의 진의眞意가 우리 번방인 조선에 잇는 것이 아니고 우리나라의 복판에 있는 것 같습니다. 신은 여기에 생각이 미치자 매우 한심합니다.(제조번방지)

"나는 하늘에 맹세하오, 일본군이 상륙하여 배를 짊어지고 가기 전에 육지로 진군하지 못하게 하겠소, 단 한 척의 배도 남김없이 모두 불태워 버릴 것이오, 그러니 백성들은 잠깐만 피난하여 기다려주시오, 왜군의 배들을 모두 불태우고 다시 진주로 돌아올 것을 약속하오." 진주 백성들은 그제야 길을 열어주기 시작했다.

금오산성 수축修築

1595년(선조 28) 영의정 이원익은 밀양 부사였던 나를 선산 부사로 전보하였다. 당시 남방과 북방의 위급한 형세에 대한 비변사의 대책 논의에서도 당시 금오산성 수축의 필요성이 제기되었음을 선조실록은 전하고 있다.

"선산 부사善山府使 김윤국金潤國은 오졸한 서생書生이어서 일을 초창하여 경영하는 것을 감당하지 못 할 듯하니, 어쩔 수 없다면 배설裵楔에게 전적으로 맡겨 조치하게 하여야 거의 도움이 있을 것입니다. 먼 곳의 일을 미리 헤아리기가 어려우니, 도체찰사에게 물어서 그 회보를 기다린 뒤에 처리하는 것이 마땅하겠습니다. 어쩔 수 없다면 배설裵楔에게 전적으로 맡겨 조치하게 하여야 도움이 있을 것입니다."

나는 선산 부사로 발탁되고 금오산성 수축의 대장으로 발탁된 배경에는 동강東岡 김우옹의 추천이 있었다고 실록은 전하고 있다. 이조판서 김우옹이 시무를 논하면서, '만약에 별도로 대장을 두어 융무戎務를 총괄하게 한다면, 곽재우, 박진, 배설裵楔 같은 사람이 적임자일 것입니다.'라고 하였다.

삼국시대 이전부터 소규모 성터가 있던 금오산성에 몸과 마음을 다하여 이중 성책을 쌓는 것만 해도 대단한 일인데, 누구도 생각지 못한 산 정상부에 9개의 샘을 뚫어 물길을 바꾸고 이 물길을 이용해서 7개의 저수지를 만들었다. 대충 장수들이 임지에 있다가 전직을 가던 시대에 7개의 연못을 만든 것은 장군이 얼마나 기병을 중시했는지 알 수 있다. 정성을 다하여 왜적에 포위되었을 때 항전하겠다는 결연한 의지, 끝내 왜적에 굴복하지 않겠다는 장기항전의 의지가 서려 있다. 9개의 샘에서 솟아난 물이 금오산을 적시고 낙동강으로 흘러들어 가서 '정암'에 이르면 재벌이 나고 조선 땅에서 세계를 호령할 황제가 나오게 된다는 풍수를 살려낸 것이다. 금오산성의 수축은 장기 전투를 대비한 이중 성축이 특별하다. 일차적으로 외성이 무너지면 내성으로 후퇴해서 저항하겠다는 의도가 깔린 전술적인 산성이다. 어떤 경우에도 지지 않겠다는 최악에는 비상 통로까지 마련되어 있다. 싸움만 하던 전란 속에서 싸움과 생산을 동시에 하는 최초의 능철(마름쇠) 환도 '질려포통(크레모아)', 비격진천뢰, 천지대포와 농기구 같은 일상용품을 내성에서 장인들이 생산하게 5개의 대장간을 만들었다. 이것이 사실 영남의 전세에 큰 영향을 미쳤음은 고종의 '배설 장군 해원식'과 대원군의 '수송 준공비 건립'이 말해준다. 경쟁적으로 축성된 가토 기요마사의 울산성이 후일 포위되어 물이 없어 말을 잡아 피를 마시면서 가토 기요마사가 '배세루'라고 놀랐다고 한다. 금오산성은 싸우면서 건설하고 생산을 한 생산적 방어용 성축이라는데 역사상 의의가 크다. 일본과의 장기전을 대비한 전략 요충지의 산성이다. 물이 없는 형식적인 남한산성과 가토 기요마사의 울산성과 비교 가치가 있다.

사명대사, "금오산에 장군께서 9개의 우물을 뚫어 고산에 물이 흐르게 한다면, 조선 땅에서 황제가 나올 것입니다. 가능하겠습니까?"

"금오산 아래에 물이 흐른다. 그것은 수맥이 산정에도 있다는 것이니, 찾아 뚫으면 될 것이다."

사명대사 "9개의 우물을 뚫는데 지령이 다릅니다. '용천혈'을 뚫으면 조선 땅에서 후대에 황제가 수없이 나올 것이고, '금천혈'을 뚫으면 장군이 황제의 위에 오르게 될 것입니다. 선택을 하십시오."

"나는 용천혈을 선택하겠소, 지금 선산 부사로도 부족함이 없으니 후손들이 왜구와 오랑캐 놈들을 다스릴 인재가 나오는 것을 선택하겠소."

사명대사, "장군, 잘 생각해 보십시오. 황제가 되면 장군이 소원하는 부정부패를 장군 손으로 일소할 수 있습니다. 그리고 하고 싶은 모든 것을 할 수 있고, 부귀영화가 눈앞에 있습니다. 기회는 한 번뿐입니다."

"나의 맘은 오직 왜적을 처부수어 물러가게 하는 것이고, 다음은 후손들이 잘 사는 것을 원하오."

영리, "장군, 저기 '금천혈'을 뚫어 주시오. 일시적으로 나라를 왜적에게 잃은 후에 장군님께서 황제가 되시는 길을 선택하소서. 영리인 저도 처자식이 있사옵니다. 저도 장군님의 덕을 좀 봐야 합니다. 선택은 한 번뿐입니다."

나는 사명대사에게 말했다. "이 나라의 왕도 대신도 관원도 일본군이 두려워 도망하기 바쁘네, 자네가 적지로 가서 조선과 일본 두 나라의 미래 300년간의 평화를 위한 협상을 해야 하네, 우리의 미래가 걸린 중차대한 협상을 하고 부국강병을 위해 백성의 삶의 질을 획기적으로 올려야 하네. 유령의 세상 물정 모르는 악법을 철폐하고 위대한 백성을 만들어야 하네."

사명대사, "일개 승장인 제가 국가의 사신이 되겠습니까?"

"대사는 내 곁에서 금오산성 수축 부관의 역할을 해낸 것을 볼 때 충분히 국사가 되고도 남을 것이오. 유 대감과 왕자들이 일본을 저리 두려워하니 누군가 나서서 종전 협상을 해야 할 것이오. 사명대사께서 조선 일본의 정상화를 위해 노력해야 할 것이오."

영리, "조선과 일본의 동맹이 이루어지면, 중국의 억압받는 백성들을 구제하는 중국의 시중(영의정)은 사명대사께서 맡아야 할 것입니다."

나는 일본군을 괴멸시켜 조선 침략을 좌절시키고 조선과 일본의 동맹이 이루어지도록 승전할 것이다. 그러나 조정과 선조 대왕 이연이 이런 국제적 호기를 알지 못하니 답답할 따름이다.

정유재란 때 일본군의 북진을 차단한 금오산성에 전국의 고승과 도사들을 불러 모아 9개의 용천혈을 뚫었다. 고려 시대에 버려진 산성이었다. 9개의 용천혈을 뚫어 전설을 현실화하는 풍수를 살린데 의의가 있다. 조선은 숭유억불을 국가 기조로 삼았기 때문에 승려들은 관아에서 노동력을 착취당하기도 했고 관의 길 안내를 도맡았다. 심지어 임진왜란 중에 승병들을 동원하여 산성을 축조하는데 투입하였다. 사명대사처럼 유명한 고승들과 의병장들도 예외는 아니었다. 밀양 부사에서 선산 부사善山府使로 전임하여 금오산별장金烏山別將을 겸직하여 중요한 방어진지인 금오산성 산성 수축을 서두르게 되었다. 또한, 선조실록에는 유성룡이 고향에서 노모를 만나고 돌아와 영남의 정세를 묻자, 금오산성은 배설裵楔공이 성을 수축하고 있다는 보고 내용이 소개되고 있다.

유성룡이 노모를 만나고 돌아오자 영남의 정세를 묻고 여러 가지 정사를 논의하다. "체찰사가 성주星州에 있으면서 무슨 일을 하던가?" 하니, 성룡이 아뢰기를, "체찰사의 명령으로 공산 산성公山山城을 수축하니 영남 사람들이 모두 공산 산성에 들어가 계획을 펴며, 근일에는 모두 '천생 산성天生山城을 수축하면 거기에 들어가 웅거할 만하다.'고 하므로 배설裵楔로 하여금 이 성(금오산성)을 수축하게 하고 있습니다. 이는 대개 중국 장수들이 늘 '이 성을 수축함이 옳다.'고 하였기 때문입니다." 그 후 금오산성의 수축과 수성에 관한 임금의 질문과 도체찰사 이원익의 답변 과정에서도 장군의 역할은 실록은 상세히 기록하고 있다. 당시 도체찰사는 왜적의 방비책·기인·방납 등을 책임진 사람이다. 선조께서 "성주 산성星州山城은 수축修築하여 지키는가?" 하니, 이원익이 아뢰기를, "수축했어도 성 모양이 좋지 않고, 선산善山의 금오산성金烏山城은 선산의 수령守令인 배설裵楔을 장수로 정하여 지키게 하였습니다."

나는 전쟁 중에 선산 부사를 수행하면서 1595년 금오산성金烏山城 중수를 시작하여 1596년에 걸쳐 공사를 완공하였다. 금오산성의 진지를 증축하였을 뿐 아니라 성내에 구정 칠택九井七澤을 파서 안정적인 방어 임무를 수행하게 하고, 곡식과 무기를 보관하는 혜창惠倉을 설치하였다. 허물어진 산성을 증축하여 도체찰사都體察使의 본영이 되게 하였고, 경상감영의 모든 군사가 모여들어 왜군의 북진을 막는데 결정적인 역할을 하였다.

금오산성 사적비, 이러한 금오산성의 공적을 여대呂大 노공은 "평일에 공을 간성의 재주 같다고 보았더니 금오산 위에 또 하나의 장성長城을 쌓아 2중의 요쇄를 구축하였으니, 어찌 진백이秦百二와 같을 뿐인가."라고 하였다. 이어서 대 노공은 그의 공적을 "야은冶隱 길재吉再의 청풍이 갑옷에 스며들어 심중心中의 무지개는 반공半空에 가로 질렀다."라고 평하였다.

금오산성은 도체찰사都體察使의 전략 본영이 되어 1597년(선조 30년) 정유재란 시에는 왜군의 북진을 막는데 크게 기여하고, 임란 7년을 종식시키고 경상도의 군사 본영으로서 역할을 하는데 일조하였다. 금오산 폭포수 위 도성 굴로 오르는 오른쪽 길 옆 바위에는 금동병신金洞丙申(1595년) 선산부사 배설善山府使 裵楔 축금오성북공사竺金烏城北共土라는 각자가 새겨져 있다. 금오산성의 기념각에도 선조 병신년 선산부사 배설 천금오산성구정칠택宣祖善山府使裵楔 穿金烏山城九井七澤이라는 글쓰기 현판에 보존되어 있다. 사명대사는 조선의 국사로 '손문욱' 그리고 성주 군관들을 이끌고 종전 협상을 위해 일본의 도쿠가와 이에야스를 만나 평화 회담을 하게 된다. 일본 측 '지만선사'는 '조선과 일본은 피보다는 진한 물의 관계를 만들자.'며 조선 포로들을 석방하는데 앞장섰다. 그러나 송환된 포로들은 포도청의 심문에 지쳐 일본으로 되돌아가게 해 달라고 요구하다 조선 법에 의거하여 사살되었다. 동행한 손문욱이 '내가 칠천 해전에 활동해서 일본군의 괴멸을 막았다.'고 화답했다.

사명대사는 나의 부관으로 후일 조선 일본의 종전 협상의 주역이 되었지만, 중국이 만주의 누르하치에게 지배받는 것보다는 조선, 일본, 중국 삼국이 통합 동맹을 맺어 우수한 조선인에게 통치를 맡겼더라면, 동양이 세계를 지배했을 것이고, 인류 미래가 지금과는 다른 양상이 되었을 것은 분명하다. 즉 '팍스 코리아'가 되었을 것이다.

　　전투는 병사들이 하는 것이다. 장군이 할 역할은 병사들이 제 능력을
발휘할 수 있도록 좋은 무기와 장비의 제공과 유리한 시점과 유리한 위
치를 점하게 해주며 적절한 시기를 선택하는 것이다. 그리고 병사들의 건
강과 안전을 위한 식량의 확보이다. 전쟁하든 안 하든 밥은 먹여야 한다.
또 산성의 수축과 장작귀선의 건조와 같은 기술의 개발로 적보다 우위의
형세를 갖추는 것이 필요하다. 일벌백계와 같은 군기 잡기는 장난에 불과
하고 실질적 능력을 확보해야 한다.

황지皇地 '배달민족에 큰 은혜'

　민간의 전언으로는 '대혜문'이란 임진왜란 당시 많은 사람을 살린데 유래한다. 대혜문에서 20분 폭포의 물 떨어지는 소리는 황제皇帝를 부른다. 이 땅에 백성을 바라보고 백성이 황제가 되기를 바라서 운다는 뜻이다. '폭포에서 흘러내린 물이 선산 일원의 농민들에게 큰 혜택을 주었고, 이는 다시 낙동강으로 흘러간다.' 온 천하를 다스릴 성지皇地 '대혜 폭포'로 불린다. 금오산성을 중수하여 성다운 대혜문과 성안에 혜창惠倉을 설치 백성들과 영남 의병 2만과 관병 3만을 먹여 살린 양식 저장 창고를 사람들이 '대혜창'이라고 불렀다.

　사명대사, "배설은 내성內城 안 곳곳에 왜적과 장기 항전할 수 있는 백성들을 위한 아홉 우물과 말들을 위한 일곱 연못을 팠다. 물이 계곡을 타고 그냥 흘러가도록 두어서는 외적에게 장기간 포위되었을 때 농성籠城을 할 수가 없는 까닭이다. 사람들은 배설이 판 우물과 못을 '구정칠택九井七澤'이라 불렀다. 구정칠택의 물은 넘쳐흘러 대혜폭포를 타고 부산까지 흘러간다. 금오산성의 수축은 배설이 완성하였으며, 승병 대장 유정외 전국의 의병들이 조력하여 국난에 크게 공헌한 것을 알 수 있다. 배설은 산성을 수축하고 진중에 아홉 개의 샘과 일곱 개의 못을 팠다. '선산부사 배설 축 금오산성 천 구정칠택善山府使 裵楔 築 金烏山城 穿 九井七澤'이라고 각자가 있다. 전국 의병들, 그리고 백성과 군사들에게 임진왜란 극복의 토대를 제공한 금오산성의 공로는 대단하게 여겨진다. '삼국지'의 촉장 마속이 마실 물 없는 곳에 진지를 구축했다가 제 군사들을 위장 사마의에게 몰살시키고, 자신은 '읍참마속'이라는 고사성어를 탄생시킨 옛일을 감안

하면, 금오산성 중수 구정칠택을 만든 것은 뛰어난 지혜의 발휘라 하겠다."(오마이뉴스 정만진)

낙동강 본류와 남강이 만나는 지점에 정암 솟바위鼎巖라는 독특하게 생긴 바위가 있는데, 오래전부터 이 바위와 관련하여, '이 바위 십 리 내외에서 많은 사람을 먹여 살릴 큰 부자가 나온다는 전설'이 있었다. 전설대로 이곳 부근에서 나라의 여러 재벌, '의령의 삼성(이병철), 진양 지수의 엘지, 함안의 효성, 벽산, 동양 나일론' 등이 나왔다. 옛날부터 인물은 지령을 따른다는 말이 있다. '연려실기술'에도 '거의 나라가 없어진 지 달月이 넘었다.'라 적혀 있었다. 사실 조선은 망해 없어져 버린 것이었다. 영남 의병의 봉기와 장기 항전이 나라를 구했다. 배설 장군의 사심 없는 구국 항전과 백성에 대한 애민 사상이 대혜 폭포의 물길에 서려 많은 재벌이 나오게 하고, 세계를 호령할 황제가 나오게 된다는 전설이 있다. 구국정신은 전설이 아니다. 백성을 먹여 살릴 기업과 인물이 강물처럼 수없이 나오게 된다는 9정 7택의 전설은 일본과의 싸움에서 기필코 이긴다는 신념과 독자적인 세계를 호령할 황제가 금오산을 반경으로 3천 리 안에서 나온다는 염원이 담겨있었다.

국난극복 의병활동 지원, 백성은 존재를 인정받기를 갈망하고 있다. 출입을 금지하고 소통을 차단하고 무시해서 고통을 주는 재미로 자신들이 우월한 것으로 착각하는 병영의 학대심리는 그 자체가 백성을 고립시키는 하나의 형벌과 같았다. 이미 존재하는 백성을 무시해서 관리들의 지위를 과시하는 풍토에 초근목피 백성의 행색은 곧 죽을 사람의 모습들로 가득하였다. '저들에게 쌀밥을 먹이면 훌륭한 군대가 되겠지.' 나는 공사를 일으키고 금오산성을 수축하고 9정 7택을 조성하고 대형 관청을 건립하게 되었다.

백성이 나라로부터 보호받으려는 최소한의 욕망이 좌절되고 버림받는다면 좋은 농토와 고래 등과 같은 기와집이 무슨 소용이 있겠는가? 백성은 나라의 권력으로부터 보호받고 싶은 것이다. 그러나 군대와 관청이 백성의 출입을 금지하고 백성을 의심하고 군기를 세우고자 백성의 사소한 잘못을 트집 잡아 목을 효수하여 장대에 걸어 두는 장수들을 볼 때마다 적군의 목을 벨 생각은 하지 않는 이유를 알 수 없다. 동인 군부의 제 백성 목 베기 소식에 짜증스럽다. '한심한 장군들 같으니.' 젊은 장교들인 선전관의 목 베기는 이해라도 하겠다.

나는 일개 잔병이 되어 의병에 합류할 것을 외치고 다녔다. 내가 전생서 주부였다는 사실이 경상 의병 거병에 큰 영향을 주었다. "나라가 위태로움에 어디서 쉴 곳이 있겠소?"(동암 전집) 나는 이렇게 남명 조식 선생의 문하에 찾아다니며 거병을 호소했고, 곽재우에게 나에 아들 상룡을 직접 참모로 보내 보좌하게 하였다. 금오산성 중건에 8도의 유명 의병장과 피난민들이 참여하였다.

김시민, 곽재우, 김면, 박진, 그리고 김성일, 김수, 조헌 고경명 김여물 장지현 그들은 너무도 훌륭했다. 주인을 잘못 만난 국가에 동량들이었다. 이 전쟁을 승리로 이끌 수만 있다면, 만주 대륙과 대마도를 수복할 기회가 될 수도 있을 터, 그러려면 유능한 장수들이 많아야 하리라, 이연과 조정의 헛발질이 훌륭한 장수들을 사지로 몰아가서 국력이 쇠잔해짐이 안타까웠다. 그러나 백성들의 위대함이 의병을 지원하고 있고, 인간의 배고픔을 해결해주고자 적의 침략 중에 '이판사판 공사판'을 벌여 나갔다. 그리고 금오산성의 지맥을 황지皇地로 만들어 나라의 힘을 달라는 뜻에서 9정井 7택을 축조했다. 세계를 통치할 지도자들이 대로 나타나서 다시는 왜적으로부터 침략 받는 일이 없도록 해달라는 자주의 힘을 쏟아나게 기원하여 나라 백성들이 큰 혜택을 받게 해달라는 것이다.(용천 전설)

전쟁이란 전투로 총상이나 부상으로 말미암아 죽는 병사들도 수십만 명에 이르지만, 침략군의 진격으로 인해 재산과 지위를 잊어버린 근심과 염려와 불안으로 공포라는 질식사로 죽어갔다. 갑자기 들이닥친 적군으로 놀라 우물에 뛰어들고 강물에 뛰어들어 죽기도 했다. 어쩌면 칼과 총상이 죽인 것보다. 불안과 공포가 죽인 백성의 수가 훨씬 많았다. 전투장에서 총상을 입은 병사들이 고향으로 산야로 돌아가서 총상의 후유증으로 시름시름 죽어가면서 공포를 확대했다. 무엇인가 전쟁의 공포에서 벗어나게 해주어야 한다. 금오산성 수축 공사를 벌이고 대형 관아 9정 7택의 공사를 일으켰다. 노역에 동원된 백성에게 안전 생활을 보장했으며, 피난민에게 대장간을 만들어 일자리를 제공했다. 적들에게도 대형공사를 벌이는 우리 측의 여유를 확인시켜 심리전을 펼쳤다. 다른 지역이 전쟁 공포로 폭동과 난리의 혼란이 있었음을 알고 있기에 대형 관청 공사를 일으켰다.

금오산의 타듯이 검붉은 황소가 마음 놓고 울어대던, 오솔길에서 소치던 아이가 소를 몰고 다니던, 그 시절이 그리워라! 아아! 아름답든 금수강산 대혜 폭포의 울림이 이 땅에 축복을 내리소서! 세계 열방을 다스리는 황제의 지기로 길이길이 백성에게 '대혜大惠'를 내려주시옵소서! 왕이 도망을 다니고 중앙의 지원이 없는 전쟁터에서 부임하면 식량창고(혜창)를 가장 먼저 창건하여 일본군들을 죽이고 약탈한 식량을 채워 백성들에게 나누어 주었다. 부산 첨사에까지 오를 정도로 식량의 적분에 빈틈없이 하였다.

담쟁이덩굴에는 소슬바람이 불어 이파리들이 살짝 흔들렸고, 금오산성의 웅장한 칠정 구택의 뜰에는 햇볕이 서광처럼 쪼개지고 있었다. "금오산성을 수축하고 진중에 아홉 개의 샘과 일곱 개의 못을 팠다. 뜰 앞 연못에는 물이 채워졌다. 금오산성을 새로이 축조하고 왜적과의 장기 항전을 위해 필요한 9개의 우물을 만들어 식수를 마련하고 7개의 연못을 인공적으로 조성했다. 이는 기병을 주 무기로 한 유격대의 파발마들이 언제든지 말에 먹일 물을 확보하고 식량 창고를 건설 군량미를 가득 채웠다. 전투란 식수와 식량이 준비되어야 한다는 것이다. '삼국지'의 촉장 마속이 마실 물 없는 곳에 진지를 구축했다가 제 군사들을 위장 사마의에게 몰살시키고, 자신은 '읍참마속'이라는 고사성어를 탄생시킨 옛일을 감안하면, 금오산성 중수는 물론이려니와 배설이 구정칠택을 만든 것은 뛰어난 지혜의 발휘라 하겠다."

"오! 전란 중에 이런 훌륭한 빈청이 대궐 같소이다."

"장군들이 술만 마실 줄 알지 실제 전투에 필요한 식량이니 식수 문제를 알고 있는 사람이 몇이나 되겠소? 적에 공격을 받고서야 식수 때문에 항복하기 일쑤 아니요? 나쁜 기운이 물로 가고 왕업이 안정되기를 기원해서 혈맥에 연못을 조성하고 칠정을 뚫어 진리로써 세상의 모든 메마른 땅이 적셔지기를 기원하였소이다."

"좋은 인연은 온 세상이 함께 기뻐하고, 전란은 온 나라가 걱정해야 한다는 뜻으로 9정 7택을 건축하였소. 도제찰사 이원익 장군께서도 감탄하였다 하오, 대왕께도 상주하겠다고 하오."

"경상 감영의 많은 병사의 처지를 공은 잘 알지 않소."

"이곳을 경상 본영으로 이용하고 싶소.", "그렇게 하시지요."

"이곳은 크게 길한 지역이요.", "또 오천 병사들은 아무 걱정 없이 유지할 수 있을 식량이 있소, 저곳이 혜창이오이다.", "감사께서 이용하시겠다니 내 망설일 필요가 없이 넘겨드리다. 성축도 새로 쌓아 적이 감히 얼씬 못할 것이오.", "고맙소!", "참으로 대단하오…"

'금란지교'란 '두 사람의 우정이 두터우면 쇠도 자를 수 있는 우정의 마음에서 우러러 나오는 난처럼 향기롭다.'는 의미로 친구 간의 의기투합과 두터운 우정을 뜻한다. 경상 감사와는 전란을 통해 전우 이상의 우정이 다져졌다.

나는 전쟁 중에 극심한 굶주림 속에서도 금오산성에 대규모 토목공사를 일으켰다. 그리고 공산산성을 수축했으며, 전란으로 황폐해진 경상 전역에 오사카에서 공수된 쌀과 생선들을 수송하던 모리 테루모토, 가쓰라, 구로다 나가마사의 병참과 가토와 고니시에게 가야 할 군량에 대한 나의 직할 기병대에 의해 징발하여 이들 물자는 심지어 호남 충청지역까지 공수되었다.

전란 중에 안동지방까지 염장 고등어와 기름진 오사카 쌀밥을 먹었다고 할 정도로 우리는 종횡무진 활약하였는데 반해서, 왜군들 진영은 아침 저녁 연기가 나지 않았다. 결국 굶주리던 왜군들의 부대는 남하하기 시작했다. 때를 맞춰 금오산성과 대형 관아를 건축하여 왜군들의 기세를 꺾고 전세를 바꾸려고 무던히 노력했다.

구정九鼎은 고대 중국 황권의 상징이다. 정은 냄비와 솥에 해당하는 고대 중국의 세 개의 발을 가진 금속 기구로 제기로서도 이용되었다. 하의 마지막 왕, 걸왕이 상나라의 탕왕에게 멸해진 후에 상 왕실의, 주왕이 무왕에게 멸해지고 나서는 주 왕실의 소유가 되었다. 주의 성왕이 즉위했을 때 주공 단은 구정을 낙읍(뤄양 시)으로 옮겨 이곳을 새 도읍으로 정했다고 한다.(연못을 상징)

구정은 주 왕조 37대에 걸쳐서 보관 유지되었고 그것을 가지는 것이 즉 천자로 여겨졌다. 진은 새롭게 옥새를 새겨 이것을 황제권의 상징으로 삼았다. 칠정이란 우주와 조선이 만나는 문이다. 사람의 눈 코 귀 입의 구멍이 일곱 개로 세상과 소통함으로 이를 합쳐 칠규라고 한다. 구미 금오산성의 중건에 칠정을 조성하여 우주의 기운을 받아 모든 조선 백성이 큰 혜택을 누리게 하고자 '대혜문大惠問'을 세운 것이다. 칠정을 조성하여 우주와 북극성의 기운을 담아 쇠락해진 한반도에 생기를 불어넣고자 했다.

장자는 '오래되고 백에 하나도 쓸모가 없는 산목이 재목감이 못 되어 오히려 살 수 있었다.'라고 했다. '쓸모없는 것의 쓸모 있음이 정말 크게 쓰인다.'라는 말은 임진왜란이라는 전쟁 속에서 천민들과 노비들이 군인이 되어 전장에서 산화한 것을 보면서 꼭 들어맞는 것이다. 조선이란 나라에서 노동력만 제공하던 노비들은 노동력과 고기를 제공하던 솟값의 삼분의 일의 가격에 거래되어 쓸모가 없었다. 그러나 전쟁이 터지자 소는 명나라군의 영양 보충밖에 쓸 곳이 없었지만, 노비와 천민들이 왜적을 막아 싸우다 전사했다. 그렇게 나라를 지켰다. 그들이 그렇게 억울하게 죽어갔음에 나 또한 그들처럼 전사하지 못했음은 비운이라 하겠다. 전쟁이 끝나자, 도망을 다니던 선조가 면천(공약) 약속을 헌신짝 버리듯이 어긴 것이었다.

나는 누구에게나 미움을 사지 않는 무골호인이 아니라 시비와 애정이 분명히 했다. 지극한 효성으로 혈육을 대했고 친구에게는 봄처럼 따뜻하게 대했지만, 소인배 같은 정치 무능하고 탐욕스러우며 준비 없이 군대의 무기와 군권을 탐착하는 군인들에게는 엄동설한처럼 냉혹하게 대하였다. 나라의 정신을 좀먹는 그들에게 아량이 무용하기 때문이다. 왜적의 침입에 충분히 방어할 무기의 개발이 가능함에도 게으르고 부패하여 이런 노력을 하지 않고 정신력만 강조해서 총알 앞에 얼마나 많은 백성을 사지로 몰았던가? 면천이라는 달콤한 말로 왜적 앞에 자국민을 몰아넣고도 반성은커녕 또다시 '방산 비리'로 '깡통 자원외교'로 해먹는 데까지 해먹자며 백성에게 정신력을 외치는 무능한 군부를 용서할 수 없다. 왜적은 배우려 하고 노력함이 보이지 않더냐? 정신력을 무시하는 게 아니라 두 번 다시 일어나선 안 되는 전란의 참화를 막으려면 모두가 노력해야 한다. 임진왜란은 새로운 사상이 자유롭고, 가치가 다원적이고, 개성이 발양되고, 문화가 발전할 이전 시대를 뛰어넘는 기회였다. 자연히 전쟁이란 생사의 경쟁 속에 뛰어난 인재들이 출현하여 새로운 역사가 펼쳐지려고 했다. 조선의 새로운 인재들을 위해 말로는 형언할 수 없을 만큼 아름답고 훌륭한 새로운 문화가 발육되려 했다.

우리 조선을 구할 수 있는 것은 도망 다니는 선조 이연도 아니고, 선조의 비위를 잘 맞추는 대신들도 아니다. 조선을 구해낼 수 있는 것은 백성 스스로 힘뿐이다. 백성들이 그토록 몇천 년 세월 기다린 미륵불은 다름 아닌 그들 자신임에도 깨닫지 못하고 있었다. 바로 우리 자신이 나라를 구할 수 있다. 금오산을 반경으로 삼천리 황지에서 나라를 구하고 새로운 문물을 받아들여야 하는 것이 우주 순환의 질서인 것이다.

임진왜란 당시의 일본의 전반적 정세나 전쟁의 발발과 전개 등에 대한 객관적 기록은 그러한 정당화와 과장의 위험에서 비교적 자유로울 수 있다는 점에서 매우 의미가 있는 역사적 가치를 지닌다고 할 수 있다. 일본 역사에서는 최하층 민중의 신분에서 홀로 몸을 일으켜 최고 권력자에까지 신분상승을 한 그를 오늘날까지 일본인에게 가장 인기 있는 역사적 영웅으로서의 이미지가 강했던 탓인지 그에 대한 부정적으로 언급을 하거나 기술하는 일 자체가 터부시 되어 왔다. 그(히데요시)는 키가 작고, 또한 추악한 용모의 소유자로서 한쪽 손의 손가락이 여섯 개인 육손이었다. 눈이 튀어나왔고, 중국인처럼 수염이 적었다. 아들과 딸 모두 자식복은 없었으나 빈틈없는 책략가였다. 그는 권력과 영토와 재산이 순조롭게 늘어감에 따라 그것과는 비교되지 않을 정도로 수많은 악행과 심술궂은 짓을 저질렀다. 가신뿐만 아니라 국외자에 대해서도 극도로 오만했으므로 누구나 싫어했으며 그에 대해 증오심을 품지 않는 이가 없을 정도였다. 일본 측의 어떠한 기록에도 없는 히데요시가 육손이라는 신체적 결함까지 과감히 이런 기록을 남겼던 사람은 포르투갈 출신의 예수회 선교사인 프로이스였다. 그는 30년 가까이 일본에 체재하면서 자신이 직접 체험하거나 전해 들었던 갖가지 사실을 방대한 기록으로 남겼는데 이것이 훗날 '일본사'라는 형태로 전해지게 되었던 것이다. 그런데 프로이스가 쓴 이 책을 보면 황당해지는 부분도 있다. '관백의 두 지휘관 곧 가토 도라노스케와 아와노쿠니阿波國의 영주인 다른 한 사람은 바다에서 조선인이 일본군에 끼쳤던 막대한 손해를 보고서 가지고 있던 300척의 함대를 조선으로 보내기로 결정하였다. 그리고 회전會戰에 필요한 무기, 탄약을 적재하고서 유능한 병력을 승선시켰다. 약略. 이렇듯 일본군은 자신들의 우수한 장비를 믿고서 약간의 배 밖에 보유하지 않은 조선의 해적을 찾아서 출격하였다. 그러나 조선인들은 일본인들이 노를 저어 배와 함께 달아날 수 없게끔 튼튼한 갈고리가 달린 쇠사슬을 위에서 집어던졌기 때문에 일본 배들은 쉽게 빠져나갈 수가 없게 되었다. 이 해전이 몇 시간 지속되면서 일본군이 의기소침해지고 전황은 이미 그들에게 불리하게 되었다.' 이 기록은 옥포해전인데 일본의 참패를 계속 기술하고 '조선의 선박은 높고 튼튼하게 만들어졌기 때문에 일본 배를 압도하였다.'라고 일본 아타케부네安宅船의 부실을 꼬집었다. 프로이스가 기술한 것을 우리의 사료나 일본 측 사료를 보면, 칠천량해전(원균이 주도한 해전)을 제외한 모든 해전에서 조선 수군의 일방적인 승리를 거두었다.

먼저 임진왜란 해전사에서 결전 상대였던 조·일 양국의 수군은 그 출발에서부터 큰 차이가 있었다. 임진왜란에서 조선 수군의 완승과 직결되는 배경이다. 또한 화기도 천, 지, 현, 황자총통

등 대형 총통 위주로 개편되었다. 먼저 판옥선은 일본의 아다케.
세키부네關船와 비교해 볼 때, 강도와 전투력 면에서 월등한 군선
이었다. 반면에 일본이 초기 지상전에서 전승을 가능케 한 신무
기인 조총은 해전에서는 그다지 큰 화력을 발휘하지 못했다. 이
러한 군선 등 무기 체계의 차이도 일본 수군이 임진년 초기 해전
에서 전패하는 주요 원인이었다. 그리고 프로이스는 '이 싸움에
서 조선인들은 70척의 일본 배를 빼앗고 병사 대부분을 살해하
였다. 나머지 병사들은 겨우 목숨만 건지고서 도망쳤다. 여타의
많은 일들을 열거하는 것은 그만두겠는데, 일본군은 해전에 대
한 지식이 너무 짧고 적을 격퇴하기 위한 화기가 부족하여 바다
에서는 언제나 불리한 상황에 처해 있었다.'라고 언급했다.

이처럼 프로이스도 조선 수군의 우수성만은 객관적으로 기록
하였다. 이리하여 7년에 걸친 조선 전쟁에 마침내 종지부를 찍게
되었다. '이 전쟁은 우리(일본인) 천주교도들의 커다란 노고와 비
용 지출 위에 지속되어 왔던 것으로 천주교도 영주들에게는 자
신의 영지를 안전하게 지켜 낼 수 있다는 유리한 측면도 있습니
다.' 약略하느님은 진실로 선하신 분이므로 성스러운 주님의 영광
을 위해 일본에 와서 오랜 기간 활약하였던 프로이스가 쓴 '일본
사'는 지금껏 볼 수 없었던 임진왜란에 대한 새로운 지식과 정보
를 제공해 주는 문헌이다.(프로이스의 일기 중)

경상도 함창지역 의병부대의 막료였던 조정(趙靖 1555~1636)이 남긴 '검간

집'의 진사일록이나 친필 일기인 임란 일기에는 소규모 의병부대가 일본군 소집단을 매복 공격하는 모습이 잘 묘사되어 있다. 대표적인 사례로 조정의 1593년 2월 20일자 일기를 번역해 본다. 별로 유명하지 않은 의병부대의 거의 알려진 적이 없는 전투 이야기지만 임진왜란 무명 의병들의 활약상을 잘 보여준다.

함창의병부대가 매복시 길에 뿌려 두었던 능철, 성곽 주변에 뿌려두면 걸어 다닐 때나 말을 타고 돌아다닐 때 상당히 불편해진다. 이번 작전처럼 진흙길에 뿌려서 잘 숨겨두면 여러 명을 동시에 부상시키는 것도 가능해 기선제압 용이다. 위 사례를 보면 조선 의병이 꼭 험준한 지형이 아닌 일반적인 평야지에서도 과감하게 매복 작전을 시도했음을 알 수 있다. 또 다른 의병 부대인 충보군이 개전 초반 왜군의 조총 사격으로 철수했음을 감안하면 함창 의병 40명이 거의 유사한 병력 규모를 가진 왜군 (36명) 정규군과 맞대결을 펼친 점도 눈길을 끄는 요소다. 단병접전도 불사하는 의병들의 격렬한 전투 의지가 인상적이다.

왜 유격전인가?

내가 본격적으로 유격전을 펼치며 경상 의병 거병을 촉구하며, 아버지인 배덕문 장군에게 거병을 주장한 이유는 조선이란 법치주의 나라에서 무인은 잘해야 본전이고, 어떻게 하든 간에 젊은 장교들이 왕명을 빙자해서 일거에 전세를 바꾸려는 욕심은 있어, 무장들을 들들 볶아대니 중과부적인 적군에 맞서기 위해 유연한 전술로 유리한 곳에서 전투를 선택하고자 함이었다. 어리석은 척하되 미친 척하지는 않았다. 비록 경상 우수군의 화력은 강했지만, 고의로 숨기고 드러내지 않는다. 적에게 약하게는 보여도 적의 경계심을 늦추게 한다. 그래서 적이 추격하고 경계심이 풀어져 몰려온다면 약점을 노출하는 집중된 함선들에 화포를 쏟아 붓는 것이다. 적의 지휘부를 괴멸시키는 것이다. 일본군을 전멸시키는 것이 아니라 치명타를 입혀 자국으로 돌아가게 하는 것이 나의 목표다.

문신 나부랭이들이 일방적으로 설정한 탄금대 방어선, 한강 방어선에서 한 발짝만 물러서거나 퇴각해도 목을 날리는 선전관들은 위대한 조선을 위한 법치인 임전무퇴를 주장하는 것을 조선을 위한 일로 자랑스럽게 생각했다. 그러나 전투의 주도권은 왜군과 조선군 실제 전투에서 어중간한 허술한 부대가 압도적인 병력과 화력을 가진 부대를 이기기란 정말 힘들었다. 겨우 이긴다고 해도 국지전에 그칠 뿐, 결국 판세에 영향을 미치진 못하였다.

전쟁터에서 군사력의 차이가 있는 양자가 전투를 벌여서 군사력의 차이에 따라 보다 더 약한 쪽이 패전하고 희생자가 더 커지게 된다는 것이다. 신무기인 조총이 사용되는 전투에서는 조선군의 화력이 형편없이 무너진 이유가 그 군사력과 무기의 격차 때문으로 이것이 패전을 더욱 크게 만들었다.

같은 아군 함대 12대와 적군 함대 30대가 전투를 벌인다면 최종적으로 살아남는 아군 전함은 없고, 적군은 20대 이상이 살아남게 되는 것이다. 이는 전력 자승의 원리로 육지의 거의 모든 전투에서 조선군이 거의 전멸을 하게 된 원인이다.

그때에 또 사로잡혀 온 우리나라 부녀 7명이 오사포五沙浦 왜장倭將 중세重世의 집에 있으면서 각기 편지를 보내왔다. 그중 한 장은 곧 서울에 살던 사대부 집안의 딸의 것인데, 사연이 처절하며 사리에 통달하였으나, 죽지 못하고 그 몸을 욕되게 하였으니 아까운 일이다. 그 편지는 이러하였다. "저는 아무 고을 아무 마을에 사는 성은 아무이며 이름은 아무인 자의 딸입니다. 임진란이 일어나자 부모를 따라 피난하였는데, 부모는 매양 저의 손을 잡고 울면서 '내가 죽는 것은 아까울 것이 없으나 우리 딸을 어쩔 거나?' 하고는 마주 앉아 통곡하였습니다. 그때 저는 비록 입으로는 말하지 못했으나 속은 도려내는 것 같았으며, 속으론 생각하기를, '살아서 부모에게 효도하지 못할 것이라면, 어찌 빨리 죽지 않고 부모에게 근심을 끼치랴?' 하였더니, 뜻밖에 적병이 산골짜기를 더욱 급하게 수색하여, 저와 부모는 각기 달아나 숨었는데 하루아침에 독수毒手에 잡혀서 스스로 죽지 못하였고, 서로 헤어진 뒤로는 영영 끊어졌으니, 소식인들 어찌 통할 수 있겠습니까? 하늘이여! 하늘이여! 저에게 무슨 죄가 있기에 저로 하여금 이처럼 애통하고 처참하게 합니까? 부모가 죽었으면 그만이지만, 혹시라도 지금까지 살아 계신다면, 그 연모하고 슬퍼하는 마음이 어느 때인들 그치겠으며, 천지 간에 어찌 이처럼 애통하고 가엾은 일이 있겠습니까? 남의 나라에 붙들려 있은 지 이제 다섯 해인데, 구차히 목숨을 보존하고 스스로 죽지 못하는 것은, 다만 살아서 고국에 돌아가서 우리 부모를 다시 보려는 것, 오직 이 희망뿐입니다. 부모가 이미 돌아가셨다면 부모가 살던 집이라도 한번 봤으면 죽어도 한이 없겠습니다. 그러므로 날마다 아침 해가 솟아오를 때나 밤마다 달이 밝을 때는 하늘을 향하여 축원하며 해와 달을 향하여 기도하면서 생각하기를, '이 세상에서 다시 우리 부모를 뵐 수 있을까? 부모는 지금 어느 곳에 계실까? 이때 부모께서 나를 생각하는 정은 반드시 내가 부모를 사모하는 정과 같을 것이다. 하늘이 반드시 나의 이 뜻을 살펴주신다면 어찌 살아 돌아가서 만나뵐 때가 없겠는가.' 하였습니다. 지금 들으니, 두 나라 사이에 강화가 되어 통신사通信使가 명나라 사신을 따라서 이 땅에 오셨다고 하니, 이는 내가 다시 살아나는 날이며 하늘의 뜻이 과연 사람의 정을 이루어 주는 것입니다. 참으로 구출하여 주시는 은덕을 입어 우리 고향에 돌아가서 부모와 만나보게 된다면 이는 참으로 나를 낳아준 은혜와 다름이 없으며, 제가 비록 부모를 섬기는 마음으로 섬길지라도 그 은혜를 다 갚을 수가 없겠습니다. 또 들으니, 사로잡혀 온 사람이 이번 사신의 행차에 따라서 돌아가는 자가 많다 합니다. 저는 하나의 버림받은 인간이므로, 고국에 돌아간다 할지라도 반드시 사람들에게 용납되지 못할 것을 잘 알고 있습니다만, 부모를 한번 만나보는 것이 소원이니, 그 뒤에는 바로 죽어도 마음이 달갑겠습니다. 다행히 저의 불쌍한 정상을 살펴주시기를 천만 번 바라는 바입니다." 일행들이 이 편지를 보고서 그녀를 불쌍히 여기지 않는 자가 없었고, 눈물까지 흘리는 자도 있었다.(제조번방지 초 사四)

하얀 전투

하얀 눈이 덮인 산야에 한때의 기병들이 몰아치는 광경은 눈보라가 뽀얗게 일어나서 기마대의 모습이 거의 보이지 않았다. 충주 탄금대에서부터 진안, 무주, 금산, 영동, 옥천, 대전, 연기, 공주, 부여, 논산, 강경 등 10여 개 고을을 지나 금강으로 유입되는 진안의 정자천程子川 주자천朱子川, 무주의 남대천南大川, 금산의 봉황천鳳凰川, 옥천의 보청천報靑川, 연기의 미호천美湖川, 공주의 유구천維鳩川, 그리고 논산의 논산천論山川의 삽다리와 나루터에 해박한 추풍령 유격대의 출전에 긴장한 모리 테루모토와 가쓰라 구로다는 2만 대병을 투입해 추풍령 소탕작전에 돌입했다. 수도 서울을 점령하는데 1만 4천 병력이 동원됨에 비해 대규모 병력이다. 정면에서 몇 마리의 말들이 달려오는 모습만 보일 뿐 땅 위에 깔린 눈보라가 기마병들의 말발굽에 떠올라 장관을 연출하여 적들은 넋을 잃고 바라보다 적군들은 속수무책으로 당했다.

우리의 기병은 얼어붙은 강을 건넌 후 강변에 진지를 구축한 시마즈의 군대 코앞까지 잠복했다. 동지 눈발이 하늘이 보이지 않을 만큼 거세게 흩날리는 눈발에 왜군들은 눈사람처럼 모든 게 하얗게 변하였고, 휘몰아치는 북풍한설은 옷깃을 파고들어 살을 에고 있었다. 왜군들은 손이 얼고 발이 얼어 총과 칼을 쥘 수도 없어 그저 무기와 왜군이 얼기설기 동거하는 듯했다. 적진 가까이 잠복해 들어간 조선군들은 순식간에 대군의 왜군 부대를 기병으로 휘저었다. 닥치는 대로 베고 여기저기 아수라장이 되었다. 드디어 적의 식량 막사를 덮쳐 몇 섬의 곡식을 탈취하여 나는 듯이 빠져나와 적진을 벗어났다. 적들은 그냥 바라보기만 할 뿐이었다.

영리가 말한다.

"포르투갈로부터 조총을 수입해 배우고, 조선 지배층은 1585년경 투항한 일본인으로부터 조총을 받았으나 왕은 혼자 구경만 하고 무시했다. 결국 조선은 지형지물을 이용한 농민, 민중, 유생들의 '유격전', '게릴라전'

으로 임진왜란을 방어했다. 유격전은 강과 산맥을 중심으로 지형이 무기가 된다."

죽음은 높은 자나 낮은 자를 평등하게 만든다. 그러니, 너무 선조 임금을 욕할 필요는 없겠다.

이몽학의 새 정치

1594년 4월(7월 7일~9일) 제도諸道의 의병을 충용장忠勇將 김덕령金德齡의 지휘하에 소속하게 했지만, 이미 명목상 조직되었을 뿐 국가에서 이들을 통제할 수 없었다. 특히 의병 중에는 관군을 기피한 피역자들이 많았기에 기근과 질병이 닥치자 군도群盜로 변하는 경우가 많았다. 이들 중 대표적 경우가 호서지방의 의병 모집과정에서 하급 장교들이 농민들의 불만을 이용하여 봉기를 꾀한 이몽학의 난이다.

임진왜란 중에 호서지방의 모속관募粟官 한현韓絢과 함께 의병 모집을 구실로 홍산(鴻山, 부여) 무량사無量寺에서 동갑계회同甲契會를 조직해서 군사 조련을 했다. 그런데 한현이 아버지의 상을 당해 홍주로 가면서 이몽학에게 지금이 민심이 돌아서고 방비가 소홀한 때이므로, 먼저 봉기하면 내포內浦에서 합세할 것을 약속했다. 그리하여 이몽학은 김경창金慶昌, 임억명林億命, 이구李龜, 장준재張俊載와 사노私奴 김팽종金彭從, 승려 능운凌雲 등을 거느리고 스스로 선봉장이 되어 홍산 쌍방축雙防築에서 군사 600~700명을 모았다.

"면천법을 약속해서 동원했으니 약속대로 노비 면천을 외치는데, 조정과 선조는 노비 기한을 연장해 주겠다는 것이 무슨 대책이냐?" 이러한 기류로 7월 6일 이몽학군은 홍산현에 쳐들어가서 현감 윤영현尹英賢을 붙잡아 인신印信을 빼앗은 후 다시 임천군林川郡에 쳐들어가 군수 박진국朴振國을 포박했다. 이어 7일에 정산현定山縣, 8일에 청양靑陽, 9일에 대흥大興을 차례로 함락시켰다. 이 과정에서 강제 징세에 시달리던 백성들이 대거 합세함에 따라 며칠 동안에 수천 명으로 불어난 이몽학군은 10일 홍주성洪州城으로 진격했다.

농민들은 임진왜란 등으로 몹시 가난해져 있었고, 본래 서얼 출신인 이몽학은 아버지에게 쫓겨나 충청도 전라도를 떠돌아다니다가 모속관募粟官 한현韓絢의 선봉장이 되었다.(이몽학은 전주 이씨로서 조선 왕족의 피가 흐르고 있었다.) 한현은 관원으로 충남 전역을 다니며 지역 사정을 잘 알고 있었으며, 그 전에 일어난 송유진의 난에 연루되었다는 의심을 받고 감시대상이 되어 있었다.

이몽학뿐만 아니라 한현, 권인룡, 김시약 등도 서얼 출신으로 계급적 한계로 인하여 불만을 품고 있었다. 왜란으로 나라가 황폐해진 데다 흉년까지 겹쳐 민심이 극도로 흉악해진 때이므로 '왜적의 침입을 바로 잡겠다.'라는 반도들의 선동이 크게 호응을 얻었다.

이몽학의 난의 근본 원인은 천민들이 군공을 세우면 면천을 약속한 선조 이연은 면천의 약속을 차일피일 기피하다가 유야무야하게 되어 이몽학 자신이 서얼의 철폐의 약속을 요구하게 된 것이다. 선조는 다급하여 명나라의 원군을 요청하려고까지 하였으나, 도원수 권율, 충청 병사 이시언, 장군 이간 등과 홍가신(이순신의 사돈)은 민병을 동원하여 반격하였고,

판관 병 윤계가 총포를 쏘면서 이몽학의 머리를 베어 오면 큰 상을 주겠다고 하였다. 또한 홍주에 살던 무장 임득의, 박명현, 전 병사 신경행 등은 홍주성에 들어가 홍가신을 도왔다. 남포현감 박동선도 충청 수사 최호와 상의한 후 군사를 이끌고 합세하였다. 홍주성 공격에 실패한 반란군은 밤에 청양까지 도망하였고, 이몽학의 부하 김경창金慶昌, 임억명林億明, 태척 등이 이몽학을 살해하고 머리를 베었고, 이몽학이 죽자 이몽학군은 뿔뿔이 흩어졌다.

면천沔川에서 형세를 살피고 움직이지 않던 모속관 한현은 홍주에서 수천 명을 모병하여 이몽학군과 합세하려 했으나 관군의 공격으로 패주하다 잡혔다. 한현을 비롯한 이 난에 가담한 죄가 무거운 자 100여 명은 서울로 압송되어 경중에 따라 처벌되니 이로써 이몽학의 난은 평정되었다. 1604년(선조 37) 논공을 할 때 이몽학을 죽인 김경창, 임억명은 가선嘉善에 오르고, 홍가신은 청난 일등 공신淸難一等功臣, 박명현과 최호는 2등 공신, 신경행과 임득의는 3등 공신에 책록되었다.

한현의 친국 과정에서 의병장 김덕령과 홍계남, 곽재우, 최담령, 고언백이 반란에 가담했다는 소문이 퍼지고 김덕령, 홍계남, 곽재우, 최담령이 잡혀갔다. 이몽학이 처음에 군사를 일으킬 때 "김덕령은 나와 약속하였고 도원수와 병사·수사도 모두 함께 계획하였으므로 반드시 우리에게 호응할 것이다."라고 선전했고 사람들이 모두 그 말을 믿었으므로 난이 평정되어 선조가 친국을 할 때에 이들의 죄를 물었다. 그 뒤 홍계남과 곽재우는 풀려났으나, 김덕령은 선조의 친국 과정에서 국문을 이기지 못하고 장독으로 사망하였고 최담령은 결국 처형되었다.(한국사) 이몽학의 난은 법적으로 강제된 의무 위주의 관병이 아닌 의병의 등장과 면천 활동이 조선에 이어졌을 수 있었음에도 이 난으로 전후 처리에 궁중 기득권에 의해 의병장들이 탄압되고 관료중심의 구사회로 회귀하고 말았다. 남은 것은 병들고 부상당한 사람들로 가득 차게 된 조선이었다. 인력(노비) 약탈과 조선의 도자기를 모두 약탈하여 남은 것이 없었다. 그야말로 조선의 강산과 토지만이 남은 것이다.

이몽학이 들고 일어난 것은 선조 자신이 전란으로 약속한 서얼철폐 면천 공약을 폐기했기 때문으로 모속관이던 한현과 이몽학이 선조에게 약속을 지키라고 요구한 것이 정권에 도전한 역모가 되었다. 정여립이 백성을 위한 나라가 되어야 한다고 주장했다가 역모의 누명을 쓰듯이 조선이란 나라는 바른말을 하면 역모 또는 간첩으로 몰려 죽어야 했고, 백성들은 그때마다 푸닥거리를 즐기는 데 혼이 나가 옳고 그름을 알 수 없었다. 백성이 어리석으니 왕조가 매번 속일 수 있었다. 나라가 부강하려면 백성이 먼저 부유해지고 위대해져야 하는데 조선의 백성들은 무지했고 6대 재벌만 있으면 되므로 관료주의의 약소민족을 향한 여정에 노를 젓는 것과 같았다.

거짓된 역사를 만들어 외우며 유령과 같은 악법 속에 진실을 외면한 백성에게 닥친 재앙은 필연적이다. 살아남기 위한 몸부림, 모함과 밀고, 누명을 당연하게 받아들이고 진실을 외면한 나라의 미래란 있는 것인가?

날강도 같은 일본군에게 모든 재물과 재화와 인력까지 몽땅 빼앗긴 확실한 패전이었다. 용병으로 원정 온 만주의 여진 병사들마저 약탈을 하였다. 그리고 어느 전투에서도 확실하게 우위를 보인 전투다운 전투도 없었다. 주인을 잃은 땅들만이 온전하게 있었다. 후손들이 그나마 땅을 가지고 투기해서 먹고 살라는 것이 숙명처럼 다가오고 있었다. 그래야 땅이 재화가 되고 신분이 되는 시대를 만들어 갈 수 있을 것 같았다. 그래서 어떻게든 나라를 지키려고 죽어간 것이다. 시대 흐름을 거역한 반문명의 전쟁의 고통은 백성들이 짊어져야 할 것들이었다. 다친 병사의 귓속에 귀지가 많이, 부스러기가 많이 고여 있었어도 죽어가는 데는 별반 차이가 없었다. 적에 총탄에 출혈에 의한 죽음에 있어 깨끗하게 세수를 한 병사나 세수를 못 한 의병들이나 죽음 앞에서 평등하다.

절도사겸 부원수
(수군절도절도사겸부원수水軍節度使兼副元帥)

칠해로七海路 봉쇄封鎖 작전, 1595(선조28) 군기 확립, 군사 사기함양, 조정에 시국건의문(부정부패 일소) 상신.

왜군의 칠해로의 출입을 통제하는 것은 충분하다. 그 후 해로의 통행세를 받아 숨통을 터주면서 왜군의 철군 협상을 한다. 적들이 이를 뚫으려고 공격하면 후퇴하고 물러가면 또 봉쇄한다. 기회를 봐서 약점이 노출되거나 대규모로 적함들이 몰려 있으면 포격을 가해 격침한다. 조선인의 납치에서 해상 운송을 막으면 저들이 분명 대규모 공격을 할 것이다. 그때 심해에서 양단간의 결전으로 육지의 적들을 독 안에 든 쥐로 만드는 것이다. 그 후 오우라 항을 점령하고 일본과 강화를 하는 것이다. 편리한 군함과 정예 군사로 해상에 출몰시켜서 일본군의 뒤를 요격한다면, 일본군은 육지로 오르지 못할 것이다. 정유재란은 원균 배설 함대가 원거리 해로를 상당한 부분 차단하였기 때문에 일본군은 육지 진출이 원천 불가능했다.

조금 성공함이 있을 것으로 칠해로를 막아야 한다. 첫 번째 조선과 일본 사이의 해로를 차단하는 것이다. 두 번째 서해 진출을 진도에서 차단하는 것이다. 세 번째 남해안 해로의 차단이다. 동해안 해로의 차단이다. 부산포 내에서 섬과 섬 사이의 통로를 차단하여 해상활동을 봉쇄하는 것이다. 원균 통제사가 부산포에서 고생한 것은 적들이 군사를 거두고 싸우지 않았으며 높은 곳에 올라가 총을 쏘아대므로 수군들이 뭍으로 오를 수가 없었다. 따라서 나는 적을 쫓아다닐 필요 없이 중요한 해로 7곳을 선정, 지키면서 적이 추격하면 격멸하기로 했다.

칠해로七海路 봉쇄 작전

영리, "원균은 한양의 권세가에 계속 뇌물을 보냈습니다.(난중일기 1597년 5월 8일) 원 장군은 병역을 면제해주고 씨 콩 한 말을 받았다는데, 이유가 뭐였나요?"

통제사, "병역을 면제하여 받은 씨 콩은 병사들이 하루 한 끼를 먹을 수 있도록 하였고, 면제받은 사람들이 남아서 후손을 잉태해서 민족이 되었다. 다 끌려가서 전멸하였더라면 민족은 누가 지키나? 순신은 아무리 봐도 장군의 기개가 안 보여…."

"임진왜란의 출병거부는 한 번은 실수라고 하지만, 정유 침략에 왜군의 상륙을 허용한 것은 고의성이 있어 보인다. 한두 명도 아니고 12만 병력의 상륙을 지켜보면서 구경하고 일기나 쓰는 것은 너무 여유만만도 분수가 넘는 것이다. 그 때 공격했어야지, 23전 23승을 자랑할 군번이 아냐."

영리, "유 대감이 인사 담당관이 되어 이순신이 큰 덕을 보았겠죠? 늦깎이로 과거에 통과했고, 그러니 좋은 서당에 좋은 친구를 사귀게 해야 출세하는 것은 만고의 진리라고 하는 것입니다. 권 장군도 늦깎이로, 이항복이 인사 담당으로 한 것이 아닐까요?"

원균 통제사, "전란을 핑계로 실력 미달의 친구들을 등용하고, 45세면 과거 응시할 나이가 아니라, 은퇴할 나이에 과거를 해서 어쩌자는 것이냐고요? 그러니 내가 분통이 터져서 죽겠어."

영리, "대장군이 될 분들은 출발부터 다릅니다."

통제사 부관, "능력이 없다면 '커닝' 하고 유 대감 줄을 대어 기어코 과

장에서 말에서 떨어지고도 조선 최초로 과거를 통과하여, 출세가도라! 인생살이에 잘 사는 것만큼 중요한 게 또 있을까? 수단 방법 안 가리고 모함과 허위 전승 보고를 할 만큼 비서실장 겸 영의정을 꽉 잡고, 죽을 고비도 살아남는 처세술은 정말 대단합니다."

처세술의 명인이 꼭 배워 두어야 할 것이다.

순신의 수하手下는 많이 당상관堂上官으로 승품되었는데, 원균의 수하手下인 우치적과 이운룡 같은 장령들은 그 공功이 가장 큰데도 그 상賞이 오히려 다른 사람보다도 못하니 서로 상격相激하였다.(선조실록, 선조27년, 1594년 11월12일)

이순신의 왜적에 대한 장계

"흉악한 왜적이 여러 도에 가득 차 있으나 오직 이곳 호남만이 다행히 하늘의 도움에 힘입어 거의 보전되어 나라의 근본을 이루고 있습니다. 임금께 충성하고 나라를 회복하는 일은 모두 이 도에서 마련됩니다. 그런데(임진년) 6~7월간에 6만의 군마와 많은 군량을 경기지역에서 모두 잃어버리고 전라 병사가 거느렸던 4만의 군사가 또한 얼고 굶주렸는데 이제 순찰사가 또 정예 군사를 이끌고 북상하였고, 다섯 의병장이 서로 잇달아 의병을 일으켜 멀리 출전하였습니다. 이런 일이 있은 후로 온 지방에 소동이 일고 공사 간의 재물이 다 없어지고 늙고 허약한 백성일지라도 병기와 군량을 운반할 때에 함부로 채찍질을 하여 구덩이에 엎어지고 넘어지는 자가 많습니다. 더구나 소모사가 내려와 내륙과 연해안을 가리지 않고 소집할 군사의 수를 배정하고 심히 독촉하므로 각 관아에서는 그 수를 채우기 힘들어 변방을 지키는 군졸들을 많이 빼내갈 뿐만 아니라 체찰사외 총 사관 9명이 각 고을을 분담 검색하여 남아있는 장정을 독촉 징발하고(이 때문에) 백성들이 근심하고 원망하는 소리가 귀에 그치지 않습니다."

상이 승문원에 명하여 근일의 적정을 써서 유격이라고 하였는데, 그 대략은 다음과 같다. … 적병 1명을 생포하여 왔는데 통사가 조사한 결과 신은질이信隱叱己라는 자임을 알았다. 그의 공초供招에, '이번에 심유경 참장이 또 행장의 진영에 들어와서 혼인의 일을 서로 의논하여 5월로 기약하였는데, 만일 약속이 이행되면 회군回軍할 것이지만 약속과 같이 되지 아니하면 신병新兵을 더 뽑아 전라도를 거쳐 점차 중국까지 침략할 것이며, 또 남만국南蠻國에 병사를 청하여 절강浙江 등의 곳에 군사를 상륙上陸시켜 남과 북에서 협공한다면 중국은 쉽게 도모할 수 있을 것이라고 여러 우두머리들이 이렇게 말하였다. 현재 머물고 있는 일본군의 수효는 서생포西生浦)에 5000, 임랑포林郞浦에 3,000, 기장機張에 3,000, 동래東萊에 1,000, 부산포釜山浦에 1만, 양산梁山의 구법곡仇法谷에 3,000, 좌수영左水營에 300, 금해金海에 1만 8,000, 안

일본군 장수들은 자신에 유일무이한 자산인 병사를 아끼려고 의병과
의 전투를 회피하였으나, 조선군 장수는 조정에서 낙하산으로 파견되어
무책임한 전투를 하였다. 조선은 왕과 대신 또는 실세에게 잘 보이면 출
세하는 나라로서 전투내용은 그다지 중요하지 않은 법치국가였다.

전투 없는 승리(비운)

1594년 합천 군수직을 시작으로 동래부사, 부산 첨사, 진주 목사, 경상
좌도 수군절도사, 밀양 부사, 선산 부사직을 두루 수행한다. "권율은 광
주 목사를 했고, 이순신은 정읍 현감을 했는데, 동래 부사, 진주 목사, 부
산 첨사 좋은 데는 다 해 먹었네." "그래요."

왜군들이 점령한 곳인 뜨거운 감자를 던져주었던 것이었다. 그리고 왜

구가 다시 재침한다고 하고 남해안이 소란해지자 이를 평정하라고 경상 우도 수사로 두 번에 걸쳐 발탁되었다. 전쟁 중에 기라성 같은 장수들이 얼마나 많았겠는가. 그것도 한 번도 아닌 두 번에 걸친 경상 수사였다. 임진란 이후 왜적이 경상도만 점령하고 있을 때였다.

동래부사 부임은 왜군의 점령지인 동래부를 무력으로 공격하지 않았고, 동래부로 부임하여 잔여 왜군들이 스스로 부산진으로 퇴각하게 하였으며, 뒤이어 부산 첨사로 들어가면서 부산의 왜구들이 사천성으로 자진 철수하여 부산 일대에 '융무'를 확보하였다. 선산 부사로 부임하여 금오산성을 수축하고 대형 관아 칠정 구택을 건설하여 경상도 관찰사(도청)가 이주했으며, 경상감영의 모든 병졸들을 입히고 먹이는 경상 본영이 되었다. 대구 지역 공산 산성을 수리하여 피난민들을 대거 수용하였으며, 전시 대형 관아와 산성의 수리에 필요한 자금과 물자는 왜군 제6군과 5군의 보급품을 징발하여 조달하였다. 1594년 3월이면 임진왜란 만 2년이 지난 시기이다. 일본의 군사들이 서생포 등 여러 곳에 배치해 있으면서 한두 달 정도의 여유만 준다면 조선의 병력이 아무리 많더라도 일본을 이길 수 없다고 하였다. 그 까닭은 일본이 군사를 모집하는데 남만국南蠻國의 군사들을 이용한다는 것이기에 조선으로서는 일본의 재침에 대해 걱정해야 했다.

그 후 진주 목사로 부임하여 혜창을 건설하였다. 당시 전시라 식량이 없던 시절에 대형 식량창고를 건설하여, 왜군들 보급품들을 징발하여 채웠으며, 진주 백성들에게 식량을 나누어 주었다. "좁쌀 서 말도 없는데 무슨 혜창이냐?"는 관속의 저항이 많았으나 후일 전 백성이 먹고 남을 만큼 가득했다. 조선은 불교 윤회관으로 대형 생선을 어획하지 않았는데, 추풍령 전투 패배 후 향병을 규합, 유격전으로 대항하면서 구로다 나가마사, 가쓰라, 모리의 군수품을 추격 약탈하는 소규모 유격전에 연전연승하였다.

왜군은 우리의 군대가 추격하면 군수품을 두고 일방적으로 도주하였다. 후에는 경상 전역에서 왜군들 군수품을 약탈하므로 북진했던 가토, 고니시, 나가마사 군대가 굶주려 인육을 먹게 되었다. 임진왜란 중 왜군들의 보급품을 약탈하면서 염장 고등어와 다랑어, 돌방 상어 같은 대형 생선들이 경상 북부지역 안동 풍기까지 공급됐고, 후일 경상 전역에 이러한 재정으로 성을 수리하고 관아를 세웠다. 군대의 다른 장수들과 달리 재정까지 하는 '융무'를 맡아서 하였다. 그러나 '융무'를 하면서도 당시 중앙에서 지원될 것은 거의 없었음에도 전라지역 나주에서까지 식량을 구하려 몰려들었다.

조·명 연합군의 평양성 한양 탈환전에 일본군보다 조선 백성의 피해가 컸다. 관료와 관군은 일본군을 매우 무서워하였다. 적치를 수복하면서 일본군에 물건을 판매한 조선인은 부역자로 몰려 무자비하게 사살되었다. 나는 적치인 동래부사 임명에 동래 포위섬멸 중론을 무시하고 동래 외청에서 취임식을 선포하게 하였다. 충돌을 염려한 일본군의 자진 철군으로 백성 피해를 최소화하여 민정을 회복시켰는데 적개심이 팽배한 조정이 나를 비겁자로 평가했다. 한양 수복에 희생된 수많은 사람은 일본군이 아니라 우리 백성이었기에 나는 비겁자, 비운의 장수가 되는 길을 선택하였다.

피난민들은 얼굴은 초췌하고 몸은 비쩍 말라 뼈만 앙상하게 남아 있었다. 곳곳에 부상당한 병사들이 총알에 의해 팔과 다리 등에 입은 상처는 곪아가고 있었다. 그들은 혼절한 중에도 이따금 큰소리로 울부짖으며 전쟁터에서 쓰러져간 병사들의 이름을 불러댔다. 임진 침략에 맞선 조선군들은 중과부적의 전쟁이었다. 달걀로 바위를 치는 격이었다. 그래서 전쟁 중에 거대한 관아 공사를 일으켜 조선의 자신감을 왜군들에게 보여주고자 했다. 나는 비운에 장수이다. 일본군은 나에게만은 절대 패배를 보이지 않았다. 운이 나빴던 것이다. 들꽃은 비가 와도 우산을 쓰지 않는다. 잡초는 천둥이 울어도 귀를 막지 않는다. 나는 잡초이고 들꽃이며, 천둥, 빛, 별들의 노래, 나비들의 춤이 어우러져 비로소 세상의 작은 향기 하나가 된다는 것을 닮고자 한다. 나는 비운의 장수이고 화려한 주인공이 아니다.

휴전회담 도요토미

일본의 고니시 유키나가와 명의 장군 이여송, 심유경 등이 주축이 되어 평화협상을 벌이는데, 히데요시의 요구 사항은 이러했다. 명나라는 일본의 모든 요구를 들어 주어 일단 철군시키는 것을 목표로 한다.

1. 명나라 황녀를 일본 천황의 후궁을 삼는다.

2. 무역 증서제를 부활한다.

3. 일본과 명나라 양국 대신이 각서를 교환한다.

4. 조선 8도 가운데 4도를 일본에 이양한다.

5. 조선의 왕자와 신하를 볼모로 일본에 보낸다.

6. 포로로 잡고 있는 조선의 두 왕자를 석방한다.

7. 조선의 권신이 일본을 배반하지 않겠다는 서약을 한다.

양방형楊邦亨이 조정 의논이 이미 매우 격해진 것을 보고 비로소 사실의 전말을 바로 토설하면서 심유경沈惟敬에게 죄를 미루고, 아울러 본병本兵과 총독總督의 편지를 드려 황제에게 보이니, 황제가 심유경이 나라를 팔았는데도 본병은 죄상을 미봉해 주려고 한 것에 크게 노하여 심유경을 체포하게 하였다.

처음에 왜인이 일곱 가지 일을 요구하였으니, 첫째 땅을 베어 줄 것, 둘째 왕으로 봉해 줄 것, 셋째 공물을 바치게 해 줄 것, 넷째 인장을 보낼 것, 다섯째 곤룡포를 보낼 것, 여섯째 충천관沖天冠을 보낼 것, 일곱째 선우(單于, 흉노의 추장)가 한漢 나라와 한 일처럼 공주와 혼사를 하도록 하자는 것이었는데, 심유경이 그중에 네 가지 일을 숨기고 왕으로 봉할 것, 인장을 보낼 것, 공물을 바칠 것 세 가지 일만 말하였으므로 강화하는 일이 이루어지지 못한 것이다. 천자가 비로소 그가 속인 것임을 알고 본병을 크게 책망하니, 병부 상서 석성石星이 상본上本하여 변명하고, 총독總督 손

> 광손광鑛은 군부 책임을 해면시킬 것을 청하였다. 천자가 이에 양방
> 형을 하옥하여 법대로 심문하고, 형부에 신칙하여 구경九卿과 과
> 도科道를 모아 복의(覆議, 자세히 살펴 의논함)하게 하였는데, 그 의논
> 은 다음과 같다. "만력 25년(1597, 선조 30) 월 일에 형부 상서刑部尙
> 書 소대형蕭大亨 등은 삼가 아룁니다."(제조번방지)

명나라 군대가 일본군과 교전에서 거의 패배함으로 이여송, 조승훈, 이원
종이 장군으로 출전하여 겨우 몸만 도주하여 돌아가게 되어 사실상 일
본의 승전을 의미하는 협상이다. 석성은 일본군 진영에 뇌물을 보내고
심유경을 통해 일본 모리 휘원 부대의 사무라이(군관)들이 영남에서 섬멸
되어 기병이 없다고 하자 말 오백 필을 일본 측에 제공했다. 전쟁 중에
겨우 승리하여 일본군 5만을 보병대로 만든 나를 무시하고 적에게 '탱크'
를 제공한 것과 같다. 사무라이들이 없는 오백 필의 말이 다행이지만, 명
나라로서도 답답한 측이 우물을 파는 것이다.

강화교섭 통신사

1596년 10월 5일 아침에 정사正使와 부사가 심유경沈惟敬의 아문衙門에
가니 관백이 중 셋을 보냈는데, 다 관백이 신임하는 자이며, 그중에도 현
이玄以란 자가 가장 힘을 쓰는 자이다. 세 중이 심유경을 보고서 나가는

데 행장行長과 정성正成 등이 손으로 바지 자락을 걷어올려 두 다리가 드러나게 해서 가마 앞으로 뛰어가서 배웅하되 세 중은 가마 위에서 꼼짝하지도 않고 앉아 있으니, 왜인들이 중을 존경함이 이와 같았다.

사신들이 심 천사에게 보기를 청하였으나 심 천사는 만나 주지 않고 역관 이유李愉에게 말하기를, "내가 비록 배신陪臣을 만나보지는 않았으나 배신이 나에게 말하고자 하는 뜻은 이미 알고 있다. 어찌 반드시 만나보아야 하겠는가? 나의 이번 걸음은 오로지 조선의 일을 처리하려는 것인데, 더구나 배신은 나와 함께 1년이나 같이 지낸 처지라서 다른 사람과 사이가 자별한데, 내가 어찌 버리고 먼저 돌아가서 돌보지 않겠는가? 그러나 이런 것은 또한 작은 일이고, 국가의 큰일이 나의 몸에 달렸으므로 힘을 다하지 않을 수 없으니, 배신은 우선 기다리라. 내가 잘 요령껏 처리하여 반드시 일이 되게 할 터이니 안심하고 지나치게 근심하지 말라." 하니, 황신黃愼 등은 그대로 돌아왔다. 저녁에 평조신平調信이 사람을 보내서 말하기를,

"심 노야가 관백에게 편지를 보내고, 또 행장行長과 정성正成을 조선에서 철병撤兵할 것과 조선 사신을 접견할 것을 허락하라는 일을 가지고 관백의 처소에 보냈으니, 내일 오후에는 회보가 있을 것이오." 하였다.

1593년 4월, 일본군이 한성에서 철수하면서 명과 일본 사이의 강화 교섭이 본격화되었다. 침략군에 대한 강화란 다른 말로 적들을 쳐부술 힘이 없어 화친한다는 측면이니, 곧 항복을 좋게 체면치레해서 협상하자는 것이다. 유성룡과 동인(남인) 조정의 주장이며, 영남 의병들은 전투 이외엔 방법이 없었다. 왜냐면, 일본군이 영남 일부를 점령하고 있어 강화 교섭 자체를 용인하게 되면 영토를 내줄 수 있어 저항이 극렬해졌다. 교섭을

맡았던 심유경沈惟敬은 일본 측이 제시한 강화 조건을 명 황제로부터 책봉문을 받아 8월에 일본으로 건너가 도요토미에게 바쳤다. 도요토미는 격노하여 정유재란의 발발로 이어지는 계기가 되었다.

조선이란 나라는 허명뿐이고 조정은 유성룡을 필두로 하는 동인(남인)들이 장악했고, 군사적인 부분은 영남의 군부가 전쟁을 수행하고 있었다. 강화 교섭의 당사자인 영남의 군관들이 실무진으로 약 300여 명 중에서 약 9할이 파견되어 국익을 챙기고자 했으나, 이미 조선이 약소국의 지위로 인해 도요토미는 강화를 거부하고 추방하려고까지 했다. 강화협상을 위해 심유경(중국)과 양신(조선)이 일본까지 찾아가서 도요토미를 알현하려고 한 것은 임진왜란의 승패가 어디에 있는지 확인해 주는 것이다.

심유격沈游擊이 두 나라로 하여금 서로 좋게 하려 하였으나 조선이 일본과 화친하는 것은 옳지 못하다고 명나라에 상주하였고, 또 심유격이 우리나라와 마음을 같이 한다 하여 매양 미워하였다. 중국 사신 이종성李宗誠이 도망갈 때에도 조선 사람들이 또한 그를 선동하여 도망하게 하였으며, 이번에 중국 사신이 바다를 건너온 지 오래되었는데 조선 사신은 이제야 뒤쫓아 오고 또 왕자王子도 보내지 않으며, 일마다 나를 속이니 이런 조선 사신은 접대를 하락하지 않을 것이다.

"나는 먼저 중국 사신을 본 뒤에는 조선 사신을 구류해 두고서 병부에 품첩稟帖하여 그들이 뒤에 온 까닭을 물은 뒤에 그 사신을 보내겠다 하였소. 큰일이 거의 다 이루어지다가 이렇게 순조롭지 못하니, 나는 매우 근심이 되오. 반드시 이런 뜻으로 사신에게 자세히 고하여 급히 심 천사沈天使를 만나 상의하여 잘 말을 해서 관백의 노여움을 풀게 한 뒤에 양천사楊天使와 같이 가서 보는 것이 좋겠소."

6일. 밤중에 평조신이 와서 황신을 보고 말하기를, "오늘 낮쯤에 행장과 정성·삼성三成·이장二長 등이 오사포五沙浦로부터 와서 관백의 말을 전하기를, '중국에서는 사신을 보내서 나를 왕으로 봉하니, 영광이기는 하지만 조선이 무례하므로 화의和議는 허락할 수 없고 다시 군대를 일으켜 전쟁을 해야 할 것인데, 어찌 철병撤兵할 리가 있겠는가? 중국 사신은 오래 머물러도 무익하니, 내일 배를 타고 떠나감이 좋겠고, 조선 사신도 보내줄 것이다. 나는 한편으로 군대를 모아서 올해 안에 조선으로 향할 것이다.' 하였으며, 또 들으니, 이미 청정淸正을 불러서 다시 조선에 쳐들어갈 계책을 의논하였다 하니, 청정이 만약 뜻을 얻게 되면 일이 더욱 난처하게 될 것이므로 행장이나 우리들은 다만 죽기를 기다릴 뿐입니다." 하였다.

황신黃愼이 부산釜山 왜영倭營에서 국서國書 오기를 기다리고 있었는데, 조정에서 역관譯官 이유李愉와 박대근朴大根을 시켜 국서와 예물을 받들고 가게 하니, 성주星州에 이르자, 부사副使 박홍장朴弘長도 성주로부터 국서와 함께 부산에 이르렀다. 황신 등이 중간 지점에 나가서 공경히 맞이하여 부산에 들어오자, 왜영의 장수 평조신平調信과 사고안문沙古雁門 등도 5리나 가서 공경히 맞이하였다.

병신년(1596, 선조 29) 8월 4일, 저녁에 배를 타고 평조신과 같이 대마도對馬島로 향하였다.

10월 10일, 낭고야郞古耶에 도착하여 바람에 막혀서 수일을 머물렀는데, 평행장平行長이 요시라要時羅를 황신이 있는 곳에 보내어 와서 문안을 드렸다. 요시라는 본디 우리나라 말을 잘 할 줄 알므로 함께 조용히 이야기하였다. 요시라가 말하기를, "관백이 인심을 많이 잃었고 악한 일을 하고도 고치지 않으니, 3~4년을 더 못 가서 반드시 자리를 보전하기 어려울 것입니다. 조선이 만약 계교를 써서 이 동안만 지나간다면, 관백이 죽은 뒤에는 반드시 무사할 것입니다." 하고, 또 "관백은 애초부터 깊은 궁중에서 태어나고 자라서 민간의 괴로운 사정을 모르는 자가 아닙니다. 본래 미천한 데서 일어났으므로 섶과 쌀을 짊어지고 분주하게 걸어 다니는 노고와, 또한 남의 우두머리 된 자가 남에게 모욕을 주면 욕되는 것과 칭찬을 하면 즐거워한다는 것까지도 잘 알고 있으면서도 백성을 괴롭히고 사람을 부리는 것이 이렇게 극심하니, 일본 사람은 대소를 막론하고 다 원한이 골수에 사무치므로 그가 결코 일생을 잘 마치지는 못할 것입니다. 관백 자신도 스스로 그것을 알고 있어서, 매양 '내가 일가 조카를 양자로 삼아서 부귀한 지위에 이르게 하였는데도 그 자식이 도리어 나를 해치려 하고 온 나라 사람들도 역시 나를 죽이고자 하니, 내가 앉아서 망하기를 기다리기보다는 차라리 내 뜻대로 나 하는 것만 못하다.' 하였습니다. 관백의 뜻은 일본 사람은 만약 편하게 그대로 두면 반드시 나라 안에서 일을 만들어낼 것이므로 그들을 수고롭게 해서 잠시도 편하고 조용할 때가 없게 해야 한다고 여긴 것이니, 이를 미루어 보건대 결단코 조선에서 병력을 철수하지 아니할 것이고 반드시 전복顚覆한 뒤에야 그칠 것입니다." 하고, 또 "일개 부대가 먼저 전라도로 침입하면 그 참혹함이 반드시 진주晉州 전투와 같을 것입니다. 만약 그것을 방어하는 자가 없으면 그 병력이 충청도로 향할 것인지 경기도로 향할 것인지에 대해서는 알 수 없으나 전라도로 갈 것은 의심할 여지가 없으며, 도주島主의 영이 매우 엄하므로 감히 오래 머물지는 못할 것입니다." 하고는 물러갔다.

소서행장(고니시)이 말하기를,

"조선에서 왕자가 일본에 가면 잡아서 유치하고 돌려보내지 않을까 의심하기 때문에 보내지 않는 것이나 결코 그럴 리는 없을 것입니다. 다만 관백의 뜻은, 내가 앞서 왕자를 놓아 귀국시켜 주었는데, 조선에서 왕자를 보내서 사례하지 않는 것은 나를 매우 업신여기는 것이니, 왕자가 아니면 비록 조선의 백관이 간다 할지라도 무익할 것입니다. 왕자만 한번 갔다 오면 다시 다른 일은 없을 것입니다." 하고 또 말하기를, "국왕께서 왕자를 지극히 사랑하실지라도 모름지기 전일에 포로가 되어 갔을 때의 일을 생각하시고 억만 백성을 위한다는 것으로 생각하시면 대단히 좋을 것입니다. 나도 사신이 이 말을 입 밖에 내기 어렵다는 것을 알고 있으나 이 실정을 명백히 진달하시어 빨리 좋은 소식을 나에게 전해 주도록 하십시오. 내가 4~5개월 안에는 큰 병력이 나오지 못하도록 힘쓰겠습니다. 만약 대병大兵이 나온 뒤에는 비록 좋은 소식이 온다 해도 아무 소용이 없습니다." 하고, 또 말하기를

"조선에서는 매양 저희들이 임진년의 전쟁을 일으키도록 찬성하였다고 의심하나 관백의 명령을 감히 어길 수 없어서이지, 우리들이 자청해서 온 것은 아닙니다. 평의지平義智 역시 이 일이 일어난 것을 유감으로 여기니, 평의지는 곧 저의 사위입니다. 나는 더욱 통신을 빨리 해야 한다고 생각하니 사신은 조정에 돌아가시면 저의 실정을 아뢰기 바랍니다."(제조번 방지)

강화 교섭 사신의 활동에서도 도요토미는 정유재란을 천명하고 있고, 가토 기요마사의 출병은 기정사실이다. 요시라가 별도로 김응서와 밀서를 주고받은 것은 중요한 장계라고 하기는 그렇고 확인 차원에 불과하다. 일본군이 약 14만 명이 쳐들어오는 것은 분명해졌다. 임진왜란 때도 침략

이 없다고 말로 때우더니 이 인간들 입으로 나불대면서 전쟁 준비를 하시나요, 제대로 된 인간들 맞나?

수길(秀吉도요토미)이 우리나라 사신을 보지도 않고 중국 조사詔使도 역시 예로써 접대하지 않고 말씨가 무례하니, 두 중국 사신 및 우리나라 사신도 초 9일에 배를 타고서 떠났다. 사신들의 일행이 병고관兵古關에 도착하자, 밤중에 적선賊船이 우리나라 배 곁으로 지나가다가 갑판 위로 올라오면서 풍파를 주의하라고 외쳤다. 일행 군관들은 이들이 우리를 죽이려는 것으로 알고서, 놀라 허둥지둥 일어났는데, 어떤 자는 두 다리를 한쪽 바짓가랑이에 끼우기도 하고, 어떤 이는 옷을 거꾸로 입기도 하였으며, 이국로李國老란 자는 옷을 벗고 알몸으로 바다로 뛰어 들어가려다가 곁에 사람이 끌어 잡아주어 죽음을 면하였으며, (제조번방지)

조선은 형식을 중요시하는 육법전서 법치 국가이다. 도요토미가 중국과 인도를 점령할 계책과 수단 그의 의중을 알려고 하는 것이 아니라, 관료들은 시계추처럼 왔다갔다 국법에 따라 돌아가는 형식이었다. 내용과 실질을 소중히 하는 인간이 지배하는 나라가 아니라 법전이라는 유령이 인간을 지배하는 형식의 나라로써 내용은 전혀 중요하지 않았다. 조선시대나 지금이나 관공서에서 하는 일이 현실과 전혀 상관없이 도장 찍는 일이다.

가토 기요마사의 호언장담

가토는 도요토미(풍신豊臣)에게 고니시(소서小西)가 하는 일은 모두 허사라고 하며, 자신이 조선에 나가면 한 번의 출격으로 조선을 평정하고, 왕자王子도 사로잡아 태합太閤 도요토미 앞에 바칠 수가 있다고 하며, 가토는 직접 나와 한 번도 대결한 바 없어 병마兵馬를 청하고 있다.

가토 기요마사는 관백(도요토미)에게 자신에게 병력을 내어 주면 조선으로 쳐들어가서 임진왜란 때보다 더 빨리 진격하고 선조 대왕을 생포해서 바치겠으며, 만일 실패할 경우 자신에 가족을 모두 죽여도 좋다는 맹세를 한다. 이에 도요토미는 조선 사신들의 국서를 거부하고 중국의 사신 심유경까지 추방하겠다고 주장한다. 이에 개산진에서 나에게 포위된 바 있던 고니시(소서행장)는 가토의 출병은 불가한 것이라, 관백에 보고했다. 가토 기요마사는 고니시의 소극적인 전투 때문에 임진왜란이 실패했다면서 자신이 성공해 보여 주겠으며, 강력한 철권통치를 주장하고 이에 도요토미는 가토 기요마사에게 조선의 남부 사도의 백성들을 다 죽여도 좋다는 허락을 하여 정유 재침이 시작된다. 이때는 이미 조선 통신사와 중국 명나라의 강화 사신들이 이미 이러한 사실을 알려왔고, 가토 기요마사가 20일 안에 선조를 사로잡겠다는 조선 공격을 개시하게 된다.

이러한 때에 도요토미로부터 상대적으로 소외된 고니시는 절치부심하여 가토의 공략이 성공할 수 없다고 도요토미에게 말하였고, 도요토미는 다시금 가토와 고니시를 경쟁시키고 그 중간에 구로다 나가마사와 모리 가문의 병력이 후원하게 하여 전쟁을 일으키게 된다. 이때 도쿠가와 이에야스도 조선 출병에 시달리게 되나, 이에야스는 자신의 영지 내 불모지

간척 사업을 핑계로 잠시 출병을 지연하였다.

가토 기요마사는 1월 12일 울산항에 도착하여 군사 준비를 착착 진행한다. 먼저 조선 수군을 격파하고 조선을 정벌할 것으로 판단하여 해안가에 조선 수군의 동태를 살피면서 작전에 돌입하였다. 이때 이순신이 파직되고 원균이 임명되어 일본군 14만군과 대치하게 된 것이다.

가토 기요마사가 조선을 재침하기 위하여 1597년 1월 4일 대마도에 도착한다는 것은 사실이었다. 가토 기요마사는 제1 선봉장으로서 재침하여 성공하지 못하면 자기 가족들을 다 죽여도 좋다고 도요토미 히데요시에게 장담까지 했다.

앞으로는 관백의 노여움이 폭발하였고 거기에 또 청정淸正이 찬조하고 있으므로 큰일이 이루어지지 않습니다. 오늘 저녁에 행장行長이 장성長成에게 이르기를, '나는 3~4년을 두고 이 일을 힘써 주장하였으나 끝내 이루지 못하였으니, 차라리 배를 찔러 죽을까 한다.' 하니, 장성이 '그럴 것까지야 있나…'(제조번방지)

"'왜장 청정淸正이 정월 14일에 기선騎船 2백여 척을 통솔하고서 이미 조선에 정박하여 기장機張에 주둔하고 있다.' 하였고, 또 어젯밤 누하이고漏下二鼓에 들어온 맹양상孟良相의 당보에 의하면, '왜적이 이미 양산梁山 한 고을을 빼앗아 그 태수太守를 쫓아내었다.' 하므로 신은 밤새도록 잠을 못 이루고 근심을 이길 수 없었습니다. 그 기선騎船이라는 것은 기병騎兵을 태운 배이니 기선이 2백 척이나 된다면 보선步船을 알 수 있으며, 청정한 사람의 통솔한 것이 이러하다면 네 사람의 통솔한 것을 알 수 있습니다. 진실로 두려운 것은 왜노倭奴의 진의眞意가 우리 번방인 조선에 있는 것이 아니고 우리나라의 복판에 있는 것 같습니다. 신은 여기에 생각이 미치자 매우 한심합니다. 다행히 황상皇上께서는 하늘이 주신 신무神武하신 자품으로 만 리 밖을 밝게 내다보시어 조정의 신하에게 의논하라는 명령을 내리시니, 이는 화를 바꾸어 복으로 만들고 법도를 혁신시킬 수 있는 기회입니다. 나라를 그르친 신하를 제거하지 아니하면 충성스러운 말이 쓰일 수 없습니다."(명나라 마동의 보고)

가토 기요마사의 호언장담은 그가 영남 의병과 나에 대해 무지했기 때문이었다. 반면 고니시 유카나가 구로다 요시타카 모리 테루모토 모리 가문과 5대로의 철군 결정은 영남 의병 전력을 있는대로 평가했기 때문이다. 선조 이연과 동인 조정은 의병을 인정하지 않았다.

철갑선의 등장, 두려움

몇몇 수군 군영에서 여러 장수들을 불러 모아놓고 거북선 진수식을 하였는데, 적들을 과대히 평가하여 판옥선에다가 철판을 지붕으로 쉬움으로 부력을 이기지 못하여 거북선은 진수식에서 뜨기를 거부하고 우회전하면서 가라앉아 영원한 잠수함이 되었다. 이를 보고 나는 전함의 크기를 두 배로 키우고 그 위에 철갑 대신 장작을 덧대어 씌움으로 이러한 문제를 해결하였다. 우리 경상 우수영 전함은 약 50여척, 이중 장작귀선은 12척을 광양의 망덕 포구에서 건조하였고, 추가로 4척을 건조 중에 정유재란이 발발하였다. 나는 과도한 철판으로 잠수함을 만들 생각은 없었다.

법전으로 노비를 만들어 합법화하고 공짜로 만든 조선의 배들이 바다 위에 떠다니는 것만도 정말 대단한 것이었다. 나는 '모리휘원' 부대로부터 약탈한 군량미로 금오산성과 장작귀선(배세루)를 만들었다. 조총, 아시가루 장창, 일본도 이런 것으로 중무장시킨 대규모 부대로 볼 때 '토요토미'는 천 년에 한 번 나올 인물임에는 분명하지만, 조선인이 아니라 일본에 태어난 침략국의 주적이었다.

내가 부끄러운 때는 방위산업을 하네, 무기를 어쩌네 하면서 나랏돈은 제 주머니에 챙기고 정신력으로 공짜로 국방을 하려는 뿌리 깊은 행태를 볼 때이다.

법으로 강제된 의무노동에는 '무표정, 무관심의 서비스'뿐이었다. 살기 위해 하지 않을 수 없는 강제된 형식의 사회는 조용히 죽어가는 나라였다. 조선을 살리기 위해서 육법이라는 유령과 형식이 지배하는 법전주의 법치를 부수어 실질의 일하는 사람에게 보상이 주어지는 세상을 만들고 싶었다.

양반들이 거두어들이는 경작 반수(임대료)와 토지가격 상승으로 인한 수입은 년간 약 8억만 냥(800조 원)에 이르지만, 미실현 수입이라며 땡전한 푼 받지 않으니 평생 보유하였다. 그러니까 토지는 팔기 전에는 수입이 없다고 해서 미실현 수입이라지만, 대출받아 사용하고 양반들이 승진하는 데 담보로 이용하여 지위용으로 수익을 실현해서 꿩 먹고 알 먹고 수익을 실현해도 매각만 하지 않으면 세금을 낼 일이 없었으므로 양반이 노비에게 땅 파는 것은 있을 수도 없었다. 나라 세금은 백성의 입을 노리거나 한 모금 빨지 못하게 하는 데 집중했기에 조선의 토지를 매각하면 상국上國의 절반은 살 수 있었고, 목구멍이 잡힌 백성은 백의민족(죄인)으로 만들었다.

송익필 정철 막후 실세

기묘사화 때에 조광조 안당, 그리고 기축옥사 때 정언신 정여립을 역모죄로 숙청한 사건에서 송사련 송익필(서인 세력의 막후 조정자) 부자는 삽교천 부근에서 피신해서 살았는데, 고향 사람인 이순신의 후견인을 자처하였고, 송희립은 이순신의 고향 사람으로 송사련의 연락병이었다. 현존 난중일기의 작성자가 이순신 사후에 송익필(송희립의 연락병 당시 구술을 기재해 두었다가 송익필 송한필 형제가 기록한 것 추정) 이순신 장군이 일본군에 보낸 친필과 다르다는 점과 고로 송익필이 이순신의 모든 전투를 지휘했다고 스스로 주장하였다.

"이율곡의 소개로 송익필을 찾은 이순신은 기다리며 병풍 속 앉은 학이 자신이 상상하던 거북선과 비슷하여 몇 개의 구멍을 뚫는다. 돌아온 송익필이 몇 개 구멍을 뚫었느냐고 묻자, '네 개요.' 했다. 송익필에게 순신이 묻기를, '원래 완전하려면 구멍이 몇 개'냐고 묻자 송익필은 48구멍이 전부라고 답한다. 이순신에게 두 수의 시를 주니…."(송구봉, 송익필의 전기)

이순신 장군은 전라 좌수사 임명 불과 1년 전에는 종6품 미관말직이었다가 특별한 전공이 없음에도 10계단(품계로는 6계단) 이상 높은 전라 좌수사로 파격적으로 임명되었다. 선조로서는 거의 파격적인 인사였다. 유성룡과 어린 시절 친구라는 것으로 이해하기 어려운 부분으로 서인의 막후 조정자인 송익필의 추천이 있었다.(송익필은 벼슬에 나가지 않았음) 송익필은 이순신을 후원하고 송희립이란 군관을 파견하여 이순신을 대신하는 일들을 시켰다. 이순신의 부대는 실질 유성룡(동인)의 지원으로 송익필(서인)과 송강 정철(서인)이 움직였다. 실세였던 송익필과 정철이 유성룡을 겉으로는 싸우는 척하면서 암암리에 아무도 모르게 지지한 사실과 이러한 관계를 선조는 알고 있었다.

이순신 파직

관직을 모두 박탈당하고 평민 신분, 백의종군하게 되는 과정, 1597년 2월 26일 이순신 장군은 삼도 수군 통제 사직에서 파직되어 서울로 압송, 투옥 28일 만인 이 해 4월 1일 간신히 사형을 면하고 도원수(총사령관) 권율 밑에서 백의종군白衣從軍한다. 이것은 사면이 아니다. 곤장 100대나 유배 3년 형에 따르는 처벌이다. 대장을 이등병으로 강등시키는 것과 같다. 죄명은 '조정을 속였으니 임금을 업신여긴 죄요, 적을 쫓아 치지 않았으니 나라를 등진 죄요, 또 남의 공을 빼앗고 또 남을 모함한 죄와 한없이 방자하고 거리낌 없는 죄'였다. 이러한 죄라면 당시의 어떠한 법률을 적용해도 사형을 면치 못한다.

1592년 원균과 함께한 한산도 대첩 후로 93년 7월 휴전되기까지 2년간 전과가 있는가? '조정을 속였으니'(도체찰사(都體察使, 비상시 왕명을 받아 왕을 대신하던 총 사령관직) 이원익의 주도로 부산의 일본군 주둔지(倭營, 왜영)를 완전히 불태운 사건을 이순신이 자신이 주도한 것으로 보고한 죄, 이순신 장군은 왜영이 불타는 것을 보고는 자신들이 불을 질렀다고 보고했다. 조정에 보고해 표창까지 받았는데 나중에 허위로 사실이 판명된 것이다.) 일본군 선봉 장군 가토 기요마사加藤清正를 바다에서 잡아오라는 명령을 이행하지 않은 것을 말한다. 이는 여러 사료에서 일본 왕래 사신이나 고니시 유키나가小西行長는 조선 재침략(정유재란)을 앞두고 조선 조정에 정보를 준 것이다. 대마도에 도착해 순풍이 불면 바다를 건너올 것이니 기다렸다가 바다에서 공격하면 이길 수 있다는 내용이었다. 정말 좋은 작전임에는 분명하나 성공하고 못 하고 그다음이 문제이다.

> 흐리다가 저녁나절에 개이고 바람이 세게 불더니 해질 무렵에는 더 거세어졌다. 아침에 출항하여 당포 바깥 바다에 이르러, 바람을 따라 돛을 반 쯤만 올려도 순식간에 한산도에 도착하였다. 활터 정자에 올라 앉아 여러 장수와 더불어 이야기했다.(난중일기, 갑오년 1594년 1월 19일(양력 3월 10일) 무술)

"저녁에 경상 우수사 원균이 왔다. 소비포 권관 이영남에게서(영남의) 여러 배의 사부(궁수) 및 격군(노 젓는 노꾼)이 거의 다 굶어 죽겠다는 말을 들으니, 참혹하여 차마 들을 수가 없었다." 이순신 장군의 배에는 굶주리며 노를 젓는 병사들의 신음소리가 가득했고, 거북이처럼 굶주린 병사들의 신음은 보기 힘들 정도였다.(난중일기)

임진왜란 당시 명나라 수군의 전투선 '호선'은 약 10여 명이 탑승할 수 있는 작은 배였다. 명나라 수군은 볼품이 없었는데 임진왜란 당시 끌고 온 명나라 수군의 전투선은 '사선'과 '호선'이다. '사선'은 약 50여 명이 탑승하는 배였지만 조선의 판옥선에 비교하면 초라한 수준의 배였다. 초라하지만, 등선 육병전에는 배의 크기는 크게 문제되지 않는다. 어차피 백병전이 배 위라고 다를 것은 없다. 백병전에는 군사의 수가 매우 많은 쪽이 크게 유리하고 배의 크기는 상대적으로 중요도가 떨어진다. 원균이 이순신에게 구원을 청하였고 이순신이 이를 거부하자 홀로 출전하여 왜선을 격파했다.

임란 발발 후 원균 장군은 개전 소식을 이순신 장군에게 알리고 구원을 요청하였다. 이순신 장군이 이를 단호하게 거부하자 이영남이 통곡하며 세 차례나 찾아가 사정을 하였고, 20일 정도 후 조정의 분명한 구원 명령을 듣고 출전에 나서게 된다. 원균 장군의 구원 요청에 응하지 않은 이순신 장군의 태도가 문제가 되었다. 난중일기에도 보이듯이 전쟁의 발발 소식을 원균 장군으로부터 받은 그 이후 이순신 장군이 한 일은 전쟁 소식을 이문(聞)하고, 동헌에 나가 공무를 보는 것이었다. 전라 좌수사가 전쟁이 난 소식을 듣고 공무를 본다는 것은 도저히 이해가 안 된다.

1월 27일 선조가 대신 및 비변사 유사당상을 인견한 자리에서 신하들이 이순신과 원균을 두고 크게 다투는 설전이 다시 벌어졌다. 신하들은 당파별로 나뉘어 동인은 이순신을 지지하고 서인은 원균을 지지했다. 선조가 원균을 수군으로 돌려보낼 뜻을 굳히고 "원균으로 대신해야겠다."라고 선언한 것이 이 날이다.(선조실록 선조 30년 1월 27일 조)

어전회의(1597년 1월 27일 조) 전문 이순신 파직

1) 부산 왜영 방화사건 이순신 장계.

2) 부산 방화사건 임금을 속인 죄.

3) 적을 쫓지 아니하고, 나라를 등진 죄.

4) 동궁(광해군)이 진주로 내려가서 이순신을 여러번 불렀으나, 오지 않는 죄.

5) 원균의 공을 가로채고, 원균을 모함한 죄.

동인 조정을 대표하는 장수가 이순신이다. 유성룡과 이순신의 전쟁 준비를 살피면 동인 조정이 일본 침략을 전혀 예측하지 못했음을 알 수 있다. 동인 조정은 일본군을 고려 말 왜구들이 침략했다가 약탈이 끝나면 돌아갔던 것을 염두에 두고 있었다. 한양이 무너져도 가능한 출동 지연

으로 왜구들이 돌아갈 때에 대승을 노렸다고 보인다. 유성룡과 그런 의견 교환이 사전에 있었기 때문에 원균의 출동 요구를 무시하고 그를 바보 원균으로 평가했다. 동인 조정은 이순신을 고집하고 원균을 반대한 이유도 시간이 지나면 일본군이 물러간다고 생각했기 때문이다.

파직, 백의종군 사형수

선조실록 36년, 1603년 4월 "이순신은 임진년에 전라좌수사로써 전함을 거느리고 경상 우수사 원균과 더불어 거제 앞바다에서 싸워 적을 대파하였다. 그 해전에서 적선 50여척을 무찔렀으니 그 공이 변란 후 제일 큰 것이었다. 그때 작전계획과 선봉은 원균이 한 것이었으며, 이순신은 특별히 도와주는 처지에 있었다. 대첩이 있은 뒤에 원균은 그 결과를 평양에 피난 중인 조정으로 보고할 것을 이순신에게 상의하였더니, 이순신이 말하되, '이와 같은 작은 첩보를 조정에 알릴 필요가 있겠소, 내가 전라도로부터 급작스럽게 달려오다 보니 미처 병기를 다 갖추지 못하고 왔소. 장차 적장의 머리를 얻은 다음 다시 의논합시다.' 하니, 원균은 그 말에 따르기로 하였다. 그러나 이순신은 비밀리에 사람을 조정에 보내 싸움에서 얻은 병기와 적선에서 얻은 금풍경, 금부채 등의 물건을 곁들여 전공을 모두 스스로가 세운 것처럼 과

장해서 장계를 올렸다. 조정에서는 방금 위급한 처지에서 그러한 보고를 받고 크게 기뻐하여 이순신을 통제사로 삼고 원균으로 하여금 그의 절제節制를 받게 하니 원균은 이로부터 크게 상심하여 서로 협력하지 않았다."

선조실록 1593년 2월 4일자 "사헌부계왈司憲府啓曰(사헌부에게 계장을 올려 말하기를), 통제사 이순신은 나라의 더없는 큰 은혜를 입어 그 주위가 이미 극에 이르도록 높아졌음에도 불구하고, 군사를 둔쳐 바닷속에 있는지 이미 5년이 지났음에 군사들은 늙고 일이 해이해지며, 적을 막는 일에는 아무런 조치도 취하지 않으면서 부질없이 남의 공로만 가로채어 조정을 속이는 장계만 올리고 있습니다. 마침내, 적선이 바다를 덮어 와도 작은 곳 하나를 지켰다든가, 창 뿌리 하나를 겨누어 보았다는 말을 듣지 못했으니 뒤에 있던 적선들도 이제 거리낌 없이 건너와서 종횡으로 날뛰어도 적을 치지 않고 버려두었으니 은혜는 배반하고 나라를 등진 죄가 크옵니다. 청컨대, 그를 잡아와서 법에 따라 죄를 전하도록 명하옵소서." 이에 선조는 차차 처리하겠다고 비답을 하명한다.

백성들, "아전들 멋대로 하는 게 법이더냐. 대신들도 그 나물에 그 밥이네. 법을 공평하게 적용하는 것이다? 더러운 세상."
"유전무죄, 변함없는 진리를 믿을지어다."

"힘이 없는 민초로 태어난 게 죄다. 아전들 '六法全書육법전서'로 코에 걸면 코걸이 귀에 걸면 귀걸이, 맘대로 법을 주물럭거려라!"

실제 정사는 유 대감이 다 처리할 때였고, 더군다나 정철과 송익필의 지지로 선조 이연은 거의 허수아비처럼 이순신의 기만에도 아무런 조치를 할 수 없을 정도로 허약했다.

요시라가 말하기를…

'어제 장성이 저에게 말하기를, 청정淸正 또한 이미 관백에게 하직하고 물러갔는데, '만약 행장을 꾸려서 가려면 반드시 빨리 가지는 못할 것이다. 겨울 안에 조선으로 떠나는 것은 정해진 일이고 큰 병력은 명년 2월에나 바다를 건너갈 것이다.' 하였습니다.'(제조번방지)

우리 대장 평행장이 말하기를, '이번 화친하는 일이 이루어지지 못한 것은 모두 청정 때문이므로 내가 매우 그를 미워한다. 아무 날에 청정이 바다를 건너와서 아무 섬에 유숙할 것이다.' 하는데, '조선 사람은 수전을 잘하므로 만일 바다 가운데서 요격한다면 이길 수 있을 터이니, 기회를 잃지 마시오.' 하니, 김응서가 이를 믿고 그 일을 치계馳啓하였다. 이순신에게 전진을 독촉하여 바다 가운데서 요격하게 할 것을 청하였다. 실은 이순신으로 하여금 청정을 사로잡으라 한 것이었다.(제조번방지)

1597년(선조 30년) 1월 1일 선조宣祖, '이순신의 허위장계'와 '김응서의 비밀

장계'를 받다. 1597년 1월 1일 선조가 행궁에서 받은 '김응서의 비밀장계', 일본의 요시라要時羅가 김응서 장군에게 전달한 '고니시 유키나가의 밀서密書'의 내용은 다음과 같다. 이것은 『선조실록』(선조 84권)에 상세히 기록되어 있다. "가토 기요마사(加藤淸正, 가등청정)가 7천 명의 군사를 거느리고 4일(※1597년 1월 4일)에 이미 대마도에 도착하였는데, 순풍이 불면 곧 바다를 건널 것이며, 그가 오면 바다에 가까운 지역을 틀림없이 약탈할 것이니, 사전에 예방하여 간사한 계교를 부리지 못하게 해야 한다. 때문에 수군이 속히 거제도巨濟島에 나아가 정박하였다가, 가토加藤가 바다를 건너는 날을 엿보아야 한다. 그리고 가토는 도요토미(풍신豊臣)에게 고니시(소서小西)가 하는 일은 모두 허사라고 하며, 자신이 조선에 나가면 한 번의 출격으로 조선을 평정하고, 왕자王子도 사로잡아 태합太閤 도요토미 히데요시 앞에 바칠 수가 있다고 하며, 병마兵馬를 청하고 있다. 지금 대마도에 와 있으니, 만약 조선에서 차단한다는 기별을 들으면 즉시 바다를 건너지 못할 것이다. 그렇게 되면, 가토가 말한 '한 번 출격에 조선을 평정할 수 있다.'는 말이 거짓이 되고…"

선조실록 1597년 1월 27일, 이순신이 부산에 있는 왜적의 진영을 불태웠다고 조정에 허위보고를 하니, 이제 가토의 머리를 들고 와도 이순신을 용서할 수 없다. 이순신이 글자를 아는가? 이순신을 용서할 수 없다. 무장으로서 어찌 조정을 경멸스럽게 여기는 마음을 품을 수 있는가? 이순신을 털끝만치도 용서해 줄 수 없다.

"이순신은 나라의 막대한 은혜를 받아 지위가 높아졌음에도 불구하고 군사를 끌어안고 섬 속에서 5년을 지냈습니다. 마침내 적이 바다를 덮고 달려와도 산모퉁이 하나 지키지 않았습니다. 은혜를 배반하고 나라를 저버린 죄가 큽니다. 청컨데 잡아와 국문하여 죄상을 밝히시옵소서."(선조실록 1597년 2월 4일)

1597년 2월 26일 삼도수군통제사 이순신은 한산 통제영에서 체포되었다. 이순신의 죄목은 군공을 날조해서 임금을 기만하고, 가토의 머리를 잘라오라는 조정의 기동 출격 명령에 응하지 않았다는 것이었다.(승정원 비망기 1597년 3월 13일)

"이순신의 죄를 용서할 수 없다. 마땅히 사형에 처할 것이로되, 이제 고문을 가하여 그 죄상을 알고자 하니, 어떻게 처리함이 좋을지 대신들에게 물어보라." 선조는 대신과 비변사 유사당상을 인견하는 자리에서 이런 소리를 했다. "이번에 이순신에게 어찌 청정의 목을 베라고 바란 것이겠는가. 단지 배로 시위하며 해상을 순회하라는 것뿐이었는데, 끝내 하지 못했으니, 참으로 한탄스럽다."(선조실록 선조 30년 1월 23일 조선)

원균 이순신 내란상태

가토 기요마사가 출병하는 것을 미리 알았다면 충분히 해안에서 기다렸다가 대장 선단에 함포로 공격하여 죽일 수 있었다. 또 적이 힘들여 근해에 도착하기 전에 지친 상태에 전투하였다면 실패해도 상당한 피해를 주었을 것은 분명하고 그리 되었다면 조선과 일본 간의 주전장이 바다가 되었을 것이다. 실제 칠천 기습 전에는 바다가 주전장이었다는 사실이 말해준다. 또한 가토 기요마사의 부대는 약 500여 척으로 건너왔기 때문에 충분히 위협사격을 하여 실적을 올릴 수 있었다.

| 선조 84권, 30년(1597 정유 / 명 만력萬曆 25년)

1월 23일(갑인) 1번째 기사 |

왜추倭酋는 행장行長을 말한다. 소서행장이 김응서金應瑞에게 가등청정淸正을 도모할 계책을 일러주었는데, 유성룡柳成龍 등이 적의 말을 경솔히 듣다가 그들의 계책에 빠질까 싶다며 경솔히 움직이지 못하게 했기 때문에 이런 일이 있게 된 것이다. 손바닥을 보이듯이 가르쳐 주었는데 우리는 해내지 못했으니, 우리나라야말로 정말 천하에 용렬한 나라이다.

하니, 윤두수가 아뢰기를, "이순신은 왜구를 두려워해서 그런 것이 아니라 실로 나가 싸우기에 싫증을 낸 것입니다. 임진년 정운鄭運이 죽을 때에도 절영도絶影島에서 배를 운행하다 적의 대포에 맞아 죽었습니다." 하고, 이산해는 아뢰기를, "이순신은 정운과 원균이 없음으로 해서 그렇게 체류한 것입니다." 하고, 김응남은 아뢰기를, "정운은 이순신이 나가 싸우지 않는다 하여 참斬하려 하자 이순신이 두려워 마지못해 억지로 싸웠으니, 해전에서 이긴 것은 대개 정운이 격려해서 된 것입니다. 정언신鄭彥信이 항상 정운의 사람됨을 칭찬했습니다." 하였다. 상이 이르기를, "이번에 이순신에게 어찌 청정의 목을 베라고 바란 것이겠는가. 단지 배로 시위하며 해상을 순회하라는 것뿐이었는데 끝내 하지 못했으니, 참으로 한탄스럽다. 이제 도체찰사의 장계를 보니, 시위할 약속이 갖추어졌다고 한다." 하고, 상이 한참동안 차탄嗟歎하고는 길게 한숨지으며 이르기를, "우리나라는 이제 끝났다. 어떻게 해야 하는가, 어떻게 해야 하는가."

선조대왕은 다음날 1597년 1월 28일 다음과 같은 '비망기'를 내린다. "우리나라가 믿고 바라는 것은 오직 수군에 있을 뿐인데, 통제사 이순신이 나라의 중대한 책임을 지고도 오직 조정을 속이는 짓만 하고, 적을 쫓지 아니하여 적장 가토(가등청정)로 하여금 수월케 바다를 건너오게 하니, 마땅히 잡아서 국문을 하여 용서치 않을 것이로되, 방금 적과 더불어 진을 치고 있는 터이므로 우선 공을 세워 갚도록 하였도다. 내가 진작부터 경의 충용함을 아는지라, 이제 경으로써, 경상우도 수군절도사 및 경상도 통제사를 삼으니, 경은 한결 더 책려하여 나라를 위하여 힘쓰고, 지금부터는 이순신과 더불어 협심하여 지난날의 감정을 다 풀어 버리고 바다의 적들을 모두 무찔러서 나라를 건질 것이며, 그 이름을 죽백竹帛에 드리우고, 공훈을 종묘에 기록하게 하면, 경 또한 어찌 좋지 않겠는가." 하시었다.

기축옥사와 같은 모함이 비밀리에 공공연히 자행되던 시절, 당쟁으로 극심한 갈등을 겪던 시대에 비밀리에 밀고하여 승리한 쪽에 많은 보상과 직책이 보장되었다. 그것이 조선사회의 부를 나누는 방법이기도 했다. 밀고를 고변하는 자에게 큰 영광의 포상이 있었다. 왕으로선 자신에게 충성함을 맹세하는 밀고가 나쁠 것이 없었다. 동인 조정 중신들과 돈독한 관계를 유지한 고니시는 선조 임금의 비밀 통로인 요시라와 김응서의 관계는 (고니시-요시라-김응서-선조) 간의 비밀교섭 통로의 중간 고리였으며, 선조는 고니시를 조선을 도와주는 은인으로 확신했다. 사실 정보 보고를 보면 그러했다. 이는 고니시가 가토 기요마사를 조선 수군의 힘으로 제거하고 고니시 혼자 선조 임금의 협조를 받아 조선 총독으로 임명되어 중국 명나라를 치는 대업을 완수하겠다는 집념이기도 했다. 인간 사회는 인간관계를 중시해 인정이 중요하고 인적 관계가 크나큰 생산력의 기초가 되는 것이다. 따라서 유성룡의 어릴 적 친구인 이순신을 중용하는 것은 당연하다.

그러나 이순신이 임진왜란 때 출전을 하지 않은 것은 실수라고 해도 정유재란에 출전을 거부한 것은 용서될 성질이 아니다. 요시라의 계책이라 변명하는 역사학자들이 있기도 하지만, 조선통신사(중국 심유경) 일행이 오사카의 도요토미를 만나러 가서 가토가 분명히 재침을 확인했으며, 조선통신사의 국서를 도요토미가 분명하게 거부하는 수모를 당했다. 선조 임금은 가토 기요마사가 정말 부산에 온 것인지 성균 사성成均司成 남이신南以信을 보내어 한산도에 가서 염탐하게 하였다. 남이신은 사실대로 보고

하였다. 이미 왜군 수십만이 상륙하고 말았다. 아차, 이를 어쩌나?

갈매기 울고 넘나드는 부산항에 저것, 일본군 앞에서는 무력할 따름이라, 하늘가에 길게 뻗친 가지 끝에 무엇을 걸어 넣을까? 눈으로 본다는 것은 무엇인가? 귀로 듣는다는 것은 무엇인가? 있는 것과 없는 것의 미묘하기 그지없는 간격을 이어주는 저것, 무너진 시계 위에 슬며시 깃을 펴고 핏빛깔의 햇살을 쪼며 기회란 불현듯이 왔다 사라지지 않는가? 바람은 소리 없이 울고 있고, 선조 이연도 울고 있고 장차 남도의 백성들의 울음소리도 들리는구려! 아! 하늘, 저 하늘의 순수 균형을 그토록 간신히 지탱하는 새 한 마리처럼 조선의 평온해 보이는 바다를 지키지 않음으로 일어난 비극, 그것은 우리의 인재였다.

배세루(ベッセル) 장작귀선粧作龜船

장작귀선 '배세루'는 전장 53.67m, 폭 21.77m로 약 100톤 규모로 백 개의 노를 가지고 있었으며 정면 거북의 귀두 위에 대포 2발이 아래에 5발이 장착된 판자를 뒤집어 씌운 장갑선이었다. 한 측면에 대포 12발로 총 32발의 화포를 동시에 쏠 수 있었다.

종군초화를 근거로 '조선 전역 해전도'가 채화 형식으로 후세에 다시 그려진 것이므로 그림에 보이는 장작귀선의 귀두와 선체의 앞부분을 역산하여 배 전체의 크기를 추정해 낸 수치이다. 그의 틀림없는 수치로 루이스 프로이스의 기록과도 거의 일치한다.

조선 수군은 광양항에서 행군로를 바꾸어 뱃길을 이용했다. 수많은 배가 기세등등하게 모여들어 정박해 있는 풍경은 장관이었다. 나는 많은 배를 새로 만들었다. 큰 장작귀선들이 포구에 운집해 호수를 이루고 있는 듯 전함들은 바다를 뒤덮고 깃발은 하늘을 가렸다. 경상 우수영이란 깃발과 대장군기가 하늘 높이 휘날리고 있었다.

보통 조선의 판옥선의 세배 정도의 크기에다 두꺼운 장작으로 갑판을 덮고 그 위에 화전을 피하고자 철판과 병사들의 갑옷을 펼쳐 우피와 함께 지붕에 씌웠다. 조선 해역 전도에서 보듯이 경상 우도 수군의 장작귀선은 귀두에서 대포가 나오지 않고 귀두 위쪽 갑판 부분에 두 발의 대포가 보인다. 그리고 귀두도 배의 아래 중간 부분에 돌기 형으로 녹청색으로 나와 있어 기능이 없다. 단지 상징성과 시각적인 효과뿐이다. 일본 수군의 주요 전투 형태인 등선육박전술(登船肉薄戰術, 적의 배에 뛰어들어 무기를 들고 싸움)에 대비하여 개발된 돌격 군함이다. 널리 알려진 것처럼 거북선의 등에는 거북 무늬가 그려져 있고,(우피나 갑주의 크기만 함) 그 위에는 날카로운 못과 같은 것들이 꽂혀 있어 적의 접근을 근본적으로 차단할 수 있다.

"거북선은 배설 장군이 제작했다는 주장이 오래전부터 제기되었다. 송인호는 현무공 실록顯武公實錄을 토대로 '배설 경상 우수사가 거북선을 만들었다.'고 주장하고 있다. 김억추 장군金億秋將軍의 현무공 실록에도 이 같은 사실이 기록 보존되어 있다. "전라수사全羅水使 현무공 김억추金億秋 장군將軍이 말한 장작귀선粧作龜船을 경상 우수사慶尙右水使 배설 장군裵楔將軍이 만들어 이것을 이순신이 1597년 9월 16일 명량해전에서 사용하여 전승신화戰勝神話를 남겼다." 이 같이 현무공 실록에는 이순신 장군이 명량 해전鳴梁海戰에서 승리한 것은 배설 장군이 만든 거북선 때문이라 한다. 일본에서는 이 전함을 '배세루'라고 한다."

"배설 장군은 1595년과 1597년 두 번에 걸쳐 경상 우도 수사로 발령받았다. 경상 우도 수사 이전에도 진주성 목사로서 지속해서 장작귀선 제작에 심혈을 기울인 것으로 여러 문헌에 나타나고 있다."

한 인물이 전쟁 중에 두 번에 걸친 수군(특수군)의 수사로 임명되었다. 전쟁이란 매우 급한 상황에서 적군의 침략을 막아야 할 장수로 차출되었다. 그것도 두 번에 걸쳐 국난을 극복하라는 왕명을 받은 것이다. 임진왜란의 방향에 절대적인 영향을 끼친 전공으로 왜적을 바다에서 섬멸하라는 명령을 받은 것이다. 경상 좌도 절도사로 1595년 부임한 이후 칠천 해전까지 사실상 '영남 수군절도사' '융무대장'으로 통칭되어 경상 좌우 수군이 지휘하에 있었다.

이순신 장군은 "전투 중에 죽은 병사는 150여 명 남짓하지만 역병과 기근, 군율로 인해 죽은 병사가 천 명을 넘으니 내가 무슨 자격으로 지휘관이라 할 수 있을까?"(난중일기)

굶주려 죽은 병사는 수도 셀 수 없었다.

"조선에 출병한 일본 졸병들은 이순신은 모르고, 대포를 장치한 장갑선 그러니 거북선만 알았다. 장수들은 거북선으로는 바닷길을 절대로 막지 못한다는 것을 알았지만, 졸병들은 거북선에 의해 바닷길이 막혀 자신들이 독안의 쥐가 되고 만다는 공포에서 헤어나지 못했다. 이래서는 일본군의 장수들이 전투를 치를 수가 없었다. 더욱이 도요토미가 죽자 왜장들도 조선에서 죽을까 두려워했다."(일본기록)

진주성 목사로 재임 중에 조선의 판옥선들을 여러 차례 조사하고, 제1차 경상좌도 수사로 임명되면서 관할한 광양만 진월면 망덕 포구는 섬진강 5백 리의 내륙의 장송을 베어서 떠내려 오게 하여 장작귀선을 건조한 곳이다. 이곳에서 장작귀선 12척을 건조하였고, 4척은 건조 중에 칠천 해전을 맞았다. 망덕산에서 강강술래와 대포(홋불) 봉화로 장작귀선 건조 작전이 계속되었다. 장작귀선을 만들 인부들을 조달하기 위해 일본군으로부터 징발한 군량미가 산더미처럼 쌓여 있었다고 해서 사람들이 흔히 망덕 포구를 '미적도'라 불렀다. 장작귀선이 원체 날렵하여 나비처럼 운행된다고 해서 '무접도'라고도 불린다. 망덕산 아래에서 많은 선박 기술자가 몰려들었다. 대목수들이 장작귀선 건조에 투입되었다. 진주의 유지들이 돈을 모아 기부하였고 나주 일꾼들이 장작귀선을 만들었다. 보통 판옥선은 승선인원이 90명 선이고 중국의 호선들은 10명 내외의 작은 배들이라면 우리의 장작귀선은 최소 2백 명이 승선하는 당시 세계최고의 전함으로 건조되었다. 이는 콜럼버스의 배보다도 더 큰 전함 12척을 건조해 낸 것이다. 왜군의 주둔지였던 사천 부근에서 강제 징발된 군량미가 산을 이루었다. 이 일대를 아직도 '미적도'라고 부르고 있고, 그렇게 대역사가 이루어진 것이다.

　영리, "장군 이렇게 큰 배는 연안 해역에 다니기 어렵습니다. 왜 이렇게 큰 배를 만드는지요?"

　나는 생각했다. "20여 척이 완성되면 곧장 일본 항구로 쳐들어가서 일본의 모든 배를 쳐부수면 침략은 끝나는 것이오. 강대한 나라를 만들어 바깥의 다른 나라와 교류하지 못하고 침략군만 방어해서야 조선의 위엄은 간데없고 그 후 환은 끝이 없을 것이오. 전쟁이 이러한 식으로 진행된다면 명나라의 보호를 계속 받기도 어려워질 것이오. 또한 일본의 사정에 따라서 더욱 어렵게 될 것이오. 도쿠가와 이에야스의 제16군까지 들어온다면 큰일이오. 그것에 대비해서 일본과 조선 사이에 있는 물마루를 쉽게 넘어 다닐 수 있는 큰 배를 만드시오. 언제든지 우리가 왜구의 소굴인 일본을 넘나들 수 있는 큰 배가 필요하오."

섬진강 변 망덕 포구에 양곡 수만 섬을 쌓아두고 장작귀선을 건조했다. 아군들 소규모 부대들마저 식량을 훔치려고 하였을 정도로 먹는 문제는 심각했다. 각 군영에 병사들 반절이 굶주려 죽었다. 전라 좌수영의 병사들도 굶주려 죽어갈 때였다. 우리 병사가 엄중하게 수만 섬의 양곡을 지켜서 전함을 만드는 인부들에게 우선 지급했다. 적어도 나의 군대 병졸들이 굶주리는 것은 없었기에 충성심이 특별했다. 나의 부임지에 병영과 지방의 항전 의지가 드높았다는 것은 분명했다. 그 이유는 부정부패의 척결로 백성들에게 식량과 음식을 나누어 주었기 때문이다. 비록 정정당당하지는 못 했고, 일본군을 기습 약탈한 군량이었지만 굶주린 백성들과 병사들에게 나누어 주었다. 당시는 이러한 사실이 매우 부끄러운 것이었다.

"분명히 말해두겠소. 배를 만드는 일을 소홀히 한다고 매질 같은 것은 하지 않겠소. 저 쌓아둔 쌀을 보시오."

"엄청납니다."

"그렇소, 일을 잘하고 열심히 한다면 저 쌀을 가져가도록 할 것이오."

"군인들도 굶주리는데…."

"분명히 배를 만드는 사람들에게 지급하고자 진주성에서 실어 온 것이오. 여긴 대부대도 없소. 오직 장작귀선을 만들고자 저렇게 많은 군량미를 푸는 것이오. 좋은 장작을 구해 오는 사람에게는 상응한 보상을 쌀로할 것이오. 신분도 귀천도 아무 제한이 없소 좋은 배를 만들 수 있는 장작만 있으면 되오, 우리는 일하는 사람에게 쌀을 지급할 것이니, 모두 열심히 해주시오. 양반도 굶주려 죽는 세상이오. 일하면 잘하든 못하든 쌀을 나누어 줄 것이오. 또 이곳은 그 어디보다 안전하게 우리 수군(특전사)들이 지켜줄 것이오. 열심히 하면 그에 따라 포상도 이루어질 것이요. 어떤 경우도 매질하거나 목을 베는 일은 없소이다."

경상 우수군의 전함 건조는 이렇게 이루어졌다.

일본 측 기록에 따르면 황해도 평안도에 진출한 병력 중에 약 5만의 병력이 굶주림과 전염병으로 손실됐다. 황해도 평안도에서 대규모 전투가 없었음을 고려하면 많은 수의 병력 손실이다. 의병 2만과 관군 3만을 먹여 살린 금오산성의 '혜창'과 진주성의 '혜청', 광양 망덕 포구의 '미적산'에 쌓여 있던 양곡들이 일본군의 군수품이었다. 영남 의병들의 생명줄이 이 세 곳에서 나왔다는 점이고 일본군이 남하하지 않을 수 없었던 이유도 다 굶어 죽을 위기에 있었기 때문이었다. 일본군이 자비를 베풀어 남하한 것이 아니었고, 명나라를 정벌하려던 일본군이 명나라군이 무서워 철군한 것은 더욱 아니었다. 애써 점령한 함경도에서의 철군은 영남 의병들의 군수품 차단 때문이었다. 임금과 조정 중신들이 굶주려 체면을 잃은 시절에 산더미처럼 식량을 쌓아둔(미적산米積山) 이유는 성을 축조하고 장작귀선을 만드는 대역사를 일으키기 위해서였다. 원균 통제사께서 병사들이 씨 콩 한 말 가져오면 병역을 면제해 주다 조정에서 탄핵까지 당했다. 병사들이 굶주리면서 노를 젓고 있었고, 하루 한 끼를 먹기가 어려웠다. 원균 부대뿐만 아니라 이순신의 부대도 사정이 비슷했다. 보통 2~3일에 밥 구경을 겨우 하는 어려운 상황으로 출병했다가도 굶주려 회군하였다. 경상 우수군은 군량미를 광양 망덕 포구에 산더미처럼 쌓아두고 장작귀선 20여 척을 건조하고 있었다.

"배설이 엄청 큰 배를 만든다는데, 연안에 그런 큰 배가 다닐 수 있을까? 아마 고래잡이를 하려나 보다!"

사람들은 말했다.

이순신 장군도 정신력 하나로 승리했으니 방위산업을 해 먹을 국가에서 큰돈은 빼먹어야 한다. 그래야 정신력이 최고의 자산인 백의민족의 특성, 은근과 끈기가 나오기 때문이다. 전쟁은 정신력으로 하는 민족이니 '방위산업, 깡통 자원 외교'로 많이 발라 먹어야 정신력 하나로 싸울 영웅이 탄생할 것 아닌가?

광양항의 기적

광양 망덕 포구는 바람이 없는 날은 고요했다. 광양항의 밤하늘엔 은하수가 고요히 흐르고 바닷길의 좌표가 되는 북극성은 말없이 시간을 따라가고 있었다.

"내륙의 어떤 큰 금강송이라도 베어서 강물로 떠내려 보낸다면 광양항에서 큰 배를 만드는 것이 가능합니다."

쇠뿔도 단김에 빼라고 목수들은 도끼, 대패, 톱, 끌 등등 쓸 수 있는 연장이란 연장은 모두 꺼내왔다. 톱질하고 대패질하는 녀석, 나무판을 덧대 선체를 만드는 녀석에, 몇몇은 돛대를 만들고 배를 만들어낸 자신들 능력에 으쓱해하면서 일제히 함성을 질러대며 배를 띄웠고 섬진강의 버들은 푸름을 더했다.

"진주 공방에서 장인으로 대포를 만드는 일을 하였습니다."

나는 웃으며,

"당신들이 만든 철갑 거북선이 진수식에서 오른쪽으로 선회하면서 뜨기를 거부한 것을 이미 알고 있소. 나는 철갑선을 만들고자 하는 게 아니오, 왜적을 압도할 배를 만들면 되오. 자신 있소?"

목수들을 얼굴을 붉히며 자신감을 보여주었다.

"나주에서 목수로 오래 일한 바가 있사옵고, 좌수영에서 창 귀선을 만드는데 닻을 만들었사옵니다. 창 귀선이 바다에 뜨기를 거부했다는 것은 사실이옵니다. 운행에는 문제가 없었으며, 단지 판옥선에 과도한 철장갑과 대포의 장착으로 부력이 문제되었을 뿐입니다."

"나는 100년을 내다보고 하는 깡통 자원 외교는 반대하오. 철갑 잠수함을 만들 필요는 없다고 생각하오. 잠수함은 미래 오백 년 후에나 필요한 것이니 송판으로 나무로 장갑선을 만들면 충분하오. 적에 총알을 막을 천하무적의 배를 만드는 것은 어렵지 않소." 100년을 내다본 깡통 자원 외교가 문제되듯이 철갑 잠수함은 500년 후에 필요한 것이었다.

한 사람은 목수로 편수를 맡아 나무를 깎고, 다른 한 사람은 철 공방을 또 한 사람의 대목수는 대포의 장착을 하고 있었다.

"배의 규모를 더욱 키운다면 장갑선이 충분히 기동할 수 있을 것입니다."

"경험을 잘 살려 주시오. 그리고 창 귀선을 만들었던 사람은 모두 불러

와도 좋소."

나의 요청에 목수는 그 길로 많은 목수를 불러왔다. 그리고 진주 공방과 동래 공방의 무기를 만들든 장인들도 합세하였다.

수없이 많은 깃발을 가득 꽂았다. 그리고 갑옷으로 완전히 무장한 병사들이 가득 찼는데, 배 한 척에 2백 명도 더 탈 수 있었지, 갑판 양쪽에는 노잡이들이 있어서 그 친구들이 노를 저으면 배는 물 위를 나는 듯이 달리는데 그 위용이 참으로 웅장했다.

저 멀리 호수와 하늘이 맞닿은 곳을 바라보았다. 마치 호수 저편에서부터 장작귀선들이 대형을 갖추고 바람을 가르고 다가오는 듯했다.

아마도 조선이 생긴 이래 가장 큰 전함을 만드는 것이었다. 이는 내가아니면 누구도 만들지 못하리라, 조정이 나에게 힘을 실어 '융무'를 맡김에 뜻한 것이 장작귀선의 제작이었다.

일명 '배세루'는 전장 53.67m, 폭 21.77m로 약 100톤 규모의 백 개의 노를 가지고 있었으며 정면에 거북의 귀두 위에 대포 2발이 아래에 5발이 장착된 판자를 뒤집어 씌운 장갑선이었다. 쿠키 요시타카의 전함을 규모에서 두 배, 높이 외 모든 면에서 두 배가량 된다. 그러니 중국의 진린의 호선, 약 10명이 승선하는 전함과는 규모에서 비교 자체가 안 된다.(조선 전역 해전도의 용두를 수치화한 크기와 루이스 프로이스의 일기로 쿠키의 함대와 비교한 크기임)

부산포 해전에 앞서 조선 수군을 재건하고자 나는 장작귀선이란 전함을 건조했고 새로운 전함을 다수 건조할 능력은 나의 재정능력으로만 가능했다. 나는 진주 목사를 거치면서 군령뿐만 아니라 융무를 총괄하는 대장의 자리에 있어 재정에 유리하였고, 이는 장작귀선이란 거북선을 만들 수 있게 했다. 새로운 전함의 개발에 심혈을 기울였다. 그런 흐름으로 경상 좌도 우도 수군에 전함의 규모를 크게 확장하여 전투준비를 착실히 하였다.

섬진강 어귀 광양항에서 나는 대규모 전함을 건조하여 대포를 장착하였다. 당시 다른 수군영에서 거북선을 철갑으로 만들었는데, 이 거북선이 바다에 뜨기를 거부하여 잠수함이 된 것을 참조하여 조총을 막아낼 정도의 장작귀선을 만들어야 한다. 경상 우수사 그것도 군무뿐만 아니라 융무 대장에 임명되었다. 이순신 장군과 원균 장군이 원수에 올라 있지만, 군무만 책임진 전투를 부여받은 장수였다면, 융무란, 재정과 군무를 총괄하는 정치적인 역할로 경상 우도의 모든 통치권을 부여받았다. 그것이 무엇을 말하는가, 그것은 전쟁 준비를 모두 위임한 것이다. 다른 장수에게 없는 '융무'의 책임은 기필코 적을 깨부수라는 선조 대왕의 특명이기도 했다. 기대에 부응하고자 새로운 거대한 장작귀선粧作龜船 12척을 건조했다.

7.
부산항

정유재란

　　1597년 1월 12일 가토 기요마사의 제2군이 서생포(西生浦, 울주군)
에 상륙했고, 고니시 유키나가의 제1군이 그에 앞서 웅천(熊川, 창원
시 진해)에 상륙, 도요토미 히데요시가 조선의 경기, 충청, 전라, 경
상도를 점령하라는 명령을 내려 왜군이 다시 침략하게 된다.

　'이 판서李判書를 위하여 애석히 여기지 않을 수 없습니다. 또
부산釜山과 죽도竹島 같은 여러 왜영倭營에는 아직 철병하였다는
말을 듣지 못하였으므로 내가 문책도 하였으나, 기장機張과 서생
포西生浦 여러 곳에는 왜병이 다 철수해서 건너갔고 영책營柵도
다 불사르고서 지방관에게 넘겨준 공문도 모두 있었는데, 어찌
하여 청정淸正이 한 번 오자 싸움 한 번 있었다는 말도 없고 화
살 한 개 쏘았다는 말도 없이 지방관들이 몸만 빠져나가고 고스
란히 내주었단 말입니까? 이미 한강 이남은 스스로 지탱해 나가
겠다고 하고서 어찌하여 이미 얻은 땅을 이와 같이 다시 잃어버
린단 말입니까? 또 뒤처리에 관한 일은 우리나라의 책임이라 하
고서, 어찌 큰 좋은 계책을 들려주지 않고 겨우 궐하闕下에서 울
부짖는 한 가지 계책밖에는 없는 것입니까? 병법에 이르기를, '강
하고 약한 것이 서로 당할 수 없고, 많은 수와 적은 수가 대적할
수 없다.' 하였습니다.'(심유경의 이덕형에 대한 책망)

심유경은 조선에 명나라의 사자로 파견되어 올 당시는 조선 팔도가 모두 적에게 빼앗긴 상태에서 협상을 제시하였고, 순화군과 임해군을 비롯한 조정 일부에서 한강 이남은 일본에 할양하자는 의견이 있었다. 심유경 또한 일본군 고니시와 화친을 도모하고 일본에 요구를 수용하려고 하였으나, 고니시 자체가 일본을 대표하지 못하고 있었으며, 영남 의병들이 들고일어나자 심유경의 판단은 아예 일본군의 철수를 주장하라고 바뀌게 된다. 그런 차에 정유재란이 터지니 조선은 도대체 뭐 하는 나라냐고 이덕형을 힐난하게 된 것이다.

칠천 해전은 정유재란의 가장 중요한 전투이다. 정유재란 때 호남은 초토화되었다. 인적, 물적 피해가 극심했다. 남원의 만인의총, 진원현의 폐현, 진원과 영광에서 베어 간 10,040개의 코 증명서, 장성 기씨 부인 일비장과 광주 양시 삼강문 함평 팔열부 그리고 일본에 끌려간 포로들은 정유재란의 참혹상을 말해주고 있다. 가토는 이미 상륙해 있던 2만 병력이 있었기에 조선 사신들 앞에서 조선정벌에 군대를 내어주면 임진왜란 때보다 빠른 진격으로 한양을 접수하고 선조 대왕 일당을 포박하겠다고 호언장담하였다. 경상도에 저항하는 의병들과 소모전을 할 필요 없이 바로 호남으로 치고 북진하는 것이다. 정유재란은 일본이 1597년 전열을 재정비하여 선단 2,000여척과 14만의 병력을 이끌고 다시 부산포를 침범하면서 시작되었다.

거함 뱌세루(배설)

대형 전함은 연안 전투에서 작전력이 상대적으로 크게 떨어진다. 12척의 건조와 광양 망덕 포구에서 4척의 건조 중에 칠천 해전에서 4척은 끝내 망실되고 말았다. 수중 공격형 전함의 16척 건조는 곧 일본을 공격해 들어가는 것이 목표다. 장작귀선은 내륙 방어용 전함이 아니라 돌격형 전함으로 구상된 것임을 확인하는 것으로 전진하면서 전면부에서 7발의 대포를 쏠 수 있었고, 양측면에서 12발의 대포를 동시에 쏠 수 있었다. 포르투갈이나 스페인의 전함과 같은 작전력을 갖춘 전함이었다.

이순신 장군이 그렇게 유명하고 일본이 벌벌 떨었다면 5년간 바다를 지킨 셈인데, 정유재란으로 일본은 주저함이 없이 2,000대의 전함과 14만 명을 곧바로 부산으로 출병하였고 정유재란이 이렇게 시작되었다.

일본이 이순신 조금도 의식하지 않고 쳐들어오는 것이 뭘 말하는 것이냐? 군인이 왜 필요한 거냐? 온 나라가 도륙되는데도 지켜보는 게 장군이 할 일인가? 선조가 당시 '오너'이고 나라의 주인인데, 너무 허위보고를 하고 해서 사형 명령을 내림에도 동인들은 끝내 거부하고 영웅 만들기를 할 만큼 동인들이 선조 대왕을 마음대로 할 때였다.

영리가 말한다.

"징비록의 큰 줄거리는 왜군의 부산포 상륙을 두 번이나 허용한 이순신이 위대하며 왜군의 전주 무혈입성이 호남의 위대함을 드러낸 것이라는 논리이다. 이에 비해 영남의 저항과 의병들 장수들의 비굴함을 크게 부각시켰다."

3도 수군통제사인 이순신은 파직되고 1597년 2월 26일 한산도 본영에서 체포되어 한양으로 압송되었다. 일본의 재침략으로 나라가 위기에 처하자 조정은 원균元均을 삼도 수군통제사로 배설 장군을 경상 우도 수군절도사로 임명한다. 나는 과거 부산 첨사와 동래부사의 공직 경험이 있어 부산포와 다대포 지형을 잘 알고 있었기 때문이다.

1957년 7월 정유년 부산포 해전을 시작으로 다대포 해전, 칠천량 해전을 거쳐 한산도 본영으로 귀환하였다. 왜군은 육지에서 조선 수군의 이동을 탐지하여 상부에 보고함으로써 조선 수군의 공격을 사전에 알고 있었으며, 전투를 회피하였다. 따라서 조선 수군은 왜 수군의 수륙 합동 작전으로 안골포와 가덕도 지역에서 별다른 전공도 없이 여러 차례의 소규모 전투에서 보성 군수인 안홍국이 전사하는 피해를 보았다.

칠해로七海路 봉쇄 작전(출항통제出港統制)

바다에는 모두 마음대로 다니는 것이 아니라 바다의 물길이 있었다. '세종실록지리지'에서는 조선 팔도에서 가장 많은 식량을 생산하는 지역이 경상도로 나타나고 있다. 전라도의 곡창지대 육성은 일본 강점기 때부터이다. 전라도의 곡창지대로의 역할은 임진왜란 당시는 없었다. 단지 평야 지대가 많은 낙후지역이었다.

곡창지대에 보를 만들고 수로를 개척한 것은 일본 강점기 이후의 이야기이다. 조선 시대에 전라도에는 죄인들을 귀양 보내서 제기용품을 만들게 했다. 평야가 많아서 상대적으로 노동력이 적게 들어간다든가 논농사가 많은 것은 사실이나 당시 전라도가 곡창지대니 하는 것은 사실이 아니다.

나는 물에 빠져 죽을 뻔한 사람들을 보았다. 그들은 어떻게든 물속을 빠져나오려고 안간힘을 다해 몸부림친다. 숨을 쉬기 위해 발버둥을 치는 것이다. 적의 원거리 해로의 차단은 적들을 물속에 빠트린 것과 유사하다. 적들이 결국 대규모 추격하여 일전을 요구할 때 양단 간의 분전이야말로 전쟁 승패가 되리라, 중과부적의 문제는 적의 등선 육병전을 차단하고 함포전으로 적의 지휘부만 섬멸하면 적들은 목표를 잃게 된다.

권율의 부장 한덕수가 권율의 출전 명령서를 들고 왔다.

나는 말했다. "권율 도원수가 그따위 명령을 내리려면, 직접 오라 해라! 왕명이라 해도 따를 수 없다." 원균 통제사가 직할하는 부하가 없다고 호출하여 곤장을 치는 수작을 하는데, 그래도 따를 수 없고, 병사를 거느린 야전군 사령관이 도원수의 호출에 응할 필요는 없다. 나는 한마디로 권율의 백병전 요구를 거부했고, 한덕수의 목을 칼로 베어 버리려다 권율을 봐서 살려줬다. 권율의 부장 한덕수는 걸음아 나 살려 하고 슬슬 기어 도망쳤다. 원균 통제사가 저 따위 무모한 명령에 따를 사람이 아니다.

"적에 전함이 뭉치기만 해라. 대장선을 목표로 다 박살내고 격침하리라. 쑥대밭을 만들어 주마." 그러나 일본군은 "뭉치면 죽고, 흩어져야 산다."며 무조건 도망만 다녔다. 이미 영남의 병력들은 일본군과 거의 맞대할 죽창 부대가 곳곳에 매복하여 적을 길목 곳곳에 기다리고 있었다. 그럼에도 선조와 동인 조정은 반대로 숨을 못 쉬고 안달하고 있었다. 조선군이 단독으로 육지에서 일본군을 밀어 내지 못한다면 수군은 해로 봉쇄

밖에 할 수 없었다. 해로 봉쇄 자체가 일본군의 전력을 크게 약화시키는 것이다. 명나라군이 들어오고 있으니 기다렸다가 수륙 합동작전으로 섬멸해야 한다. 수군 1만 명으로 일본군 14만을 포위 섬멸하라는 것은 왕명이라도 들을 수 없다.

기문포 해전 승리

1597년 3월 18일 경상 감사의 장계, 장계의 내용은 패전을 아뢰는 것이었다. 고성 현령 조응도趙凝道가 판옥선에 140여 명의 병사를 태우고 출전하였다가 3월 9일에 패전하고 현령도 전사했으니 새 현령을 보내 주십사 하는 게 장계의 내용이었다. 3월 8일, 거제도의 기문포에 왜선 3척이 정박하였고 왜병이 상륙하였다 하여 원균이 즉시 출동했다. 1월 28일에 이순신이 파직되고 원균이 삼도수군통제사에 승진한 지 한 달이 조금 지난 시점에 밥도 제대로 먹지 않은 채 밤새 노를 저어(밤새 노를 젓게 하는 것은 원균 주특기) 9일 새벽에 기문포에 도착했다. 왜병은 모두 상륙한 상태였고 밥을 지어먹고 있었다.

원균은 항왜 남여문南汝文 등을 보내서 항복을 권유한다. 왜병 20여 명이 나와 남녀문과 이야기했고 결국 아군의 위세에 눌려 모두 다 나와서 목숨을 구걸했다. 총 80여 명이었다. 원균은 그 우두머리로부터 항복을 받고 술까지 하사한 뒤에 이곳을 떠나가도 좋다고 허락한다. 권율의 장계에는 왜선이 대, 중, 소의 세 척이라 나오지만, 일본의 항의 서한에는 한 척이고 탑승 인원도 32명으로 요시라 손문욱 등의 일본 첩자들이 정보를 권율에 보내어 일본군과는 서로 잘 짜 맞추고 있었다.

조웅도의 배가 바싹 다가오자 왜병은 자기들 해전 스타일대로 조웅도의 배로 뛰어들었다. 20여 명이 조웅도의 배로 넘어와서는, 조선 수군을 휩쓸어 버린다. 나무 베러 온 인간들한테 털려버린 조웅도 군대, 조웅도 역시 칼을 맞고 물에 떨어진다. 다행히 아군이 건져 올리기는 했지만 이미 치명상을 입어 곧 숨져버렸다. 조선군의 배를 빼앗은 왜병은 그대로 그 배를 몰아서 달아나나 조선 수군은 추격하여 배를 포위한 다음 대포를 있는 대로 갈기고 활을 비 오듯이 쏘아 적들을 제압한 뒤에 배에 불을 질러버린다.

왜병은 배에서 뛰어내려 헤엄을 쳤다. 이걸 사살해서 시체를 건져 목을 베었는데, 이렇게 벤 목이 18급이었다. 적선 3척을 나포하고 수급 47급을 바친다. 조웅도의 배에서 획득한 것은 18급이다. 왜장의 항의 내용, "우리 군대의 왜倭 32명이 중선中船 한 척을 타고서 나무를 벨 일로 거제 옥포 지경에 가서 정박하고 있었는데, 조선 주사舟師가 유인하여 은밀히 다 죽였으므로 한 사람도 생환자가 없었다."

이미 그전에도 거제로 온 15명의 왜병을 만나 결박 지은 뒤에 베어버리려 했는데, 그중 한 사람이 자기들은 고니시 유키나가小西行長 수하로 공문(나무 채취 허가증)을 가지고 있다고 말해서 살아난 바 있었다. 하지만 이런 일이 반복되자 공문이 있는데도 죽여 버린 것이다. 6월 18일 1차 부산포 공격 때와 마찬가지로 조선 함대는 경상 우수사 배설 장군을 선봉장으로 하여 한산도에서 견내량을 지나 칠천도, 영등포, 가덕도를 거쳐 다대포 앞바다에 이르렀다. 왜선 8척이 보였다. 왜군들은 조선 함대를 보자 배를 버리고 산으로 도주하였다. 조선 수군은 힘들이지 않고 왜선 8척을 불태울 수 있었다. 이에 사기가 충천한 조선 함대는 부산포를 향해 계속 공격하였다. 고성 현령이 죽은 이른바 기문포 해전을 가리키는 것이며, 앞의 것은 이와는 별도로 죽은 왜병이 또 있다는 이야기다.

"조선국 첨지중추부사朝鮮國僉知中樞府事 요시라要時羅의 하인이 재목材木을 베어 올 일로 옥포 경내로 가니 금하지 말라는 것으로 서명하여 보냈는데, 조선 병선은 통문을 무시하고서 이들을 유인해 모두 죽였으며, 또 죽도의 왜 32명을 조선 주사가 선상으로 초치招致하여 술을 접대하며 거짓 후대하였으므로 왜인들은 전혀 낌새를 느끼지 못하고 안심하고 배를 타고 돌아올 때 조선의 제선諸船들이 불시에 포를 쏘아 죽도의 왜를 다 죽였으니, 이것이 무슨 도리인가."

영리는 말한다.

"기문포 해전, 안골포 해전, 다대포 해전, 가덕도 해전, 웅천 해전, 영등포 해전, 물마루 해전, 온나도 해전, 절영도 해전, 외줄포 해전, 가석도 해전, 우리가 6개월간 부산 앞바다에서 한 해전은 14만 왜군들 수륙 합동군과의 처절한 전투였다. 결코, 이 장군의 5년간 23전 23승에 비해 비난받을 전투는 없었다. 최소 20여 회의 전투에서 적들이 우리에게 기회를 주지 않았고, 그때마다 전과가 과소히 보고되었다. 칠천량 패전을 기회로 '아예 바람에 쓰러졌다느니 하는데' 크게 잘못된 폄하이다. 6개월간 적과 교전하면서 하루에 한 척의 아군의 손실이라고 하더라도 칠천량 해전 당시에 잔존 전함은 거의 명멸하고 없었던 것이다. 이름만 수군이지 거의 병사가 없어진 상태의 배들이 항구에 정박하여 병사들의 이탈이 극도에 달했다."

정유재란으로 부산 일대에 1월 12일 상륙한 왜군 14만 명이 칠천량 해전인 7월 16일까지 육지로 치고 올라가지 못한 것은 조선인을 어여삐 봐서 그렇게 한 것이 아니었다. 바로 조선의 연합함대와의 해전이 계속되었기 때문이었다. 그 중심에 '배세루가 있다이.' 일본군들이 공포에 떨고 있었다. 임진왜란 초기에 이순신의 출병 거부로 20일 만에 한양이 점령된 것과는 전혀 다른 양상이 전개되어 도요토미는 미쳐버린다. 도요토미는 죽기 한 달 전부터 광적인 꿈을 꾸게 된다. "배세루가 쳐들어온다.", "하얀 눈의 눈사태가 난다."고 5대로 앞에서 수차 졸하기도 하였다.

그러니까, 256일간 14만 대군을 부산 앞바다에 15만 대군을 나고야에 붙잡아 두었다. 이 때문에 조선에서 보호된 생명은 수도 없이 많았다. 당시는 식량 수송이 매우 중요한 때였고, 식량은 볏짚 가마니라서 바로 포착할 수 있었다. 조선으로 들어오는 일본군 선박을 차단하고 식량선박은 기필코 포획하거나 격침시켜 조선 해역의 물고기 밥으로 만들어 물고기 배라도 부르게 하겠다는 나의 결심이 있었다.

영리, "장군, 일본에서 가토를 잡으려 감독관과 '손문욱'이 왔답니다. 간첩들에 의하면 가토를 곧 소환해서 참형한다고 합니다."

나는 말했다. "성질 급한 가토라면 그전에 스스로 할복할 것이니 지켜보자!"

1597년 6월 18일 1차 부산포 공격(가덕도) 때와 마찬가지로 조선 함대는 경상 우수사 배설 장군을 선봉장으로 하여 한산도에서 견내량을 지나 칠천도, 영등포, 가덕도를 거쳐 다대포 앞바다에 이르렀다. 왜선 8척을 발견하고 접근하자 놀란 왜군들은 조선 수군을 피해 배를 버리고 산으로 도주하였다. 조선 수군은 왜선 8척을 불태워버렸다.

부산항에 접어들자 원균은 왜군의 전선이 대마도에서 북상하고 있다는 보고를 받고, 북상하는 왜군의 전선을 공격하기로 하여 조선 함대가 공격을 시작하자 왜 선단은 전투를 회피하고 대마도와 서생포 쪽으로 죽으라고 도주하였다. 때마침 불어닥친 풍랑으로 조선 함대가 분산되고 지휘가 어려워 추격을 중단하고 철수 명령을 내렸다. 6척이 풍랑에 밀려 서생포로 떠내려가 왜군에게 피해를 입었다.(난중일기 7월 16일자에 살아서 탈출한 세남이라는 종의 진술 기록)

뱃멀미를 해가며 부산에 14만 일본군이 도착 정박한 상태에서 경상 우수군(배설)의 공격에 매일 전투가 벌어지고, 발이 묶였을 때 왜군들의 공포심은 언제 어디서 나타날지 모르는 조선 수군들로 인해 극대화되었다.

"야 이거 이러다 여기 물귀신 되는구나!" "배세루는 군관(사무라이)이나 식량선만 보면 눈에 불을 켜고 침몰시키거나 죽인다."

　일본군 장군이나 무사들만 죽이니 그들은 두려워했다. 이기고 지고가
문제가 아니라 일본 병사들 혹 가게 한 '배세루'가 조선정벌 실패의 가장
큰 책임이다.

장문포 해전 승리

　도체찰사 이원익이 보고한 서한에서는 1597년 6월 19일 장문포를 거쳐
안골포에서 전투를 벌여 왜군 배 2척을 빼앗은 후 바로 옆 가덕도를 공
격했다고 알려준다.

　관백은 교토로 돌아가려는 의향을 즉시 표명하고 자신의 이름 아래 수
행해야 할 임무를 지시하도록 조선으로 네다섯 명의 최고위 무장을 보냈
다. 주요 항구마다 감시병을 두게 하고, 특히 조선에 건너가 있는 병사들
이 일본으로 돌아오지 못하도록 감시하는데 특별한 주의를 기울일 것을
지시했다. 이러한 상황에서 자연히 조선에 주둔하고 있던 모든 무장은 격
노와 분개, 말할 수 없는 초조감을 참으며 견디고 있었다. 그 낯선 왕국
의 적들 한가운데서 수많은 번민과 비참함에 빠져 있었고, 무엇보다도
심각한 식량 부족으로 말미암아 많은 병사가 병들어 그야말로 내버려진
상태로 죽어가고 있었다. 더욱이 조국에서 멀리 떨어져 있는 불행한 처지
는 여기에서 끝나지 않고 앞으로 중국을 정복해야 한다는 사실에 이들은

마음이 무거워져 대부분은 불확실한 영광이나 승리 이전에 차라리 죽음을 원하고 있었는데, 그나마 조선 땅에서 죽더라도 자신의 유골이 아주 비참하게 끝이 날 것은 너무나도 분명하고 명백하리라고 생각하고 있었다. 조선군은 처음에는 일본군을 아주 두려워하고 무서워했으나 복종할 기미는 전혀 보이지 않았으며, 오히려 매우 격렬하게 저항해 일본에게는 해결해야 할 아주 큰 문제와 어려움 두 가지가 잇따라 발생하게 됐다.

첫째, 일본군은 서로 먼 지역에 분산 배치돼 있었고 해안으로부터도 멀리 떨어져 있었기 때문에 바다를 통해 일본에서 수송되는 식량을 보급받으려면 많은 병사를 동원해 식량을 가지러 가야만 했다. 그런데 식량을 수송하는 일본군 수는 적었으며, 자국의 지리를 매우 잘 알고 있는 조선 병사들이 여러 지역에 매복해 있다가 습격해 이들 일본군을 모두 죽이고 식량을 모두 가져갔다.

둘째, 절망적인 상태에 있던 조선 병사들이 서로 단결하고 연합해 수많은 우수한 선박을 동원하는 것이었다. 그 배들은 견고하고 장대했으며 화약과 탄약, 군수품이 대단히 잘 갖춰져 있었다. 그들은 일본인들을 만나면 습격하고 약탈하면서 해적질을 하며 다녔다. 더욱이 조선군은 일본군보다 해전에서 우수해 일본군에게 계속해서 커다란 피해를 주고 있었다.

"관백의 두 지휘관인 도라노스케와 아와국의 영주는 조선군이 바다에서 일본군에게 주는 수많은 피해에 대해 보고받고 자신들이 거느린 300척의 배로 구성된 대군을 보내기로 했다. 이 배들에 수많은 소총과 활, 화살 등 해전에 필요한 모든 무기와 탄약을 적재하고 정예 병사들을 승선시킨 일본군은 자신들이 갖춘 우수한 군사력을 굳게 믿고 훨씬 적은 수의 배를 가지고 있는 조선 해적들을 격파하기 위해 출격했다. 바로 이 때만을 기다리고 있던 조선군은 함성을 지르고 기뻐했으며 배로 일본 함대를 향해 공격을 퍼부었다. 그들의 배는 장대하고 튼튼했기 때문에 일본 배를 장악하며 우위를 차지했다. 조선은 화약으로 공격하면서 괴롭혀 일본군에게 대단히 애를 먹게 했다. 결국 일본 병사들은 목숨을 구하기 위해 앞뒤 생각도 하지 않고 바다로 몸을 던져 조선군의 성가신 공격으로부터 벗어났다. 조선은 일본군이 노를 저어서 도망가지 못하도록 튼튼하게 생긴 갈고리가 달린 쇠사슬을 위에서 떨어뜨리면서 포위했다. 해전이 몇 시간 동안 계속되면서 일본군의 기력은 이미 많이 약해졌고 전황은 점점 일본군에게 불리해졌다. 이 해전에서 도라노스케 부대의 매우 용감한 장수 한 명이 전사했다. 그는 관백이 시코쿠라고 불리는 4개 영국을 획득할 수 있도록 재간과 전략을 발휘하여 관백으로부터 대단히 총애를 받은 심복이었다. 아와국의 또 다른 장수는 패배하자 패배를 깨닫고 조선군에게 사로잡히기 전에 할복했다. 가토 쪽(가토 요시아키)의 장수한 사람이 전사했다. 그는 대단히 용감한 전사로 그의 용기와 뛰어난 전술 덕택으로 시코쿠라고 불리는 4개의 영(나라)을 정복하였기 때문에 관백이 매우 총애하는 심복이었다.(구루시마島通는 1585년 히데요시의 시코쿠 정벌군을 맡아 1만 4000석의 영주가 된 인물이다.) 이 해전에서 조선군은 70척의 일본 함대를 물리쳤으며 일본 병사 대부분을 죽였다. 살아남은 일본군은 목숨을 다해 도망쳤다. 이 밖에 수없이 많은 경우가 있지만 더 열거하지는 않겠다. 다만 일본군은 해전에 대한 지식이 거의 없었으며 조선군을 공격하기 위한 화기가 부족했으므로 해전에서 앞으로 항상 최악의 상태가 되었다."

(프로이스의 일본사 중, 프로이스: 포르투칼 출신 예수회 선교사)

가덕도 해전 승리

1597년 6월 20일 해전이 있었다. 일본군은 벌써 수개월째 조선 수군을 피해 도망 다니고 있었다. 바다에서 도망 다니는 배를 사로잡기는 어렵다. 또한, 바로 부근에 위치해도 적군을 사살하기도 매우 어렵다. 당시는 목선이라 함포의 포격을 명중시켜도 배가 가라앉는 것이 아니다. 불화살로 화전을 해도 불타는 배가 가라앉거나 하지 않으므로 바다에 뛰어내린 수군이 아군 군세가 있다면 구조될 가능성이 있다. 반면 소수의 전함을 가진 조선 수군은 동일 조건에서 익사할 가능성이 높았다.

원균 통제사, "충무공의 21승은 경상 우수영에서 내가 지휘하여 승리한 것이다. 그런데 동인들은 이순신에게 포상하였다. 그리고 나의 부하 우치적은 고생만 하고 포상에서 제외되었다."

최호·이억기, "우리의 앞날이 우치적 장군처럼 되겠군."

"그럼, 우리가 여태 싸운 공도 인정받지 못하는 것이 아닌가?"

영리, "결국 명량대첩(노량대첩 손문욱 지휘)만이 이순신 장군의 단독 전투였다."

그런 셈이지, 동인 사관들의 전승 기록이라 할 만하지. 동인 조정에서 전투에 있어 전공을 재는 자가 따로 있었고, 양반의 자가 따로 있고, 아전의 자도 따로 있었다. 이는 '우리가 남이가.'라는 끼리끼리 보호하고 권력을 신장하여 잘 사는 법치이다. 따라서 당연히 백성들은 이리 치이고 저리 뜯겨서 억울했다. 양잿물을 아전에게 투척하거나, 스스로 목매어 죽었는데, 그 억울함들은 영원히 풀리지 않았다. 그냥 세태에 잘 빌붙어 수단 방법을 가리지 않고 챙기는 게 장땡이니 부귀공명은 저절로 따라오는 것(최고)이었다. 조선에서 늙어간 노인들은 이러한 영향으로 새치기하거나 염치가 없었고 안하무인의 고집불통이 되어갔다.

황신이 말하기를,

"내가 국왕의 명을 받들고 와서 아직 국서國書도 전하지 못하였으니, 어찌 마음대로 돌아갈 수 있겠는가?"

본련사本連寺에 가서 유숙하였다. 이곳에도 잡혀온 우리나라 여자가 있어, 왜인 아이를 시켜 글을 보내왔는데, 그 글은 이러하였다.

"조선국 사신 일행께 공경히 글을 올립니다. 저는 전 영천 군수榮川郡守 김모金某의 딸인데, 처음 왜란이 났을 때에 적에게 잡혔으되 죽지 못하고 질긴 목숨이 오늘날까지 이미 5년을 끌어왔습니다. 이제까지 욕을 참고 죽지 않는 뜻은 양친이 다 살아 계시니 꼭 한번 만나보고 이 같은 슬픔을 다 털어놓은 뒤에 죽었으면 한이 없겠다고 여겼기 때문입니다. 매양 이러한 심정을 주인 왜倭에게 간곡히 빌었더니, 그도 이미 허락하였습니다. 이제 다행히 사신 행차가 마침 이때에 이곳에 오셨으니, 이는 하늘이 돌아갈 길을 터주신 것이며, 곧 제가 재생할 기회입니다. 만 번 바라건대, 여러분께서 저의 슬픈 정상을 불쌍히 여기어 주시면 다행이겠습니다. 만약 데려가 주신다면 사포沙浦에 나가서 기다리겠으며, 혹시 중도에서 좇아가 만날 수도 있겠습니다." 왜인 아이가 이 편지를 올리면서 말하기를, "김씨가 날마다 울면서 주인에게 본국에 돌아가서 죽게 해달라고 청하니, 주인도 역시 슬프게 여기고 저를 시켜 이 편지를 전하게 하였습니다. 만약 데려가신다면 주인이 돌려보낼 것이 틀림없습니다." 하니, 정사正使가 역관으로 하여금 답장을 쓰게 하여 데려갈 뜻을 일렀다.(제조번방지)

영리, "도원수 권율이 안동에 있으면서 문중 친족 모임을 크게 열어 기생을 끼고 실컷 마셔댔다."

이순신 장군이 뼈다귀가 부러지게 두들겨 맞고 백의종군 길에 쫓겨난 때쯤 원균이 칠천량 기습에 박살 날 때 권율 장군은 무엇이 그리도 좋은지 '기생 파티'를 즐겼다. 장수가 전쟁을 소풍처럼 하러 다니나? 왜군들이 지리산 남쪽 진주를 거쳐 섬진강에 집결한 다음, 남원으로 쳐들어가서 농성하던 명나라 군대 3,000명과 조선 백성 7,000명을 도륙을 내고, 북으로, 북으로 향하여 충청도로 빠르게 진격해 올라가던 그때, 한양의 선조가 "평안도로 도망할까, 강화도로 갈까?" 하던 때인 1597년 9월 정유재란! 바로 그때 조선 야전군 총사령관 도원수 권율은 안동에서 기생 끼고 한바탕 크게 놀고 있었다.(난적 휘찬)

난중일기에는 배설 장군에 대한 기록이 1595년 1월 14일에 배설이 경상 우수사를 맡게 되었다는 기록과 2월 27일 부임식을 하는 장면부터 조정의 폐단을 상소하여 잡혀가는 6월 15일까지이다. 배설 장군과 이순신 장군이 처음 만난 것은 배설 장군이 원균 장군의 후임으로 경상 우수사가 된 1595년 2월 27일부터인데 당시 이순신은 통제사로 있으면서 배설 장군에 대한 기사는 총 18회로써 배설 장군의 업무내용과 함께 활쏘기를 한 내용들로서, 배설 장군에 대해서 단 한마디도 불평이나 불만, 비난, 비방하는 기사는 전혀 없다. 그런 그가 칠천 해전 후 돌변한 것이다.

오늘은 칠석七夕이다. 슬프고 그리움을 어찌하랴. 꿈에 원 공(원균)과 함께 한자리에서 만났는데, 내가 원 공 위에 앉아 음식상을 받자 원 공이 즐거운 기색을 보이는 것 같았다. 무슨 징조인지 알 수 없다. 박영남이 한산도로부터 와서 말하기를, 그 주장主將의 잘못으로 대신 죄책을 받기 위해 원수에게 붙들려 왔다는 것이었다. 초계가 물건들을 갖추어 보내왔다. 아침에 안각형제가 보러 왔고 해거름에는 홍양 박응사가 보러 오고 심준들도 보러 왔다. 의령 원 김전이 고령으로부터 와서 병사의 처사가 뒤죽박죽인 것을 많이 이야기하였다.(난중일기 7월 7일, 병술 맑음)

이순신을 무시하고 모함하던 원균이 꿈에서 무슨 이유로 이순신이 윗자리에 앉아도 즐거웠는지 궁금하다. 원균이 조만간 사라질 것이라는 암시라도 되었을까? 같은 날의 기록에 군관 박영남이 원균 대신 벌을 받으러 도원수부까지 온 일도 보인다. 고위 장수의 경우는 벌을 받을 일이 있으면 그 군관이 대신 곤장을 맞는 경우가 많았으니, '핫바지' 사례였다.

원균이 통제사로 부임하고 한 달 뒤인 정유년(1597년) 3월 9일 기문포에서 벌인 첫 전투가 있었고 조정에 승전으로 보고되니 국왕은 그 보고에 고무되어 원균에 대한 자신의 안목이 정확했음에 기뻐했다.

안보의 중요성

안보는 국가가 제공하는 가장 중요한 가치이다. 조선의 동인 조정은 가장 중요한 가치인 안보를 포기한 정권이었고, 자신들의 부귀를 위해 동료들의 재산을 몰수하고 노비로 만들어 천민을 만든 후 면천을 미끼로 전쟁터로 내보내 국가 안보를 대신하려 한 잔머리가 고도로 발달했던 조정이었다. 백성들을 천민으로 만들어 백의종군시켜 정복한 정권의 시대였다. 일본은 중국과 조선을 정복하고자 했고, 조선의 조정은 백성들을 정복하고자 했다. 역사는 일본도 중국도 아닌 조선의 승리로 귀결되었다. 백성은 적이 침략했을 때 나라가 지켜주리라 믿었다. 백성이 적의 칼에 맞아 죽고 포로가 되도록 국가의 왕이 의주로 도망했다는 것은 백성들을 버린 것이다. 백성은 나라에 대해 믿음이 붕괴하였고, 나라는 적의 침략 앞에 안전을 보장하지 못했다.

이에 공동체인 나라를 구하겠다고 거병한 백성인 의병들에게 명령을 내려 보내 적의 강점인 조총 앞에 나가 죽으라고 하는 것이 선조 대왕과 동인 조정이었다. 차라리 한양이 함락된 시점에 강화를 했더라면 백성들의 고통이나 포로들의 수를 조절하고 피해를 최소화했을 것이다. 대책 없이 명나라를 전쟁에 끌어들여 무책임하게 백성들을 버린 것이다. 왜군이 철군하자 전쟁에 승리했다며 위대한 조선 동인의 위대성을 외친 것이다. 안보는 문화이며 가치이다. 안보는 국방력의 기술적인 측면의 이슈가 아닌 국가 존립과 신용의 문화적인 절대적인 차원으로 이해되어야 한다. 안보를 불편해 하며 장애라고 바라보는 부정적 관점은 그것들을 관리하는 주체들의 부정 때문이다.

그러한 부정이 안보를 파괴하는 주범들이다. 그들이 안보를 외치는 것은 안보가 아니라 안보를 파괴하는 행위다. 안보의 핵심을 파악해 내지 않는다면 방법 또한 파악해 낼 수 없다. 국가의 신뢰는 중요하다. 국가의 존립은 신뢰를 총칭하는 것이다. 정의로운 안정이 필요한 이유이다. 선조 대왕의 기축옥사는 특정 당파의 밀고를 사실화한 노비의 대량생산 놀음이었다. 그러한 황음이 왕자들마저도 살인과 폭정에 개입했다는 점이다. 선조 대왕은 임기 내내 피비린내로 황음을 즐겼다. 그런 선조 대왕의 왕권을 꼭 붙잡아준 신료가 유성룡이다.

7일, 선수사에서 말을 타고 배 타는 곳으로 가는데, 절간 곁에 인가가 매우 많았다. 우리나라에서 잡혀온 사람이 거의 5천여 명이나 되며, 반 이상이 서울 사람인데, 절문 밖에 둘러서서 사신이 문 밖에 나오기를 기다려 배알하고 통곡하며 큰 소리로 '아이고 상전上典님, 상전님.'(상전은 우리나라의 방언에 그 주인을 부르던 칭호) 하고 외치는데, 그 소리가 극히 처절하여 차마 들을 수가 없었고, 어떤 자는 목이 메어 소리를 내지 못하였다. 모두 말의 다리를 붙들고 울다가 갯가까지 따라와서, 배를 타고 떠나가는 것을 보느라고 아랫도리를 걷어 올리고 얕은 물속으로 들어와서 무릎까지 빠지는데도 서서 바라보며 통곡하니, 일행 상하가 다 슬펐다. 저녁에 적간관赤間關에 배를 대었는데, 이곳은 해로海路의 도회지이며, 일명은 하관下關이라 한다.

"김 목사金牧使의 따님이 지금 우창지右倉地란 곳에 있는데, 역시 고국이 그리워서 조선 사람을 보고자 합니다." 하여, 사신이 곧 포수砲手 한감손韓甘孫을 보내어 그 여인이 있는 곳을 찾아보게 하니, 그 여인이 과연 그곳에 있었다. 여인은 머리는 다북 같고 낯에는 때가 끼었으며 떨어진 옷에는 이가 많고 얼굴은 여위어서 차마 볼 수 없는데, 여인이 울면서 한감손에게 말하기를,

"왜적에게 잡혀온 이후로 빗질하고 낯 씻은 적이 없으며 늘 빨리 죽기만 원하였으나 죽지 못하였소. 차고 있는 작은 칼을 뽑아서 두 번이나 목을 찔렀으나 또한 죽지 않았으며, 물에 빠지려 하나 그 기회를 얻지 못하였소. 왜倭를 위하여 물을 길었으니 고생이 견디기 어려웠소." 하면서 목 찌른 곳을 보이는데 과연 칼자국이 있었다. 한감손이 돌아와서 그 실상을 말하니, 듣는 사람들이 모두 눈물을 흘렸다.(제조번방지)

| 손문욱 |

선조가 말하기를 "이문욱(손문욱)은 누구의 아들인가?" 유성룡이 아뢰기를 "알 수가 없습니다."(실록 1597.6.2) 선조가 손문욱의 아버지에 대해 물었다. 그러자 유성룡은 알 수가 없다고 대답했다. 이렇게 손문욱은 첫 등장부터 정체불명, 조정에서도 잘 알지 못하는 인물이었다. 그런데 그는 특이한 이력을 가진 인물로 소개되고 있다. 경상도 관찰사 이용순이 조정에 올린 서찰을 보면

손문욱은 일본군 포로였다. 양아들로 삼고 국성을 주고 상으로 쌀 1,000석을 주었다. 손문욱이 보낸 비밀편지가 등장한다. 그는 부산에서 또 다른 포로 박계생이라는 인물과 만나 함께 일본으로 갔다고 자신을 소개한다. 그리고 도요토미를 만났는데 그가 자신을 시험해보고 양자로 삼았다는 것. 뿐만 아니라 국성을 바꾸고 상으로 쌀 1000석을 받았다고 자신을 소개하고 있다. 오사카성에서 도요토미에 대한 반란군을 '드림팀(자신)'이 진압했다는 것, 그것도 백여 명의 무사를 죽였고 도요토미로부터 큰 상을 받았다. 도요토미는 자신을 고니시 유키나가의 부장으로 보냈다는 것이다.

일본군이 부산항에 상륙하여 육지 진군을 못 하고 군량만 축내게 되자, 다급해진 도요토미 히데요시는 조선인 포로 중에 명석해 보이는 포로들을 발탁하여 곁에 두고 특별한 지시를 내린다. 즉 조선으로 들어가서 조선 수군의 동태와 정보를 파악할 수 있도록 명나라 황제로부터 명나라군의 '표하관'이란 벼슬을 얻어 준다. 도요토미는 명나라와 휴전 협정 중에 있었고, 조선이 휴전을 거부하여 전쟁하게 되었다고 조선을 비난하면서 명나라 장수들을 언제나 만날 수 있는 벼슬을 요구했다. 명나라 황제가 하사한 '표하관'이란 명나라 장수를 감시하는 특별한 헌병대 같은 것으로 선조 임금이 매일 절해야 했던 왕실의 명나라 파견 군관보다 높은 벼슬이었다.

이에 명나라 황제는 전쟁을 종전하기 위해 손문욱에게 '표하관'이란 벼슬을 내려주었다. 도요토미의 비밀 특사로 고니시나 가토의 동태마저 파악해서 도요토미에게 알려주는 역할을 하였다. 또 조선 조정의 재정난을 해결해주는 역할도 일정 부분 했다. 손문욱은 권율과 친밀하게 지내며, 선조 이연 이덕형 라인에 막강한 정보력을 제공하면서 부산 상륙으로 오도 가도 못 하고 갇힌 가토 기요마사 외 14만 일본군의 숨통을 터내기 위해 급파된 것이다. 도요토미가 손문욱에게 어떤 대우를 했을지는 짐작이 된다. 조선 조정은 명나라를 마음대로 드나드는 손문욱에 의지할 뿐이다. 또한 귀한 은화를 풀어내어 해결사를 자처했다. 그만큼 일본군이 궁지에 몰려 있었으며 손문욱은 도요토미의 명나라 특사였고, 당시는 명나라의 관원은 선조 대왕도 함부로 할 수 없는 상국이었다. 이 때문에 조선 수군은 정보력과 공작력에서 일본에 상대되지 않았다.

특히 명나라를 상국으로 모시는 상태에 명나라 병부상서나 황제를 알현하는 손문욱에 대한 의존은 불가피했다. 명나라로서도 일본의 도요토미를 달래기 위해 다양한 창구가 필요했다. 명나라는 일본의 침공에 정신이 없었고, 모든 국력을 다해 자신들을 위해 전쟁을 했다. 석성 명나라 병부상서의 상소문을 보면 일본군과의 전투가 명나라 수도에서 벌어진다는 느낌으로 번민하고 있음이 나온다. 조선의 조정 중신은 명나라 황제가 만나 주지 않았으나 일본군의 군사력 때문에 도요토미가 보낸 특사인 손문욱 외 많은 첩자가 제집 드나들듯이 명나라 장군들의 보호를 받게 되었다. 석성은 자신의 가신을 일본군 대장들에게 보내 진귀한 보물과 말 오백 필을 뇌물로 바치면서 전쟁을 종전하기를 원했다. 이는 다급한 명나라 황제의 묵인 아래에 이루어진 것이다. 답답한 것은 조선 조정이었다.

도요토미 앞에서 호언장담을 하고 그 증표로 전 가족을 인질로 맡긴 채 당당하게 조선으로 1월 12일 서생포에 상륙한 가토 기요마사와 그 후 상

류한 고니시 구로다 14만 대군이 부산항에서 오도 가도 못하고 배세루(배
설)에 갇힐 줄 꿈엔들 생각했겠는가? 다급해진 일본군의 숨통을 터주기 위
해 임진왜란 때 납치된 조선인 중에서 일본에 협조적인 글을 아는 조선인
을 도요토미는 수십 명 궁정에 두고 명나라 벼슬을 얻어주면서 자신의 후
궁들까지 잠자리에 제공하여 호사를 시키면서 능력을 파악한 후 조선으
로 보내 가토와 고니시를 감시하고 조선 정부와 조선군 장수들을 공작하
여 일본의 중국, 인도 정벌의 야망을 실현하고자 했다.

| 쿠키 요시타카(1542~1600) |

토바鳥羽 성주. 시마 수군志摩水軍 두령의 아들로 태어나, 오다
노부나가織田 信長의 나가시마 잇키長島一揆 토벌, 이시야마 혼간
지石山本願寺 공략, 도요토미 히데요시豊臣 秀吉의 조선朝鮮 출병
등에서 전공을 세우지만 세키가하라 전쟁関ヶ原の戦い에서 서군
西軍 측에서 패배, 할복하였다.

쿠키 요시타카는 세계적으로도 유명한 '해적대장군海賊大將軍'
이며 제독提督이다. 기묘하게도 같은 해에 태어난 토쿠가와 이에
야스德川 家康가 천하를 쥐었을 때, 반대로 요시타카는 패배하여
자살함으로써 명암이 갈렸다. 요시타카는 구마노 수군熊野水軍의
일파로 이세伊勢 코쿠시国司 키타바타케 가문北畠家에 굴복했던
시마 수군의 두령으로, 천하에 그 이름이 알려지게 된 것은 1578
년에 오다 노부나가의 오오사카大坂 혼간사本願寺 공격에 참가하
여 모우리 수군毛利水軍과의 해전에서 대승리를 거두면서였다. 10

월 1일 철갑 전함 7척으로 구성된 '쿠키 함대'를 오사카 만灣의 키즈 강木津川의 입구로 출동시켜 혼간지에게 무기와 탄약을 지원하던 아키安芸 모우리 가문毛利家 휘하의 무라카미村上, 코우노河野의 세토 내해瀬戸内海 수군 6백 수십 척과 싸워 승리함으로써, 일본 해전사에서도 유명한 대해전에서 노부나가 군을 승리로 이끌었다. 쿠키 함대 중 6척은 요시타카가 이세의 오오미나토大湊에서 건조한 것이고, 나머지 1척은 타키가와 카즈마스滝川 一益가 이세의 시로코白子에서 건조하였다.

최신예의 철갑선으로 사카이堺로 회항한 그 모습을 본 예수회 선교사 오르간티노는, "일본에서는 가장 크며 그리고 또한 화려하다. 우리 포르투갈 왕국의 배와 닮았다. … '이걸로 오사카는 멸망할 것이다.' 배에는 대포가 3문 탑재되어 있다."라고 감탄하며 기록하고 있다. 노부나가는 요시타카의 이런 전공에 큰 상을 내려 시마와 셋츠摂津의 후쿠시마福島, 노다野田 등을 합하여 7천 석을 더해 주었고, 나중에는 3만 5천 석을 영유하기에 이르렀다. 노부나가가 혼노우 사本能寺에서 죽은 뒤로는 히데요시秀吉를 섬기며 큐우슈우九州, 오다와라小田原 정벌에서 활약. 임진왜란 때에는 토바에 토바성鳥羽城을 쌓고, 거대한 함선인 '니혼마루日本丸'를 건조하였다. 토바성은 정문을 바다 쪽으로 향하게 하고 당당한 석축石垣을 가진 '해적 대장군의 본진'에 어울리는 성곽이었다. '니혼마루'는 전장 33.67m, 폭 11.77m로 백 개의 노를 가지고 있었으며 약 1.9kg의 탄환을 쓰는 대포 3문과 수부水夫 백 명을 태우는 일본 최초의 거대 전함이었다.(백과사전)

쿠키 요시타카

임진왜란 초기에 쿠키 요시타카는 부산 앞바다에 도착하여 원균 함대를 만났다. 이연과 조선 조정이 원하던 원균은 용맹한 임전무퇴의 장수였다. 쿠키 요시타카는 경상 우도 수군 약 1만여 명을 거의 괴멸시키고 고작 3척으로 도주해가는 원균을 바라보았다. 그러나 조선의 경상 우도수군들의 배들은 쿠키 요시타카의 배들과 거의 대동소이했다. 일본의 자존심인 요시타카는 매우 자존심이 상했다. 더욱이 경상 우도 수군들의 배에는 함포마저 장착되어 두려운 위력을 보였다.

일본을 대표하는 수군 총독으로서 조선의 선박 건조 기술에 매우 놀랐다. 일본 최고의 배가 조선에서는 보통의 경우였다. 원균과 이순신의 합동작전으로 쿠키 요시타카는 막상막하의 전투를 펼치며 임진왜란 도중 일본으로 돌아갔다. 그리고 그는 더욱 전함들을 조밀히 건조하여 정유재란에 나타났다.

"이번에는 조선 수군을 아주 요절내고 말 테다." 쿠키 요시타카는 부산 상륙 전에 조선의 전함들이 나타나기를 기다렸다. "우리 일본의 우수한 전함을 맛 보여주리라."

그러나 불행히도 조선의 수군은 바다를 지키지 않았다. 이때 이순신 장군은 한산도에서 난중일기를 집필한 것이다. 조선군이 응대해주지 않자 쿠키 요시타카는 매우 실망하여 대장선 약 12척을 거느리고 약 600여 척의 전함들과 함께 웅천에서 은거하고 있었다. 임진왜란에는 맞선 원균이란 장수가 있었는데, 알고 보니 원균은 충청병마절도사로 옮겨 간 상태로 이후 바다가 비어있었다.

"쳇 나의 이렇게 훌륭한 전함을 기동조차 해보지 못하다니."

웅천 해전 대승리

1597년 7월 8일 나(배설), 원균, 이억기, 최호가 이끄는 약 조선 수군 14,300여 명(장부상 병력)이 일본군을 공격했다. 당시 일본군 전선 600여 척이 부산 앞바다에 정박해 있었으며, 일본 수장인 도도藤堂高虎를 비롯하여 가토加藤嘉明, 와키자키協坂安治를 선봉으로 하는 수류연합 병력 약 6만여 명이 가덕도를 가고자 웅천에 모여 있었다. 통제사 원균은 한산도 본영에서 경상 우수사인 나에게 웅천을 급습하도록 명령하였고 나는 전함 50여 척과 수군 약 5,000병력으로 적을 급습했다.

7월 7일 원균元均이 여러 장수로 하여금 나아가 탐지하게 하고, 8일에 수병水兵 여러 장수가 웅천 바다에 이르러 적을 만나 교전하여 배 10여 척을 부수었다. 적의 세력이 매우 강성하므로 퇴진하여 원병援兵을 청하였다. 이때에 도원수 권율이 남원으로부터 하동에 도착하여 접반사에게 관문關文을 보내기를, "제도諸道 도순찰사 권율은 왜의 정세에 관한 일로 관문을 보내오. 8일에 수군 여러 장수가 부산 바다에서 시위示威하였는데, 경상 우수사 배설裵楔이 큰 배 두 척으로 선봉이 되어 웅포熊浦에 이르러 갑자기 적을 만나 접전하기를 한참 동안 하였는데, 화살에 맞아 죽은 왜놈이 그 수를 헤아릴 수 없었소. 왜놈들이 모두 배를 버리고 상륙하여 달아나면서 빼앗은 군량 2백여 석을 배와 함께 불태우고, 또 1천여 척이 본토로부터 바다를 덮어 오는데 우리 군사가 가로막으니 적병이 피해 갔소." 운운하였다. 권율은 원균이 직접 바다에 내려가지 않고 적을 두려워하여 지체하였다 하여 전령을 발하여 곤양昆陽으로 불렀다.(난중잡록)

우리의 승리를 위한 나만의 비법은 빠른 기동력으로 적의 배후를 치는 것이었다. 나의 구령에 맞춰 바람을 가르는 웅장하고 거대한 장작귀선은 나는 듯이 사나운 파도를 거침없이 가로질렀다. 드디어 일렁이는 바닷물은 조용히 장작귀선 아래로 가라앉았다. 귀두에서 5발의 포탄이 일시에 적을 강타했다. 그리고 한 측면에서 12발의 천, 지, 황 포탄이 작렬했다. 적들의 전함 무리에 거대한 물기둥이 솟았고 개중에는 화염으로 수십 척이 격추되었다. 전함에서 환호성이 저절로 터져 나왔다. 웅천 해전에서 투척식 무기인 원시적 수류탄이라고 할 수 있는 '질려포통'이 대량 사용되었다. 나무로 만들어진 통 속에 화약이 담긴 종이상자인 지화통地火筒과 발화통發火筒, 그리고 쇠로 만든 능철 마름쇠(능철)가 들어 있는 구조로 오늘날의 '크레모아'와 같다. 조선군 사령관 통제사 원균, 이억기. 최호. 나(배설). 김완. 배흥립. 우치적과 일본측 도도 다카토라, 가토 요시아키, 와키사카 야스하루, 시마즈 다다유타, 쿠키 요시타카, 고니시 유키나가와의 전면전이었다. 질려포통은 화통에 폭발과 함께 불을 붙이고 끝이 뾰족한 마름쇠는 파편 조각들로 질려포통 안에 있는 마름쇠는 일종의 파편 역할을 하게 된다. 1597년 7월 8일 웅천 해전 당시 현재의 진해만에서 정유재란을 위해 일본군 14만 명이 상륙을 마치고 적의 전함들이 부근에 모여 있었다. 웅천은 원균을 통제사로 경상 우도 수사인 나와 충청 수사 최호, 이순신의 분신이라 할 모든 병력을 인솔한 전라수사 이억기 장군이 합동으로 전투에 참여하여 육지 상륙의 길목을 막고 해전을 벌인 곳이다.

제1차 웅천 해전 승리

새벽 공격 개시(승리) 일본군은 모두 도주하느라 정신이 없었다. 웅천 해전에서 셀 수 없을 정도로 많은 일본군이 죽었다.(난중잡록) 일본군 14만 대군은 부근에서 웅천전투를 바라보고 기절초풍하고 말았다. 일반적인 공격으로 적함 30여척을 괴멸시키고 식량선박을 나포했다.

일본군 그대들은 중국·인도를 정벌하겠다며? 부산항에 꿀이 발려 있던가? 7개월간 눈보라와 해수욕이나 즐긴 일본군 주제에 무슨 아시아를 통일한다는 것이야? 우리 조선이 일본의 군사력을 이용하고, 중국의 선진기술과 조선인의 우수한 머리가 합쳐져야 로마보다 강력한 동양 통일을 할 수 있다는 나의 믿음이 있었기에 선조 이연에게 힘을 실어주어 조선과 일본의 동맹이 이루어지도록 전쟁에 절대 패배할 수 없다고 생각했다.

제2차 웅천 해전 승리

조선 전체 수군이 공격 개시한 7월 7일 정오경, 경상 함대는 다대포 앞바다에서 일본 배 10여 척을 격침시키는 전과를 올리고(선조실록) 수많은 왜군을 익사시켰다. 왜적은 서로 도주하고자 아우성이었다. 웅천熊川 앞바다에 이르러 일본군 적을 만나 크게 싸워 격파했고 대승을 거두었다. 일본군은 독 안에든 쥐 꼴이다. 육지 진출은 엄두를 못 내게 되었다.

"7월 15일에 풍세風勢가 불리하여 온천도(溫川島, 칠천도)로 진을 옮겼는데, 16일 5경 초(새벽4시)에 적도들이 구름처럼 모여들어 포를 쏘며, 아군은 창황蒼黃하여 닻을 올리고 재빠른 자는 먼저 온천도를 나오고, 둔한 자는 아직 나오지 못하였는데, 적은 이미 주위를 둘러싸 포위하였다. 이미 적선 1,500여 척 14만 대군이 겹겹이 포위되어 있다."

"전라좌수영의 군량선軍糧船을 이미 먼저 빼앗겼는데, 주장主將은 조치를 잘못하여 여러 전선이 붕괴하여 절반은 북으로 진해鎭海로, 절반은 거제巨濟로 달아났다. 저는 홀로 후미선에서 되어 고각(鼓角. 북과 피리)을 울리고 깃발을 재촉하였는데, 제 관하管下의 남도포 만호(南渡浦萬戶 → 南桃浦萬戶) 강응표姜應彪, 회령포 만호會寧浦萬戶 민정붕閔廷鵬, 조라포 만호助羅浦萬戶 정공청鄭公淸, 해남 대장海南代將, 강진 대장(江津代將 → 康津代將) 등이 각기 수사水使를 따라 이미 먼바다로 도주하여 같이 힘을 합칠 수가 없었다."

"저는 홀로 군관軍官, 사부射夫 및 노자(奴子, 사내종) 등과 더불어 포를 쏘고 일제히 활을 쏘아 서로 죽이며 힘을 다하여 싸우고 깃발을 휘날리며 달려나갔습니다. 제가 말하기를, '적세가 이처럼 급한데, 여러 진의 장수들은 소문만 듣고 여전히 어물쩍하며 달아나기를 임무로 하는데, 이것이

옳습니까? 곧바로 장수 한 명을 참하여 군대에 위엄을 보이도록 하시오!'
라고 하니, 주장은 이억기李億祺·최호崔湖 등을 지칭하며 말하기를, '도주
한 자들이 이미 있는데도 유독 제공諸公이 죽을 힘을 다하여 그 공이 크
니 가상하오.'라고 하였습니다. 듣기를 마치고, 돌아보니 적선의 선봉 2척
이 50보 내로 치달려 오기에 제가 배설裵楔과 같이 적중으로 달려들었는
데, 제가 큰 소리로 팔을 흔들어 말하기를, '주장主將! 주장! 어째서 구하
러 오지 않는가!' 하고 외치던 때에, 주장 원균元均은 술에 취하여 베개를
높이고 있어 기강紀綱이란 전혀 찾아볼 수 없었으며, 단지 군관 김대복金
大福이 편전片箭 10여 개를 쏘고 나서 노를 재촉하여 점차 물러갈 뿐이었
습니다. 수사 배설은 역시 뱃멀미에 지쳐 선방(船房, 선실)에 들어가 누워서
인사불성이 되어 한결같이 군관의 지휘를 따를 뿐이니 어찌 위급한 어려
움을 구할 수 있었겠습니까? 바닷가에서부터 왜적의 무리가 일시에 일제
히 올라와 칼을 들고 돌입하던 차에, 저는 창졸간에 물에 뛰어들던 때에
빽빽이 늘어선 적의 칼날이 왼쪽 귀밑을 스쳤습니다. 저는 혹은 잠기기
도 하고 혹은 뜨기도 하며 떠내려가서 죽을 뻔했는데, 마침 뜸 하나가
큰 뗏목처럼 바다에 떠내려오니, 제가 드디어 손으로 잡아당겨 몸을 의지
하여 잠시 휴식을 취했다가 간신히 한 절도絶島에 닿았습니다. 상인商人이
사령使令 간손艮孫과 포수 박곤朴昆 등이 이미 먼저 그곳에 도착하여 있다
고 하기에 같이 수풀 속에 엎드려 몸을 숨기고 바라보니 주사舟師의 전선
들이 일제히 불에 타서 연기와 불꽃이 하늘에 치솟으니 보고 있으니 참
으로 참담하였습니다."

밤새도록 통곡하며 서로를 베개로 삼아 칡넝쿨 아래 누웠는데 종놈은
탄환에 맞아 상처를 입었는데, 불시에 바로 죽으니 심히 모질고 모질었

다.(해소실기)

영리는 말한다. "김완 장군의 보고서에 먼저 후퇴한 장수가 이억기 최호로 되어 있고, '최후까지 김완과 배설이 교전하고 배설이 먼저 후퇴한 후 또 선방에 더러 누워있었다'는 것은 모순되는 구절로 다른 배에서 바다에 빠진 김완이 배설의 선방 속을 볼 수 없을 테니 당연히 이는 평소 배설이 뱃멀미로 많이 더러 누워 있는 기억이다. 김완 장군이 바다에 뛰어들어 구출되는 그 시간에 최후까지 교전하고, 한산도 본영을 불사르고 청야 작전을 한 장수는 배설 장군뿐임은 분명한 사실이다."

김완 장군과 나는 적의 정탐선 두 척을 쫓다가 내가 먼저 적 14만 1,500여 척이 우리를 에워싸고 있음을 발견하고 즉각 교전 명령을 내렸다. 김완이 포로가 되었듯이 내가 교전 명령을 조금이라도 늦게 내렸다면 나도 포로가 되었을 것이다. 김완은 자신을 버리고 14만 대군을 향해 진군한 나를 얼마나 원망했겠는가? 그러나 김완을 구하려다 모든 장졸을 잃어버릴 순간에 나는 김완 장군에게는 미안하지만, 경상 우도 수군을 살리기 위해 선택의 여지가 없었다.

제3차 웅천 해전

오후 공격에 일본군이 영등포 방향으로 철수, 도주하기 시작했다. 웅천 해전은 결국 칠천량 해전의 분기점이라고 할 만한 시기에(1597.6~1597.7) 부산 해전, 가덕도, 다대포, 안골포, 영등포, 고성 부산 일대 해역 전역에서 일본군과 조선 수군 간의 벌어진 치열한 전투를 의미한다.

일본군 선박 약 30여 척을 소실시켰다. 왜군이 수적 우세 때문에 조선 수군도 배 10척이 불타고 잃었다. '조선 전역 해전도'는 이때 우리 경상 우도 수군의 용맹한 그림으로 추정되고 있다. 왜군들 600척의 적선과 접전할 때 원균의 3도 연합 수군이 전면전을 회피한 것은 아쉽지만, 지원 사격이든 해상 무력시위라도 필요했다. 이때 왜군의 적선은 약 600여 척이 집결해 있었고, 침략군 장수들도 모두 모여 있었다. 이러한 요충지를 에워싸고 세 차례의 교전과 함포 공격이 주효해서 웅천 전투에서 승리했다. 왜군들은 600여 척의 병선을 이끌고 일제히 영등포 쪽으로 도주하였다. 웅천 전투 승리로 일본군의 육지 진출에 심각한 타격을 주었다. 일본군은 상륙하여 조선을 점령해야 할 명령을 부여받았는데, 웅천 전투에서 밀려 이동해야 할 만큼 공격을 당했으니, 상륙작전에 차질을 주었고, 임진왜란과는 달리 육지 점령에 타격을 주었다. 1597년(정유년) 7월 7일 원균 장군과 경상 우수사인 나(배설)는 한산도에서 견내량을 지나 칠천도, 영등포, 가덕도를 거쳐 다대포多大浦 앞바다에 이른다. 당시 부산에 정박 중이던 왜선 600여 척은 웅천을 거쳐 가덕도로 향하려 하였다. 이때 선봉장인 나는 왜선 8척을 바로 격멸시켰다. 이 전투에서 왜선 8척을 모조리 소각시키고 군량미 200석까지 노획하였다. 일본의 약 2,000여 대의 함선들이 부산포에 깔려 있었는데, 그중 600여 척의 함선이 피난하여 영등포로 이동한 것이니, 이를 쫓던 당시 조선 수군 함선이 총 143척으로 전면전은 상대가 안 되는 것이었다.

장작귀선의 재원

장작귀선 전장 53.67m, 폭 21.77m로 약 100톤 규모로 백 개의 노를 가지고 있었으며(프로이스의 일기) 정면에 거북의 귀두 위에 대포 2발이 아래에 5발이 장착된 판자를 뒤집어 씌운 장갑선이었다. 쿠키 요시타카의 일본 최고의 전함이라 불리는 거대한 배가 나타나 600여 척의 함대를 마구 결딴내고 있었다. 만일 그 '배세루'의 장작귀선 앞에서 대포를 맞는 날에는 바로 즉시 사망이었다. 측면에는 양측에 각각 12발의 대포가 장착되어 불을 뿜었다. 그 빠르기는 쿠키 요시타카의 배들의 속도보다 빨랐다.

일본군들은 "오~ 배세루!" 자신도 모르게 "가메 배세루."라고 내뱉었고 입을 다물 수 없었다. 이것은 전투가 아니라 조선 수군의 입 안에 일본군이 있는 것과 같았다. 일본군이 저항하자 조선의 장작귀선들에 승선한 조선 수군들의 함성이 들렸다. 장작귀선의 뚜껑이 열리는가 하는 사이에 무수한 화살이 내리꽂혔다.

600여 척의 수만 명의 일본군 모두 얼굴색이 하얗게 바랬다. "경상 우도 수군 배세루가 나타났다."

쿠키 요시타카는 겨우 정신을 차려 제장들에게 12척의 일본 최고의 전함으로 맞서게 하였다. 그러나 그것은 역부족이었다. 여기저기 날아드는 포탄에 아우성이 터져 나왔다. 모두들 웅천 바다에 수장될까 두려워했다. 조선 수군의 용맹이 사방을 휘젓고 공격하여 적의 30여 척의 배가 격침되었다. 그리고 식량 200석도 빼앗았다. 기존 수군들이 사용하지 않았던 유격전에 많이 쓰인 능철(마름쇠)이 가득 든 '질려포통(크레모아)'이 적진에 던져지자 사방 난리가 났다. 적선은 순식간에 아수라장이 되고 말았다.

일본군의 모든 장수가 쿠키 요시타카의 얼굴만 들여다볼 뿐 말을 잊었다. "이를 어떡하면 좋겠소. 우리는 조선을 정벌하고자 14만 대군이 지금 부산에 있소. 조선의 배는 실로 크고 튼튼하여 우리의 총탄으로 뚫기 어렵소. 지금 적들이 물러가서 그렇지 걱정되오." 가토 기요마사가 겁먹은 표정을 지었다.

"조선의 배는 너무 크고 튼튼하여 어떻게 할 수가 없소."

쿠키 요시타카는 걱정스레 고개를 떨구었다.

"저건 사람의 짓이 아니오. 분명 무슨 귀신의 조화 같소."

점심 때가 되어가자 또다시 조선 수군들이 공격해 왔다.

"어떻게 방법을 찾아 보아라."

일본군의 웅천 전투는 이렇게 일방적으로 유린당하였다. 그것은 바로 조선의 장작귀선이 적의 배들보다 배가 넘는 크기였기 때문이다. 전라 좌수영 충정군의 배들은 일본군의 안택선이나 세키부네와 비슷한 크기였다. 장작귀선은 웅천 전투에 사용되었다.

둥! 둥! 둥!

"적군을 하나도 남기지 말고 모두 죽여라!"

신호가 떨어지자 천, 지, 황 총통에서 대포가 뿜어져 나왔다. 천지를 진동하는 화염 속에 적들의 배는 무수히 풍비박산나고 있었다. "어떻게 해봐라!" 와카자카와 도도 시마즈 요시히로는 발만 동동 구르며 600여 척의 적선들 뒤로 내빼고 있었지만, 자신들의 적선들에 걸려 그 자리에 맴돌고 있었다.

조선 수군의 약 50여 척에 약 5천여 병사들이 용맹하고 날쎄기가 독수리 같았고, 앞다투어 일본군을 유린했다. 우왕좌왕하는 일본군이 정신을 차릴 때는 조선 수군들이 물러간 다음이었다.

일본군들 대장들은 걱정했다.

"어떡하면 좋소. 우리 쿠키 요시타카 장군이 저렇게 당하다니, 정말 무서운 조선군이다."

쿠키 요시타카 장군이 입을 열었다.

"아무래도 정면 대응은 안 되겠소."

"이러다 우리 일본군의 조선정벌에 큰 차질을 주게 생겼소."

"적에 배는 너무도 크고 발전된 형태요."

"그러니 어떻게든 적에 배에 가까이 다가가서 달라붙어 적의 전함으로 기어들어가는 수밖에 다른 방법은 없소."

"그러려면 많은 병력의 손실이 있을 것이요, 다른 방법이 없소, 이미 많은 병사의 사기가 말이 아니요."

바다에 해가 늬엇늬엇 넘어가려 할 때, 어스름 지고 노을이 붉게 보일 듯한 시간에 바다는 황금빛에 출렁이고, 또다시 조선 수군의 북소리와 함께 거대한 장작귀선이 나타나 공격을 개시했다.

"이러다간 일본에 돌아가지도 못하고 모두 웅천에서 죽을지도 모른다. 모두 도망하라, 퇴각하라!"

일본의 600여 척의 웅천 포에 주둔한 전함들은 서로 살자고 내빼기 시작했다.

"우리 일본 육군이 뒤덮고 있는 부산포 쪽으로 퇴각하라!"

쿠키 요시타카는 울먹이는 소리로 말했다.

나는 이들을 모두 불살라 버리고 싶었으나, 적의 전함이 너무 많았다.

"게 섰거라! 비겁한 왜놈들아, 공격하라! 공격하라!"

무수한 전함에 불을 지르고 화살로 수만 명의 무수한 병사들이 바다에 수장되었다. 일본군은 일제히 영등포로 도주하기 시작했다.

그제야 부근에 멀리서 지켜보던 조선의 충청, 전라 수군들이 추격을 개시했다.

일본군의 부산 상륙을 못 하게 할 수는 없었지만, 조선 수군의 피나는 전투로 일본군의 북진만은 못하게 막고 있었다. 이미 상륙한 일본군의 배후를 공격했던 조선 수군은 일본군에게 엄청나게 큰 피해를 줄 수가 있었다.

웅천 전투는 감격의 대승리였다. 조선 수군들의 심정과 공포심이 충분히 이해는 된다. 적군은 10만 병력이 상륙하여 육지를 뒤덮고 바다를 뒤덮고 있었다. 내가 간이 부은 건지, 미친 것인지, 조선 수군은 7월 8일 이른 아침부터 세 차례의 공격을 성공적으로 감행했다. 7월 8일 부산 앞바다에 이른 조선 수군은 적선 10척을 격침하는 전과를 거둔다. 그러나 바로 그때, 대마도에서 부산으로 향하던 일본 함대 천여 척이 나타난다. 조선 수군은 즉각 1천여 적선들을 추격하기 시작하고 먼 바다로 향하면서 이들에 대한 공격을 시도한다.

원균 통제사가 말하길,

"이순신 장군의 모든 전투는 조선 수군 전체의 합동 해전이었고, 나의 경상 우수영에서 내가 주도하여 승리한 해전이다. 밤중에 나 모르게 장계를 올려 공을 가로채 통제사가 되었으나 2년 동안 단 한 명의 적에 목도 베지 못하고 남의 공(이원익의 부산 왜영 방화사건)을 탐하다가 사간원의 상소로 참형의 위기에 처하게 된 이순신 장군이 우리의 해전을 보면 기절할 것이오. 오 승리했다. 기쁘도다."

원균 통제사는 눈물을 펑펑 흘렸다.

"배설 장군 고맙소, 조선 최고의 장군이오. 그를 환호하라!"

영리가 말한다.

"네, 임진왜란에 제1차 출동을 한 원 장군은 판옥선 3척으로 이운룡을 비롯한 부하 장수들이 돌격전을 벌여 많은 전공을 세웠고, 해전 장소도 경상도 바다였기에 원 장군이 주장主將이고 이순신은 객장客將이었습니다."

통제사 원균과 여러 장수들은 자신도 모르게 환호성을 질렀다.

"추격하라, 추격하라."

바다에서 해전은 보기보다 배가 파손되기 전에는 큰 피해가 없는 추격전에 불과하다.

영리는 말한다.

"풍신수길이 절명할 때 배세루를 내뱉으며 숨을 거두었다. 이는 거북선과 경상 우도 수군 배설裵楔이 조선 정벌의 실패에 영향을 미친 것을 의미하며 세키보네, 아다케, 보고 등등의 자신들 전함 이름 대신 지금도 일본에서는 선박회사들의 이름이나 바다의 거대한 배를 '배세루'라고 하고 있다."

'프로이스의 일본사에서는 조선 의병의 매복 공격으로 인해 초래된 일본군의 위기를 다음과 같이 묘사한다. 이렇듯 일본의 대군이 조선에 건너간 뒤로 귀족과 주요 무장들 사이에서 협의가 이루어져 그들은 조선의 각 지역에 고루 배치되었다. 조선군은 당초에는 일본군을 크게 두려워하고 무서워하였으나 일본인에게 복종할 기미를 전혀 보이지 않았을 뿐만 아니라 도리어 전력을 다해 과격하게 저항했기 때문에 일본군에게는 두 가지의 지극히 어려운 문제가 발생하게 되었다. 그들은 제각각 서로 상당한 거리를 두고 배치되었고 해안에서 멀리 떨어졌기 때문에 일본에서 바다로 수송하는 식량을 보급하기 위해서는 수많은 병사들이 동원돼야만 했다. 그런데 그러한 수송 인력은 소수였기 때문에 조선의 병사들은 지리에 익숙한 점을 십분 활용해 각지에서 매복해 있다가 습격하여 일본 병사들을 죽이고서는 운반하던 식량들을 남김없이 약탈하였다. (이런 위험부담을 피하기 위해) 일본 병사들은 집단을 이루어 식량을 운반하는 경우가 많았으며 (매복을 피하기 위해) 매우 먼 길을 다니지 않으면 안 되었으므로 그렇게 오고 가면서 운반하는 식량의 일부를 소모할 수밖에 없는 사정이 거듭되었다.(프로이스의 일본사, 국립진주 박물관 번역 재인용)

조선 연합함대는 부산 일대 왜군들 본거지 속에서 작전으로 목숨을 건 전투를 위해 출전하여, 웅천 전투도 하루에 세 번의 전투로 달포 간 실제 거의 매일 작전과 전투와 연결되었다. 이러한 전투만 해도 약 수십회 이상의 전투가 있었고, 이는 외곽 전투인 7년간의 이순신 장군의 해전 23전에 비해 결코 작은 전투라 할 수 없다. 동인(남인) 조정은 동인 군부의 이순신 권율이 임진왜란 승리했다고 주장하고, 서인인 원균과 배설은 겁쟁이라고 해왔다. 사실 그렇다면 이순신 장군은 어떻게 싸워 이겼는가? 무엇으로 이겼는가? 정유재란에 왜 일본군은 1월에 침략하여 7월까지 바다에 있었는가? 칠천 해전이 그들 말대로 완벽한 조선의 패배라면, 왜 승리한 왜군이 서해 진출을 못 했을까? 원균이 전사하였지만, 일본군에 피해를 줬다는 점은 분명하고 14만 대군을 부산항에 발을 묶어둔 것이다. 임진왜란처럼 육지로 파죽지세의 공세를 못 한 것만은 분명히 원균 장군의 공로가 인정되어야 한다.

"일본 측 기록인 정한위략征韓偉略에 보면 당시 조선 수군은 거북선(배설의 장작귀선)이 먼저 적선을 화포로 깨뜨린 후 다른 전선들이 이에 합세하여 화포로 적선을 당파한 후 불태우는 전법을 구사하였다고 기록하고 있다."

다시 말해 선봉선에 대한 공격은 당시 일본군 조총의 사격에도 피해가 작았던 거북선이 담당한 것이다. 왜냐하면, 판옥선이 적선 가까이 가서 총통을 발사할 경우 일본군 조총의 사거리 내에 위치하여 상당한 인명 손실을 감수해야 할 것이기 때문이다. 그리고 원거리에 위치한 판옥선에서 총통을 발사할 경우 그 명중률은 그렇게 높지 않았을 것이다. 따라서 적선 가까운 곳에 접근한 거북선에서 발사한 총통은 그만큼 명중률이 높았을 것이다. 거북선을 만든 목적은 적의 전술인 등선을 거부하기 위하여, 동시에 화포의 명중률을 극대화하기 위한 데에 있었다. 이 밖에도 거북선은 외형상 적에게 심리적인 위압감을 주었고, 안에서는 밖을 볼 수 있지만, 밖에서는 안을 볼 수 없다는 점과 적 총탄의 피해 없이 적선 가까이 근접이 가능하다는 장점이 있었다. 전선의 우수성과 함께 당시 조선 수군의 무기체계도 실전에서 큰 위력을 발휘하였다.

조선 수군의 병력규모

1597년 6월 18일 조선 함대는 경상 우수사 나(배설 장군)를 선봉장으로 하여 한산도에서 견내량을 지나 칠천도, 영등포, 가덕도를 거쳐 다대포 앞바다에 이르렀다. 왜선 8척이 보였다. 왜군들은 조선 함대를 보자 배를 버리고 도주하였다. 조선 수군은 힘들이지 않고 왜선 8척을 불태울 수 있었다. 이에 사기가 충천한 조선 함대는 부산포를 향해 계속 공격하였다. 이 또한 대승리였다. 그의 명량 대첩과 맞먹는 전투의 승리임에도 동인 조정은 승리에 대해 기록도 외면하고 말았다. 동인 조정은 지역감정에 너무 파묻혀 감정적으로 국사를 보고 있었다.

"어떤 바닷속에 수십 마리의 아귀들이 있다고 하자, 서로 입을 벌려 다른 아귀의 꼬리를 물고 있다. 뒤엉키고, 섞여서 다른 아귀의 꼬리를 잡아먹기에 급급할 때, 종국에는 자신에 꼬리를 먹고 다른 꼬리를 먹고 있는 것이지? 조선에 장수된 자는 모함하고, 밀고하는 것도 하나의 당당한 실력이야."

단언한다! 전쟁 앞에서 비굴하지 않은 자는 결코 생존할 수 없다. 조선의 조정과 조선 땅에서의 전쟁은 인간의 삶터가 아니라 서로 잡아먹고 먹히는 약육강식의 장터이다.

6월 18일 안골포와 가덕도에서 소규모 전투를 벌여 승리했다. 이날도 적들은 도주하고 부산으로 바로 나아가면 후방에 있는 적들에게 포위당하기 때문에 쉽사리 나아가지 못했다.

"1597년 5월 1일 도원수都元帥 권율(權慄, 1537~1599)의 장계狀啓에 의하면, 정유재란 당시 삼도수군통제영이 있는 한산도閑山島에 있는 조선 수군의 판옥선은 134척, 조선군의 판옥선 승선 인원이 척당 90명 내외로 총 병력은 약 12,060명이다. 당시 조선 수군은 노비를 할당하여 강제 징집한 병력으로 실제 군사력은 이보다 약했다."

군정이 문란하여 병사 수는 군적 상 4만 명이나 실제 군인은 8,000명도 안 됐다. 3도 수군의 수도 장부상일 뿐 실제는 약 12,060명 정도이고 칠천에서 적의 기습을 받을 때는 항구에 정박하여 6천여 명 이하이다. 일본 측 기록에 수천 명(3천 명)을 사살했다고 하는 것으로 3천에서 4천 명 정도이다. 동인 조정은 패배를 과장해서 병권을 잡고자 할 뿐이다.

도장포 해전 승리

1597년 6월 22일 원균, 나(배설), 이억기, 최호 연합함대의 출정으로 새벽의 고요한 적막을 깨는 북소리가 요란했다.

"뭐야." 쿠키 요시타카가 부하들을 제치고 선상에 나가서 깜짝 놀라 기절하고 말았다. '배세루의 장작귀선'은 마치 거친 파도 위를 가볍고 빠르게 미끄러져 나아갔다. 빠른 회전과 날렵한 수평을 잡힌 모습이 언제라도 선수의 정면에는 7발의 대포가 동시에 불을 뿜었다. 장작귀선의 정면에 있다가는 거의 물귀신이 되고 말았다. 또 측면에는 12발의 대포가 있어 그 위용은 가히 놀라웠다. 구식 전투에 익숙했던 일본군 수군대장 쿠키 요시타카는 장작귀선의 위용에 압도되어 눈을 크게 휘둥그렇게 뜨고 입을 쩍 벌린 채 혼을 잃을 정도였다. 경상 우수군이 순식간에 눈 깜작

할 사이에 진격해 도도, 와키사카, 가토, 시마즈, 요시히로가 이끄는 왜군들 부대의 배들을 사정없이 격파하니 쿠키의 선단과 병사들의 피해가 실로 막심했다.

"장작귀선의 출현이다!"

"가메 배세루노이므니다!"

"저 저건 웬 괴물이야?"

바다에는 순식간에 아수라장으로 비명에 가까운 경악과 탄성이 연이어 솟구쳤다.

아! 엄청난 위용을 자랑하는 거대한 전함 장작귀선!

"으음 누가, 대체 누가 저따위 전함을 무슨 목적으로 만들었단 말인가?"

전쟁의 귀재 시마즈는 피보다 붉은 신음을 터뜨렸다.

"크흑! 도요토미 폐하 이를 어쩌면?"

도도 다카도라는 자신도 모르게 탄식했다. "다 틀렸다. 나는 내 눈을 믿을 수 없다."

일본군 장수들의 입에서 이구동성으로 경악과 불신에 가득 찬 신음과 탄성이 터져 나왔다.

"믿기지 않는다. 오사카 성채를 바다에 옮겨 놓은 것 같다. 조센징이 저런 것을 만들다니? 저런 것이 있으면 명나라를 박살 낼 수 있는데."

그때 거대한 장작귀선의 전면부에서 대포 7발이 불을 뿜어 대었다. 쾅! 쾅 우르리 쾅!

순식간에 도도 다카도라, 쿠키 요시타카의 배 주위에 물기둥이 솟고 닻이 부러지고 말았다. 그리고 그 곁에 있든 안택선(아다케부네) 한 척이 명중되어 파손되고 그 배에 탄 왜군들이 순식간에 바다에 익사하고 있었다. 이 장면을 바라본 1천여 척의 선단은 누구라 할 수 없이 모두 내빼기 시작했다. 곳곳에 아수라장이 되어 비명과 울음소리가 천지의 아비규환이 바다에서 펼쳐졌다.

"엄마!", "헉!", "일본 놈의 군인을 살려 주시므니다!"

"모리 휘원의 500여 명 사무라이(군관)를 괴멸시킨 배세루 쇼군이 진노하면 우리 일본군 3만 명이 죽는 것은 시간문제이다." "배세루 군대를 만나면 무조건 뭉치면 죽으니 흩어져야 산다! 흩어져라!"

김완의 해소 실기, 정유년(1597) 6월 22일에 거제巨濟의 복병도장伏兵都將으로 뽑혀 도장포道莊浦에서 왜선 4척을 만나 여러 전선들이 힘을 합쳐 일제히 나아가 사로잡은 숫자가 90여 급에 이르렀으며, 제가 벤 것이 5급이었습니다. 또한 7월 초 6일에는 다대포多大浦 앞바다에서 왜선 10척과 만났는데 역시 모두 깨부수고 또 말을 빼앗을 때에, 제가 왜장이 탄 배 1척을 혼자서 부수고 수색하여 수길秀吉이 삽혈(歃血 피를 나눠 마심)하고 맹세한 문서가 든 붉은 봉투 3장과 은으로 된 항아리銀甁 1쌍을 얻고 군량을 남김없이 거두어들인 후에 이어 부산을 향하다가 적선 600여 척이 바다를 덮어 건너오던 차에, 주장主將과 여러 장수들이 모든 부대를 이끌고 나와 싸우는데, 역풍逆風에 날씨도 사나운데 그 기세가 장차 미치지 못하여 영등포永登浦로 돌아와 모였습니다.

부산으로 진격하여 싸울 것을 아룀(계문啓聞) 일로 통제사와 종사관 등이 함께 의논할 때에 제가 수길秀吉의 맹세한 서장을 소매에서 꺼내어 보이니 통제사가 십분 위로하고 기뻐하며 사유를 갖추어 치보馳報한 후에, 적과 더불어 대치하며 여러 날을 기각掎角의 형세를 이루고 있었습니다.

전란 중이라고 해도 조선의 남·서해안의 어선들의 수는 약 수천여 척이 있었다. 보통 10명 이내의 소규모 어선들이었다. 명나라의 호선들이 구원군으로 온 것들과 유사했다. 조선이 병력의 수가 된다면 어선을 동원 일본군과의 등선 육박전을 못 할 이유는 없었다. 소규모 어선이 일본군의 세키부네나 아다케부네를 만나 밧줄을 던져 그 위로 기어 올라가게 하려면 적어도 적군의 수와 비슷하든가, 최소 적병들의 두세 배가 되어야 용기백배가 되는 것이다. 그러나 조선의 군사는 적의 5분의 1도 안 되는 것이 현실이었다. 조선 수군은 일본군의 해상활동에 지장을 주어 정유재란의 당초 목적인 수도 점령을 포기하게만 하면 성공이고 사실 그렇게 한 셈이다. 1만 정병이 전멸한 것은 애처로우나, 조선의 남도 분할 점령을 포기하게 만들었던 값진 희생이 있었다.

다대포 해전 승리

1597년 7월 6일 경상 우수군은 일본군을 대파하고 육지 진출을 억제하고 있었다. 조선 수군은 초 6일에 다대포多大浦 앞바다에서 왜선 10척과 만났는데 역시 모두 깨부수었다. 그리고 모든 일본의 군선들이 도주하였다. 원균의 기함에는 선조의 명을 받은 선전관이 김식이 타고 있었다. 후에 선조 역시 칠천량 패전의 원인을 선조 자신이 명령을 강압적으로 내림이라 시인했다. 다대포 해전도 동인 군인이 출전했다면 엄청난 대첩이 되었을 텐데, 나는 그런 능력이 부족했다.

영리, "와! 물이 끝도 없이 펼쳐져 있네."

어떤 바다도 그 끝에는 모래 해변이 있다네, 모래 해변에 수없이 쌓였다 부서지는 모래성, 금방 밀려온 파도에 부서지나 먼저 밀려온 물결에 부서지나, 미래에 엎어 질러 밀려오는 물결로도 흔적도 없이 무너져 버리네, 싸우며 죽여가면서 일으키려는 조국의 모습도 마침내는 모래성처럼 쓸려나가고 역사는 다시 쓰게 될 것일세.

전쟁을 지휘한 것은 양반이고 강제 징집된 죽어야 하는 병사는 노비들이었다. 그러니 전쟁 지휘부가 책임감 없이 도망만 다니면 되었다. 노비들, 군인들이야 죽든 말든 책임감이 없었다.

전비와 손익분기점

　대규모 출병의 문제점에 대해 고찰해 본다. 약 1,500척의 배가 100명이 승선할 수 있는 선박의 규모를 50톤 이상으로 가정하였을 경우 길이 20m 이상(조선의 판옥선 23m), 너비 6m 이상으로(세키부네와 아다케부네 일본 선박과 크기는 비슷함), 좌우로 붙여 정박하고자 한다면 약 9.9km 이상의 해안이 필요하고, 앞뒤로 부산항에 들어온 경우 31km 정도가 꼬리를 물고 이어진다. 이 속으로 들어간다는 것은 14만 대군과의 전투가 된다. 당시 조선 수군의 함포가 명중률이 높지 않았다는 점이다. 100발 쏘아 1발 맞히기 힘들었고, 설령 목재 선박이 함포에 맞았다고 해도 바로 가라앉는 것은 아니다.

　해안가의 협착한 바다에서 조밀한 일본군 측에서 파손된 배의 병사를 옮겨 실으면 되고 극히 적은 수의 포탄에 직접 맞은 병사만 사망한다. 그러나 심해의 파도가 센 곳에서는 격파된 일본군은 전원 전사하게 된다. 일본군은 부산항에서 전쟁 동안 한 곳에 내내 자리잡고 있었는데, 부산항이 무슨 젖과 꿀이 흐르는 땅이라 가만히 있어도 시간이 지나면 자동으로 나무에선 과실이 후두둑 떨어지고 농사를 안 지어도 쌀과 보리가 왕창 자라는 것은 아니다. 가토 기요마사와 고니시 시마즈 요시히로는 눈물을 흘리면서 왕겨와 모래가 섞인 밥으로 하루하루를 버티고 있었다.

　일본군이 자신들을 싣고 온 배들을 짊어지고 육지로 상륙하지도 못 했다. 만일 배를 두고 육지로 올라간다면 해로를 막고 있는 조선 수군이 빈 배들을 모조리 불태워 버릴 것이다. 그렇게 되면 정말 독 안에 든 쥐 꼴이 되는 것이다. 육지에는 의병들이 배고프다고 기다리고 있고, 호남으로 치고 나가려니 내(배설 장군)가 서해안으로 퇴각하면서 청야 작전으로 온 들판에 불을 질러 먹을 것이 없었다. 닭이든 개든 생쥐든 보이는 대로 도살해 먹게 된다. 일본군들이 굶주린 증거를 은폐하기 위해 포로들에게 도요토미가 모두 죽이라고 했다고 거짓말로 은폐, 본능이 보이는 사람들을 무조건 죽이는 것이었다.

최소한 일본 병사에게 들어가는 1개월 유지비는 1인당 은화 15냥 정도로 14만 대군에 약 은화 20만 냥에서 50만 냥이 소요된다.(요즘 돈으로 2조에서 5조 원) 일본 동부지역 영주들 또는 도요토미의 전비 부담은 월 최소 2조 원이 넘었다. 오주연문장전산고五洲衍文長箋散稿 성인 남자는 한 끼에 7홉솝을 먹는다고 하였다. 조선 시대에 성인 남자는 한 끼에 420cc를 먹었다. 지금 어른의 한 끼 식사량을 160cc로 잡으면 예전 성인 남자는 지금의 거의 세 배를 먹은 셈이다. 쌀 한 섬은 180리터로, 도정한 쌀인 경우 144kg이다.

리터당 0.8kg의 무게로 최소 0.518리터에서, 최대 0.5967리터로 추정되고 있다. 1일 남성의 최소 식사량을 1되로 잡았을 때, 최소 414g에서, 최대 477g의 쌀을 소비했다. 훈련도감의 편제상 1개 대, 즉 10명에게 적용될 경우 기마가 짊어질 수 있는 60kg로 마필의 1일 사료 섭취량은 9kg이다. 10인의 식량인 약 4.5kg과 말 사료용 콩 1.53kg을 합한 약 6kg정도가 1일 필요한 곡류이다. 마필이 기준량 60kg를 짊어지고 전투를 한다면 군량은 10일을 넘지 못한다. 조선 최대 정예군인 훈련도감 병력의 작전

가능 거리는 도보로 10일 이내이다. 병사 10인당 하루 세끼 식량과 말의 식사량으로 약 6kg이 필요하고 14만 대군이니 1일 약 84,000kg 즉 84톤이 필요하다. 10일만 전투를 하지 않고 식량을 소모한다고 해도 840톤이 필요하다.

100일이면 8천400톤의 식량이 날아가 버린다. 도요토미 히데요시가 재벌도 아니고 하루 이틀도 아니라 부산포에 상륙하여 7개월간 꼼짝도 못하고 약 6만 톤의 식량이 소모되었다. 당시 전란으로 노비 값이 폭락하고 식량 값이 급등했다. 쌀 두 가마로 노비 한 명을 살 수 있었다니 6만 톤의 쌀을 전비로 사용한 도요토미는 엄청난 적자이다. 조선에서 돈을 주고 노비를 사들였으면 더 이익이었다는 계산이 나온다. 조선 수군 1만의 군사가 1년을 먹을 식량이 일본군 군사 14만이 한 달을 버틸 수 있는 식량에 불과하다는 말이다.

만약 일본군에게 식량은 충분히 확보된 상태라고 하더라도 음용수는 따로 준비하지 못하였을 것이다. 전시 국민 1인당 소비하는 생활용수의 양은 1일 25ℓ다. 그렇다면 일본군이 하루에 소비하는 물의 양은 350만 ℓ이고, 톤으로 환산하면 3,500톤이다. 일본군 14만 대군이 하루에 소비하는 물의 양은 5,300만ℓ이고, 톤으로 환산하면 5,300톤이다. 음용수로 환산하더라도 1인 4ℓ인데 일본군 소비량은 1일 560톤이고, 20일을 지내려면 11,200톤이 필요하다. '콜라, 사이다'는 전혀 없었으며 짭짜름한 바닷물로 버텨야 하는 한여름에 섬에서 20일 동안 안 씻고 지낸다는 것은 불편이 극도로 조장된다.

100일 견딘다면 56,000톤 6개월 약 180일 작전했으니 100,800톤의 물이 필요하고 여름에 바닷가에 180일간 소금물로 씻고 마시지 않고 지내야 한다. 보통 전시 1인당 생활용수 필요량은 1일 25리터로 350만 리터가 소요된다. 조선 수군의 압박으로 해로가 봉쇄된 상태에서 약 3,500톤의 물 소비량이 자유롭지 못했던 것을 알 수 있다. 나고야에서 대기하던 도요토미 히데요시의 예비대 군단 약 15~20만(도쿠가와 이에야스, 가타) 동북 관동군이 "바다를 건너지 않겠다."라는 결정을 이끌어낸 게 원균과 배설 함대의 해로 봉쇄 때문이었다.

도요토미 입장에서는 이 군대를 어떻게든 조선으로 보내야 일본이 안정될 것이었다. 가토 기요마사가 전 가족을 도요토미에게 인질로 제공하고 약속한 '한양 점령, 선조 대왕 생포 20일' 호언장담은 완전히 실패하였다. 누구 때문에? 이순신이 아니라 원균, 배설, 최호, 이억기의 목숨을 건 전투 덕분이었다. 부산항에 눌러앉아 6개월간 움직이지 못하고 병량 6만 톤을 오사카에서 공수해서 굶다 먹다 할 때 나고야의 예비대 15만 병력이라고 잘 먹고 있었던 것은 아니었다. 예비대 15만 병력이 조선으로 출병하려고 해도 부산항에 상륙해서 지지고 볶는 선발대와 합류한다면, 보나 마나 굶어 죽기 십상이고, 영남으로 치고 올라가려고 해도 뭐 같은 사흘은 굶주린 도적떼가 산길 곳곳에서 죽창을 들고 출몰한다는 점이다. 일본군은 조선 군대와 전투를 하려고 출병한 것이지 얼씨구나 하고 기다리는 도적(의병) 떼와 싸우고 싶지는 않았다. 그래서 전란에 온전히 보전된 호남의 관군을 쓸어버리려고 했다.

도쿠가와 이에야스를 필두로 한 예비대는 임진왜란에는 구로다 분신의 전사로 출병하지 않았고, 정유재란에는 가토 기요마사의 작전 실패와 조선 수군의 해로 봉쇄를 핑계로 출병을 지연할 수 있었다. 일본군은 군수

보급난으로 5월 들어서자 주둔지의 기병용 말과 수레 운반용 소까지 도축해 먹기 시작했다. 일본의 기록을 보면 지옥이 펼쳐진 것을 확인할 수 있다. 잘하고 있는 조선 수군에게 적의 목을 베어 오라는 것이나 2천여 척의 배를 보유한 일본군의 배 몇 척을 부순다는 것은 큰 의미가 없음에도 조정은 그것을 요구하고 다그치고 있다. 가토 기요마사가 작전 개시 20일 내 한양 점령과 선조 대왕을 포로로 잡겠다고 한 약속이 어그러진 지 5개월이 넘어가고 있었다. 가토는 일본으로 살아서 돌아간다고 해도 전 가족과 함께 목이 날아가게 되어있었다. 수군이 해로를 열어주었는데 출병을 거부했다면 도요토미가 도쿠가와 이에야스의 출병 지연을 이유로 살려두지 않았을 것이다. 경상 우도 수군의 해로 봉쇄작전이 도쿠가와 이에야스를 살려 준 셈이다.

적의 배가 이달 초부터 잇따라 건너왔다. 원균元均이 여러 장수로 하여금 나아가 탐지하게 하고, 8일에 수병水兵 여러 장수가 웅천 바다에 이르러 적을 만나 교전하여 배 10여 척을 부수었다. 적의 세력이 매우 강성하므로 퇴진하여 원병援兵을 청하였다. 이때에 도원수 권율이 남원으로부터 하동에 도착하여 접반사에게 관문關文을 보내기를, "제도諸道 도순찰사 권율은 왜의 정세에 관한 일로 관문을 보내오. 8일에 수군 여러 장수가 부산 바다에서 시위示威하였는데, 경상 우수사 배설裵楔이 큰 배 두 척으로 선봉이 되어 웅포熊浦에 이르러 갑자기 적을 만나 접전하기를 한참 동안 하였는데, 화살에 맞아 죽은 왜놈이 그 수를 헤아릴 수 없었소. 왜놈들이 모두 배를 버리고 상륙하여 달아나면서 빼앗은 군량 2백여 석을 배와 함께 불태우고, 또 1천여 척이 본토로부터 바다를 덮어 오는데 우리 군사가 가로막으니 적병이 피해 갔소." 권율은 원균이 직접 바다에 내려가지

않고 적을 두려워하여 지체하였다 하여 전령을 발하여 곤양昆陽으로 불렀다.(난중잡록)

다 된 밥에 재를 뿌리기

도요토미에게 밉보이면 목숨이 위험하다는 현실적인 문제 때문에 나고야까지 끌려온 조선 정벌 관동 동북 영주들은 가토 기요마사의 작전 실패를 트집 잡아 출병을 지연할 수 있었다. 가토가 십자가를 짊어지게 되었고, 관동 이에야스 예비대는 가토를 옹호하고 해로 봉쇄를 문제 삼았다. 반면 고니시는 이에야스의 출병 지연에 적개심을 갖게 된다. 이런 상태에서 도요토미가 미쳐 죽어버린 것이다. 정유재란이 임진왜란처럼 해로를 열어주었더라면 도요토미는 춤을 추었을 것이고 미칠 일도 없다. 동원령이 떨어진 상태에서 당시 화폐로 최소 월 약 20만 냥(약 2조) 은화의 소비가 필요한 상태로 6개월이면 약 12조 원이 넘게 들어간다. 조선 땅 부산항의 14만 대군과 나고야 예비대 15만 대군이 결딴내는 전비가 최소 그러했다. 어디까지나 최소 비용이지 실제 비용은 더 들어간다.

일본 백성들의 생활은 조선보다는 나았겠지만, 극도의 도탄에 빠지기는 비슷하다. 또한 일본 병사들의 희생도 적지 않았다. 조선 파병 병력의 삼분의 일이 굶주려 죽었다. 일본군이 전투에서 전사한 것이 아니어서 이 부분은 도요토미가 책임져야 할 부분이다. 작전에 실패한 가토는 돌아가면 도요토미에게 죽게 되어 있어 이에야스 편에 붙게 되어 있고, 고니시는 도요토미 편에 붙게 되어 있었다. 구로다 요시타카는 임진왜란 실패의 책임으로 정유재란에는 세력권에서 밀려나 있어 도쿠가와 이에야스의 출병 반대파에 동조하게 됐다.

권율의 '원균 곤장 치기'는 바로 도요토미 히데요시가 손문욱에게 공작한 다 된 밥에 재를 뿌리기였다. 손문욱은 포로로서 도요토미가 양자라고 불러 주었으니 목숨을 걸고 명나라로 조선군 사이로 뛰어다니면서 공작을 해서 고니시와 가토가 봉쇄령에서 빠져나오게 해준 것이다. 손문욱이 일본군 14만의 봉쇄를 풀어 숨통을 터주고 조선 수군에게 패배를 안겨 준 것이다.

선조실록에 따르면 이헌국은 배설을 도원수보다 유능한 장수라 추천한다. 일본군 15만 병력은 배설이 도원수가 될까 바짝 얼어붙었다. 해전이든 육전이든 배설의 부대와는 교전을 금지하라는 명령을 도요토미가 내렸다. 배설 부대를 피해 다닌 일본군에게 상을 내렸다. 그러니 배설이 7개월간 경상 우도 수군절도사로 할 수 있는 일은 해로 봉쇄뿐이었다. 도망 다니는 일본 수군을 따라잡을 '모터 엔진'이 없는 것이 한스러웠다. 비운에 장수라고 하는 이유가 여기에 있다. 일본군이 회피하는 유일한 조선의 장수였다.

물마루 해전(부산 쿠로시오 해류 전투)

1597년 7월 9일, 조선은 오랫동안 대마도 넘어 왜구들의 나라로 가는 곳에는 누구도 가까이할 수 없을 만큼 물길이 세차고 흉흉한 물마루 바다가 있다고 알려져 있었다. 그러나 왜구들 수천 척의 배들이 바람을 타고 들어왔다. 그 물결이 흉흉한 물마루 곳 너머에는 조용한 왜구들의 경지가 있음이다. 따라서 왜구들의 배보다는 우리의 배가 커야 한다. 그래서 적들을 흉흉한 물마루 물결이 있는 그곳에서 적들을 기다리고 있다가 흉흉한 심해에서 적들을 격침시켜야 한다. 부산포를 향해 진격해 나가다가 조선 수군은 영도 앞바다에서 조선 연합 함대는 대규모의 일본군 1천여 척의 수송 선단이 부산포로 진격함을 발견했고, 즉시 추격에 나섰다. 1천여 척의 수송 선단이 무엇을 수송하는지는 정확히는 몰라도 아마도 병사들을 수송하는 것으로 보였으나 무조건 도주하기 시작했다. 일본에서 북서풍을 타고 조선으로 오던 대규모 병력 수송선단 약 1천여 척의 배들이었다. 엄청난 규모의 조선 전함을 보고 놀란 일본의 배들은 돛을 내리고 노를 저어 일본 쪽으로 도주하기 시작했다.

1천여 척의 왜군들이 경상 우수군의 전함을 바라보고 "우와! 댓길로 크~ 다아!"

"저기 뭐~꼬?"

"저게 뭐~꼬 데스까?"

"가메 배세루이므다."

"와~! 크다 다이 데스…."

"저거이 바다에 오사카 성채를 옮겨 놓은 것 같으므니다."

"우리 저거 못 이긴다. 무섭다."

물마루 앞바다에서 쿠키 요시타카, 도도 다카라, 와카자카 야스히로의 적선이 죽 벌여 섰는데 얼른 보면 개미 떼가 모여 있는 듯하였다.

조선 수군이 북을 울리며 곧바로 앞으로 나서 그 중견中堅을 공격하고 일시에 힘껏 공격하여 예기銳氣를 타고서 무찔러 마침내 적선 100여 척을 불태웠으며, 불에 타고 물에 빠져 죽은 자는 다 셀 수 없었다. 그렇게 병사들이 놀라서 우왕좌왕 입을 벌리고 있는 사이에 장작귀선 12척의 병선에서 각 12발의 대포, 144발의 대포가 일제히 발사되었다.

쾅 쾅 쾅 우르르 쾅~!

천둥소리처럼 요란한 대포의 소리.

일본의 쿠키 요시타카의 대형 전함 3척이 순식간에 격파되어 불타면서 침몰하기 시작했다.

"오 아다리, 아다리, 대포알에 아다리 됐스므니다."

왜구의 지휘부는 "인정사정 볼 것 없다. 도주하라, 도주하라."

"무조건 도주하라, 빨리빨리 도주하라!"

적들은 닻을 거두고 바람을 거슬러 1천여 수송단이 내빼기 시작했다.

"저 대포에 우리 일본 전함이 박살나는 것 좀 봐."

"나 물귀신 되는 것 아냐?"

"엄마 나 집에 가고 싶어, '배세루'다."

쿠키, "미친 놈 전쟁을 하지 않고 테러를 하겠다는 것이군. 오직 우리 대장선만을 향해 대포를 쏘는 이유가 뭐야? 세키부네가 1천여 척이 넘는데 왜 유독 우리 배만 두들기는 것이야, 제기랄."

"빨리 일단 수송 선단으로 들어가라!"

쿠키 요시타카와 도도 다카도라는 일본군 대장기를 바다에 던지고 돛대를 내려 버렸다! 쿠키의 전함이 수송선단 속으로 도망치자 그곳에 포화가 작렬하여 물기둥이 솟았다. 그리고 놀란 수송 선단은 쿠키의 배를 피해 꽁치 떼가 물결을 가르듯이 도주하였다.

쿠키 요시타카의 전함들이 호위하다가 대진을 꾸렸으나 대포 3문이 전체임에도 선체가 장작귀선의 절반밖에 안 되어 전투가 될 수 없었다. 1천여 선단이 놀라 뒤로 자빠지고 쿠키 요시타카, 도도 다카라, 요시아키 시마즈가 바닷물을 수없이 들이마신 후에 겨우 겨우 정신을 찾았다. 구로시오 해류가 작렬하는 물마루 해전이다. 일본군 전함들의 대장기는 모두 바다에 던져 버린 상태에서 일본 수군이 대열을 갖추었다. 이에 조·일 해상전이 물마루에서 치러졌다.

12척의 정작 귀선에서 일제히 함포가 쏘아졌다. 적의 선박이 100여 척이 순식간에 격침되자 이에 놀란 일본군은 놀라 일제히 다시 도주하기 시작했다. 수송 선단 뒤에 꽁무니를 문 전함들의 제 살기 위한 도주는 격렬한 해류로 인해 더욱 뒤엉켜 난리가 났다.

"이 해전은 나 개인에게는 작은 시도에 불과하지만, 조선의 승리에 중대한 고비가 될 것이다."

"승리했다. 계획한 그대로 되었으며, 연습 그대로 승리했다. 우리는 일본을 크게 이길 것이다. 조선은 진정한 승자가 되어 일본을 점령하러 나아갈 것이다."

최호 장군 "우리가 물마루 해전에서 쿠키 요시타카의 전함 100여 척을 격침시키고 수천 명을 익사시킨 전공은 역사에 길이 빛나겠지, 후회 없는 전투였다."

이억기 장군 "조선 수군을 피해 일본군 1천여 적선이 도주했다는 사실이 감격스럽다."

원균 통제사 "큰일 났다. 도원수에게 보고할 적의 수급을 취하라, 가라앉는 일본 배를 건져 갈 수도 없고, 익사하는 병사들의 목을 건져라, '사진기'가 있다면 이걸 찍어 두면 되는데…."

조선군 함대의 140척의 판옥선과 12척의 대형 장작귀선 전함을 필두로 부산 물마루에서 일본 함대 100여 척을 파괴하였다.

누구랄 것도 없는 조선 병사들과 장수들이 기쁨에 눈물을 흘렸다. 오직 원균 통제사만이 발을 동동 구르고 있었다. 아깝다. 익사하는 적군의 수급을 건져야 하는데, 일본의 선단은 꽁치 떼가 흩어지듯이 도망하므로 여간해서 적들을 맞추기가 어려웠다. 적들이 한 곳에 몰려 있다면 명중률이 높아질 것이다. 더욱이 조선 정벌 출병으로 오우라 항에는 빈 배들이 집합해 있을 것이다. 이것들을 모두 불태우고 점령을 한다면 정유재란은 다른 양상이 되는 것이다. "계속 공격하라!" 선봉의 경상 우도 선단은 물마루를 건너고 있었다.

이때 원균 통제사는 퇴각의 신호를 내리고 만다. 대승이었다! 또다시 일본군이 도주하기 시작한 것이다. 일본이 잘하는 등선 육박전도 수송선단 때문에 어려웠다. 근접 접근을 조선군이 허락하지 않고 화포로 때렸기 때문이다. 근접전을 해도 장작귀선은 3층 높이의 높은 위치를 이용 질려포통(크레모아)을 던져 넣어 인명의 대량 살상으로 박살나는 것은 피할 수 없었으니 무조건 내빼기 시작했다. 조선 함대는 이 해전에서 대승을 거두었다.

장작귀선 12척이 한꺼번에 측면에서 144발의 대포와 전면에서 7발의 대포를 뿜어대자 놀란 쿠키 요시타카의 전함마저 도주하기 시작하였다. 추격에 나선 조선 수군이 종일 추격하여 물마루까지 당도하였다.

나는 말했다. "장군, 추격하여 적진인 오우라 항까지 내칩시다."

"오우라 항구에 적들이 많이 몰려 있을 것이니 그 몰려있는 적들에게 대포를 쏘아 괴멸시킵시다."

원균 통제사, "추격만 해서는 성과가 없소, 나처럼 근접전으로 적군을 살상해야 하오."

영리, "전세를 바꿀 절호의 기회이오, 전군 추격하여 일망타진하라!"

전함들은 포격을 쏘며 추격하기 시작했다. 적의 선단을 향해 포격이 개시되고 추격이 개시되어 적들은 비명을 지르며 도주했다.

원균 통제사는 말한다.

"배설 장군, 적의 괴멸도 좋지만, 우리가 먼저 파도에 쓸리겠소, 너무 파도가 거세고 무섭소."

물마루 해전에서 원균 통제사는 병사들에게 무리하게 적병의 수급을 취하라 명령했다. 때마침 거센 풍랑으로 수 척이 휩쓸리는데 아사한 적병의 목을 취하고자 갈고리질하던 물마루 바다의 시체를 찾던 배들이 표류하고 말았다.

이들 표류한 배들의 병사들이 전원 가토의 기요마사 군에게 포항 일대에서 사살된 것도 적병의 목을 다수 확보하고 있었기 때문에 전원 사살된 것이다. 이로써 원균은 권율에게 불려가서 따지다가 손문욱의 앞에서 50대의 곤장을 추가로 맞아 죽을 뻔했다. 물마루 해전의 성과에 대해 말했다가 거의 실신해서 군관의 등에 업혀 진지로 돌아온 것이다.

"저 보시오, 이억기 장군의 배 몇 척과 최호 장군의 배가 파도에 휩쓸

렸소, 적들은 우릴 보면 무조건 내빼니 참으로 잡기는 쉽지 않소."

원균, "회군하여 연안에서 기다립시다. 도원수는 적들의 괴멸을 원하고 적들은 내빼니 뭐라고 전승을 인정받겠소." 조선 수군은 수적 열세를 만회하기 위해 기본적으로 화력을 위주로 장거리 교전을 선호하였다. 수급 (적의 목)을 취하기 위한 단병접전은 창칼을 이용한 근접 교전은 지양하였다. 오직 원균 장군이 수급을 올리기 위해 교전 후 떠다니는 왜병의 시체에 무모하게 접근하다 화를 입을 뻔한 내용은 난중일기에도 나오는 내용이다. 물마루와 같이 파도가 거친 해류에서 병사들에게 떠다니는 수급을 취하라고 한 것이 실책이었다. 또 도원수에게 보여줄 수급이 필요했다. 포항 인근과 울산으로 표류한 조선 수군들이 무참히 살육된 것은 판옥선에 일본군의 목을 벤 수급이 있었기에 격분한 가토 기요마사가 전원 사살한 것이다. 통제사의 전공 상신 때문이었다. 반나절의 추격으로 적들은 도주하고 큰 조선 전함들은 북풍의 저항 때문에 속도를 내지 못했으나 일본의 배들은 상대적으로 부피가 작았기에 풍향을 거슬러 약간 유리했고, 장기적인 전투에서 점점 거리가 벌어지고 있었다. 물마루의 세찬 물살에 조선 수군의 노와 닻은 무용지물로 작동되지 않았다. 몇몇 척의 배들이 불가피하게 동해안으로 떠내려가고 이것이 가토가 주둔한 서생포로 조난하여 비극을 맞았다. 이러한 사실을 일본 측 밀정이 이순신 장군에게 알려 주었다. 전라 수군의 피해에 이순신 장군의 마음이 찡했으리라, 경상 우수군의 전함들은 12척의 장작귀선의 호위 속에 있어 조난되지 않았으나 전라 충청 수군의 판옥선들이 피해를 당했다. 물마루 해전의 승전을 올린 부산포 앞바다 전투에 참전했던 배가 전투 후 포항 인근에 표류했다. 배는 해류에 휩쓸리면 조함이 불가능하고 따라서 조선 수군이 부산 앞바다의 구로시오 해류가 밀어닥치는 곳까지 일본 수군을 추격했다. 그러나 동인 조정이 이를 인정하지 않아서 원균 통제사는 고민에 빠졌다. 부산포 전투가 끝난 후 일본 측 기록에 그 날 밤의 초계를 일본 수군 총대장 도도 다카도라가 직접 했다.

일본 수군 총대장(이라고 쓰고 수 틀렸을 때)이 직접 초계를 돌아야 할 정도로 일본 수군 대장들의 사기가 낮음, 즉 이 역시 낮 전투에서 대패한 것임을 확인해주는 기록이다.(일본 측 기록)

나는 힘주어 말했다. "부산항 일대는 적군이 장악한지 벌써 6개월이 지난 적치로 회군할 수는 없소. 우리의 작전으로 왜군들이 육지로 진격하지 못하고 있는지 265일째요. 무엇이 실패란 말이오? 적이 도망다니는 그 자체가 우리의 승리임을 왜 모른단 말이오? 이미 적은 부산항에 집결하고 있소, 일본의 오우라 항에 집결한 빈 배들을 분멸함이 옳다고 생각하오."

영리, "적은 이미 사기가 꺾였소, 추격하여 전멸시켜야 하오."

나는 그러한 와중에도 "식량 수송 선박과 대장선을 우선 포착하여 격침시켜라!"라는 명령을 하달하였다.

일본군 병사들, "엄마! 일본군 살려! 사람 살려!"

모두 적들을 쫓아가야 할지 고민할 때, 영리가 말했다.

"장군, 적들을 추격하여 '오우라 항'으로 곧장 추격합시다. 적들이 포진한 항구를 쑥대밭으로 만듭시다. 그렇게 한다면 적들이 침략 저의가 꺾일 것이오."

원균 통제사 "아니 될 말이오, 배설 장군의 영리는 시건방진 명령을 내리지 말라. 왕명이 없는데 더 이상 진격은 불가하오, 회군하시오"

나는 힘주어 말했다.

"일본군은 부산항 부근에 모두 집결해 있소, 오우라 항으로 치고 들어가면 빈 배들이 집결해 있을 것이오. 모두 쳐부수고 상륙하여 점령할 수 있을 것이오. 만일 그렇게 하지 않고, 부산으로 회군하면 저들이 단단히 벼르고 있을 것이니 한산으로 회군해야 합니다."

영리, "우리 배설 장군님의 심중은 이왕 추격한 상태니 적지를 치자는 것입니다."

"부산포 앞바다보다는 안전한 전투가 될 것이오. 신라가 한반도 통일을 이룬 후 천 년이 넘었소, 우리 조선도 일본과 만주를 정복하여 후환을 없애야 하오, 후손들이 겪을 고통과 비극을 막으려면 일본의 오우라 항을 쳐야 하오."

원균 통제사, "이것은 명령이요, 배설 장군의 영리는 명령에 따르시오. 회군하시오. 설 장군은 오우라에 들어가면 하선하여 도요토미를 암살하러 사라질 가능성이 너무 높소이다. 그리되면, 경상 우수군은 누가 지휘해야 되겠소? 또 물길에 밝은 배설 장군이 없으면 조선 수군은 봉사와 같소." 원균 통제사 "회군하라!"

영리, "장수들은 적을 추격하여 괴멸하라!"

원균 통제사, "네 이놈! 영리, 감히 통제사의 명령을 거부한다면 군율로 다스리겠다. 네놈의 진군 명령으로 내가 권율 장군에게 곤장 맞게 생겼으니, 용서할 수 없다."

영리, "나는 경상 우수사 배설 장군의 비서요. 배도 몇 척 없는 통제사가 무슨 그리 명령이 많소?"

원균은 흥분하여 길길이 날뛰면서 "뭐라고, 네, 이놈! 용서할 수 없다."

영리, "부산항은 왜구들로 가득 차 있소, 한산으로 회군하여 휴식을 취해야 하오. 나는 배설 장군에 2인자요, 통제사는 함부로 명령하지 마시오."

원균 통제사 "영리, 자격증 내놔 봐? 2인자라는 게 어느 법에 있는가?"

일본군은 조선군들도 포로로 잡아서 일본으로 납치해 갔다. 물마루까지 추격한 조선 수군은 원균 통제사의 명령으로 하는 수 없이 회항을 결정하고 돌아온다.

통제사 "권가의 닭달을 못 봤소, 칠천도에 쉬었다가 날이 밝으면 곧바로 부산항의 14만 대군과 등선 육박전으로 순국합시다."

충청 전라수영 제장들 "영리 영감, 우리 배에 식수가 없어 귀환해야 하오, 식수가 없소."

물마루 해전에서 조선 수군에 물이 없어 '오우라 항'의 추격 공격이 어려웠다.

통제사, "정권을 놓고 날뛰는 동인과 서인들이 있고, 귀머거리 대왕이 있고, 난신이 정사를 좌지우지하는데, 어찌 조선 강토의 백성들이 평화롭게 살아가겠는가?"

일본 전함 조총은 100m 밖에서는 무용지물이나, 장작귀선은 1km까지 대포가 날아들었고, 아무리 조총을 발사해도 근접해 와서 2층과 3층에서 '질려포통(크레모아)'를 던져 넣었기에 대량의 인명피해가 났었고, 혹여 밧줄을 타고 장작귀선에 올라도 뚫고 들어갈 수가 없어 바다에 떨어져 익사했다. 오죽하면 14만 대군이 상륙해서 265일간 부산 일대에 웅거하고 대책에 부심했겠나? 그러나 다른 장수들의 의견에 따라 식수 문제로 귀환했다.

나는 말했다. "제장들, 오우라 항으로 진격하면 항구에 배들이 집결하고 있을 것이오, 적선에 함포로 공격한 후 육지로 상륙하여 물을 구하는 것이 가능할 것이오."

물마루 전투에서 귀환하게 된 주원인이 충청, 전라 수군의 식수가 떨어졌기 때문이었다. 전쟁에서 식수를 챙기지 않은 수군들이 귀환해 가덕도에 올라 물을 길으려다 가덕도에 새까맣게 덮인 왜군에 놀라 긴급히 철수하려 했고 그 과정에 약 400명의 병사들이 희생되었다. 칠천포구 입항도 물 때문으로 뱃사람들이 이미 수령水嶺을 넘었노라고 고하니 통제사 원균은 크게 놀라 급히 배를 돌려 물러나 돌아오는데, 전라 우수사의 전선은 이미 표류하여 동해 쪽으로 떠내려가 버렸다. 적이 우리 군대가 기세를 잃어버렸음을 보고서 신구新舊의 병선을 모두 내보내 나는 듯이 어지럽게 닥쳐오고, 또 몰래 가벼운 배를 보내 영등포永登浦의 섬에 숨겨놓았다.

아군이 물러나 영등포에 이르러 다투어 하선下船하여 급히 땔감과 물을 구하는데, 홀연히 한 차례 포성이 울리며 적병이 사방에서 일어나 장검을 휘두르며 좌우로 어지럽게 베니 아군은 출구를 빼앗아 달아났다. 물러나 온라도溫羅島에 이르니 서쪽 해는 이미 바다 밑으로 져서 하늘은 어두운데, 추격하는 적은 바다를 덮고 있어 군정軍情은 더욱 위태로우니 제장諸將들을 모아 의논하기를, 원균 통제사는 "일이 이미 이 지경에 이르렀소. 하늘이 순리를 돕지 않으니 오늘의 계책으로는 다만 한마음으로 순국殉國하는 것이 있을 뿐이오."라고 하였다.

수적으로는 일본이 우세였지만, 해전에서 한 번도 못 이긴 경험 때문에 일본은 전투를 꺼린다. 하지만 조선 수군이 여기에 맞서는 것도 격군들이 지친 상황에서 먼 바다로 나가면서 풍랑의 영향으로 배를 통제하기 어렵게 되니, 심해에서 급류에 판옥선 5척이 기장현(지금의 부산광역시 기장군 기장읍) 두모포에 표류하고, 7척이 어디 간지도 알 수 없을 정도로 떠내려 간다.

그 문제의 7척이 표류한 곳은 하필이면 가토군이 주둔한 울산 '서생포' 였다. 전쟁터에 나온 전함에 식수가 없다니? 그러나 물마루의 흉흉한 바다는 조선군에게 비극을 안겨 주었다. 대한 해협에서 부산 쪽으로 건너오던 시마즈의 1천여 수송선단을 추격하다 거센 물살에 판옥선들이(경상우후 이의득, 웅천 현감 김충민 등이 지휘) 물마루에서 표류하였다. 원균 통제사는 물마루 해전에서 수십 척의 적선을 격파했고, 무수히 많은 적군이 바다에 빠져 죽었는데, 급류 때문에 목을 건지지 못했다. 왜적과의 전투 보고를 할 보고서에 전승을 기록할 수 없었고, 권율로부터 아측 손실을 추궁당해 분개했다. 조선 수군이 북동쪽으로 가는 해류에 휩쓸려 서생포로 표류하여 대부분 일본군에게 몰살당하고 급류 때문에 어쩔 수 없이 겨우겨우 거제도 영등포로 귀환하게 되었다.

구로시오 해류의 급류에 전라 충청 수군의 배 수 척의 판옥선이 표류하고 말았다. 장거리 운항에 경험이 적었던 조선 수군에 비해 일본 선단은 우왕좌왕 표류하면서 일본으로 돌아갔으나, 조선 수군은 일본으로 추격하느냐의 여부로 지휘부의 갈등만 노정한 채 전라 좌수영의 배들이 표류하고 말았다. 해류로 인해 노의 작동이 안 되어 동해안으로 떠내려가는 것을 지켜보고도 어찌할 바가 없었다. 여기서 중요한 것은 경상 우수영의 배는 모두

무사히 귀환하지만, 전라우수영 배들은 서생포(울산)에 상륙했다
가 가토 기요마사 부하들에게 몰살당했다는 사실이다.

이들은 동해안을 표류하다가 울산의 서생포로 들어갔는데, 이
곳을 일본의 가토 기요마사 군이 점령하고 있어 참살당하고 말
았다. 조선 수군은 가덕도로 돌아오게 된다. 수군들은 매우 지
쳐 있었고, 식수마저 고갈되어 이중의 고통을 받았다. 단지 북서
풍을 타고 들어옴으로 그나마 형편이 나았다. 7월 9일 다시 부산
포 기동 중에 일본 수군과 잠시 대치 후 퇴각하자 일본의 소규
모 기동력이 민첩한 적선들이 추격해왔다. 조선 수군들은 가덕
도 남서쪽 해상에서 후퇴하는 원균 함대의 후미에 있던 판옥선
수척에 등선 육박전으로 기어올라 수적인 전투가 불리했다.(선조
실록 7월 22일 기록)

결국, 조선 수군은 물증인 전과를 거머쥐지 못하고 거제도 영등포로
퇴각하였다. 일본군이 아무리 완벽히 전쟁 준비를 했다고 해도 단, 1퍼센
트의 약점이라도 드러나 적의 이곳을 친다면 실패하는 것이다. 99퍼센트
성공을 했더라도 단 1퍼센트의 약점으로 패배하는 것이 전쟁이다. 그러
한 적의 약점은 일반적으로 보이지 않는다. 교전을 통해 실질적인 경험에
서 방법을 찾을 때 약점이 보이는 것이다. 해상 전투에서 조선 수군의 장
작귀선은 일본군의 조총을 무력화하고 함포로 역공을 가하므로 웅천 전
투의 승리를 이끌어 내었다.

그러나 빈번한 패전으로 일본군이 전투를 회피하고 밀집 선단을 이루

지 않는다면 함포의 명중률이 형편없이 떨어지게 된다. 그러던 찰나, 일본의 대선단인 약 1천여 척의 수송 선단을 만나 추격에 나서 물마루까지 추격했고 도주하던 왜군의 반격을 꺾는 전투에 집중하느라 물마루에서 조선군의 표류가 있었다. 물마루란 물길이 세어 노를 가지고 배의 운전이 불가능한 곳이었다. 때마침 불어 닥친 풍랑으로 조선 함대가 분산되고 지휘가 어려워 추격을 중단하고 철수 명령을 내렸다. 이 풍랑으로 7척의 전선이 풍랑과 조류에 밀려 서생포로 떠내려가 왜군에게 섬멸당하였다.(난중일기 7월 16일자에 살아서 탈출한 세남이라는 종의 진술 기록이다. 수백 명의 수군이 전사하였다.)

동인 조정 중신들은 왜 일본이 쳐들어왔는지도 모르고 있었다. 전혀 전쟁이 난다고 예측하지 못했기 때문에 무기의 개발, 방어진지의 구축 같은 것이 없었다. 그들이 말로 전쟁 준비를 했다는 것은 믿을 수 없다. 또 어떻게 이긴 것인지 설명하지 못한다. 그냥 정신력으로 이겼다. 사실 그런가? 그렇게 역사를 풀어 가다 보니 결론은 쇄국 정책이 자연스레 연결 되네, 대한 제국의 멸망의 첫 단추가 꿰어지네요, 일본에 욕구는 도자기 약탈과 도공의 납치, 즉 조선의 앞선 문화와 기술의 인력 약탈이 목적이 었고, 그들은 그런 부분은 성공했고, 이 전쟁을 통해 전 세계에 내다 팔아 지금의 일본이 되었다. 전쟁을 방어한 것은 맞으나 승리한 것이 아니다. 침략의 목적을 달성한 쪽은 일본이다. 누가 뭐라 해도 일본 중흥의 토대는 도요토미가 만들었다. 단순히 일본 도요토미 정권의 붕괴가 일본의 패망이라고 볼 수 있는가?

승전의 증거, 부산포 앞바다 전투에 참전했던 배가 전투 후 포항 인근에 표착했다.(당시 배로 해류에 휩쓸리면 조함이 불가능하다. 따라서 조선 수군이 부산 앞바다의 구로시오 해류가 밀어닥치는 곳까지 일본 수군을 추격했다. 부산포 전투가 끝난 후 일본 측 기록에 그날 밤의 초계를 수군 총대장 도도 다카도라가 직접 했다. 즉 이 역시 낮 전투에서 대패한 것이다.)

영등포 패전

1597년 7월 15일 나는 "아니? 지금 적들은 1천여 척이고 우린 134척이요. 혹여 적의 1천여 척을 괴멸시킨다 한들 우리가 당한다면 이 나라는 어떻게 되겠소? 적들이 계속 도망만 간다고 누가 보장하겠소? 적에 기습을 조심해서 무력시위를 계속함이 옳은 것이요."라고 말했고 나의 주장에 원균은 반대한다.

부산에서 수차 적선의 소규모 선단과 부산일대 교전으로 조선군과 일본군의 양측이 피해가 심각했다. 상륙을 마친 부산일대의 거의 모든 전함과 군병들이 합세하여 웅천 해전의 패배를 뒤집고자 조선 수군을 계속 추격하고 있었다. 조선군은 일방적으로 도망하는 적들을 영등포까지 추격하여 지치고 말았다.

영등포 일대 부산포 영도 일대에는 적들의 2천여 척의 전함이 곳곳에 수백 척씩 선단을 지어 모여 있었다. "안 되오, 더는 들어감은 무리요. 혹여 적들이 우릴 포위하고 달라붙으면 함포는 무용지물이 되고 말 것이요." 나의 강력한 퇴각 명령에 통제사가 화를 내었다. 원균은 어떻게 해서 잡은 기회인데 하는 식으로 조선군을 다그쳐 공격의 북을 계속 울리고 있었다. 다음 날이 밝아 올 때까지 경상 우수군과 일본 연합함대는 서로 뒤엉켜 살육전을 벌이고 있었다. 적군들은 오랜 세월을 싸움터를 누벼 온 쿠키의 부대였다. 격렬한 수상 전투의 피해는 막심했다.

영리, "통제사의 일심 순국의 충절은 놀랍습니다. 조선 수군 1만 명이 전사하고 왜군들 5천 명을 사살한다면 엄청난 업적이지요."

육지에서 그런 전공을 올릴 수 없는 것은 분명했다. 영리는 말했다. "정말 대단하신 원균 통제사입니다. 조선 장수들이 통제사님과 같은 생각만 한다면 얼마나 좋겠어요."

"전라 좌수사는 왜적을 피해 다니고 뗏목 같은 것만 덮쳐 큰 공을 세우려고만 하는데 적군에게 피해를 줄 수 있겠소?"

참으로 안타까운 일이다. 얼마든지 유연하게 대처하면 일본군을 심해로 추격하거나 유인해서 괴멸시킬 수 있음에도 먼저 죽을 각오들만 하고 있었다. 어쩌면 조선군들이 일본을 상대하기 겁내고 있었다.

웅천 전투의 승리에 고무된 조선 수군은 영등포까지 추격하다가 전투에 패배하고 만다. 14일 전투와 15일 전투에서 조선 수군은 연거푸 작은 규모나마 패배했다.

이때는 이미 일본의 군병들이 경상도 남해안 지역에 상륙, 임진란 때 경상도에 진주하고 있던 2만 병력에 더해 14만 병력이 상륙을 마친 상태였기에 전투의 실익도 없었음에도 무리한 전투를 하여 왜군들의 조선 배를 둘러싼 등선 백병전에 패배를 하였다. 이날 가덕도에 나무를 하고 물을 구하던 병사들이 피해를 입어 긴급히 칠천도로 이동을 하게 되었다. 이처럼 부산포 곳곳의 섬에 왜군들이 대규모로 상륙하여 있어 적지와 같았고, 조선군의 지원이 불가하여 조선이 조선이 아니었다.

3도 수군 연합함대 134척이 한산도에서 출격, 7월 6일 한낮 거제도 북단을 돌아 옥포에 도착, 밤을 보낸다. 7월 9일, 물마루 해전으로 일본 육군 수송함대와 교전으로 적선 100여 척을 파괴한 후 구로시오 해류에 아선 약 7척이 표류했다. 물마루 해전에서 적에 수급을 베지 못해 전과 중거 확보에 실패했고, 다급해진 원균 통제사는 7월 11일, 부산포에서 한산도로 귀환하는 도중에 권율의 소환을 받고 고성으로 끌려가서 곤장을 맞았다. 7월 15일, 다시 두들겨 맞다.(11일과 15일 곤장 두 번 맞음) 조·일의 경계 해상인 물마루에서 대치하였으나 풍랑이 심하여 원균 통제사는 회군을 결정하였다.

새벽에 꿈을 꾸었는데 나와 체찰사가 함께 어떤 곳에 이르니 시체가 많이 널려 있어서 혹은 밟기도 하고 혹은 목을 베기도 하는 꿈이었다. 이른 아침에 전마를 끌고 올 일로 정상명을 남해로 보냈다. 방응원, 윤선각, 현응진, 홍우공 등과 함께 이야기하였다. 홍우공은 자기 아버지가 병이 나서 종군하고 싶지 않다고 하더니, 나에게는 팔이 아프다고 핑계를 대었다. 놀랄 일이다. 황 종사관이 정인서를 보내어 문안하고 또 김해 사람으로 왜적에게 부역했던 김억의 편지를 보여주었는데 '7일 왜선 5백여 척이 부산으로 나오고 9일에는 왜선 1천여 척이 합세하여 우리 수군과 절영도 앞바다(태종대 앞)에서 싸웠는데, 우리 전선 5척이 표류하여 두 모포에 이르고, 또 7척은 간 곳을 모른다.'고 하였다. 그 말을 듣고 분함을 이기지 못하여 곧 황 종사관에게 달려가서 의논했다. 15일, 비가 오다 개었다 하였다. 중군장 이덕필이 왔다. 그 편에 우리 수군 29여 척이 적에게 패했다는 소식을 들으니 참으로 통분하였다.(난중일기, 14일, 맑음)

조선의 수군을 만난 적들은 도망가는 척하고 아군을 유인하는지라 우리 수군은 기세가 올라 급히 적을 쫓아 공격해 들어가니, 어느덧 적진 깊숙이 들어간 것을 깨닫지 못하였다. 너무 적진 깊숙이 들어온 것을 원균 장군이 깨닫고 배를 돌려 퇴군하려 할 때에 적이 우리 군사들이 기세를 잃어버린 것을 보고 모든 병선을 다 모아서 나는 듯이 마구 쳐들어오자 우리 수군은 영등포로 퇴각하였으나, 왜군은 은밀히 가벼운 배로 영등포 섬 쪽에 보내어 잠복해 두었다가 우리 군사가 영등포로 퇴각하여 급히 배에서 내려 나무와 물을 구하는 것을 보고 갑자기 총포를 쏘며 사방에서 나타나 장검을 휘두르니, 조선 수군은 항구를 떠나 '온나 도'로 후퇴하였다. 부산 부근에서 풍랑이 일자 조선 함대는 가덕도로 회항해야만 했고, 온종일 노를 저은 격군들은 피로에 지쳤고, 또한 마실 물이 부족해지자 물을 구하기 위해 가덕도에 일시 상륙한 조선 수군은 매복하고 있던 다카하시 나오쓰구의 일본군에 쫓겨서 서둘러 승선한 조선 수군은 거제도 영등포(구영)로 향했지만, 이곳에서도 일본군의 매복으로 피해를 보고야 말았다.

더구나 비까지 내리자 원균은 풍랑을 피해 칠천량으로 함대를 이동시키는데, 칠천도와 거제도가 만나는 칠천량은 바람과 파도를 피할 수 있는 최적의 장소였다. 이때에 해는 져서 바다 위는 어두워지고 쫓아오는 적은 바다를 뒤덮어와 군사들의 마음은 매우 위급한지라 원 장군은 여러 장수를 모아 말하기를 "오늘 전투 계획은 오직 일심一心으로 순국할 따름이니라." 하였다.

도원수 권율의 장계는 다음과 같다. "통제사統制使 원균元均은 매양 육로에서 먼저 안골포安骨浦 등의 적을 치라고 미루면서 바다로 나가 군사 작전을 벌여 오는 적을 막을 생각이 없으니, 신은 분한 마음을 이기지 못하겠습니다. 그래서 혹은 전령傳令으로 혹은 돌려보내면서 호되게 나무랐고 세 번이나 도체찰사에게 군관을 보내기까지 하였습니다. 그리하여 남이공南以恭이 또한 체찰의 명을 받들고 한산도閑山島에 들어가 앉아서 독촉하고서야 부득이한 나머지 18일에 비로소 전선을 출발시켜 크고 작은 배 1백여 척이 가덕도加德島 앞바다를 향했으니, 이는 남이공의 힘이었지 어찌 원균의 마음이었겠습니까. 비록 그렇긴 하나 이런 식으로 계속 번갈아 교대하며 뒤에 오는 자가 나아가고 앞에 간 자가 돌아오면, 그곳의 적들이 의심하고 두려워하여 감히 바다를 건너지 못할 것이고 혹시 돛을 달더라도 파두波頭에 부서질 것이니, 이곳에 있는 적들의 형세가 고단해지고 양식이 떨어져 진퇴가 궁색해질 것입니다. 이러한 때를 당하여 중국군의 힘을 합쳐 뜻을 정해 진격해 들어가면 어찌 되지 않을 리가 있겠습니까. 신은 우선 사천泗川에 머물면서 해상의 소식을 기다리겠습니다."(선조 30년 6월 28일)

이순신한테는 특별히 '출동 강요'라는 권한 밖의 짓을 하지 않았으면서 유독 원균에게만, 곤장을 날린 것이 의문이다. 특히 삼도 수군 수사인 최호, 나(배설), 이억기는 권율의 출병 명령에 '왕명이라도 따를 수 없다.'라고 아예 대 놓고 거부했다. 그럼에도 유독 원균 통제사를 가혹하게 몰아 붙인 것은 당쟁 때문이었으리라. 원균이 직할하는 부하들과 거느린 배들이 얼마 안 되었기 때문에 이름만 통제사인 점을 약점으로 잡아 정보를 취합해 내었을 가능성이 높다. 다른 장수들은 버거우니까, 직접 명령을 하달했음에도 거부했다고 분명히 선조의 장계에 있었다.

전선이 풍랑에 서생포(동해안)까지 표류하여 모두 가토의 왜군에게 죽임을 당한 데서 알 수 있듯이 육지 해안이 모두 일본군들이 점령한 상태의 불리한 여건이었다. 나라만 조선이고 실제 남해안과 부산 해안은 일본군이 차지하고 있었다. 장거리 항로로 진격했던 조선 수군들에게 식수 공급을 할 거점이 일본군에게 넘어가 있었다. 칠천도로 귀환한 원균은 시급한 물을 구하고 등선 육박전인 순국을 결심하게 되었다. 빈번히 왜군들이 도주하여 전투가 되지 않으므로 칠천도에서 휴식을 취한 후 부산 앞바다에서 등선 육박전을 감행할 생각으로 모두 장렬한 전사를 각오하라는 명령을 내렸다. 척후를 하나 마나 이미 적진 가운데 들어와 있는 상태였다. 적이 도전한다면 싸울 각오가 된 것이고, 부근 곳곳에 왜적의 선단이 보이고 있었다. 이들이 일시에 연합하여 야습하리란 것만 깨닫지 못했다.

배들이 구로시오 해류로 들어가면 조선 배나 일본의 배들이 표류하는 것은 당시로선 어쩔 수 없었다. 그러나 표류해서 구조되어야 하는데, 일본군이 전 해안을 장악하고 있어 표류가 손실로 이어진 경우이다.

원균 통제사, "용인 전투에서 조선군 5만 명이 왜군에게 대패했소, 우리 조선군이 바다에서 백병전을 하면 적군과 대등한 전투를 할 수 있소, 이런 절호의 일심 순국 기회가 어디 있겠소? 적은 계속 우리를 피하기만 하고 전투를 하려 않고 있소. 내가 임진왜란 초기에 1만 병사와 전함 60척으로 적의 상륙을 막고자 전투를 하여 전원 사망하고 우리 전함 3척이 남을 때까지 치열한 전투를 한 것은 모두 알고 있을 것이오. 마지막 아군이 400여 명이 남을 때까지 장렬히 싸웠소, 나라를 위해 일심 순국의 기회로 알고 제장들은 전투준비를 하시오."

영리, "통제사 양반, 우리가 함포로 적이 몰려 있는 것을 치면 백전백승이오. 그런 것을 두고 백병전에 병사들을 투입하는 전멸까지 각오해야 하는 선택을 한단 말이오?"

통제사 원균, "적을 육지에서 싸우면 30대 1이오. 우리 조선 수군 1만이 전멸하고 일본군 1만을 죽인다면 그보다 더 큰 성공이 어디 있겠소? 우리 육군 15만을 살린 것과 같지 않겠소?"

영리, "당포해전에 원균 통제사께서 적선 55척을 빼앗고 수급 95두를 거두었다. 원균 장군에게 남은 배는 불과 3척이었다. 이순신, 이억기, 원균 연합함대의 대승리 전과는 적선 7척 파괴 수급 95급이었다."

1597년 7월 14일 '가덕도'를 지나 영등포를 거쳐 칠천도漆川島에 도착한 원균 장군과 예하 지휘관들은 밤을 새우며 작전회의를 개최하였다. 원균 장군은 여러 장수를 소집하여 부산포(영등포) 해전의 패배를 뒤엎을 앞으로 해전에서 승리하는 방안을 논의하였다.

영리는 말한다. "원균 장군도 내심으로는 전황이 불리하여 전투할 의

사가 없었지만, 권율의 명령을 또다시 어길 수 없어 입장을 유보하고 있었다. 이 작전회의에서 경상 우수사(배설 장군)는 침묵을 깨고 말문을 열었다. "칠천도는 물이 얕고 협착狹窄해서 배를 운행하기가 불편하니 함대를 한산도로 옮겨 진을 치자."고 제안했으나 원균元均은 듣지 않고 전투를 감행하기로 하였다. 장군은 여러 전투에서 전술 전략적 상황을 정확히 판단하였으며, 여기서 상관 앞에서도 굴하지 않고 충직하게 자신의 의견을 개진하는 꿋꿋한 무인의 기계를 볼 수 있다. 장군은 경상 좌도 수군절도사 공직 수행 중 시국의 폐단(부정부패 근절)에 관한 건의로 권율의 눈에 벗어나 밀양 부사로 좌천된 적도 있다. 또한, 부산포 해전과 칠천량 해전을 앞둔 시점에서의 전술적 대비책에 관한 장군의 용감한 건의는 권율에 의하여 좌절되었지만, 선조실록에는 상세히 기록되어 올바른 평가를 받고 있다. 장군이 칠천 해전을 앞둔 시점에서 무리한 전투의 강행을 반대한 입장은 전쟁의 패배라는 역사적 사실로 연결되고 말았다."

영리, "약 15만 대군과 전투가 되었겠나? 일방적인 살육을 당했으리라, 그럼에도 다시 도전하는 원균의 우국충정은 대단하다. 그리고 1만여 조선의 노비들로 구성된 병사들의 장렬한 전사에 명복을 빌어야 한다." 일본군의 해전 기피 때문에 이 전투는 일본 수군이 육지에서 버티는 요새 함대 전술로 나오는 한 수군만의 활동만으로는 한계가 있음을 보여준 전투였다.

아무리 명장이라도 판옥선은 '이지스함'이 아니고 함포는 '토마호크 미사일'이 아니다. 그만큼 육지 타격은 제한적일 수밖에 없으며, 그나마 판옥선과 거북선 같은 선박은 얕은 바다까지 들어가기는 어려웠다. 결국,

수륙 협공이 필요했으나, 이것도 권율의 반대로 이루어지지는 못한다. 도망 다니는 일본군을 몰아서 큰 전과를 거둔다는 것은 사실상 불가능하게 되었다. 노로 운항하던 배는 평균 속도는 비슷하므로 추격하는 측이 불리하고 수적으로 많은 선단의 교란에 휘말려 빈번히 6개월간 이렇다 할 전투의 성과를 내지 못한 것은 일본군 때문이지 조선군이 싸움을 회피한 것이 아니다. 어쨌든 육지에서 큰 피해가 발생하지 않은 것만으로도 조선 수군은 역할을 다하고 있는 것이건만 군사적 인식 부족으로 사지로 조선군을 몰아넣고 있지 않았던가?

부산 해전, 칠천 해전漆川海戰

태초부터 불어오든 바람이 파도 위에 춤추고 있다. 바다의 염분 냄새가 진한 파도소리가 쉴 새 없이 출렁이고, 우리의 조련된 병사들이 힘을 다해 노를 젓고 있다. "더 빨리, 더 빨리.", "둥! 둥! 둥!" 북소리에 맞춰 폭풍우 속에서 배들은 갈라지고 회전하고 있다. 나는 1월부터 7월 16일까지 수십 회의 해전에서 왜군의 식량 선박과 대장들이 승선한 배들만을 집중 공격했다.

부산 해전의 일본군 장수 명단은 도도 다카도라. 가토 요시아키, 와키자카 야스하루, 구루지마 미치후사, 시마즈 요시히로, 나베시마 가오시게, 다치바나 무네도라 등이었고 조선 수군은 원균 통제사 경상 우수사인 나(배설)와 충청 수사 최호, 전라 수사 이억기, 김완 등이었다. 조선 수군은 약 10,000명의 수군이고, 일본군의 동원 병력은 육군과 수군의 합동작전으로 14만 8천 명이 동원되었다.(육군 10만)

영리, "통제사 원균의 전략은 용감히 장렬히 백병전이든 해보자는 것이다. 배설 장군은 적들을 유인하여 몰아서 함포로 유리한 곳을 선택하여 박살을 내자는 것이다. 반면 일본의 쿠키 요시타카의 전술은 무조건 도망 다니는 것이다. 배설 장군이 육지에서 일본군을 피해 다녔듯이 일단 도주하여 함포 사거리에서 벗어나는 것이다. 그 후 기회를 봐서 기습 등선 육병전을 한다는 것이다. 계속 조선군을 피해 도망 다닌 일본군이 다급해진 것이다. 어? 그런데 권율과 도요토미의 양자라는 손문욱이 전투를 독려하고 있었다. 4개월간 조선 수군은 변변히 전투다운 전투를 할 수 없었다. 이는 조선 수군의 잘못이 아니었다. 그리고 비난받을 일은 더욱 아니었다. 일본군이 바다에서 무조건 내빼는데 노를 저어 추격하여 잡는다는 것은 불가능한 것이다. 이러한 해상 시위 자체가 사실 조선의 육지가 보호되는 것임에도 동인 조정은 화끈한 전투를 요구했다. 도망 다니는 적을 왜 못 잡느냐는 것이다."

조선 수군은 14, 15일 등선 육박전 싸움에서 연거푸 패했다. 이날도 수차 적선과 피아간 부산 일대에서 교전이 있었고 양측이 피해가 심했다. 이에 일본은 부산 일대의 거의 모든 전함들이 결집하여 조선 수군과 일전을 대비하고 있었다. 조선 수군들은 여러 차례 전투하면서 그때마다 손실이 있었는데, 일본군에 비해 전체 수군이 부족하여 적은 충격이 있었지만, 수십 차례 전투 승리에도 조선 수군은 상당한 충격을 입었음에도 일본군은 표시도 나지 않았다. 조선 수군은 은근한 추격에 쫓겨 15일 밤에 칠천량 해안에 도착했으나, 병졸들은 '녹다운'으로 지쳐 있었고, 원균은 밤늦게 휘하 제장들을 소집, 작전회의를 열었다.

조선 수군은 지난 1월부터 7월까지 일본군 14만 대군의 육지 진출을 할 수 없도록 부산포 상륙 배후의 해로를 차단하는 데 성공하고 있었다. 동인 군 수뇌부는 강제로 육지에 있는 14만 일본군을 치라고 구렁텅이 속으로 몰아넣고 있다. 나는 저들의 간계를 알아차렸지만, 구국을 위해 군령을 어기자는 나의 말을 원균 통제사는 거부하고 적진 속에서 주둔하다가 기습을 당했다. 나의 잘못은 통제사와 선전관의 목을 미리 베지 못한 실수였다. 그러나 교전을 통해 퇴각을 통해 서해 방어는 해냈다. 물론 동인 군 수뇌부의 오판으로 수군이 무너지므로 전라도 남원성의 대학살이 이어지고 코와 귀가 잘려 일본으로 실어 가는 것을 막지 못한 것에 통분한 마음뿐이다.

나의 생각은 물마루 바다로 나아가서 적들을 수장시켜야 하고, 그리한 연후에 대마도의 평의지에 협조를 받을 수 있으리라, 우리가 두려워하는 그곳에서 우리는 쉬어야 하고, 적들을 기다려야 한다. 그러나 이를 어쩌랴, 적들은 이미 상륙했고, 적들의 강점은 '등선 육박전'이었다. 그들이 원하는 적진으로 장거리 노를 저어 피로에 지쳐 적과 대적함이란 있을 수 없는 일임에도 조선군 수뇌부는 왜군들과의 거래에서 어떤 채무를 졌는지, 적진으로 들어가기를 강요하고 있다.

고뇌가 별처럼 쌓이는 바다에서 나는 울분을 토해내고 원균에게 거칠

게 항의했다. 그리고 선전관 김식의 목에도 칼을 들이밀었다. 차라리 나를 죽여라, 왜 죄 없는 나의 부하들을 죽이려 하는가? 바다는 육지와 달라서 소형 정찰 배가 '카누'처럼 매우 빠른 민첩성으로 적선 4척이 불을 지르고 다녀도 이를 잡기는 어렵다. 마땅히 이를 제압할 수단이 없어 우왕좌왕할 수밖에 없다. 우리 선박 4척에 배에 불이 난다고 인명피해가 있는 것도 아니어서 다른 배로 병사들이 옮겨 태웠다. 그리고 나무로 만든 배들이라 불이 난 배가 바로 가라앉는 것도 아니다. 그러나 병사들 사기에는 많은 영향을 줬다. 그리고 화재가 난 발화지점을 목표로 전체 왜군의 선단이 야음을 틈타 기습 '등선 육병전'을 위해 다가오고 있었다.

조정의 사관들과 난신은 세상 물정을 몰랐다. 물마루 해전 영등포 해전으로 지쳐 귀환하여 칠천도에 정박하게 되면 수일간의 해상전투로 지친 군사들이 배에 타고 있을 리 만무하다. 특히 농사를 짓던 노비들을 강제 징집한 군대에서 뱃멀미는 당연한 것이다. 뭍으로 오르는 병사들의 이탈을 막고자 칠천도에 정박함을 왜 모르겠는가? 칠천도는 이미 왜군의 적지 가운데이므로 정박해서는 안 되는 곳이었다. 왜군 14만이 장악하고 있는 곳에 정박한다는 게 말이 안 되는 것이다. 나는 통제사와 선전관에게 칼을 빼어 들고 저항했지만, 끝내 군령을 어길 수는 없었다. 한스럽다.

경상 우수사 원균은 왜군의 배를 보고 겁에 질려 3척을 남기고 80여 척의 배를 자침시킨 후 군대를 해산하였다. 그리고 자신 또한 도망가려고 하자 부하 이영남이 말리며 말하길 "군인의 임무는 이기든 지든 적과 싸워 나라를 지키는 데에 있습니다. 당장

적들은 90명 승선하는 전함에 가득 병사들을 태우고 몰래 접근하고
있었지만, 아군들은 화재로 인한 화광의 밝기에 가려져 적들의 접근을
파악할 수 없었다. 더욱이 이날은 이슬비로 칠흑처럼 어두워 화재의 진압
에 동원된 병사들은 더욱 지쳤다. 이날 밤에 적은 야음을 타고 작은 배
로 은밀히 우리 수군 진영 사이로 뚫고 들어오게 하고 또 병선으로 밖을
포위하였다. 이것을 모르고 있던 조선 수군은 날이 밝을 때쯤 우리 배에
서 불이 일어나므로 급히 바라를 쳐서 변고를 알렸으나 돌연 적선이 사
방에서 공격해오고 탄환이 비 오듯 하여 고함소리가 하늘을 진동하고 적
세가 하늘을 무너뜨리는 듯 수적으로 중과부적하여 가히 대항하여 싸울
수 있는 형상이 아니었다.

밤에 왜적이 비밀히 작은 초탐선哨探船을 보내 아군 선단의 사이로 몰
래 잠입하였고, 또 병선으로 몰래 밖을 포위하였으나 군중軍中에서는 알
지 못하였다.

날이 밝아오자 우리 전선에 불이 나서 급히 북을 치고 바라를 불어 변
고를 알렸는데, 문득 보니 적선이 사방에서 출동해 오며 탄환을 비처럼
쏘고 함성이 천지를 진동하여 형세가 산이 무너지는 듯, 바다를 말아 올
리는 형세에 막을 수가 없었다. 왜군은 육지에서 조선 수군의 이동을 탐
지하여 상부에 보고함으로써 조선 수군의 공격을 사전에 알고 있었다.

주도권을 장악한 왜군과의 치열한 교전에서 휘하의 많은 전선과 장병을 잃어버린 채, 겨우 12척의 전선과 함께 한산 본영으로 후퇴를 시작하였다. 한산 본영에 도착한 나는 주둔지에서 본영을 지키고 있던 장졸들을 집합시키고, 전투 상황을 알려 준 후에 청야 작전을 시작하였다.

청야 작전淸野作戰은 선조가 정유재란을 대비하여 장기전을 계획하면서 수령들에게 명령한 작전이다. 한강 이남에서 사태가 불리하게 되면 주변에 적이 사용할 만한 모든 군수물자와 식량 등을 없애 적군을 지치게 만드는 전술을 말한다.

15일에 풍세風勢가 불리하여 온천도(溫川島, 칠천도)로 진을 옮겼는데, 16일 5경 초 경(更은 시각의 단위로 밤을 5등분 한 단위이다. 5경 초면 새벽 4시쯤 된다)에 적도들이 구름처럼 모여들어 포를 쏘며 야경(夜驚, 밤에 기습을 할 것처럼 시끄럽게 하여 상대를 놀라게 하는 일)을 하니, 아군은 창황蒼黃하여 닻을 올리고 재빠른 자는 먼저 온천도를 나오고, 둔한 자는 아직 나오지 못하였는데, 적은 이미 주위를 둘러싸 포위하였습니다. 전라 좌수영의 군량선軍糧船을 이미 먼저 빼앗겼는데, 주장主將은 조치를 잘못하여 여러 전선이 붕괴되어 절반은 북으로 진해鎭海로, 절반은 거제巨濟로 달아났습니다. 저는 홀로 한후선(捍後船, 후퇴할 때에 후미를 맡아 지키는 전선)이 되어 고각(鼓角, 북과 피리)을 울리고 깃발을 재촉하였는데, 제 관하管下의 남도포 만호(南渡浦萬戶 → 南桃浦萬戶) 강응표姜應彪, 회령포 만호會寧浦萬戶 민정붕閔廷鵬, 조라포 만호助羅浦萬戶 정공청鄭公

아군이 적을 최초로 발견한 것은 김완의 배와 나의 전함이 순시를 교대할 새벽녘으로 우리가 포위되었음을 알게 되어 즉각 교전 명령을 내렸고, 전투가 개시되었다. 전투는 적들이 일제히 배 위로 올라오는 등선 육병전으로 적의 수적인 우세로 힘든 전투였다. 다급해진 원균 통제사는 춘원포 퇴각 명령을 내리고, 이어 배를 버리고 육지로 퇴각하라는 명령을 했다. 그러나 그것은 너무도 위험부담이 있어 견내량 쪽을 뚫는 교전에 경상 우수군 약 5천여 장병들과 60척의 전함이 교전하여 장렬히 모두 전사하고 겨우 12척의 장작귀선과 약 2천여 명만이 한산도까지 탈출할 수 있었다.

| 징비록 |

그날 밤 왜적의 배가 기습하여 우리 진영은 크게 무너졌다. 원균은 도망하여 바닷가에 이르러 배를 버리고 언덕으로 기어올라 달아나려고 하였으나, 몸이 비대하여 소나무 밑에 주저앉고 말았는데 좌우 사람들은 다 흩어져 버렸다. 어떤 사람은 그가 왜적에게 죽임을 당하였다고도 하고 어떤 사람은 그가 도망하여 죽음을 면하였다고도 하는데, 사실은 알 수가 없다. 이억기는 배 위

에서 바다에 뛰어들어 죽었다. 이에 앞서 배설은 원균에게 여러 번 권고하였다. "이러다가는 반드시 패할 것입니다." 그날도 배설은 이렇게 간하였다. "칠천도는 물이 얕고 좁아 배를 움직이기가 어렵습니다. 진을 다른 곳으로 옮기는 것이 좋겠습니다."

그러나 원균은 듣지 않았다. 배설은 자기 수하의 배들만 이끌고 지키고 있다가 적이 공격해 오자 달아났기 때문에 그의 군사들은 화를 면할 수 있었다. 한산도에 도착한 그는 무기와 양곡, 건물 등을 모두 불태워 버리고 남아 있는 백성과 함께 피해 달아났다. 한산도가 격파되자 왜적들은 승리한 기세로 서쪽을 향해 쳐들어가니 남해, 순천이 차례로 함락되었다. 왜적들은 두치진에 이른 다음 육지로 올라가 남원을 포위했다. 이렇게 되자 호남·호서 지방이 모두 전란에 휩싸이게 되었다. 왜적들이 임진년에 우리나라 땅에 쳐들어온 이래 오직 수군에게만 패하였는데, 이를 분하게 여긴 평수길(히데요시)은 소서행장에게 어떻게 해서든 조선의 수군을 반드시 쳐부수라고 명령하였다. 정면으로 붙어서는 이길 수 없다고 판단한 소서행장은 계략을 꾸몄는데, 거짓 정성을 바쳐서 김응서에게 호감을 사는 한편으로 이순신이 모함에 빠지도록 술수를 부렸고, 그런 후에 원균을 바다 한가운데로 유인해 내어 습격한 것이다. 그의 간교한 계략에 모두 떨어져 큰 피해를 입었으니, 아, 얼마나 슬픈 일인가!

7월 16일 밤에 함대를 둘로 나눠 한 부대는 칠천도 황포에 배치하고 본진은 송포에 배치하였는데, 일본군에게 기습당해 연합함대의 거의 모든 배가 삼중 포위망으로 에워싼 야습 공격을 받았다. 전라 우수사 이억기, 충청 수사 최호는 그 자리에서 죽고, 원균은 춘원포에서 전사했다.

일본군이 북풍을 타고 들어오므로 반대로 조선 수군은 바람을 등지고 불리한 전투를 계속했다. 그것이 무용한 전투는 아니었다. 분명 기습 공격에 당한 것은 잘못이었지만, 그만큼 전쟁을 자신하던 일본의 거의 모든 함대가 동원된 사실 하나로도 큰 의미가 있었다. 더욱이 그들이 정면 승부를 주장한 임진왜란에서 그들이 최초로 비겁하게 야습의 기습공격을 감행한 사실은 조선 수군의 전력이 대단한 위험이 되었음을 증명하는 것이다.

그렇게 대단한 일본군이라며? 그래 기껏 칠천 해전도 기습 아닌가? 일본이나 조선이나 가장 큰 전투의 기록이 있어야 정상 아닌가? 선조실록에 전투 상황 한 줄 없다. 동인 군부에 크게 불리한 기록이 있었기 때문에 기록하지 않은 것이다. 조선의 백성을 죽음으로 몰아넣은 것은 무기도 군사력도 아니다. 무능력한 조정과 자기 당파와 사리사욕에 찌든 무책임한 파렴치한 대신들과 양반들이 주된 이유이다. 그자들의 특징이 본인들의 이익을 위해서는 적과 내통하여 백성의 목숨과 나라도 팔아먹겠다는 것이다.

사실 조선 수군은 다들 지쳐 여차하면 육지로 튈 준비만 하고 있었으니, 나는 "깊은 바다로 가자, 내가 저놈들 코털을 건드려놨으니 분명 몰려올 거다. 심해에서 깨박내자. 적의 칼날이 목전에 박두했는데."라며 강력히 주장했다.(칠천량漆川梁은 거제시 하청면 어온리 사이의 해협이다.)

통제사는 새벽에 적선 천려척이 삼중의 포위망으로 좁혀오자 춘원포로 배를 버리고 퇴각 명령을 내리고 만다. 어차피 수적인 부적으로 전투 자체가 어려운 상황이다. 나는 통제사의 명령에 따라야 했지만, 그 길은 전멸이 예측되어 있었다. 왕명도 어기자고 한 나로서는 육지로 튀는 수군을 따라가지 못했다. 교전을 선택한 후 교전 중의 퇴각은 곧 죽음이기 때문이다. 그리고 내가 자식처럼 아끼던 진주 장정들과 50척의 전함을 거의 다 잃었다. 우리 조선 경상 우도수군들이 거의 괴멸하여 나는 분노로 눈의 핏줄이 터져 눈에서 피눈물이 흘렀다.

칠천 바다란 남북이 꽉 막힌 바다로 다른 장수들은 왜 탈출하지 못했겠나? 칠천량 해전 후 나는 조선 수군이 최대한 빨리 일본군보다는 빨리 남서진하여 방어를 해야 한다고 믿었다. 진도 앞바다까지 장장 430km를 비상상황인데, 이 장군이 와서 "배를 주웠다."라고 말했다면 너무 섭섭하다.

> 7월 8일에 도원수 권율을 만났다. 6월 9일~7월 18일 권율의 휘하로서 초계에 머물렀다. 수군통제영의 소식을 계속해서 접할 수 있었고, 7월 18일 원균이 이끄는 삼도수군이 칠천량 해전에서 전멸했다는 패전 소식을 듣게 되었다. 7월 원균 휘하의 삼도수군이 칠천·고성에서 패하고 원균 등이 전사하다.(난중일기)

부산항을 왜가 점령했다는 것은 조선으로서는 큰 위협이었다. 그래서 조선 수군은 위험한 부산항으로 출전을 강요당했다. 여기까지는 그렇다

치고 이해를 한다고 해도 무력시위를 하여 왜군이 공격해 오기를 기다리던 시기를 놓친 조선 수군에게는 아주 위험한, 조선 수군이 원하는 시기가 아니었다.

적들이 육지를 장악하고 부산 바다를 뒤덮고 있다. 적들과 조우하여 전투를 계속하고 무력시위를 계속하면, 적들은 반드시 추격해 올 것이다. 적선들이 천여 척 몰려들 때 심해로 나아가면 반드시 적들은 추격해올 것이다. 그때 심해에서 집중된 적들에게 무수한 탄환을 쏟아 부어 괴멸시킬 수 있었다. 칠천포구에서는 적들의 강점인 등선 육박전에 당할 위험성이 아주 높았다. 그러니 "심해로 나아가자, 바다로 나아갈 준비를 하자. 적들의 칼날이 우리를 쫓을 것이다. 오늘은 적을 겁내어 심해로 물러나서 적을 기다리면 적들은 반드시 따라올 것이다." 나의 애절한 요청을 빈번히 원균 사령관은 거절하고 등선 육박전을 요구했다. 일본군 전술은 군선의 돛대를 사다리로 이용해 전선에 올라타 백병전을 벌이는 것인데…

> 밤중에 적이 가만히 비거도 10여 척으로 우리 전선 사이를 뚫어 형세를 정탐하고 또 병선 5~6척으로 우리 진을 둘러쌌는데, 우리 복병선의 장수와 군사들은 모르고 있었다. 이날 이른 아침에 이미 복병선은 적에게 불태워 없어졌다. 원균이 놀라 북을 치고 바라를 울리고 불화살을 쏘아 변을 알리는데 문득 각 배 옆에서 적의 배가 충돌하여 총탄이 발사되니 군사들이 놀라서 실색하였다.(난중잡록)

조선 수군은 일본 수군에 맞서 장렬히 조정이 원하는 대로 싸웠으나 기습공격으로 당황한 상태에서 불리한 싸움을 할 수밖에 없었다. 이 장군님을 일본군이 전혀 무서워하지 않았기에 서 5년간 통제사였음에도 정유재란 때 2,000척의 적군이 서슴지 않고, 12만 왜군이 거리낌 없이 부산포로 들어왔다. 이미 적은 모두 상륙했다. 장군님께서는 구경하시다가 다 상륙하게 해버린 것이다. 이로 조선 수군들은 매우 급하게 내몰렸다. 육지에는 조선 백성이 도륙되고 있는데, 경상 우수군이 공격하면 옆에서 응원이라도 해야지, 냉정하게 구경하고 있다니, 나는 이해할 수 없다.

원균 장군에 대한 반발로 인해 밑의 부하들이 말을 듣지 않는 상황까지 벌어졌다. 권율은 직접 원균 휘하의 다른 장수들에게도 출전 명령을 내렸다.

"장수 중 다수가 다른 마음을 품은 사실과, 통제사가 장수들과 더불어 의논하지 않는 상황으로 볼 때 일이 잘못된 것을 알 수 있다."(난중일기 정유년 6월 17일)

그리고 통제사의 권한보다 체찰사의 권한이 상위에 있었다. 권율이 삼도수군통제사에게 곤장을 치는 상황까지 벌어졌으니 통제사는 작전에 대해 아무것도 토를 달 수가 없던 상황이다. 원균 자신도 부산포 공격은 무리라는 것을 판단했지만, 역부족인 상황에서 억지로 끌려 나갔고 패배로 이어졌다.

아마도 선조는 전투보다는 무력시위로 왜군의 활동을 제어해 주기를 바라고 있었다. 그러나 동인들은 이순신이 파직된 데 앙심을 품고 계속 불가한 등선 육박전을 희망하는 전투를 요구했다.

원균 통제사, "내일 일심 순국의 정신으로 나가 싸우자. 임란 직전에 경상 우수사 박홍에겐 1만의 수군이 있었소, 그 수군을 나는 인수받아 임진왜란 초기에 적군과 정면 승부를 가려 병사 400여 명만 남고 모두 전사하도록 열심히 싸웠소, 이순신 장군이 출병을 거부하여 나 혼자서 모든 전함이 격침되고 단 3척만 남을 정도로 분전했소이다."

"나는 육지의 용인 전투에서 5만 명이 왜적 1,500명에게 대파될 때보다 1만 병력으로 적군 2천 이상을 베었소. 이에 전하께서 포상하셨음을 제장들은 알 것이오"

원균 통제사는 거듭 과거 임진왜란 초기의 싸운 기억을 더듬으며, "1만의 조선 수군으로 적군 약 2천 명을 죽이고 모두 전사했소. 이런 대승이 어디 있겠소?"

"우리가 일심 순국으로 죽을힘을 다해 적군 1만 명을 벤다면 그것이 승리 아니겠소.", "나는 이순신 장군이 적을 겁내어 출병을 거부할 때 경상 우수군 1만 명으로 적과 교전하여 4백여 명이 남을 때까지 싸웠소."

원균 통제사, "나는 임진왜란이 일어나기 두 달 전인 1592년(선조 25년) 2월에는 가배포에서 73척의 군선 지휘를 맡았소. 나는 스스로 모두 자침시키고 적들과 용맹히 백병전을 하였소이다."

나는 원균의 말에 기가 막혔다. 일심 순국이라니? 그럼 조선은 망하는데, 그게 자랑이라고 하다니. 나는 말했다. "비록 군법에 저촉되어 나 혼자 죽을망정, 어찌 병졸들을 모두 죽을 땅에 몰아넣을 수 있겠는가."(선조실록) 그러자 이억기 최호 이하 제장들이 한숨만 쉬었다.(원균은 가장 아끼고 항상 선봉에 세우던 나의 참언보다 권율에 대한 분노가 더 했다.)

왜군 상륙전 해전을 요구

나는 경상 우수사 직을 내려놓아도 좋다는 결심으로 팔을 걷어붙이며 큰 소리로 말했다.

"용맹을 낼 때는 내고, 겁낼 때는 겁낼 줄 아는 것은 병가의 긴요한 계책입니다. 우리가 부산 바다에서 기선을 잡지 못하여 군사들이 의기소침하게 되었고, 영등포에서 패하여 왜적의 기세를 돋우어 주어 적의 칼날이 박두하였는데, 우리의 세력은 외롭고 약하며 용맹을 쓸 수 없으니 오늘은 겁내어 싸움을 회피하는 전략이 지당합니다." 칠천량은 수심도 얕고 수군 운영이 어렵고 협소해서 병선을 심해로 이동해야 함을 굽히지 않았다. 특히 여러 차례의 부산포(웅천) 전투에서 지원사격이 부족한데 항의로 외로움을 토로하며, 수군들이 지쳐있으나 심해로 가서 진을 치자는 주장을 펼쳤다.

그러나 원균은 이미 전사를 각오한 듯 내일 결전을 해야겠다고 주장하면서, "죽고 나면 그만이니 너는 많은 말을 말라."라고 고함쳤다.

영리는 말한다. "배설 장군은 일본군이 상륙하기 전에 수중전을 해야 한다고 거듭 주장했으나 받아들여지지 않았다. 이억기 최호 등은 아무 말도 못 하다가 헤어지면서 배설 장군을 붙잡고, '우린 여기서 죽겠구나!'라고 했다. 삼도수군이 칠천 해협에 지쳐서 쉬자고 할 때, 배설 장군은 부당함을 수차 언급하고 칼을 뽑기까지 했다. '심해로 나가 바다에서 쉬어야 한다.'면서 배설 장군은 선조가 파견한 선전관 김식과 최호 이억기 기타 제장들 앞에서 최소한 한산도에 퇴각을 주장했으나, 원균의 일심 순국의 결심을 꺾지 못했다."

이 모든 것은 지난 5년간 전투가 거의 없었던 이순신 장군의 영향이다. 그는 통제사가 되어 2년간 전투를 하지 않았기 때문에 새로이 원균을 통제사로 한 것이다. 새로 부임한 통제사 원균 장군도 싸우러 나가지 못했다. 동인 군부는 선조에게 조선 수군이 전투 회피를 고변하고 이에 동인 군부와 선조는 전투를 명했다. 원균 장군의 출병지연에는 나름 고민이 있었다. 왜군의 '수륙병진책' 때문에 부산 일대의 육지를 점거한 왜군의 진영으로 전투를 나간다는 것이 매우 위험했다. 당시의 배들은 식량과 물을 육지에서 공수받아야 하는 취약함이 있었다.

"일본으로 잡혀간 여자들은 관백關伯 평수길(平秀吉, 풍신수길)이 엄히 금지시켜 되돌려 보냈는데 수사水使 원균이 적선을 쳐부순 날에 배에 가득 실려있던 아이들과 여자들이 우리나라 사람이라고 외쳤으나 듣고도 못 들은 척하고 모두 목을 쳤다고 한다. 이로써 송서宋瑞의 딸과 손녀도 우리나라 사람 손에 죽은 것이 아니겠는가."(정만록)

내가 금오산성 수축에 우물을 9개와 연못 7개를 조성한 것에서 알 수 있듯이 전투에 있어 병사들의 식수는 목숨과 같은 것이다. 그러나 적들이 부산포 일대에 14만이 상륙해 있어 물을 구할 수 없었기에 이러한 전투는 적지에 죽으러 가는 것과 같았다.

부산포와 안골포 가덕도 곳곳의 섬에 왜군들이 진지를 구축하고 있었다. 도대체 어디서 물을 구하며 어떻게 전투를 할 수 있는가? 왜군이 정작 상륙하기 전에 부산을 근거로 해서 전투를 함이 타당한 것이었음에도 이미 대세를 놓친 상태였다. 부산 앞바다로 싸우러 나가게 된다면 뒤통수에 있는 안골포와 가덕도의 왜군이 후방에서 아군을 협공할 수 있고, 그런 상황이 벌어진다면 조선 수군은 앞뒤로 협공당하는 상태가 되어서 패전은 확실했다.

영리, "7월 22일자 선조실록에서는 책임이 권율에게 있다는 기록이 나와 있다. 당시를 지켜본 선전관은 배설이 겨우 살았고 무수한 왜선이 한산 섬을 향했다고 했다. 배설은 한산 섬에서 왜선들과 싸우면서 청야 작전을 벌이고 주민들을 대피시키기까지 한 용맹을 떨친 장수였다. 도망을 갔다면 어떻게 그러한 작전을 수행할 수가 있었겠는가?"

임진록 한자필사본 워이쒸썽韦旭升의 항왜연의抗倭演义 중국어 인쇄본의 내용이다.

"元均独坐船旁, 抚臂长叹. 俄而战退, 了无影迹, 或云投降, 或云死贼. 右水使李亿棋投水而死. 左水使裴举与将士数百收其战船, 且斗且战, 为殊死战. 却倭船而出逃走, 呼居民急避乱卒."(워이쒸썽문집韦旭升文集 2卷, 中央编译出版社중앙편역출판사 2000년 9월 초판1쇄, 544쪽)

우리말로 옮기면 대체로 이러하다. "원균은 홀로 배 곁에 앉아 팔을 치며 길게 탄식하더니 잠시 후 싸움에서 물러나 자취가 사라졌다. 혹자는 투항했다 하고 혹자는 적들에게 죽었다고 했다. 우수사 이억기는 물에 뛰어들어 죽었다. 좌수사 배거는 수백 명 장사들과 함께 그 전선들 거두어 죽음을 무릅쓰고 싸워 왜선을 물리치고 빠져나와 달아나, 주민들

을 불러서 급히 어지러운 군졸들을 피하라고 일렀다."_(자주민보)

그러나 8월 5일자 선조실록에서는 이순신이 조사한 장계에 따라서 배설이 탄핵을 받는다. 이것이 책임을 져야 할 죄인이 조사하여서 다른 사람에게 책임을 씌우는 것이다.

영리, "권율은 칠천 전투 직후 이순신을 만나서 많은 이야기를 나누었다고 적고 있는데 이후 이순신은 노량으로 가서 전쟁에 대해 조사한다. 이순신은 죄인의 신분이며 권율도 패전의 책임을 져야 할 죄인이다. 당연히 조사관이 될 자격이 없는 죄인이 조사를 하고 있다."

그냥 동인이 이순신은 조사를 시작한 지 이틀째에 배설을 만나서 '원균이 패하던 전투에 대해 배설이 많이 말하였다.'고 적고 있으면서 아주 중요한 전쟁의 내용은 전혀 기록을 하지 않고 있다. 선조실록에도 전투에 관한 내용이 없다. 원균은 부산 해전을 할 수 없다는 주장을 펼쳤다. 동인과 군 수뇌부인 권율은 원균을 다그친다. 실로 한 인물 때문에 나라가 번영하기도 하고 망할 수도 있다는 것이다. 즉 동인은 원고이고 서인은 피고이며 선조 대왕은 한국의 판사처럼 증거도 집행도 엿장수 맘대로가 된 것이다. 서인들 의견은 무시하고 동인 의견에 선조는 전투 출병을 요구한다. 그러나 뛰어난 장수였던 원균은 출병을 거부한다. 그러자 권율 장군은 이때라고 원균 장군을 불러다 곤장을 쳤다. 손문욱이, 도요토미 밀정이 되어 권율 막하에 다니고 이순신이 권율 막하에서 허드렛일을 하고 있을 때였다. 전쟁 중에 특전_(해군)사령관을 불러서 육군 참모총장이 곤장을 친 것이다. 군대의 사기는 땅에 떨어졌고, 비탄이 장군들 사이에 터져 나왔다.

영리, "아무리 무공이 뛰어났다고 해도 적군이 두 명이 한 명을 제압하는 것은 쉬운 일이오, 더구나 죽이는 일인데, 수적 부적엔 대항이 어려운 것이오, 조정 중신과 물정 모르는 장수들이 맞대응하라는 명령에 어떻게 따른단 말이오."

조선 수군의 승리요인 중 판옥선의 우수성이 기여하였음은 이순신 휘하 정보원으로 활약했던 제만춘의 증언에 의해서 살펴볼 수 있다. 그가 일본에 붙잡혀 가서 보고 들은 바에 의하면 '조선 사람의 수전이 육전과는 크게 다르고 배가 또 크고 빠를 뿐 아니라 누각과 뱃전까지도 든든하고 두꺼워 총탄이 뚫고 들어가지 못하고 우리 배(일본전선)가 부딪히면 모두 부서진다.'고 언급하였다.

권율 장군의 다그침이 곤장으로 목숨을 잃을 만큼 위험함에 원균 장군은 고민과 번민의 장고를 거듭한다. "불리한 되지 않을 싸움이지만, 조정이 저렇게 다그치니 장수로 어찌 이를 거부하겠는가, 일심 순국을 결정하였다."

자신도 질 전투임에도 군인의 정신으로 상관의 명령에 따라 전투에 임한 것이다. 권율의 이순신을 감싸고 도는 일련의 행위는 이미 공정을 잃은 처사로 원균 장군을 죽음으로 몰아넣고 조선 수군에게 엄청난 피해를 주게 되는 것이다. 잘못하다간 전쟁도 하기 전에 권율의 곤장에 맞아 죽게 생겼다.

3도 연합 수군이 협력하여 진행한 수개월간의 전투는 일본군이 응전하지 않음으로 왜적 수백 척만 격침하는 전과를 올렸을 뿐, 그 외에 아무런 성과를 올리지 못한 전투로 기록되고 말았다.

영리, "배설 장군은 패전한 전투였지만, 칠천량 해전 당시에 치러진 전투에서 선봉이 되어 전투에 나섰을 정도로 전투를 꺼리는 스타일의 인물이 아니었다. 완전히 전멸할 뻔한 상황에서도 전선 12척을 구하여 나왔던 사실만 놓고 보더라도, 배설 장군은 전투를 통해 모든 상황을 경험을 한 노련한 장수였다는 것을 알 수 있다. 배설 장군이 일본군 요시아카와의 백병전에서 그의 팔을 베자 요시아카는 부상당한 상태로 바다에 뛰어들어 도주하여 죽었을 것이다."

삼도 수사의 통제사 원균에 대한 항명 사실을 기록해 두도록 지시하다 도원수 권율이 치계하기를, "통제사 원균이 치보馳報한 내용에 의하면 '수군을 몇 부대로 나누어 번갈아 내보내어 오가는 일'을 삼도 수사三道水使와 함께 회의하였더니 수사들이 '반드시 패몰할 시기를 분명히 알고서는 부산과 절영도를 왕래할 수 없다. 장수가 밖에 있을 때에는 임금의 명령도 받지 않는다.'고 하니, '어리석고 용렬한 통제사로서는 어떻게 처치할 수 없다.' 하였습니다. 이는 곧 제장들이 임금의 명령을 듣지 않는다는 뜻으로 이와 같은 일은 결코 용서하기 어려우니 조정에서 결단을 내리소서."

"이 서장을 사책史册에 상세히 기록해 두라." 하였다.(선조 90권, 30년(1597 정유 / 명 만력萬曆 25년) 7월 25일 갑인 3번째 기사)

청록진충도青綠鎭忠刀

　대장군의 칼에는 '청록 진충도青綠鎭忠刀'라는 문양이 새겨져 있고 임금으로부터 하사받은 수술이 달려 한층 위엄이 있었다. 칠천 패전 이후 장군은 부관에게 이 장군도를 자칭 '월파검月波劍'이라 지칭했다. 칠천포에서 일본 3대 연합 수군에 포위 기습공격을 받게 되자 우리 함대는 가토 도도 다카도라의 왜군 주력 부대의 포위망을 벗어나고자 적장의 진영을 향해 전투했다.

　최호 충청 수군들은 겹겹이 도도 다카도라의 왜군에 포위되어 '한 마리의 굼벵이가 수만의 개미들에 물리듯'이 왜군들이 선상 모두에 새카맣게 몰려 조선 수군이 살상당하였다.

　전라좌수사 이억기가 공격을 받아 함대가 불길에 휩싸여 전멸하고 전사하므로 이순신이 1591년부터 전라좌수사로 5년간 한산도에서 양성한 병력이 1597년 7월 15일 전멸하고 전함도 모두 격침 소실되었다.

　　이순신을 통제사로 천거, 조정 대신들은 허위보고로 선조 임금을 불안하게 한 후 죄인으로 백의종군하는 이순신을 통제사로 임명하라고 함.(조정 대신들의 선조 기망행위임.) 유 대감이 적이 강화로 들어올 것이라며 (중략)(1597년 7월 22일, 선조실록 5번째 기사)

　나는 포위망을 뚫고자 한편으로 교전을 하고 한편으로 퇴각하라는 명령을 내렸다. 왜군이 조선 수군을 에워싸고 백병전과 화전을 하고 있었기에 분하지만, 근접전을 한다면 우리 함대는 화전으로 전멸을 피할 수 없어 퇴각했다.

와키자카 야스하루 수군의 화전으로 칠천포 밤하늘이 시뻘겋게 물들고 조선 함대도 화전을 피하느라 전투가 될 수 없었다. 왜군이 불화살 공격으로 나왔기에 퇴각하지 않으면 충청, 전라 수군처럼 싸우지 못하고 병사들이 몰살할 상황이었다. 짧은 순간 충청, 전라 수군은 불길에 휩싸였고 경상 우도 수군은 포위망을 뚫고자 도도 가토 지휘부와 교전 중의 급박한 순간이었다. 역시 대장군 원균 통제사답게 화염에 휩싸인 전함에서 대장기를 바다에 던지고 육지로 탈출하게 하므로 조선 수군들은 왜군들을 한 명이라도 더 베고 장렬히 전사하려고 했다. 전라 좌수군은 평소 백성들에게 '귀신 소굴'로 불릴 만큼 백성들이 두려워한 한 번 들어가면 살아서 나오지 못한다는 수군답게 칠천포 해전에서 장렬히 전함과 함께 화염에 불타고 일부는 바다에 뛰어내려 수장되었다.

순식간에 일어난 왜군들의 삼중포위 기습공격이었다. 경상 우도군은 적군의 신호탄이 떨어지자 가장 먼저 왜군의 공격을 받았고, 왜군의 포위망을 깨트리는 데 집중하는 사이 아군은 왜군의 수에 놀라 포구로 밀려가고 말았다. 밤하늘에 보름달이 휘영청 떠 있는 사이에 부슬비가 내리는 시점에 왜군의 포위망은 끝없이 한 치의 빈틈도 없이 물밀듯 밀려들었다.

경상 우도 수군은 삼삼오오 개미처럼 달려드는 왜군을 떨쳐내고 장군기를 에워싼 함대에 함포 공격을 하여 6척의 전함이 정면승부를 벌였고, 6척은 도도의 수군 지휘부를 향해 돌진했는데 적군은 서너 척의 함선들이 에워싸고 줄을 걸고 왜군들이 기어 올라오고 있었기에 백병전을 서너 차례 하고서야 함포를 다잡을 만큼 매우 급박했다.

일본군 14만의 기습 총공격에 놀라 우왕좌왕하는 조선 수군, 그 속에 나는 도도 다카라 수군 총대장을 공격하면서도 적진 공격에 따른 후퇴명령은 중과부적으로 어쩔 수 없었다. 적 일본군이 단 한대의 '배세루' 전함을 잡지 못함을 14만 대군이 지켜보았다.

도도 다카라는 놀란 표정으로 "적이지만 전율할 기적적인 작전에 놀랍다!"

이어 고니시 유키나가는 말했다. "십만 발의 총탄에도 꿈적하지 않은 거함(배세루=곰)을 포위하고도 놓치다니? 곰 사냥작전은 백 퍼센트 실패했다. 배세루 장군의 퇴각을 지켜만 보아야 한다니? 하나님은 인도·중국을 정벌하려는 도요토미 각하를 일본에 주시고, 조선에는 '배세루 쇼군'을 주시니 이는 필시 일본은 조선과 협력해야 동양 통일이 가능하리라. 다른 방도는 없다!"

혼잣말로 중얼거렸다. 14만 대군이 완벽히 삼중 포위 기습을 하고도 배세루의 탈출을 지켜보아야 한다니? 완벽한 14만 대군의 삼중 포위가 뚫리다니?"

고니시는 상상하기 싫지만 만일 배세루와 정면 대결을 한다면 생각만 해도 오싹했다.

"배세루가 오사카로 쳐들어온다면 막을 수 없다. 조선은 일본군을 단 한 번도 이기지 못했다. 그런 우리 일본군이 '배세루'를 단 한 번도 이기지 못하다니?"

우리의 점령지에서 패잔병을 모아 군대를 일으키는 것을 눈 뜨고도 속수무책으로 당했고, 손문욱 첩자의 대활약으로 조선군을 철저히 포위하였음에도 놓쳤다.

"정말 소름 끼치도록 무섭다."

> 1597년 8월 3일(난중일기) 이순신이 전라좌수사 겸 삼도통제사 임명 교서를 받음. 1597년 8월 5일(선조실록 4번째 기사) 패전 책임자가 권율에서 배설과 배홍립으로 바뀜. 조정 대신들은 앞서 올라온 장계들을 무시하고 패전 책임자인 권율을 통해 새로(7월 18일 권율의 부탁으로) 이순신이 조사한 내용으로 패전 책임을 배홍립과 배설에게 돌림. 배홍립은 처벌받지 않고 이순신이 조사를 하러 다닐 때 함께 다님.

나에게 뱃멀미가 있었다는 건 '해소실기' 같은 칠천량 해전의 여러 기록에서도 있다. 원균은 통제사가 되기 전에 자기가 먼저 자신 있다고 나선 다음 나에게 수군을 맡긴 것이다. 나의 뱃멀미 때문에 왕과 대신도 수군보다는 육군에 적합하다고 인정한 공식 기록이 남아있다. 어쨌든 바닷길을 나만큼 아는 장수가 없었기도 했고, 그러므로 나의 의견에 따라야 함에도 원균은 그러지 않고, 자신보다 유능한 장수를 물귀신처럼 붙잡고 함께 전멸할 사지로 우리 병사들을 몰아넣은 것이 한이지만, 열심히 어려운 상황을 돌파해야 했다.

왜군들이 적진에 들어가서 일본군이 가장 좋아하는 강점인 '단병 등선 육박전'을 하는 데는 좋은 배가 필요하지 않다. 적군의 함대는 수백 척씩 무리를 지었고, 적은 서북풍을 틈타 기동을 하고 있었다. 즉 바람을 타고 기동하고 침략하고 있었다. 우리나라는 삼일 바람이 서북풍이 불면 사일은 동남풍이 있었다. 바람에 따라 바다는 파도치고 있었다. 칠천량 해전의 운명은 우리에게 손을 들어주지 않았다. 적들은 날아갈듯이 바람과 파도를 등에 업고 종횡무진 하는 사이에 우리의 군함들은 바다와 파도와 바람과의 싸움에 지치고 전진하지 못했다. 그럼에도 권율은 진격을 명했다. "이러다가는 적군을 하나도 베지 못하고 다 지쳐 쓰러지고 말겠어.", "아무리 왕명이라고 해도 바다가 우리 편이 아니지 않은가." "이삼일 지나면 바람도 물길도 바뀔 것인데."

그러한 때에 적을 심해로 유인하여 격파하고 치고 빠지면 저들이 우릴 추격할 터, 모조리 바다에 수장시킬 수 있음에도 적진 깊이 바람의 역풍을 인간의 힘으로 노를 저어 진군함은 심히 위험하다. 도원수가 왕명을 빙자함이 분명한데, 통제사와 순신과의 사적인 감정으로 적에게 전공을 세워주고자 함이 분명하다. 사실 나는 행주치마로 적에 총탄 공격을 방어했다는 것도 믿지 않았다. 뭔가 의심스러운 적과의 내통이 우리 군 수뇌부와 진행되고 있다는 느낌이다. 적이 성주성을 비워 줄 때도 의병들의 공격 시에 철군하지 않고 스스로 자진 철군하는 방식으로 하여 의병들에게 공을 넘겨주지 않았던 교활하고 치밀한 왜군들을 나는 너무나도 잘 알고 있었다.

> 1597년 8월 17일(난중일기) 배설이 이순신에게 탈 배를 보내지 않은 것을 원망함. 아직도 이순신은 통제사로서 자신이 탈 배를 갖지 못하고 있으나 배설은 전함 12척과 군사 최소한 1000명 이상 2천 명 이하의 규모인 경상 우수영 수군을 갖추고 있음.

전라 좌수사 이억기는 이순신 장군으로부터 군대를 인수받아 충무공의 분신이라 할 만큼 매일 군기를 점검하고 병사들을 잘 거두는 것을 보아 매우 훌륭한 장군임을 알 수 있었다. 안타까운 점은 판옥선들의 규모가 보통의 규모에 장비에 불과해서 전투에 선봉을 맡기기엔 부족했지만, 합동 공격에는 충분히 실력이 갖추어진 군대였다.

의문의 춘원포 매복

조선 수군의 선봉대인 경상 우도수군 사령관으로서 나는 춘원포로 배를 버리고 퇴각하라는 명령을 거부했다. '스텔스 전투기 조종사'가 육지에 내려서 전투하는 것과 같이 육지 상륙은 아군의 무력이 크게 훼손되기 때문에 우리 군사들에게 교전을 명령했다. 아무리 상관이라도 수군의 유리한 장비를 버리고 육지로 퇴각한다면 정예 특공대라 할 수 없다. 비록 조선 수군이 적에 기습공격을 당하여 칠천 해전서 대패했지만, 일본군들에게는 어떻게든 이기고 지는 것 못지 않게 충격을 주어야 했다. 전쟁 발발 6년 동안 파죽지세의 왜군들과 부산포에서 매일 경상 우도 함대의 대등한 전투가 칠천량에서 7개월간 벌어졌다는 엄연한 사실이다. 그 사이에 조선은 긴장 속에서 큰 피해가 없었다. 조선의 안전과 국방이 지켜졌다.

"1597년 8월 19일(난중일기) 이순신의 통제사 취임식 당시 배설이 교서에 절을 하지 않았다고 배설의 부관 2명에게 곤장을 치고 회령포 만호 민정붕이 전선에서 받은 물건을 피난민들에게 나누어 준 것을 들어 곤장을 쳤다고 적고 있다."

수적으로 역부족인 상태에서 전쟁이 되지 않음에도 조선 수군 단독으로 일본 침략군들을 저지하려고 한 뜻있고, 가치 있는 전투임에도 중과부적의 당연한 패전을 동인들은 서인을 몰아내는 기회로 활용하고자 전쟁 피해를 부풀려서 대처하고 이순신과 권율이 군권을 잡았다. 권율이 기획 명령을 내린 전투로 자신이 책임을 모면하기 위해 전쟁 결과마저 왜곡했다. 따라서 전투 패배 후 이순신과 권율의 전투를 살펴보아야 할 것이다.

조선 수군은 일본 수군에 비해 개별 전력 면에서는 압도적으로 우위에 있었지만, 전체 수적인 면에서는 대단히 불리했고 단병 접근전에서는 매우 불리했다. 그러나 원균은 임진왜란 때 전체 경상 우수군을 단병 접근전으로 잃어버린 것처럼 전투는 그렇게 하는 것으로 생각했다. 조선 수군이 치고 빠지는 공격으로 적을 괴롭히면 무기의 우수성으로 충분히 승산이 있었음에도 강점인 단병 접근전을 원하는 적에 대해 군 지휘부는 맞서라고 명령을 하고 있다.

적진으로 바람을 역류하여 장거리 노를 저어 쳐들어가서 전투하라는 권율의 명령에 통제사 원균은 안절부절 못 하고 있었다. 우리 3도 수군 연합 함대 전체가 143척으로 장거리 노를 저어 부산포에 대기하고 있는 2,000여 척의 적들을 공격한다는 것은 무모할 정도가 아니다.

조정은 권율이 행주치마 하나로 9만의 총격대를 맞아 1만 명을 격살하였다느니 해서 영웅시하고 있었기에 그는 일개 목사에서 도원수에 올라 고성 춘원포로 내려와 육군을 지휘하고 있었다. 조선군은 정신력으로 적들을 쳐낼 수 있다고 다그치고 있었다. 현실에선 조선군의 불가피한 전멸이 예측되어 있었다. 10배가 넘는 적군 속으로 장거리 원정을 하라는 명령은 조선군 전멸을 기다리던 고니시의 총독 임명과 맞물린 것으로 나는 추측했다. 아니면 도요토미의 양자로 선택된 밀정 손문욱의 계책이었다.

유생들은 왜군과 조선군이 대등하다는 전제하에 왜적의 강점인 등선육병전으로 적을 괴멸시킬 전투를 요구했다. 조선 중신들의 현실 인식이 이러했다.

영리, "새벽에 칠천도 앞바다에 정박했던 조선 수군은 황포에 조방장 김완의 유군 함대 20여 척과 경상 우수사 배설 장군의 경상 우수군 30여 척이었다. 그리고 송포에는 조선 수군의 본진인 통제사 겸 원균과 전라 우수사 이억기 그리고 충청 수사 최호의 본진 함대 70여 척이 머무르고 있었다. 그리고 이때 왜 수군의 황포에 주둔한 김완의 함대에 야습이 가해진다. 4척의 판옥선이 불탔다.(선전관 김식의 장계) 그리고 함대를 수습하는데, 왜선 2척이 총을 쏴대며 다가왔다. 그냥 슬쩍 신경을 건드려 보면서 부산 일대 약 2천여 척이 방화 지점을 향해 10만여 명이 몰려오도록 신호를 한 것이었다. 배설 장군과 김완은 그 두 척을 잡으려고 포위 공격을 하고 있었고 원균 통제사가 적군이 몰려옴을 먼저 보고 놀라 춘원포 퇴각을 명령하는데, 이미 배에는 병사들이 하선하고 없으므로 배를 버리고 탈출하라고 명령하였다. 그러니 모든 함대가 김완과 배설을 버리고 뭍으로 물러났다. 배설 장군과 김완의 부하들까지 버려진 것이었다. 배를 저어 포구로 나가면 죽는 것은 보나 마나 적군들이 있었기에 나는 교전을 명령하고 견내량 쪽으로 적을 몰아붙이며 한편으로 싸우고 한편으로 퇴각했다. 이미 원균 통제사의 명령에 따를 수 없는 상태에 있었다. 배에서 탈출하면 100% 죽는 것이다."

조선 수군이 버리고 간 빈 배들을 불지르고 다니는 왜군들을 지켜보면서도 심해에 있는 우리로서는 어찌할 도리가 없었다. 나는 조선을 구하고자 할 뿐, 전멸해서 조선을 망하게 할 수 없었다.

일본 연합군의 선제 기습공격이라는 국가 위급 상황이 발생했을 때 현장에 최대한 빨리 탈출해서 남서해 진도만까지 430km(직선거리 201km)를 소개함으로 초고속 '골든타임'을 확보하여 조선 백성의 생명과 재산을 지키고 조선을 구하기 위한 구국의 결단이 있었다. 구국 일념의 열정과 노력으로 단, 1분 1초라도 더 빨리 위기 속에서도 진도 명량 해협에 도착하여 왜군의 남서해 진출과 인천 상륙을 방어하여야 한다는 절박성 때문에 약 430km 청야 작전의 실행은 꼭 필요했다.

11월 3일에 배설을 잡으러 온 선전관 이길원에게 이순신은 '배설은 성주 본가로 갔다.(난중일기)'라고 말했는데 도망친 사람이 행선지를 알리고 도망을 치는가? 다른 자료에는 부관 2명과 함께 떠났다고 되어 있는데 도망자가 부관은 데리고 가면서 나의 친동생 배즙 장군을 전장에 그냥 버려두고 간단 말인가? 배즙 장군은 경상 우수영의 조방장으로 싸웠고 이순신이 전사한 노량해전에서 지휘함정에서 비탄으로 순직한 실질 조선 수군을 지휘해 종전일까지 전투를 한 장수이다.

왜군들 주특기가 등선 육박전(근접 백병전)인데 어마어마한 적군 속에 들어가서 백병전을 하라는 조선군 수뇌부에 항명하여 받아들여지지 않음으로 나는 차선책인 왜군의 서남해 진출을 방어하는데 온 힘을 다했다.

우리 조선 수군들이 칠천에서 불시에 왜군의 기습공격을 당하였고, 원균 통제사는 춘원포의 도원수 권율 군대의 도움을 받으려고 춘원포 퇴각을 명령했다. 나는 그를 의심하였기에 배를 버리고 상륙 퇴각하라는 명령을 거부하고 교전을 선택할 수밖에 없었다. 원균 이하 제장들이 춘원포로 상륙하여 기다리고 있던 일본군 시마즈 요시히로에게 살육당했다. 우연 이라 하기엔 도망만 다니던 일본군이 너무 잘한다고 생각되지 않나?

아군은 아군을 구하기 위한 어떤 노력도 없었으며, 순진무구한 원균 통 제사는 아군의 군대를 기다리다 적군에게 죽고 말았다. 시마즈 요시히로는 신기하게도 춘원포 일대에 해안가에 육군을 50리에 걸쳐 매복시켜 두었다. 따라서 조선 육군이 이들을 충분히 섬멸하고 아군을 구할 수 있었다. 적들 은 해안가에 수백m에 한 명씩 길게 칼을 들고 기다리고 있어 총이 필요 없 는 전투가 될 수 있으므로 조선군이 마음만 먹었다면 이들을 쓸어버릴 수 있었다. 그러나 도원수의 조선군은 움직이지 않았다. 나는 이 사항을 가토 의 상륙을 알려준 대가로 원균 함대의 행로를 알려준 첩자가 있었을 것이 고, 이를 알기 위해 원균을 곤양으로 불러 곤장을 치며 그 행로를 알아낸 것이라 짐작한다. 따라서 나는 춘원포 상륙을 거부했다.

> 배설은 죄가 없다. 칠천량 전투에서 원균과 배설은 죄가 없다 고 다시 선조가 확인했다. 조정 대신들과 권율, 이순신은 선조 임금을 속였던 것이 드러나지 않도록 하기 위해 배설의 제거를 위해서 부단히 노력을 했으나 원균 외에는 다른 장수들은 죄가

없다는 결정이 내려진다. 칠천량 해전 후 최초 어전회의에서 패

전의 책임은 권율에게 있음을 분명히 하였으나 조정 대신들과

권율은 죄인인 이순신을 통제사로 삼으면서 패전 책임을 살아남

은 배설에게 지우려고 했으나 결국 죄가 없는 것으로 결정된

다.(선조실록 2번째 기사 1598년 4월 2일)

유성룡이 직접 쓴 징비록에서도 칠천량 해전을 권율(이순신)이 춘원포에서 지켜봤다고 하는데, 나의 교전 과정을 지켜봤을 것이다. 그렇다면, 12척이 2열로 퇴각함을 선조 임금에게 보고하지 않고 전멸했다고 보고한 저의가 무엇인가?

권율이 사천과 고성 사이에 군대를 거느리고 있었음에도 조선 수군을 구원하지 않은 것은 임진왜란 부산 해전에서 이순신 장군이 구원하지 않은 것과 무엇이 다른가?

원균 통제사 이하 조선 수군이 전멸하였음은 내가 추풍령에서 조경을 구출한 것과는 전술이 전혀 다른 것이다. 나는 나라를 위해 430km에 걸친 '초스피드 청야 작전'을 펼치면서 동인 군부의 수뇌부를 불신했고 춘원포의 아군들이 구원해주지 않으리라는 판단도 정확히 해냈다. 원균을 수시로 불러 곤장을 친 것만 봐도 권율(이순신)은 전투 현장 부근에 있었다. 만일 내가 칠천 해전에서 교전하지 않고 퇴각했다는 권율의 말 한마디면, 나를 바로 그 자리에서 참형했을 선조 임금과 비변사 훈련원 선전관 감독관들이 현장에 있었다. 또한 선전관 김식이 전투를 지켜보았다. 조선 수군은 싸우다가 장렬히 전사한 것으로 중과부적이었고, 왜군의 진

영 속으로 스스로 포위 속으로 몰아넣은 조선 군대의 지휘부에 문제가 있었다. 적이 육지를 뒤덮고 있는 상태에서 권율의 군대는 아군의 전멸을 지켜보았을 뿐이다. 소수의 유격전도 감행하지 않고 조선군의 전멸을 기다린 이유를 알지 못한다. 분명한 것은 조선의 '육군참모총장' 도원수는 전투를 회피하여 아군의 전멸을 지켜본 것이다. 도요토미의 양아들이라는 손문욱과 함께 말이다.

그야말로 살아남으려면 오직 갈고닦은 실력이 있어야 했을 뿐이다. 내가 단순히 사지 탈출에 그치지 않고 청야 작전을 펼친 것은 왜군의 호남 진출 피해를 최소화하고자 하는 노력이었다. 7월 7일 부산포 근처 가덕도 전투에서 왜선 8척을 불살라 격침도 적선을 격침시킨 것은 경상 우수군뿐이었다. 부산포 해전 동안 전 왜군들이 조선 수군의 작전에 바짝 얼어붙어 육지 상륙 후 진격을 못 했다는 사실이다.

임진왜란과 정유재란의 침략 속도를 비교해보면 누구나 알 수 있는 일이다. 왜 패전이라고 하나? 언제 조선군이 육지에서 이긴 적이 있었나? 일단 칠천 전투를 기획 입안한 권율의 강요로 인해 조선 수군의 심해 수중전은 뭉개졌다. 이는 서인의 지지를 받던 원균의 패배로 결론이 이미 났다. 그게 동인들이 원하는 바이다. 어쨌든 왜군들은 약 1,500대의 전함을 통한 삼중의 포위 속에서 경상 우도 수군이 탈출하는 것을 지켜만 봤을 뿐이다.

"이순신은 패전 실황을 계속해서 전해 들었다. 원수부에 온 김해지역에 사는 김억의 고목에서 초 7일에 왜적선 5백 여 척이 부산으로 돌아오고 초 9일에 왜선 천여 척이 합세하여 원균의 배와 절영도 앞바다에서 싸울 적에 우리 전선 5척이 두모포로 표류했다는 보고문도 보았다. 그리고 그 전투에서 직접 체험하고 겨우 목숨을 건져 도망 왔다는 영암 사람

종세남에게서 전투 실황을 직접 듣기도 했다. 그러다가 7월 16일 원균 등의 최후 패전의 소식은 2일뒤 7월 18일에 이덕필과 변홍달 등에게서 보고를 받았다."

칠천도 조선군 지휘관 회의에서 내가 퇴각을 주장한 이유는 용맹하다는 소릴 듣자고 조선 수군을 사지로 몰아서는 안 되니, 일단 후퇴해서 전열을 가다듬어 재공격 기회를 포착하자는 것이었다. 조선 수군이 140척으로 적선 2,000여 척을 괴멸시킬 수 없고, 설령 1,000여 척을 깨부수고 140척의 조선 수군이 괴멸되는 쾌거를 이룬다 한들 1,000척의 일본 선단이 서울로 올라가면 조선은 망하는 것이다. 수군이 살아남아 있어야 나라를 지키는 것이다. 그런데도 140척의 선단이 1,500여 선단에 포위될 위험성을 간과하는 지휘부에 정면으로 반기를 들 수밖에 없는 상태였다. 다른 지휘관들이 응하지 않으므로 퇴각하지 못하고, 전투준비를 철저히 하여 함께 선단을 이뤄 7월 15일, 적들의 기습을 받아 악전고투의 전투를 해야 했다. 그리고 거의 모든 전함을 상실하고 겨우 12척 약 2,000여 명의 병사들을 구하여 적을 눈앞에 두고 탄환이 고갈된 채 퇴각 명령을 내리지 않을 수 없었다.

적이 이미 상륙하였는데 그 소굴에 들어감은 심히 부당했다. 후방에서 교란시키고 시위를 하면서 적을 심해로 유인하여 함포로 격파함이 옳은 것이다. 적은 등선 육박전을 희망하고 있고, 적의 의도를 알면서도 2,000여 척의 적의 전함에 맞부딪쳐 등선 육박전을 하라 함은 전멸하라는 것인데, 적에게 타격도 주지 못하는 이런 작전을 누가 명령하는가? 동인의 말만 듣는 선조 이연의 명령인가?

영리, "이는 권율의 기획이 아니라 왕명이라 해도 거부해야 하오."

영리의 말이 맞는 말이다.

그러나 선전관 김식의 참관 때문인지 통제사는 나의 구국충정을 거부했다.

"신립 장군이 죽어 충신이 되었듯이 제장들도 가문을 빛내는 기회로 만들어 주시오."

침묵이 흘렀다. 나는 내 손이 칼자루를 잡은 손에서 부들부들 떨고 있음을 알았다. 비분강개하여 선전관을 노려보았다. 순간 베어버리리라는 생각이 불쑥 미쳤다. (난중잡록은 남원 사람 조경남이 쓴 글. 난중잡록에 경상순영지의 내용을 인용한 글에는 '배설이 적의 목을 무수히 많이 베어 그 공으로 합천군수가 되었다.'고 나와 있다.)

"적들은 거머리처럼 등선 육박전을 주특기로 우리 전함에 가까이 붙고자 난리이고, 이러한 적의 아가리에 아군을 밀어 넣는 이유가 무엇이겠소? 우리가 모두 장렬히 전사하여도 적의 2,000여 선단을 모두 깨부수지 못하고 필시 200여 척을 격침한다고 해도 우리는 전멸될 것이요, 장렬히 전사하여 충신으로 역사에 남는 것도 좋은 일이지만, 우리를 기려줄 나라가 없어질 것이오. 왜구들의 나라가 된다면 과연 그들이 우리를 충신으로 기려 주진 않을 것은 분명하오. 그러니 '이기는 전법'을 써야 합니다."

영리, "이삼 일만 기다리면 남동풍이 불 것이고 그때 나는 듯이 적을 격침해도 늦지 않소. 지금 편서풍에 노로 힘써 적진에 들어감은 적이 나는 듯이 우릴 기습할 것은 분명하니 경계를 강화하고 여차하면 심해로 이동하여 적의 추격에 대비하여 함포로 격멸해야 합니다."

"적은 편서풍을 타고 한산도까지 추격하지 않는다는 보장이 어디에 있소. 심해로 우리 선단이 이동해서 동남풍이 불 때까지 기다렸다 공격해서 일망타진한다면 우리가 대마도의 지원을 못 받을 이유가 어디에 있겠습니까. 우리가 적들의 선단을 모두 격침하여 육지 적들의 통로를 끊고 대마도를 제압해서 적의 전투 기반을 해체해야 합니다."

나 하나의 목숨을 버려서 자손만대의 충신이 되는 길에 누군들 유혹이 없겠는가, 그러나 모두 이길 전투를 하지 않고 충신을 선택한다면, 누군가는 적을 치기 위해 간과 쓸개를 빼두고 승리를 해줘야 충신 녹봉도 받을 수 있는 것이 아닌가?

왜군이나 아군에게 기다림이 고통스러운 것은 기다림에 '종속의 효과'가 있기 때문이라고 말하고 있다.

아군을 기다리게 한 적의 시간은 아군의 시간보다 가치가 높다. 기다리게 한 사람은 기다린 사람의 시간을 좌우할 만한 권한을 가지고 있는, 더 우위의 입장에 있는 적군이다. 즉 기다리게 한 적군은 유리하고 기다린 사람은 심리적으로 불리하다고 하는 심리적 인식이 있는 셈이다.

기다리게 하는 적군이 실제 현장에서 전투 관계에서도 우위에 있는 것이다. 기다리는 적군에게 아군이 타나지 않아서 적이 기다리게 된다면 "아니 조선 놈들을 기다려야 한다니. 이게 무슨 일이야."라고 굴욕감 속에 불쾌한 감정이 부글부글 끓어오를 것이다. 이러한 '종속의 효과'를 역으로 사용해 적을 고의로 기다리게 함으로써 아군의 지위가 적들보다 유리하고 더 능력 있는 존재라는 점을 은근히 과시하여 초조하게 한 다음 적에 약점을 쳐서 괴멸시켜야 한다.

그러나 나의 이런 주장은 주장으로서 끝나고 통제사는 일체 칠천 해안의 모든 배에 집결 명령을 내려 가두어 버렸다. 나는 군인이므로 이에 반대할 수 없었다. 너무도 안타까운 일이지만, 군대의 조직과 군율을 소홀히 할 수 없었고, 또 요행으로 별일이 없을 수도 있었기 때문에 속만 타서 부글거렸다. 아무래도 불안하여 병사들에게 철저한 경계를 하게 하였다. 조선 수군의 주력선은 판옥선으로 평균 60~70명이 승선하였고 나의 전함은 모두 50여 척, 그중 장작귀선은 약 12척으로 정원이 척 당 200명이다. 조선 수군 전체의 군선은 약 140척이다. 이는 일본의 세키부네보다 적은 규모로 왜선이 5대가 둘러싸고 기어오를 경우, 전투라기보다 일방적인 살육을 당할 수밖에 없었다.

"칠천 해전이 있던 날 춘원포에서 조선군 수뇌부와 일본군 첩자 손문욱은 전투를 관람했다. 백의종군한 장수들도 함께 조선 수군이 불타는 것을 지켜보았다. '원균 부대를 깡그리 쓸어버려라.' 그렇게 그들은 기뻐했을 것이다. 그리고 전투를 지켜본 군 수뇌부가 탈출한 12척의 전함을 빼앗아야 한다고 말하니 놀라움뿐이었다. 그들은 피아를 구별하지 못하고 나의(배설 장군) 교전은 상상하지 못했기에 백의종군 장수를 풀어 회령포까지 추격하였다.

일심 순국투혼

동인 군부의 젊은 장교들인 선전관 김식이 보기에도 내가(배설 장군) 죄가 없으니 목을 자르지 않은 것이다. 이순신 장군이 성주 본가에 있다고 가르쳐 주는데도 일부러 봐주는 선전관도 있나?

조선 수군의 구성은 노비 중에 건장한 사람들로 강제 징집했기에 칠천포구 주둔 중에 왜군의 기습공격으로 조선 수군의 육지 이탈이 많을 수밖에 없었다. 상황이 걷잡을 수 없게 되어 원균은 춘원포로 상륙을 명령할 수밖에 다른 도리가 없었다. 그럼에도 육지로 오른 많은 병사가 원균 장군을 따르지 않았기에 육전은 이루어지지 않았다. 그를 보좌하던 우치적마저도 원균을 따르지 않았기에 원균의 육지 저항은 이루어질 수 없었다.

　　그리고 권율의 구원병도 없었으며, 경상 우수군은 대규모의 기습을 생각지 못하였으나 약간의 위험을 예감하여 경계를 강화하고 항구에 정박하여 병사들이 하선하지 않고 대기 상태에 경계근무를 하고 있다가 적의 기습을 받았다. 그리고 교전을 통해 삼중의 포위망을 깨트린 것이다. 이순신 장군에게 인계된 경상 우수영의 병력은 진주성과 제석 산성을 수호하던 병력으로 자원병들이었다. 이들은 정유재란이 끝날 때까지 전투하고 후일 진도 주민이 되었다. 나는 한산도 수군 본영을 퇴각하면서 식수를 고갈시키고, 옷가지를 비롯한 모든 생활용품도 태우며 집도 모두 허문다. 주민들은 보복과 약탈을 막기 위해 방어시설로 대피시켰다. 내가 도요토미 히데요시와 가토 기요마사 시마즈 요시히로를 부산항에서 고사시키려고 하였기 때문에 독이 오른 일본군들의 보복이 우려되었다. 특히 이런 전술은 미리 쓰는 것이 아니라 적이 며칠에서 하루 정도 거리에 있을 때, 또는 첨병이 발견하더라도 본진이 그 소식을 알 땐 이미 도착한 후일 정도의 거리에서 실시하면 그 위력은 막강하다.

　　'점령했더니 황폐하더라.'

　　조선 수군들이 장거리 전투로 지쳐 있었고, 강제징집 병사라, 새벽녘 기습에 배에 승선하지 않았기에 실제 모두 탈영한 것으로 봐야 한다. 그럼에도 조선 조정은 모두 전멸이란 용어를 사용하고 있다. 칠천포구에 정박하고 군인들이 승선한 경우는 반절로 봐야 하고 대부분 육지에 하선하여 있었기에 저항할 수 없었다.

영리, "배설 장군이 해전에 투입된 계기는 이순신이 3도 수군통제사로 있으면서 왜군들이 부산에 상륙함에도 출병하지 않았기 때문입니다. 임진왜란 당시도 이순신은 선조가 북쪽으로 도망하든 말든 한산도만 지켰습니다. 그러나 왜군 14만의 출병을 지켜만 봐야 할 것 같은 정유재란의 상황에서 왜군이 부산항에 상륙해 버립니다. 부랴부랴 이순신에게 속은 선조가 이순신을 파직시키고 원균으로 대체합니다. 선조와 원균은 나라의 운명을 걸고 배설 장군이 선봉을 맡게 합니다. 해적으로 양성된 왜군의 근접전에 정면 대응을 요구하여 패배합니다. 따라서 이건 아니다, 왜군을 유인해서 심해에서 함포로 결판내자고 주장하지만, 권율이 이순신이 파직된 데 앙심을 품고 원균을 다그쳐 일을 그르치고 말았습니다."

1597년 6월 26일 선조실록에는 조선 수군을 4개 부대로 편성하여 왜적에 대항하여 해전에 임하도록 한 기록이 아래와 같이 소개되고 있다.

"비록 우리나라 수군이 오랫동안 바다에 있으면서 낱낱이 소탕해 막지는 못하더라도 현재의 선박을 합쳐 몇 개 부대로 나누되 배설裵楔은 경상우도의 배로 1개 부대를 만들고, 이억기李億祺는 전라우도의 배로 1개 부대를 만들며, 최호崔湖는 충청도의 배로 1개 부대를 만들고, 원균元均은 그가 거느린 선박으로 1개 부대를 만듦으로써 한산도를 굳게 지켜 근본을 삼고 부대별로 교대로 해상에 나가 서로 관측하게 해야 합니다."

정유재란이 1597년 1월에 발발하였지만, 조선 수군이 거제도와 육지 사이의 견내량과 부산 앞바다 물마루까지 진격하여 작전을 펼치므로 결과적으로 일본군은 쉽게 전선을 확대하지 못했고, 조선군과 대치만 6개월 이상 하고 있었다. 임진왜란에 20일 만에 한양이 함락된 것과는 다른 것이다. 도망 다니는 일본군을 추격하는 해전을 벌어 육지를 보호하였다. 주 전장을 육지가 아닌 바다로 만든 것은 원균 통제사의 일심 순국의 투혼 때문임은 분명하다.

패전에 대한 조정 중론

선조 90권, 30년(1597 정유 / 명 만력萬曆 25년) 7월 22일(신해) 2번째 기사

선전관 김식金軾이 한산閑山의 사정을 탐지하고 돌아와서 입계하였다.

"15일 밤 2경에 왜선 5~6척이 불의에 내습하여 불을 질러 우리나라 전선 4척이 전소 침몰되자 우리나라 제장들이 창졸간에 병선을 동원하여 어렵게 진을 쳤는데 닭이 울 무렵에는 헤아릴 수 없이 수많은 왜선이 몰려와서 서너 겹으로 에워싸고 형도刑島 등 여러 섬에도 끝없이 가득 깔렸습니다. 우리의 주사舟師는 한편으로 싸우면서 한편으로 후퇴하였으나 도저히 대적할 수 없어 할 수 없이 고성 지역 추원포秋原浦로 후퇴하여 주둔하였는데, 적세가 하늘을 찌를 듯하여 마침내 우리나라 전선은 모두 불에 타서 침몰되었고 제장과 군졸들도 불에 타거나 물에 빠져 모두 죽었습니다. 신은 통제사 원균元均 및 순천 부사 우치적禹致績과 간신히 탈출하여 상륙했는데, 원균은 늙어서 행보하지 못하여 맨몸으로 칼을 잡고

소나무 밑에 앉아 있었습니다. 신이 달아나면서 일면 돌아보니 왜노 6∼7명이 이미 칼을 휘두르며 원균에게 달려들었는데 그 뒤로 원균의 생사를 자세히 알 수 없었습니다. 경상 우수사 배설裴楔과 옥포玉浦·안골安骨의 만호萬戶 등은 간신히 목숨만 보전하였고, 많은 배들은 불에 타서 불꽃이 하늘을 덮었으며, 무수한 왜선들이 한산도로 향하였습니다."

선조 90권, 30년(1597 정유 / 명 만력萬曆 25년) 7월 22일(신해) 3번째 기사

원균이 지휘한 수군의 패배에 대한 대책을 비변사 당상들과 논의하다. 상이 별전에 나아가 대신과 비변사 당상을 인견하였는데 영의정 유성룡柳成龍, 행 판중추부사 윤두수尹斗壽, 우의정 김응남金應南, 행 지중추부사 정탁鄭琢, 행 형조 판서 김명원金命元, 병조 판서 이항복李恒福, 병조 참판 유영경柳永慶, 행 상호군 노직盧稷, 좌승지 정광적鄭光績, 주서 박승업朴承業, 가주서 이성李惺, 검열 임수정任守正, 이필영李必榮이 입시하였다. 상이 김식金軾의 서계를 대신들에게 내보이면서 이르기를,

"주사舟師가 전군이 대패하였으니 이제는 어찌할 도리가 없다. 대신이 도독과 안찰按察의 아문에 가서 이 소식을 알려야겠다." 하고, 또 이르기를,

"충청과 전라 두 도에 남은 배가 있는가? 어떻게 할 수 없는 일이라고 핑계만 대고 그대로 둘 수 있는가. 지금으로서는 남은 배로 수습하여 방어할 계책을 세우는 길뿐이다." 하였다. 좌우가 모두 한 마디도 말하는 자가 없이 한참 동안 침묵을 지키니, 상이 소리 높여 이르기를,

"대신들은 어찌하여 대답하지 않는가? 이대로 방치한 채 아무런 방책도 세우지 않을 셈인가? 대답을 않는다고 왜적이 물러나고 군사가 무사하게 될 것인가." 하니, 성룡이 아뢰기를,

"감히 대답을 드리지 않으려는 것이 아니고 너무도 민박한 나머지 계책

을 생각지 못하여 미처 주달하지 못하는 것입니다." 하였다. 상이 이르기를, "주사 전군이 대패한 것은 천운이니 어찌하겠는가. 원균은 죽었더라도 어찌 사람이 없겠는가. 다만 각도의 배를 수습하여 속히 방비해야 할 뿐이다." 하고, 또 이르기를, "척후병도 설치하지 않았단 말인가? 왜 후퇴하여 한산閑山이라도 지키지 못했는가?" 하니, 성룡이 아뢰기를,

"한산에 거의 이르러서 칠천도七川島에 도달했을 때가 밤 2경이었는데 왜적은 어둠을 이용하여 잠입하였다가 불의에 방포하여 우리 전선 4척을 불태우니 너무도 창졸간이라 추격하여 포획하지도 못하였고, 다음날 날이 밝았을 때에는 이미 적선이 사면으로 포위하여 아군은 부득이 고성으로 향하였습니다. 육지에 내려 보니 왜적이 먼저 하륙하여 이미 진을 치고 있었으므로 우리 군사는 미처 손쓸 사이도 없이 모두 죽음을 당하였다고 합니다." 하였다. 상이 이르기를,

"한산을 고수하여 호표虎豹가 버티고 있는 듯한 형세를 만들었어야 했는데도 반드시 출병을 독촉하여 이와 같은 패배를 초래하게 하였으니 이는 사람이 한 일이 아니고 실로 하늘이 그렇게 만든 것이다. 말해도 소용이 없지만 어찌 어쩔 수 없는 일이라고 방치한 채 아무런 대책도 세우지 않을 수 있겠는가. 남은 배만이라도 수습하여 양호兩湖 지방을 방수防守해야 한다." 하니, 항복이 아뢰기를,

"지금의 계책으로는 통제사와 수사水使를 차출하여 계책을 세워 방수하게 하는 길밖에 없습니다." 하자, 상이 이르기를, "그 말이 옳다." 하고, 또 이르기를, "적의 수가 매우 많았으니 당초에 풍파에 쓸려 죽었다는 설은 헛소리였다. 그들을 감당하지 못하더라도 한산으로 후퇴했더라면 형세가 극히 좋고 막아 지키기에도 편리하였을 것인데 이런 요새를 버리고 지키

지 않았으니 매우 잘못된 계책이다. 원균이 일찍이 절영도絶影島 앞바다에는 나가기 어렵다고 하더니 이제 과연 이 지경에 이르렀다. 내가 전에도 말했거니와 저 왜적들이 6년간을 버티고 있는 것이 어찌 한 장의 봉전(封典 3874)을 받기 위해서였겠는가. 대체로 적의 배가 전보다 대단히 크다고 하는데 사실인가?" 하니, 김응남이 아뢰기를,

"그렇습니다." 하였다. 상이 이르기를,

"대포와 화전火箭도 배에 싣고 왔는가?" 하니, 명원이 아뢰기를,

"이는 알 수 없고 김식金軾의 말에 의하면 왜적이 우리 배에 접근하여 올라오자 우리 장사들은 손 한 번 써보지도 못하고 패몰되었다고 합니다." 하고, 정광적은 아뢰기를, "아군은 칠병포七柄砲만을 쏘았다고 하니 참으로 마음 아픈 일입니다." 하였다. 상이 이르기를,

"평수길平秀吉이 항상 말하기를 '먼저 주사를 격파한 다음에야 육군을 노획할 수 있다.'고 했다 하더니 이제 과연 그렇게 되었다." 하니, 노직이 아뢰기를,

"9일의 싸움에서는 군졸들이 겁을 먹어 화살 하나도 쏘지 못하였다고 합니다." 하자, 상이 이르기를,

"이미 지난 일을 논의하면 무슨 도움이 있겠는가. 일변으로 통제사를 차출하여 남은 배를 수습하면서 일변으로는 도독부에 알리고, 또 일변으로 중국 조정에 주문奏聞해야 할 것이다." 하였다.

상이 항복에게 이르기를, "전군이 모두 패몰 되었는가, 혹 도망하여 살아남은 자도 있는가?" 하니, 항복이 대답하기를, "넓은 바다라면 패전하였더라도 혹 도망하여 나올 수 있지만 지금 이 상황은 그렇지 않아 비좁은 지역에 정박하였다가 갑자기 적선을 만나 궁지에 몰려 하륙하였으니 대

체로 전군이 패몰 되었을 것입니다." 하였다. 상이 해도海圖를 살펴보며 항복에게 가리켜 보이면서 이르기를, "후퇴해 나올 때, 견내량見乃梁에 이르기 전에 고성에서 적병을 만나 이와 같이 패배를 당했단 말인가? 저쪽을 경유하였다면 한산으로 쉽게 퇴진하였을 것인데 이곳을 경유하여 패배를 당하였는가?" 하니, 항복이 이르기를, "그렇습니다." 하고, 성룡이 아뢰기를, "한산을 잃는다면 남해는 요충 지대인데 지금 이곳도 필시 적의 점거지가 되었을 것입니다." 하였다. 상이 이르기를,

"영상도 남해를 근심하고 있는가?" 하자, 성룡이 아뢰기를, "어찌 남해만 근심이 되겠습니까." 하니, 상이 이르기를,

"이 일은 어찌 사람의 지혜만 잘못이겠는가. 천명이니 어찌하겠는가." 하였다. 명원이 아뢰기를,

"장수를 보낸다면 누가 적임자가 되겠습니까?" 하고, 항복이 아뢰기를, "오늘날의 할 일은 단지 적절한 인재 선발에 있습니다." 하니, 상이 이르기를, "원균은 처음부터 가려고 하지 않았으나 남이공의 말을 들으면 배설도 '비록 군법에 의하여 나 홀로 죽음을 당할지언정 군졸들을 어떻게 사지에 들여보내겠는가.'라고 했다고 한다. 대체로 모든 일은 사세를 살펴보고 시행하되 요해처는 고수해야 옳은 것이다. 이번 일은 도원수가 원균을 독촉했기 때문에 이와 같은 패배가 있게 된 것이다." 하였다. 상이 이르기를,

"우리나라는 지금까지 적세를 알지 못하고 입으로만 늘 당병唐兵 당병이라고 하였는데, 만약 왜적이 움직인다면 수천에 불과한 중국 군사가 방어할 수 있을 것인가. 그들이 이런 말을 들으면 반드시 나를 겁쟁이라 여겨 그들의 조소를 받을 것이나 마 도독의 군사는 만 명도 채 못 되고 양

원楊元의 군사도 3천 명 정도이니 어떻게 남원을 지킬 수 있겠는가. 만약 적이 돌아서 호남 연해에 정박한다면 남원 지방 정도는 마치 큰길 가운데 손가마를 놓아둔 것과 다름이 없는데 양원이 홀로 방어할 수 있겠는가. 만약 중국의 군사가 많이 집결되면 서로西路는 그런대로 보존할 수 있을지도 모르나 하삼도下三道는 수습하기가 어려울 것이다." 하니,

항복이 아뢰기를, "왜적이 혹 광양·순천으로 향하면 양원이 혼자 지킬수가 없습니다." 하고, 성룡이 아뢰기를, "지금은 중국의 군사를 믿을 만하지 못하니, 마땅히 남은 배로 강화江華 등지를 수비해야 합니다." "적이 강화로 밀고 들어온대요, 겁주는거죠." 하고, 윤두수는 아뢰기를, "비록 잔여 선박이 있다 하더라도 군졸을 충당하기가 어려우니 아직은 통제사를 차출하지 말고 각도의 수사로 하여금 우선 그 지방의 군졸을 수습하여 각기 지방을 지키게 하는 것이 어떻겠습니까?" 하고, 성룡이 아뢰기를, "산동山東의 수군이 나온다 하더라도 풍랑이 점점 높아질 때이니 그들이 반드시 온다고 믿기는 어렵습니다." 하니, 상이 이르기를,

"중국군이 온다 해도 왜적이 어찌 두려워할 리가 있겠는가. 많은 사람이, 중국군이 나오기만 하면 왜군은 저절로 물러갈 것이라 하지만 이 말은 틀린 말이다." 하고, 또 이르기를,

"한담을 아무리 늘어놓는다 해도 국가의 성패에는 도움이 안 된다. 대신이 먼저 도독과 안찰에게 가서 알리는 한편 일변으로 주사舟師를 수습해야지 그밖에 다른 선책은 없다." 하였다. 상이 이르기를,

"내 말이 지나친 염려인 듯하지만, 중국 장수들은 늘 우리 주사를 믿는다고 했는데 지금 이같은 패보를 들으면 혹 물러갈 염려가 있으니, 만약 그렇게 될 경우에는 어떻게 해야 하는가?" 하니, 항복이 아뢰기를, "아마

도 경솔하게 물러가지는 않을 것입니다." 이에 "한산은 왜적과 가까운 거리에 있으므로 외로운 군사로는 지킬 수 없을 것이니 조금 후퇴하여 전라우도를 지키게 하는 것이 좋을 것이다." 하니, 성룡이 아뢰기를, "그렇게 하면 결국 남해를 빼앗기고 말 것입니다." 하였다. 상이 이르기를, "내가 확실히 알지는 못하나 지금 주사가 패몰되었다는 소문이 전파되었다면 남방 인심이 이미 놀라 흔들릴 것이니 다시는 어떻게 할 도리가 없을 것이다. 그러나 어떻게 할 수 없다고 하여 아무런 계책도 세우지 않을 것인가. 어찌 죽기만을 기다리고 약을 쓰지 않을 수 있겠는가. 단지 '민박' 두 글자만 부르짖는다고 왜적이 물러나 도망하겠는가." 하니, 성룡이 아뢰기를, "남해와 진도를 지키다가 감당하지 못하면 물러나서 다른 요새지를 택하여 지키는 것이 옳을 것입니다." 하자, 상이 이르기를,

　"우리나라는 위로 중국이 있으니 왜적의 소유가 될 리는 없다. 그러하니 모든 일에 할 수 있는 데까지 힘을 다하여야 할 것이다." 하였다.

　영리, "국정에 임하는 대신들이 오직 이순신의 복직에만 매달려 대책 자체가 없으며, 배설이 12척의 병선을 퇴각했음에도 이를 비밀로 하고 있다. 선조가 직접 충청 전라에 한 척의 전함도 없느냐고 물음에도 없다고 하고 있다. 동인 조정은 아 측 남은 배가 한 척도 없이 전멸했다고 보고했다. 이로써 배설의 12척 군함과 병사를 지휘함이 밝혀지면 내전이 발생할 상황이다. 누명을 씌워 진실을 은폐하지 않으면 모두 몰살당할 상황이 되고 말았다. 이 때문에 이순신이 숨겨 둔 전함을 호통쳐서 찾아냈다고 하는 것이다. 일본군은 기습으로 전투에는 승리했으나 '사냥개들의 곰사냥'이라 한 거대한 전함은 사냥에 실패했다. 이로써 서해 해로 한양 상륙작전은 중단되었음에도 조정은 놀라서 정신을 못 차리고 있었다."

나는 이순신 장군과 권율 도원수가 칠천 해전 기습공격을 바라보면서 춘원포에서 무엇을 느꼈을까 궁금하다. 아군들이 육로 50리에 시마즈 요시히로의 부대가 매복되어 있음을 도원수부는 전혀 몰랐다는 것은 경계에 있어 도원수의 실패가 분명했다. 원균 통제사야 멀리서 해로를 따라 왔으니 척후에 실패했다고 해도 춘원포의 도원수부는 아군의 퇴각에 수백 기의 군사도 보내지 못할 정도로 겁에 질려 있었단 말인가? 이는 육군과 수군의 합동 작전을 하는 일본 측에 비해 아군이 정보력뿐만 아니라 전반적인 능력에서 크게 떨어져 있음을 말해준다. 부산 일대 바다 자체가 일본군들로 빠글빠글한데 척후를 하고 말 것이 어디에 있나? 비록 조선 수군이 대패했지만, 일본군들에게 가한 7개월간의 작전은 대단한 충격을 준 것이었다. 칠천 해전을 기획 명령을 내린 장수는 원균이 아니라 권율 장군이었는데, 그는 쏙 빠지고 원균이 패전의 책임을 짊어지고 전사했다. 만일 승리했다면 전공은 누가 차지했겠느냐?

영리, "동인은 대역 죄인인 이순신을 복귀시키고자 패전을 기회로 이용하여 물고 뜯고 까발리고, 조정 대신들의 권력 투쟁 모습을 보니 한심하구나!"

실제 조선 수군은 1만 5천여 명 남아 있었으며, 배는 판옥선 120여 척과 협선 130여 척을 보유하고 있었다. 일단 원균이 일부러 적을 깨부수기 위해 조선 수군의 모습을 드러내며 무력시위를 했다. 백 척 또는 이백 척으로 바다 위에서 시위한다.(상소문) 하지만 일본군이 나타난 건 해전으로 싸우기 위해서가 아니다. 이 과정에서 권율의 지원이 전혀 없었다. 그는 아군에 대한 선물로 통제사에게 곤장만을 주었다. 경상 우수영 12척이 기습한 적과의 교전으로 삼중의 포위망을 뚫고 나가면서 치열한 전투가 벌어졌다. 끝내 적과 교전을 한 수십 척은 몰살되었다. 원균의 춘원포 퇴각은 권율의 지원을 받으려 했지만, 거절당한 것이다. 이는 다른 말로 왜적과 내통한 것으로 보인다. 견내량으로 내가 탈출을 지시하고 추격하는 적군 8척을 격침시켰기에 적들은 추격을 중단했다. 원균이 통제사로 부임한 이후로 실제로 강제 징집된 병사들의 이탈이 많았다. 원균 통제사가 할 수 있는 일은 마지막까지 싸우는 것밖에 없었다. 그리고 그는 싸우기 위해 춘원포로 올라갔으나 따르는 이가 없었다. 이미 권율과의 관계 때문에 군부의 누구도 그를 신뢰하지 않았다. 초반 원균이 임명된 시절의 부산포 해전을 보면 중간마다 이 섬 저 섬을 들르면서 쉬고, 작전을 재구상하게 하고 적을 제압하였음에도 권율의 다그침이 계속되었다. 부산포 진격 명령의 경우 부산포까지 진격하면서 물도 없었고, 쉬지도 못 했다. 그만큼 권율은 부근에 수시로 출동하여 다그쳤다. 아무래도 감정의 골이 깊어 보였다. 나라의 군무를 맡은 장수들의 행위로서는 유치했다.

조선 수군은 열심히 노를 저어 칠천량에 정박했고, 권율이 그를 원수부로 불러 곤장을 때렸다. 원균이 마음 놓고 척후도 보내지 않은 것은 적어도 원균 통제사가 생각하기에는 매번 일본군들이 도망해서 전투가 되지 않았으니, 이번에도 일본군은 전투를 회피할 것이고, 앞으로도 그럴 것이라는 예상에서였다. 일본군은 웅천 전투 패배 이후 매번 조선군을 피해 다녀서 전투가 안 되었음에도 권율은 적들을 쓸어버리지 않는다고 다그쳤다.

어느 날 일본군의 기습 화공이 있었으나 피해는 그리 없었다. 나무배를 화공 정도로 가라앉히는 건 힘들다. 기습한 적은 도망갔지만 전군은 혼란에 빠졌다.

원균은 패배를 예상했다. "명령을 어기면 우리 세 사람이 죽을 뿐이나, 명령에 따라 진군하면 나랏일이 크게 욕될 것이다."

영리, "부산 해전을 이긴다는 것은 전략적으로 절대 불가능이다. 부산이 당시 일본군의 본진이나 마찬가지였고, 칠천량에서의 승리는 곧 일본 수군의 괴멸을 뜻하는데, 그렇다면 조선 내 상륙한 일본군 또한 물자를 보급하지 못해 괴멸할 테고, 임진왜란은 조선의 압도적인 승리로 끝나며, 오히려 명나라와 조선이 연합해 일본 본토를 침공할 수도 있었을 것이다.

내가 원균 장군에게 제시한 전략으로 보면 일단 왜군을 육지에 상륙시켜서 조선의 육군과 함께 교전하고 수군(원균)은 그 배후를 쳐서 앞뒤 양동작전을 구사해 적을 사실상 몰살시키는 섬멸전을 계획한 것이다. 만약 왜가 이 전략을 알았다면 도하를 해오지 못했을 가능성이 매우 크다.

왜냐하면, 수군이 존재하는 한은 자신들의 배후가 언제라도 끊길 위험성이 있기 때문에 수군을 어떻게든 궤멸시켜야 한다는 전제가 따르기 때문이다. 나의 이러한 생각을 조정은 받아들여 주지 않았다. 만약 왜군이 이걸 모르고 조선의 수군이 존재하는 상황에서 도하를 하게 되면 이제 작전에 걸리게 되어 사실상 도하해온 모든 전력이 궤멸당하는 최악의 상황까지 나올 수 있었다. 그러니 일본군이 육지로 못 올라간 것이 아닌가? 시간은 조선 수군들에게 유리하게 진행되고 일본군은 초조함에 빠진 것인데, 동인 군부들이 망친 것이다.

원균의 요청대로 이 당시에 조선 육군과 수군이 연합하여 부산의 요충지에서 왜군의 진격을 막아내기만 했어도 그 배후는 조선 수군이 차단하여서 사실상 적군의 사기를 저하시키고 군량까지 모조리 말소시켜버릴 수 있었고 조선군은 성만 지키면 되었다. 식량 부족과 사기 저하 그리고 퇴로 차단으로 인해 왜군은 사실상 항복 아니면 할 게 없어지는 절박한 상황이었다.

조선 수군의 칠천량 주둔을 일본군이 알고 야밤에 기습했다. 사실은 이때 원균이 수군을 재정비하여 대응하고 후퇴했다면 패배는 하더라도 전멸은 면했다. 그러나 원균은 배를 다 스스로 격침하여라 명하고 수군을 육지로 이동하여 육전을 실시하고자 하였다. 그러나 이미 밀리고 도주하는 조선군을 추격, 사살하는 상태에서는 전투가 될 수 없었다. 일본 육군에게 조선군은 그 당시가 아니라도 결국 도주한 군사들이 하나하나 잡혀 포로가 되었다. 원균의 독단적인 단병전 선호가 문제로 주원인은 선조와 조정이 일본 수군의 근거지인 부산을 선제공격하여 단병전을 하라는 권율의 명령이었다. 한산도에서 부산까지 간다는 것이 만만치 않다. 지금이야 뭐~ '페리호나 아니면 여객선과 같은 제트 엔진이 있는 그런 선박들'이 있으니 속력을 내면 되지만, 그때에는 순수 사람의 인력과 자연의 풍력으로 움직이는 거다. 그렇기에 중간에 한두 번쯤 내려 보급 받고 쉬어야 했다.

원균은 부산까지 향하는 길에 단번에 급습할 요량으로 서너 번 쉬게 되는데 그러니 가는 길에 배 안에는 노를 젓는 비전투원이 피로에 지쳐 '녹다운'이다. 그런 모든 부분을 일본 수군이 간파한 것이다. 그리고 지친 상태에서 적진 가운데 칠천량 포구에 주둔하게 되면, 노비들로서 강제 차

출된 굶주린 병사들이 배를 지키겠는가? 모두 육지에 내린 빈 배인데 새벽녘에 기습을 당하면 포구에 내린 병사들이 죽으려고 배에 오르겠는가? 그러니 배를 버리고 말고 할 것 없이 춘원포로 퇴각해서 소수의 병력이라도 집결하고자 하는 바를 왜 모르겠는가?

사실 칠천량 해전에서 대응한 병사는 사살되었다. 전투 다음날 포로로 잡힌 병사들은 일본으로 실려 갔다. 칠천량이란 거제 옆인데 칠천도와 거제 옆 사이에 흐르는 좁은 바닷길을 의미하는 것으로 그 좁디 좁은 수로 안에 대규모 선단이 그것도 무방비 상태로 들어서게 되고 수로 입구를 일본군이 꽁꽁 에워싸듯 막아버리게 되면 조선군은 바닷길로는 어디로 나아갈 곳이 없다. 넓은 바다로 나아가고 싶어도 진도의 명량처럼 좁은 수로의 경우 회오리 치는 조수들이 생기는 경우도 있다. 그러니 판옥선이나 거북선과 같은 조선의 주요 선박들이 이리 흔들리고 저리 흔들려 큰 바다로도 나갈 수 없는 형국이 되는 것이다. 군사들은 대부분 물에 수장되었다.

원균이 강행군을 무리하게 시켜 지친 병사들이 섬에 상륙해 물을 찾는 동안 일본 해군이 포위해 왔고 조선 수군은 전멸했다. 일본은 이 상황을 만들어내고 조선 수군을 철저히 부수기 위해 전 병력을 동원한 것이다. 일본의 쿠키 요시타카와 도도 다카라는 경상 우수영의 12척의 장작귀선을 잡아 파괴하는 것을 주목적으로 하는 등선 육박전을 기습 감행한 것이다. 일본이 그리 당당하다면 기습을 할 이유가 없었다. 조선 수군이 막강하니 조정의 첩자들로부터 정보를 받아서 조선 수군을 괴멸시키고 그를 통해 동인들은 군부를 장악하고 권력을 유지하려 한 것이 눈에 보인다. 일본군과의 밀약이 의심되는 것이 당연하다. 왜장 가토의 상륙을 동인 군부가 첩보를 입수하고 그 대가로 원균을 적에게 내준 것이 아닌가?

조선의 수군을 적에게 내준 것이라 추정된다. 선조 대왕마저 '이는 하늘에 뜻이다.'라고 자탄했는데, 알지만 어쩌겠는가 하는 자조이다. 나라 조정이 패를 갈라서 싸우면 백성들 보기에 재미있겠지만, 나라가 망한다.

영리, "1천여 척의 왜군 함대의 기습공격으로 생지옥으로 변한 칠천량 해전에서 삼중의 포위망을 뚫고 살아남는 것이 재주로 되는 것이 아니다. 위중한 시기에 절대 불리한 상황을 뚫고 나오는 구국정신과 다른 장수에게 군권을 넘기고 미련 없이 귀향하는 것은 본받을 만하다."

1606년(선조 39) 나대용이 창선(鎗船, 승무원 42명의 쾌속 무장선)의 효용을 상소하는 가운데, '…거북선이 비록 싸움에 이로우나 사부(射夫, 사격수)와 격군(格軍, 노를 젓는 수부) 등의 수가 판옥선의 125인보다 적지 아니하고…'라는 내용이 있어, 창제 귀선의 최대 승선인원이 125~130인 정도임을 알 수 있다. 이순신의 임진년 12월 10일자 장계에는 '한 전선에 사부와 격군을 합하여 130여 명의 군사를…'이라는 언급이 있다. 명량대첩과 노량해전에 동원된 전함은 위의 기록들과는 다른, 경상 우수영의 대형 장작귀선 12척이다. 명나라 전함으로 임진왜란 당시 명나라 수군의 전투선으로 쓰인 '호선'은 약 10여 명이 탑승할 수 있는 작은 배였다. 명나라 수군은 볼품이 없었는데 임진왜란 당시 끌고 온 명나라 수군의 전투선은 '사선'과 '호선'이다. '사선'은 약 50여 명이 탑승하는 배였지만 조선의 판옥선에 비교하면 초라한 수준의 배였다.

1597년 9월 2일(난중일기)에 "이날 새벽에 배설이 도망갔다."라고 적었다. 1책에 나오는 배설의 비방기사는 처음부터 배설을 도망자로 설정하고 일기를 시작하고 있다.(난중일기 7월 21일자) 배설 장군에게 칠천량 전투의 책임을 묻고 군사와 전함이 있는 것을 보고하지 않은 채 조정에서 거듭하여 배설을 제거하려고 해도 선조가 허락하지 않자 모함을 하려 하는 내용으로 배설을 필주하는 내용은 2책에서 다시 8월 4일부터 중복하여 기록하고 있다.

금신전선상유십이 今臣戰船 尙有十二

  1597년 7월 22일, 아직 신에게는 12척의 배가 있사옵니다. 진실이 그러한가? 이순신 장군은 8월 18일까지 경상 우수군의 배에 탈 수 없었다. 그런데 이러한 7월 23일 조정에 보낸 장계는 이 배 12척을 일본군이 업신여기지 못할 것이라는 구절로 중요함을 강조했다. 또 일본군의 칠천 기습 작전명은 '사냥개들의 곰 사냥'이었다. 칠천 기습으로 일본군 14만이 노린 대상은 바로 12척의 곰으로 비견되는 대형 돌격선 장작 귀선이었다. 유성룡과 권율 이하 동인의 비호를 받는 장수들은 조정의 지지를 회복하기 위한 발버둥이자 생사를 건 모험을 하고 있었다. 이순신이 권율 막하에서 대역죄인 백의종군에서 풀려나서 임명장도 없이 긴급히 7월 23일 노량포로 나를 찾아와서 임금에게 올린 첫 장계가 '신에게는 아직 12척의 배가 있다.今臣戰船 尚有十二'이다. 이순신 장군은 8월 30일 내가 육전을 위해 하선하므로 겨우 나의 배를 인수받게 된다.

이순신 장군이 군권을 인수한 것은 8월 30일이고 경상 우도 수군은 조 방장 배흥 장군이 노량 해전까지 실질적으로 지휘하게 된다. 전함의 지휘가 아무나 금방 아무렇게나 할 수 있는 것이 아니다.

칠천에서의 기습으로 이순신 장군이 거느리던 전라 좌수영의 배 50여 척과 대포 기계를 작동할 정병이 전멸하였다. 절망 속에서 회령포에서 배설의 전함 12척과 장병 1,060명의 지원을 요청하는 장계를 도원수부에 띄운다. 그리고 선조에게도 "저런 배라면, 감히 왜군들이 우릴 업신여기지 못할 것입니다."라고 보고한다. 회령포에서 함선을 수리하고 있을 때 백의종군하고 있어야 할 이순신이 단신 필마로 찾아왔다. 나는 너무도 반가워 "통제사 반갑소, 국문을 받은 몸은 괜찮소?"라고 인사를 했다.

이 장군은 힘든 얼굴로 "설 장군, 나의 삶은 너무도 비관적입니다. 사형수로 백의종군의 하루하루, 살아가는 것이 의미가 없을 바에야 차라리 죽는 게 낫다고 생각만 듭니다."라 말했고 나는 통제사의 손을 잡으며 말했다. "진도로 가십시다. 명량 해협으로 가면 우리 12척으로 왜군의 서해 진출을 막을 수 있는 벽파진이 있습니다. 공을 세울 수 있어 사면을 받아 제기할 수 있을 것이오."

전시 군령을 펼치는 나로서는 내가 경상 수사로 있을 때 그는 전라수사로 있었기에 너무도 반가웠다. 대죄인의 국문에서 살아남았다는 것 자체가 반가웠고, 마음이 찡하게 애처로웠다. 그러나 함선 내부의 병사들에게는 인사는 시키지 않았다. 백의종군의 신분 탓이다.

우리의 배 주위를 맴돌았다. 나는 시급히 전함을 수리하여 서진하는 적을 막아야 했기에 이 공에 대한 연민은 버리기로 하였다. 조정의 패악에 내가 할 수 있는 군령은 제한되어 있어 가슴이 아파져 왔다.

"이 공의 무운을 빌겠소." 마지막 작별 인사를 하였다.

나는 말했다. "이 공은 육지의 군대에 합류하여 작전함이 공을 세워 사면 받기가 쉬울 것이요. 그러니 육군으로 힘을 합쳐 주시오." 나의 제안에 이순신 장군은 "나에게 기회를 주시오."라고 답했다.

나는 여러 군관께 물었다.

"백의종군 사형수는 전함에 승선할 수 있소?"

"아니 되옵니다."

영리, "이 공이 홀로 왜군과 싸운 적이 있었나? 모든 전투는 원균 휘하에서 원균 장군의 길 안내로 경상 우수영에서 객홀장으로 지원한 전투로 군사가 많았다는 것은 아닌가?"

영리조차 백의종군 사형수의 승선에 반대했다.

배설 장군의 명령에 따라 육지에서 군사를 모아 수군을 지원하는 것이 바람직해 보였고 죄인 신분으로 배에 오르는 것은 이치에 맞지 않다고 여겼다.

이순신이 진도珍島에 오니, 배와 기계가 쓸어버린 듯이 남은 것이 없었는데, 마침 경상 우수사慶尙右水使 배설裵楔이 전선戰船 8척을 거느리고 왔으며, 또 녹도鹿島의 전선 1척을 얻었다. 이에 배설에게 나아가 싸울 계책을 말하니, 배설이 말하기를, "일이 급박하니, 배를 버리고 육지로 올라가서 호남 진영湖南陣營을 택하여 싸움을 도와 공을 세우는 것만 같지 못합니

다." 하였으나, 이순신이 듣지 않으니…(제조번방지)

칠천 해전서 패배하여 퇴각하면서 청야 작전을 구사하여 적의 추격을 따돌렸음에도 경상 우수영 전함 12척과 2천여 병사들이 진도 해협에서 병선의 수리와 군량의 확보를 위해 진지를 구축하는 것이 무엇보다 1분 1초가 급한 사항이었다.

첩보망인 '강강술래 팀'이 주는 정보는 왜군들이 이미 해남까지 추격하여 진지를 구축하고 있다는 정보였다. 우리 함선은 대형 함선이라 이러한 것을 확인하려 출동할 수 없다. 그러나 첩보를 가져오는 백성들을 만나보면 이미 적들도 해남 앞바다에 진을 구축하여 일제히 공격하려는 것이다. 내가 진도 명량 '울돌목'을 주목하는 것은 이곳에서 적들을 쓸어버리고자 하기 때문이다. 기어코 이 바다에서 모두 수장시키리라 다짐해본다. 칠천 해전에서 삼중의 포위망을 뚫고 조선 수군이 전멸할 때 겨우 전함 12척과 병사 약 2천여 명을 구해 장장 작전 반경 430km의 청야 작전을 수행하며 겨우 회룡포에 도착하여 죄인 신분인 백의종군 이순신 장군을 만남은 잠깐이었다.

"다시 전투준비를 하고 있소."

그런데 느닷없이 부하도 계급도 없는 백의종군 이순신 장군이 나타나서 아군의 함대를 검열해 보자고 한다. 어떤 지휘관이라고 해도 사사로이 그렇게는 할 수 없는 것이 천하의 이치였다. 물론 한때 함께 일하고 매우 긴밀한 우정이 있었음은 사사로운 사적인 감정이었다. 권율 도원수는 칠천 패전을 기다리기나 한 듯이 이순신 장군을 임시 수습 장군으로 파견한다.

영리, "배설 장군 입장에선 굴욕적인 일이 아닐 수 없다."

노량진

1597년 7월 23일 백의종군 이순신은 노량진鷺梁津으로 장장 200km를 기적적으로 항해하는 경상 우도 수군의 12척의 패잔선 앞에서 긴급히 한 통의 장계를 띄운다. 이순신은 그저 보고 들은 상황을 정리하여 최초의 다음과 같은 보고서를 원수부에 올렸다.

1. 경상 우수사 배설은 전의를 상실하고 전쟁 공포증에 걸려 있음.

2. 군함 1척당 190명이 필요한데 현재 겨우 90명 이하로 격감되어 있음.

3. 군량미가 부족하여 12척의 함대 장병들이 기아 상태에 있음.

4. 전선 함포용 화약, 피사체 등이 절대 부족한 상태임.

(배설 장군을 난처하게 만드는 논란의 여지가 다분한 보고서다.)

1597년 7월 23일 이순신의 장계에서 나의 전함은 승선인원이 약 200명이라고 밝혔다. 대부분 조선의 판옥선은 규모가 60~70명을 수용할 수 있었고 개량된 것은 기존의 판옥선에 지붕과 귀두를 설치하고 대포를 장착한 것으로 최대 승선 인원이 130명 이내이다. 그리고 병영마다 형식적으로 한두 대 정도 보유하여 실제 전투에 사용되기 어려웠다. 이순신의 장계는 실로 나에게는 난처한 것이었다. 특히 동시에 조정에 전함 12척을 찾아냈다고 장계를 올림으로 나의 입지는 더욱 좁아졌다. 이 공이 이런 장계를 올릴 줄은 몰랐다.

군 수뇌부는 나를 단신 도주 중이라고 하며 실권시키고 있었고 조정의 모든 눈과 귀를 막았다. 7월 16일 패전 소식은 17일 도원수 권율에게, 18일 이순신에게, 21일경 조정에 알려진다. 문약한 불통 조정은 경악하였지만, 사태 해결의 뾰족한 수를 찾지 못하고 있었다.

이 장군은 장작귀선 12척을 보았다.

"장군 대단하시오, 장군 배를 둘러보고 싶소."

영리, "장군, 김시민 장군이 유숭인 장군을 성내로 들여놓지 않았듯이 이순신을 배에 오르게 하면 안 됩니다. 그는 죄인입니다. 통촉하시옵소서."

아무리 친분 관계가 있다지만 전투를 수행하는 장군으로서 사사로이 대역 죄인 신분이던 이순신 장군을 배에 오르게 할 수는 없었다.

"미안하지만 장군, 배에 올라오는 것은 불가하오. 이해를 구하오."

실제 경상 우수영의 장작귀선은 왜군들이 보기만 해도 후덜덜 떨게 되는 무서운 전함이었으나 작전상 착오로 칠천량 해전에서 기습을 당했으니 너무도 뼈아픈 일이었다.

영리, "백의종군으로 수군이(부하가) 한 명도 없는 장수였으나 배설 장군 덕택으로 해전에 참가할 수 있게 되었습니다. 역시 우리 장군님의 아량은 보통이 아닙니다."

원균 장군이 용맹하고 중과부적인 침략 적군과 대결을 선택함은 매우 높은 공심의 발로로 욕할 계제가 아니다. 당연히 그런 마음을 이해할 수 있다. 전쟁 준비나 무기의 준비에 소홀한 우리 부대의 현실을 도외시하고 무리하게 적을 공격한 점이 안타까울 따름이었다. 우리 군대가 유리했다면 그런 공격이 좋았을 것이다. 그렇다고 우리 군이 약하다고 여타 장수들처럼 적을 피해 다닐 수는 없었다. 그래서 그의 마음을 이해한다.

'장군, 공명심만 내지 말고 방어만 하소. 정치 논리에 바보처럼 희생되지 말고 일본군이 나타나면 앞에 나서는 배들만 함포로 때리고, 지키기만 하라고.'

장작귀선 12척은 당시 콜럼버스가 세계 일주를 한 배들과 비슷한 크기의 전함이었고, 명나라 등자룡의 중국 배는 호선이라고 해서 겨우 10명에서 30명 정도 타는 소형배였다. 전라 좌수영의 판옥선들이 보통 승선인원이 90명이었는데 비해 장작귀선은 승선인원이 약 200명 정도로 일본배의 두 배 가량 되었다. 조선 판옥선의 갑절의 크기이다.

"후덜덜하군요."

"왜 판옥선이 세키부네에 박기만 해도 일본군이 요단 강을 건넜는지 알 것 같군요?"

이순신 장군은 백의종군사로 회룡포에서 우리 장작귀선을 바라보고 놀라움을 감추지 못했다. 아마도 입을 다물지 못하고 배 밑에서 왔다 갔다 무슨 생각에 잠긴 듯하다. 그는 그 자리에서 장계를 올렸다.

"포르투갈 선교사 루이스 프로이스의 기록을 보면, '이전부터 조선인은 일본 배를 찾는데 혈안이 되어 있었기 때문에 그들과 조우하자 큰 소리를 지르고 기뻐하며 배를 몰아 일본의 함대를 공격했다. 조선의 선박은 높고 튼튼하게 만들어졌기 때문에 일본 배를 압도하였다.'라고 쓰어 있다."

> 1597년 7월 22일 맑다. 아침에 배설(경상 우수사)이 찾아와서 만나보니 원공(원균)이 패하여 도망친 일을 많이 이야기하였다. 늦게 남해 현령 박대남이 있는 곳에 갔더니 그의 병세는 이미 거의 회복 불능의 상태였다. 전마를 끌고 갈 일을 다시 이야기했더니, 남해 현령은 종 평세와 군사 1명을 보내라고 하였다. 오후에 곤양에 이르러 몸이 불편하므로 그대로 잤다.(난중일기)

"1582년의 혼노지의 변으로 오다 노부나가(1534~1582)가 넘어진 후, 야마토국의 지배자가 된 도요토미 히데요시(1536~1598)는 다음의 목표로서 명의 정복을 결의했다. 이미 히데요시는 1586년부터 2,000척의 배를 건조하기 시작해 1587년에는 조선군의 힘을 측정하기 위해, 26척으로 구성된 습격 부대를 조선 남해안에 파견해, 조선군은 문제가 되지 않는다고 결론을 내었다. 분로쿠의 역文禄の役을 준비하기 위해 병력, 병참 수송을 위해서 2,000척의 배를 준비했다. 한반도를 통해 육로로 명에 침공할 계획을 세웠고 그것을 위해 조선을 야마토국에 복속시키는 교섭을 측근의 고니시 유키나가와 대마도의 소 요시토시宗 義智(1568~1615)에 명령했다. 명의 책봉 체제하에 있던 조선과의 교섭이 결렬되자, 1591년 8월에 히데요시는 당방문을 선언하여, 제1대로부터 9번대까지의 9군단 총원 15만 8,000명 정도의 조선 출병 군세를 편성해, 오사카성으로부터 이동하여 나고야 성(현 사가현 카라츠시 친제이쵸 나고야) 전선 사령부에서 출병했다. 왜군倭軍이 편성

됐다."

그날 밤, 왜적의 배가 기습하여 우리 진영은 크게 무너졌다. 원균은 도망하여 바닷가에 이르러 배를 버리고 언덕으로 기어올라 달아나려고 하였으나, 몸이 비대하여 소나무 밑에 주저앉고 말았고 좌우 사람들은 다 흩어져 버렸다. 어떤 사람은 그가 왜적에게 죽임을 당하였다고도 하고 어떤 사람은 그가 도망하여 죽음을 면하였다고도 하는데, 사실은 알 수가 없다. 이억기는 배 위에서 바다에 뛰어들어 죽었다.

이에 앞서 배설은 원균에게 여러 번 권고하였다.

"이러다가는 반드시 패할 것입니다."

그날도 배설은 이렇게 간하였다.

"칠천도는 물이 얕고 좁아 배를 움직이기가 어렵습니다. 진을 다른 곳으로 옮기는 것이 좋겠습니다."

그러나 원균은 듣지 않았다. 배설은 자기 수하의 배들로 교전하다가 달아났기 때문에 그의 군사들은 화를 면할 수 있었다. 한산도에 도착한 그는 무기와 양곡, 건물 등을 모두 불태워 버리고 남아 있는 백성과 함께 피해 달아났다. 한산도가 격파되자 왜적들은 승리한 기세로 서쪽을 향해 쳐들어가니 남해, 순천이 차례로 함락되었다. 왜적들은 두치진에 이른 다음 육지로 올라가 남원을 포위했다. 이렇게 되자 호남 호서 지방이 모두 전란에 휩싸이게 되었고 아이들 10만 명이 포로로 잡혀가고 가치가 없는 나이 먹은 백성은 모두 죽임을 당했다.

조선 수군의 편제는 남해안 연해에 거주하는 다양한 신분 계층이 여러 가지 형태의 수군 병력으로 편성되어 해상 방위에 참여하고 있었다. 임진왜란 해전에서 나타난 바와 같이 포작, 사병, 사노 수군 관할 구역 내의 하층민들이 광범위하게 수군 조직의 하부구조를 이루었다. 그 중 포작과 토병은 전라 좌수사 이순신이 '장건하고 활을 잘 쏠 뿐만 아니라 주집에 익숙한 군사들'이라고 평가하였을 만큼 강한 전투력을 갖춘 해전의 용사들이었다. 포작은 일정한 거처 없이 해상을 떠돌면서 고기잡이로 생계를 영위하던 천민 신분으로 전라도에서는 을묘왜변이 있은 직후부터 이들을 해상 방위의 보조 병력으로 활용코자 하였고, 임진왜란이 일어났을 때는 이순신이 전라 좌수영에서 46척에 달하는 포작선을 동원하였을 정도로 중요한 역할을 담당하였다. 국가 내 자원을 유능하고 훌륭한 지배층만이 누리는 것은 지극히 당연하였으며 개와 닭처럼 축생과 같은 노비는 밥 먹여 주고 종신 고용해주는 것만 해도 감지덕지했다. 꾀를 부리면 사오정(45세 정년)으로 퇴출해버릴 수 있었다. 위대한 국가란 위대한 인물이 있어야 근본이 되는 것이다.

왜침의 위협이 상존한 경상도 지역의 경우에 특히 수군이 중시되었다. 가장 우수한 전투 경력이 있는 장수가 경상 수군을 맡았다. 도요토미는 전라도에 공포심을 조장하기 위해 전라도 침략을 명령한다. 경상 우수영의 약 50여 척 전함과 새로 건조한 12척의 장작귀선, 광양항에서 건조 중이던 4척이 조총에 대비해 두꺼운 나무판자로 둘러싸여 총탄이 들어오지 못하였다. 명량 해전에서 보듯이(사상자 2명) 전군이 동원된 삼중 포위망에서 패주하여 도주하는 적을 놓치고 싶은 장수는 없을 것이다. 만일 일방적인 퇴각이었다면 추격당해 괴멸되었을 것이다. 오늘 포위 기습에 성공한 적이 승리를 내일로 미루는 일은 있을 수 없다. 강력한 교전을 통해서 적들을 제압하면서 기회를 봐서 퇴각하기로 하여 견내량으로 뚫은 것이다.

반대로 처음부터 퇴각한 병력은 모두 전사했다. 인간도 동물이므로 본능에 따라 도주하는 적을 추격, 괴멸하려는 본능이 있다. 병법의 삼십육계란 적이 멀리 있을 때 하는 것이다. 적과 조우한 상태에서 먼저 퇴각함은 죽음만이 기다릴 뿐이다. 최선의 공격이 최선의 방어이다. 교전을 통해 많은 희생이 예상되어 퇴각하는 것을 모함을 하는 건 군인의 자세가 아니다. 동료 전우들의 수많은 희생을 통해 살아남은 병력을 수치스럽다 모함함은 전투를 모르는 것에서 비롯된 것이다.

생사의 현장에 있었다면 그리 말할 수 없을 것이다. 적을 피해 도망을 다니고 전투를 회피하는 장수가 아니라면 치열한 전장에서 귀환한 장수에게 겁쟁이란 말을 쓸 수 없을 것이다. 전쟁터에서 겁내든 겁을 안 내든 죽음은 피하고 싶다고 피할 수 없다. 적군이 죽이는 것을 결정하는 것이 전쟁이다. 피하고 말고 할 사항이 아니다. 전세는 점차 악랄해지고 극악해진다. 칠천포 전투도 그중 하나였다. 전쟁이 살육전화하고 있었다. 이런 엄중한 사태에 나는 노량진에 전함을 매달고 수리해서 해전을 준비한다. 그런데 뜻밖에도 권율은 왕명을 어겨 압송된 이순신을 왕명도 없이 전함을 인수하고자 파견하였다.

원균에 대한 원망

1597년 음력 1월 27일 체포 압송되어 4개 죄목으로 국문을 받고 백의
종군 신분으로 4월 1일 옥문을 나서나, 정언, 유성룡, 이항복 등의 탄원으
로 6월 4일 합천 권율의 원수부(군 참모부)에 도착한다. 원균에 대한 깊은
원망과 적개심으로 통제사 원균이 서신으로 문상하자 이순신은 5월 7일
자 일기에 '음흉한 원균이 편지를 보내어(모친) 조상하니, 이것은 원수(권율)
의 명령이었다.'라고 적었다. 원균은 원가, 도적, 흉적, 음흉한 자 등으로
바뀌었고 원균이 하는 일마다 비판했다. 이순신 장군의 분함과 원망, 적
개심, 시대를 잘못 태어난 신세한탄이 난중일기에 기록되어 있다.

권율의 막하에서 원균을 사지로 몰기 시작하는 7월로 접어들었고 7월
7일자 일기에 '꿈에 원공과 한자리에서 만났는데 내가 원공 위에 앉아 음
식상을 받자 원공이 즐거운 기색을 보이는 것 같았다.'라 적었다.

"세상에! 어찌 이런 일이 있을 수 있단 말인가? 어찌 대역죄인 사형수
백의종군 죄인을 방면하고 통제사로 내정한단 말인가? 조정에 십상시라
는 내시들과 난신들이 주무르고 있다 해도 나라의 국법을 이렇게 무시해
서 군령이 유지될 수 있겠는가? 빌어먹을!"

조정이 불통 대왕을 꼬드겨 전쟁을 불러왔음에도 그들은 전쟁의 책임
에서 벗어나기 위해 이렇게 국법을 어기고 선조 대왕을 바지로 만들고
있었다. 일본의 '고니시' 뭔지와 이렇게 나라를 흔들어서 왕마저 무력화하
고 자국 군대를 사지에 빠트리고서도 발악을 하고 있구나!

"장군, 눈물을 거두시오."

백의종군 장군은 눈물을 흘리면서 육군으로 배속하라는 선조 대왕의

명령을 원망하고 있었다.

"송군관(송익필 실세)에게 잘 말해보시오."

"배 장군 한 번만 도와주시오, 수군으로 근무하고 싶소."

"군인으로 일하기엔 나이가 너무 많소. 이 장군, 명나라 진린 제독을 만나면 눈물 흘리며 사정하시는 게 좋을 것이오, 같은 장수끼리 서로 힘을 합쳐야 합니다."

나는 이 장군을 오랜 동료 선배로서 예우하였다.

"꼭 공을 세워 면사첩을 받도록 하시오."

"배 장군 정말 고맙소, 이 은혜를 어떻게 갚아야 할지."

보통 백성들은 60세를 넘기기 전에 죽었던 시절이다.

"이 늙은이도 적을 벨 수 있소, 육군만은 피하고 싶소."

세상 살다 보면 무슨 일이 벌어질지 누구도 알 수 없으니, 백성들도 살다가 보면 별일을 다 당하기도 하고 보기도 한다. 때론 승전 소식도 패전 소식도 듣게 된다. 또는 말도 보고 소도 보고 때론 술래가 되기도 하는 것이다. 군대의 장군이라고 예외는 아니어서 상황에 따라 해임되기도 하고 승진하기도 하는 것이다. 그에 연연치 않고 맡은 바 최선을 다하는 것이 옳은 것이리라.

조선 수군의 전멸

1597년 1월, 정유재란이 발발하자, 조선 조정은 특공대인 조선 수군이 부산 해협을 봉쇄한데 만족하지 못하고 권율로 하여금 부산 해전을 기획하게 했다. 조선 수군의 역량을 총집결한 약 143척으로 일본 전함 약 2천여 척을 괴멸시키고자 하였다. 따라서 부산포 공격을 명령했다. 조선과 일본 간의 대등한 전투가 부산포 일대에서 약 7개월간 안골포, 가덕도, 다대포, 절영도, 외줄포, 가석도 등등의 해전을 통해 확인되며 특히 웅천 해전에서 나의 3차례의 공격에 놀란 왜군 600여 척이 도주한 기록이 있다. 웅천 해전에서 일본군 전함 30여 척을 격파하고 적을 쫓아내긴 했으나 아군의 전함도 10척 손실되었다. 전력 비교를 보면 일본이 약 2,000여 척의 전함을 보유하고 있었고, 조선 수군은 3도 연합 수군을 형성하였음에도 판옥선 기준 약 143척으로 총체 전력 면에서 비교되지 않았다. 이런 식의 전투를 스무 번 한다면 아군은 한 번의 전투에서 10여 척의 손실과 적선 30여 척을 파괴 격침하는 대승을 거두어도 조선 수군은 전멸하게 된다.

매번 전투에 승리했음에도 수적인 부적으로 전멸을 맞이하는 것이다. 나는 이러한 문제로 등선 육박전인 근접 전투보다는 함포로 심해에서 전투와 해로 봉쇄를 하고자 주장하여 7개월간의 해로 봉쇄는 성공했다. 7개월간 호남의 백성을 보호하고 전쟁을 억지하였다.

6월 17일(난중일기)에 잘 나타나고 있다. 권율에게 갔더니 권율은 원균의 정직하지 못한 것에 대해 많이 말하고 비변사에서 내려온 공문을 보여준다. "원균의 장계에 수군과 육군이 함께 나가서 안골의 적을 무찌른 후에 수군이 부산 등지로 진군하겠으니 안골의 적을 먼저 칠 수 없겠습니까?" 하였고, 원수의 장계에는 "통제사 원균이 전진하지 않고 오직 안골의 적을 먼저 쳐야 한다.", "여러 수군 장수들은 다른 생각을 갖고 있을 뿐더러, 원균은 안으로 들어가 나오지 않을 것이니 절대로 다른 여러 장수들과 합의하지 못할 것이라, 일을 그르칠 것이 뻔합니다."

눈물의 한산도 퇴각

한산도 수군 본영을 소각하는 청야 작전의 불길이 채 멎기도 전에 뒤이어 일본 수군은 한산도 통제영을 접수하고 군량과 무기가 없자 미처 탈출하지 못한 주민들을 모두 살육하는 복수 대살육의 참사가 있었다. 백 번 누가 봐도 나의 판단은 정확하였고 빈틈도 없는 대책이다. 전혀 비난받을 전투가 아니었다.

조선이란 나라는 양반(리더)은 신분적으로 태어나는 것이다. 노력하거나 실력으로 되는 것은 아니다. 자질이나 실력이 없는 사람이 장군이 되면 그 아래 있는 부하들은 죽음만이 있었다. 실제 무능한 장군들은 요행을 바라는 것뿐이다. 공식적 장군의 지도력이 붕괴하면 비공식적인 생존을 위한 지도력이 형성된다. 기질이나 능력이 아래로부터 형성되는데 이를 잘 활용해서 공식화해줄 수 있다면 집단 내의 질서는 순조롭게 된다. 전쟁터에서 타고난 신분에 얽매여 다 죽을 길로 부하들을 밀어 넣는 것은 나라를 망하게 하는 것이다.

일본군 승리자축연

1597년 7월 17일 오전 일본군은 한산도 본영을 장악했다. 연합함대 사령관들은 한산도 조선 수군 본영에서 자축연을 열었다. 모든 일본 육군 수군 장수들이 모여 승리의 축배를 들고자 수군 본영에 모였으나 이미 본영은 불타고 있었고, 주민 모두 떠나고 텅 비어 있었다. 시마즈 요시히로 가토 등이 경상 우수군의 퇴각에 대해 '배세루'는 도망자라는 합창을 노래했다.

구로다 요시타카는 자신에 동생의 목을 벤 나를 잡지 못했으면 잔병을 추격하지 말 것을 특별히 명령을 하달하였다고 한다. 문제는 내가 교전을 통해 살아남음으로써 이순신에게 기회가 가지 않게 되어 있었다. 내가 조선 수군 전 함대가 전멸했음에도 휘하의 약 50여 척 중에 휘하 장 작귀선 12척을 고스란히 보존한 점을 이유로 군 수뇌부는 계속해서 나에게 탈영 또는 도망으로 몰아가고자 했다.

또 내가 군권을 장악할 경우 칠천 해전의 패배를 고스란히 동인 군 수뇌부가 책임져야 했다. 그들은 나를 '도망자로 몰아야만 했고,' 따라서 왕명도 없는 상태에서 백의종군 이순신 장군에게 대책 수립의 전권을 부여했다. 이것은 조선의 군 법체계에 크나큰 불법이고, 왕명을 정면으로 어긴 대역죄이다.

왕을 기만한 죄인의 기용

권율은 새벽 일찍 이순신을 방문하고 자기로서는 어떻게 해야 할지 모르겠으니, 이순신이 나서야 한다고 함에도 이순신이 주저함을 보이자, 권율은 이순신을 위해 9명의 부하를 내놓고 이순신은 즉시 현장을 향해 출발한다. 본래 이미 예측된 원균의 패배는 시간과의 싸움일 뿐 승산이 없었다. 이러한 기민한 대책은 왕권을 무용화한 군 수뇌부 당쟁의 산물이었다. 왕명에 의해 백의종군하고 있는 이순신을 왕명도 없이 방면했다.

이순신에게 칠천 패전의 책임을 조사하라고까지 했다. 조선군 수뇌부는 내가 군권을 잡는 것을 두려워 하여, 칠천 전투 패전의 죄를 권율 대신 짊어지게 하고자 이순신에게 사정했고, 이순신도 승낙한 것으로 보인다.

어쩌면 백의종군으로 평생을 죄인으로 살게 될지 모르는 상태에서 다시 나라를 위해 힘을 보탤 수 있는 천재일우의 기회가 손문욱에 의해 만들어졌다. 왕명을 어기면서까지 밤 10시가 지났는데도 9명의 군관과 함께 길을 떠나 초계에서 머지 않은 상가에 도착하였다. 7월 22일, 선조가 원균에게 파견했던 선전관 김식이 살아 돌아와 칠천 해전의 경위를 소상히 아뢰고 원균과 장수들의 전사 소식을 확인한다.

유성룡 이항복 등의 요청에 따라서 23일, 이순신이 패전 대책 보고서를 작성하는 날, 선조는 자신의 마음과는 다른 자신의 잘못을 지적하는 보기 드문 장문의 교서를 승지로 하여 작성하고, 이 교서는 8월 3일 이순신에게 전달된다. 그러나 선조의 이 결정은 이순신의 능력에 대한 신뢰가 아니었고, 동인 조정의 집단행동으로 사직이 실로 위험했다.

23일 강요에 의한 이순신에 대한 교지를 내려보낸 후 일주일도 안 돼서, 이순신에게 수군을 폐지하고 육군에 배속하라는 교지를 내리고 8월 7일 이순신은 교지를 접수하고 고민에 빠진다. 이때 이순신 장군이 나에게 육지로의 나아가야 한다는 조정의 장계를 보여주었다.

이순신은 8월 12일 장계를 작성하여 14일 올린다.

"보잘것없는 신에게는 아직 전선이 12척이나 있습니다. 전선의 수가 비록 적기는 하나 신이 죽지 않는 한 왜적은 감히 우리 수군을 업신여기지 못할 것입니다."(이충무공전서)

사실관계를 따져보면 경상 우수군과 배는 이순신에게 8월 30일에 인수인계된다.

조선 수군을 재건하고 위기에 빠진 나라를 구하기 위해 힘을 기울였던 장작귀선의 건조를 군 수뇌부들은 할 수 있었을까?

칠천 해전에서 유일하게 일본군과 교전을 하였던 장수로 전함 12척을 지휘하여 삼중의 포위망을 깨트리고 전장을 탈출했다. 7월 16일 한산도 통제영이 적의 수중에 넘어가는 것을 막고자 주민을 피신시키고 노량까지 후퇴, 패전을 수습하고 있었다.

매우 유효적절한 구국을 위한 결단이었고, 달리 다른 방도도 없었다. 이러한 나의 청야 작전은 권율의 눈으로 보면 매우 위협적이다. 이러한 사실 자체가 조정에 알려질 경우 불러올 파장은 조정(유성룡)과 군부의 환난이고, 여차하면 이순신 장군마저 사지에서 헤어나지 못하게 될 것이었다. 달리 방법이 있다면 나를 도망자로 탈영자로 몰아야만 했을 것이다.

조선 수군을 삼중으로 약 1,500여 척의 빈틈없는 포위를 하였던 왜군이 나의 전함 12척을 놓친 것은 있을 수 없는 일이었다. 김완 장군의 해소 실기를 보면 자신이 포로로 잡히기 전까지 내가 포위망 속에 있었다한다. 내가 한산도로 퇴각한 것은 실탄의 부족 때문이다.(이순신 장계)

내가 남서해 진도까지 이동함을 이용, 나를 제거하는 데 유리한 국면을 만들었다. 나는 명량 벽파진의 배중손 장군의 몽골군 대파의 현장을 염두에 두고 서쪽으로 이동하고 있었던 것이다. 부산 해전 지역에서부터 청야 작전에 따른 약 430km, 직선거리로 약 201km의 이동은 동인 군부로부터 내가 도주했다는 누명을 씌우는 빌미가 되었다.

멸치잡이 어민에게 배를 팔아먹으려고 했다는 치졸한 누명을 씌운 것이다.(고대일록)

| 선조 30년 07월 28일(정사) 권율이 진주 목사 나정언의
치보를 보고하고 조정의 처치를 요청하다. |

　권율權慄이 올린 서장은 다음과 같다. "진주 목사晋州牧使 나정
언羅廷彦의 치보에 '신 출신新出身 정사헌鄭思憲과 이맹李孟 등이 주
사가 궤멸되었다.'고 진고進告한 내용에 의하면 '통제사는 견내량
見乃梁에서 하륙하였는데 무수한 적의 무리가 추격하였으니 해
를 입었음이 분명하고, 전라 우수사·충청 수사·조방장助防將 배
흥립裵興立과 안세희安世熙, 가리포 첨사加里浦僉使 이응표李應彪, 함
평 현감咸平縣監 손경지孫景祉, 별장別將 유해柳海 등은 혹 피살되
었거나 익사하였고 그 나머지도 사망한 자가 부지기수이다. 경
상 우수사, 옥포玉浦·영등永登·안골安骨의 만호萬戶 및 기타 선박
7척이 한산도로 향하는 것을 멀리서 보았다.'고 했다 하였습니
다.(권율은 매일 비변사를 통해 모든 정보를 가지고 있음. 배설의 12척의 경
상 우도 병선을 보고하지 않고, 칠천량 해전 12일 째인 이날도 각기 도주 한
것으로 보고함) 이순신으로부터 23일 보고를 받은 후 5일이 지난
시점 별장급 이상의 여러 장수들이 이와 같이 다수가 죽음을 당
했으니 매우 참혹한 일입니다. 도체찰사都體察使의 회송문回送文
에는 '배흥립 등의 생존 여부를 조속히 조사하여 만약 생존자가
있으면 전라 좌·우 수사와 충청 수영의 가장假將으로 차정差定하
여 부임토록 하라.'고 하였는데, 실제로 정사헌의 진고 내용과 같
다면 가장으로 차정하여 보낼 사람이 없고, 양남兩南에는 지금
한산직閑散職에 있는 자들도 차정하여 보낼 사람이 없습니다. 사

선조 대왕 이연의 살아남은 장수 중에 가장으로 통제사를 차정하라는
명령을 권율과 동인은 정면으로 거부하고 있다. 권율의 군대가 도성을 호
위하고 있어 선조도 권율 군부로부터 벗어날 수 없는 상황이다.

영리, "살아남은 자가 있다면 누구라도 통제사로 하겠는데 아무도 없으
니 이순신을 임명해 달라는 장계이다. 이순신에게 경상 우도 수군을 인
수하라고 하고서는 배 장군의 행방을 모른다? 이순신이 7월 23일 장계에
전함 12척과 병력 1,060명이 있음을 원수부에 올렸는데, 그걸 받은 원수
가 선조 임금에게 그와는 전혀 다른 잔병 120명(국사)이 단신 도주 중이라
고 장계를 올리고 이순신을 거론하고 있네요? 잘들 놀고 계시네요, 그러
고도 나라 안 망하는 게 대단합니다."

영리는 애가 탄다. "선조 대왕이시여, 배설 장군이 살아 있습니다."

권율은 사실은 이순신의 복권을 원하면서 아무나 살아남은 자가 있다
면 임명하자고 독촉하고 있으나, 진심은 이순신의 복권을 요청하고 있고,
배설은 도망하여 행방이 묘연하다고 장계에서 밝히고 있다. 그뿐만 아니
라, 왕명이 없는 상태에서 이미 이순신을 풀어 회룡포까지 추격해 왔다.
이미 동인 조정의 중신들은 선조를 완전히 무력화하고 자기들끼리 나라
를 좌지우지하고 있었다. 이날 선조는 이순신의 복권에 대답하지 않고 퇴
청해버린다. 그러자 이것을 무언에 승낙으로 해석하여 승지를 시켜 장문
의 교유서와 함께 유성룡과 이항복은 23일자로 이순신의 복권을 추진해

버린 것이다.

"경상 우수영의 장작귀선 12척 뺏으려고 동인 중신들 엄청 애쓴다…?"

"작전하는 사령관을 도망한다고 하질 않나 시×, ×이나."

"칠천 패전으로 꿰맞추느라 고생 많이 한다!"

밝고 맑은 하늘일랑은 너희는 절대로 대가리 쳐들어 올려다 보지를 말아라! 최소한의 자아와 존심이 있다면, 마른하늘에 벼락을 맞을 가능성이 클 꺼야! 식민지 시대가 오시면 성웅이 되실 분이라고?

7일간의 기적

부산항에서 430km 청야 작전으로 당시 최대 자원인 인력 약탈을 방지하려 했고, 결과적으로 부산항에서 진도까지 조선 백성들이 대피하게 하여 일본에 끌려가는 일은 없었다. 그것이 경상우수군의 작전 목표였다. 최소한 당시 최고의 자산이고 가치를 가진 노동력 약탈기도를 저지할 수 있었다. 전쟁을 일으킨 일본의 주목적이 인력약탈이었다. 우리 조선 수군은 일본의 목표를 저지하기 위해 직선거리 201km를 역풍 속에서 노를 저어 청야 작전을 펼쳤다. 한산도 본영을 불태우고 장장 201km를 서진하면서 청야 작전으로 일본군의 식량을 약탈하고 군수 조달을 봉쇄했다. 결국 일본에서 식량을 실어 와야 전진할 수 있게 됨으로써 일본의 침략 속도를 늦추고 공세의 동력을 끊어 주었다. 비록 부산 상륙을 저지하진 못했으나 차선책으로 호남 진출을 가능한 늦추게 했다. 왜군의 서해 진출을 방어하기 위해 장장 초인적인 약 430km의 작전이 펼쳐지고 전투 준비를 하는데도 왕에게 보고 자체가 이루어지지 않았다.

'이순신이 숨겨둔 전함을 크게 호통쳐서 찾았다고 조정에 보고했다.'

"대형 전함이 장난감도 아니고. 장군님이 어떻게 만드신 건데."
영리가 말했다.

나는 허황한 전승 신화를 꿈꾸지 않았다. 산이 막으면 길을 내고 물이 막으면 다리를 놓고 장창 부대를 만나 죽창을 만들고 장작귀선을 만들면서 누가 알아주지 않았어도 음지에서 처한 환경에서 최선을 다하였다. 의병일 때는 의병으로 역할을 다하였고, 진주 목사 때는 혜청을 열어 주민을 구제했고, 우수사가 된 후에는 장작귀선을 건조했다. 그리고 금오산성을 수축했다. 그리고 동인 조정과 군부에 의해 쿠데타가 일어나 지휘권 분쟁이 생길지도 모른다는 우려 속에 과감히 전함과 병력을 넘겨주었다. 그리고 진도 명량까지 전함을 이동시켜 왕명의 문제를 해결해 주었고, 명량대첩의 훈수도 주었다.

모리 휘원, 구로다 나가마사, 가토, 고니시 같은 대병력 다이묘나 쇼군들은 일본 내에서 입지가 확실하여 조선 정벌 자체에 관심을 쏟았다. 그러나 와카자카 야스히루 마다시 같은 소규모 수군 장수들은 조선정벌에 편승하여 기회를 잡고자 무방비 상태인 남해 서해안에 노략질하러 다녔다. 그들의 배들은 세키부네나 아다케부네에 비해 작은 내륙용 뗏목에 가까운 20인 규모의 돛배들로 노략질을 일삼았다. 이런 것들의 근절도 매우 중요했고, 이들은 주로 조선인을 납치하여 일본으로 데려가서 산업에 종사시킨 장본인들로 일본 내의 입지가 취약한 해적들이었다. 조선 동인 조정에서 경상 우도 수군 작전과 전투에 지원하거나 나의 보고서를 접수할 형편이 아니었다. 왜군 역시 칠천 해전에서 약 12척의 대장선이 파괴되어 격침당했고(후일 2척으로 역사 왜곡) 장작귀선 12척의 경상 우도 수군이 성공적으로 퇴각한 사실을 알고 있었다. 그러기에 왜군들은 서해 진출을 포기하고 말았다. 그리고 육지로, 육지로 호남으로 물밀 듯이 나아가서 닥치는 대로 죽이고, 코와 귀를 베어 갔다.

신립 장군의 위엄 장수가 군사를 쓸 줄 모르면 적敵에게 나라를 내주는 것과 마찬가지, 충주 전투를 앞두고 신립도 상주尙州 전투 신립 장군에 관련한 징비록의 기록이다.

4월 27일 초저녁에 신립은 군관 한 사람으로부터 '적군이 이미 새재를 넘었다.'는 보고를 받았다.(중략) 신립은 전날 저녁 정보를 제공한 군관을 불러 '어찌 그런 요망스러운 정보를 제공해서 군사들을 동요하게 하느냐.'고 꾸짖고는 목을 베어 죽였다. 이어 그는 임금에게 '적병은 아직 상주尙州를 벗어나지 않았습니다.'라는 장계는 올렸다. 그런데 적은 이미 10리 가까이로 다가오고 있었다. 승패는 병가兵家의 상사常事이나 경계에 실패한 장수는 용서받을 수 없는 법이다.

이순신은 어느 누구보다 법치에 엄격했다. 지위 고하를 막론하고 명령에 기일期日을 어기거나 근무를 태만히 한 자에게는 반드시 체벌을 가했다. 체벌만이 아니다. 1594년 7월3일에는 각 배에서 여러 번 양식을 훔친 사람들을, 7월 26일에는 도망간 군사 세 명을 처형했다. 8월 26일, 군사를 싣고 도망간 죄로 막둥이라는 자를 효수했다. 1596년 7월 16일 격군으로 도망하다 붙잡혔기에 목을 베어 내다 걸었다. 8월 25일 헛소문을 낸 배꾼 두 사람을 목을 베 효시했다.

힘없는 백성들을 단순 체벌에 그치지 않고 목숨을 빼앗은 것은 아무리 전시라 하더라도 조금 과한 면이 없지 않다.

권율의 주특기는 '전하 목을 베시옵소서.'이다. 수시로 백성들인 도망병을 즉결처분했다는 죄로 한때 파직되었다가 이후 재기용도면서 다시금 관직에 오르게 되는데, 1596년 충청도 순찰사에 이어 재차 도원수에 제수되었다. 이로 볼 때 장군들은 당시 조정에 보고 없이 군문의 죄를 물어 효수를 많이 했을 것으로 보인다. 전후에도 '전하 장수의 목을 베시옵소서.'에 앞장서서 국가기강을 세우려 했다.

경상 우수사에서 충청 병사로 밀려난 후에도, 원균의 행태는 여전했다. 뇌물을 기준을 군역을 면제하거나 백성들에게 가혹한 형벌을 가하는 등 권력을 남용하였다. 충청 병사로 부임한지 1년만에 원균은 사간원의 탄핵을 받게 된다. '충청 병사 원균은 몹시 잔인하고 난폭하며 탐욕스러운 사람입니다.(중략) 그의 무리한 형벌과 잔혹한 행동으로 죽은 사람이 어찌나 많은지 원균을 원망하며 울부짖는 소리가 도내에 그득합니다. 이 같은 죄는 엄중히 다스려야 마땅하니, 원균을 파직하고 재등용하지 마옵소서.'

(선조실록, 선조 28년, 1595년 8월 15일)

나의 병력이 퇴각하여 청야 작전을 수행하고 있음을 조선 조정에서 누구도 바로 보고하지 않았다. 임금이 그토록 원하던 국가 걱정을 하는데도 누구도 사실조차 알리지 않았다. 나는 수없이 탄환을 보내달라는 전보를 도원수부에 올렸으나, 권율은 이순신을 파견하였다. 왜군의 서해 진출을 방어하기 위해 장장 초인적인 약 430km의 작전이 펼쳐지고 전투 준비를 하는데도 군사 작전이 왕에게 보고 자체가 이루어지지 않았다. 백제 정신이 이런 것인가?

나는 백성을 무장시켜 조선 최초의 향토 상비군을 만들어 전투력을 배가시키고자 백성을 위무하고 혜청을 열어 주민의 굶주림을 어떻게든 해결해 주었다. 백성의 목을 쳐서 위엄을 세우기보다 적진에 뛰어들어 적장의 수급을 베어 와서 아버지에게 바치는 다감다정한 효자 노릇을 하는 나는 군인으로서는 부족한 인물이다.

영리, "한반도 1만 년 역사에서 군대와 전함 12척을 숨긴 장군은 없었다. 그것도 장작귀선(거대 전함)을 게 눈깔 감추듯이 감출 수 있는 능력이다. 일본의 장수들이 존경할 정도로 신출귀몰하였다."

'시마즈 요시히로'는 끈질기게 추격을 해 왔다. 7월 중순경에 적들은 해남에 진지를 구축하고 있었고, 우리는 진도에서 대치했다. 왜군은 두 달간 해남에서 진지를 구축하고 남서해 진출을 타진하고 있었고, 나는 이들과 대치하고 있었다. 이 상황에서 배를 숨긴다는 것은 '휴전선에서 최신 전투기 12대를 숨긴다는 것'과 마찬가지다.

'배설이 열두 척 병선으로 물러나 진도 벽파정碧波亭을 지키고 있었으므로 순신이 그곳으로 달려갔다.(일월록) 배설이 이순신에게 지금은 일이 급하니 배를 버리고 뭍에 올라서 호남 군진에 의탁하여 싸움에 조력하여

공을 세우는 것이 낫다고 말했다.'

일본 서해진출 제어

비변사가 방위 산업을 한다고 세금을 올려 받은 돈은 대신들이 빼먹었으니, 수군의 판옥선들이 삐걱거리는 것이 아닌가? 유람선이라면 삐걱거려도 낭만이랄 수 있겠지? 어라? 진도 '맹골' 수로에 뒤집어진 '세월호 참사'를 보면 유람선도 잘 만들어야 한다. '세월호 선장'처럼 배를 버리고 육지로 달아나면 그만임에도 천신만고의 전투준비를 하면서 조선 백성의 살육을 저지하고자 해상 전투를 위한 전투준비를 하였다. 적의 침략기지화 된 대마도 출신 평의지(히라요시)를 추격하여 나는 대마도 수복을 위한 수군 활동을 염두에 두고 있었다. 칠천포에서 보름날 밤에 전멸하고 남은 패잔군(월파군)을 향해 백성들이 산봉우리에서 불을 지펴 봉화대로 사용하면서 '강강술래'를 외치면 수군들의 안전항로를 거국적으로 알려주었다. 정유재란은 백성과 군인이 한 몸이 되어 치른 전투였다.

정유재란 당시 군량미를 확보하라는 상부의 명령으로 일본군 14만이 호남을 침략하였으나 백성들의 전폭적인 협조를 얻은 우리의 430km 청야 작전으로 일본군에게 잿더미만 안겨주어 결국 서울로 올라가지 못하게 만들었다. 우리 조선 수군이 가는 곳마다 백성들의 목숨이 보존되고, 일본군은 잿더미만 노획하게 됐다. 침략군에게 심대한 타격을 가하고 백성들을 구해내는 기적이 일어났다. 조선은 산지가 많고 도로가 정비되지 않았기에 일반적인 수레를 사용할 수 없었다. 일본군 14만 대군이 소비할 군량을 수송하는데 많은 병사와 인력이 필요하다. 아무리 병력을 배치해도 언제 어디서 기습할지 모르는 식량 약탈 의병들을 물리친다는 것은 거의 불가능하다. 전쟁을 포기하고 식량을 사수할 수 없는 일본군이 평야 지대가 많은 호남으로 진군할 수밖에 없다는 사실을 나는 알고 있었다.

기습 속에서 교전선택

영리는 말한다. "우리가 14만 대군에 바다에서 적군에 포위됐다고 할 때 아무리 장군이라고는 해도 두렵지 않겠는가? 적벽대전에서 조조 같은 명장도 제 한 몸 돌보기 힘들게 탈출함에도 중원과 반도에서 반만년 역사에 이러한 대규모 포위망 가운데 약 2천여 명의 병사들을 퇴각한 예는 일찍이 없었다."

위태로운 정국에서 전진을 위한 후퇴이자, 공격을 위한 방어로서 적 지휘부를 괴멸시키기 위해서 한 걸음도 물러서지 않을 수 없었다. 적의 경계를 느슨하게 만든 뒤 경상 우수군의 힘을 축적한 다음, 기회를 봐서 적의 지휘부를 괴멸, 제압할 생각이었다. 전쟁에 참전하는 병사들의 입장은 제각기 다르다. 해로가 막힌다는 위협 속에 육지 진군이 될 수 없다.

왜, 청야작전이 필요했나?

당시 상황을 묘사한 일본 측 기록,

'들도 산도 섬도 죄다 불태우고 사람을 쳐 죽인다. 산 사람은 철사 줄과 대나무 통으로 목을 묶어서 끌고 간다. 조선 아이들은 잡아 묶고 그 부모는 쳐 죽여 갈라놓는다. 마치 지옥의 귀신이 공격해 온 것과 같았다.'(출처 케이넨의 일기, 케이넨: 일본 규슈의 우스키성 성주의 의무관)

부산에 1월 12일 상륙한 가토 기요마사는 꼬박 8개월 동안 굶주림과 싸우다가 남원에 도착한다. 그 중간에 화왕 산성과 황석 산성이 있었으나, 굶주린 병사들은 한번 두들겨보고는 그냥 지나간다. 약 265일 만에 전투다운 최초의 남원 전투를 하여 승리한다. 문제는 병사들의 북진 거부 사태를 맞이한 것이다. 오죽하면 일본 후속 지원대가 부산항에 들어오다가 산봉우리가 보이자 '배세루'라고 놀랐다는 것이다. 이런 병력으로 전투가 어렵다는 것을 가토는 확인하고 경상도로 회군하기로 한다. 그리고 일본으로 돌아가면 죽음만이 기다리고 있었다. 이러한 일본 도요토미의 복잡한 사태를 오대로들이 해결했다. 도요토미는 심장마비라는 특별한 방식으로 암살되고 말았다. 일본 내의 반전파에 의해서였다. 도쿠가와 이에야스와 구로다 요시타카, 모리 가문, 가토 기요마사가 수혜자로 합세한 것이다.

조선군 장군들의 목을 가장 많이 벤 가토 기요마사도 자국 군대의 북진 태업에 속수무책으로 당하며 이를 달래기 위해 전주성에서 개도 닭도 모두 도살해 먹이지만, 직산까지 나아가는데 일본군 장수들만 앞장서서 출전을 독려했다. 이미 이때 시마즈군과 가토는 도요토미에게 죽을 일만 남아 안전 귀국에 대해 걱정하기 시작했다. 이러한 사실을 이에야스는 꿰뚫어 보고 도요토미의 출병 명령을 교묘히 변명하고 있었다.

정유재란 당시 제성 수비군 감이었던 오타 가즈요시 휘하에 케이넨이란 스님이 있었다. 그는 62세의 나이에 종군 승 겸 의원으로 종군했는데 자신이 조선에서 겪은 사건들을 일기에 써서 남겼다. 그 일기를 조선일 일기, 우리나라에는 임진왜란 종군기라는 제목으로 출판되었다. 이 조선일 일기에는 당시 조선인들이 겪은 차마 온갖 참상이 적나라하게 드러나 있는데 그중에는 왜군들이 조선인을 잡아먹었다는 참혹한 기록이 있다. 11월 19일 일본에서 온갖 상인들이 왔는데, 그중에 사람을 사고파는 자도 있어서 본진의 뒤에 따라다니며 남녀, 노소 할 것 없이 사서 줄로 목을 묶어 모아서 앞으로 몰고 가는데, 잘 걸어가지 못하면 뒤에서 지팡이로 몰아붙여 두들겨 패는 모습은 지옥의 사자가 죄인을 잡아들이는 것이 이와 같을 것이다 하고 생각될 정도다.

"이와 같이, 사람들을 사서, 흡사 원숭이의 목에 줄을 매어 걸어 다니는 것처럼, 소나 말을 끌게 하고 짐을 들리는 등, 다루는 정도가 너무 지나쳐 너무 불쌍해서 볼 수 없을 정도이다. 사로잡힌 조선인들이 겪는 학대와 참상을 생생하게 묘사하고 있다. 정유재란 때는 히데요시가 완전히 이성을 상실했는지 노망이 났는지 조선의 백성들을 전부 죽여 텅텅 비게 만들라는 명을 내렸다."

부산항에서 해로가 봉쇄된 7개월로 인해 조선인 포로 수송이 어렵게 되자 도요토미는 악명 높은 코 베기를 명령한다.(해로 봉쇄효과) 11월 20일 그중에서도 특히 무서운 자들은 배가 정박한 부두에서 내부 깊이 들어간 진영까지 모든 사람에게 무거운 짐을 봉래산과 같이 가득 싣게 하여 끌고 와서, 마침내 본 진영에 도착하면 전혀 쓸모없는 소는 필요 없다 하면서 곧 바로 때려죽이고는 가죽을 벗기고 먹어치워 버린다. 이는 오로지 축생들의 세계에서만 있을 수 있다고 생각할 뿐 아무런 대책도 없다. 아직 전쟁 초기고 조선 수군도 전멸한 상태라 특별히 식량부족에 허덕이지 않았고 불교 풍습이 깊게 베어 있어 육식을 즐기지 않는 일본인데도 이런 잔혹한 일이 벌어졌다. 전쟁터에서 보이는 광기와 인명경시 풍조 등으로 설명할 수 있다.

도쿠가와 이에야스는 이미 조선에서 오는 모든 정보를 알고 있었다. 이에야스는 부하들에게 질문을 던졌다. 구로다 나가마사는 구로다 요시타카의 아들로서 구로다 요시타카는 도쿠가와 이에야스와 친밀하게 조선 점령의 정보를 주고받고 있었다. 도쿠가와 이에야스가 조선의 바다를 지키는 '배세루(배설)'가 있는 한 조선 정벌은 물 건너간 것으로 평가하고 패전 이후를 계산하고 있었다. 조선 정벌의 실패는 전투가 끝났다고 해서 모든 것이 끝난 게 아니었다. 문제는 그 뒤의 승리자의 통제와 패배자의 처리에 영토 문제까지 얽혀 있어 조금만 잘못하면 곧 다음 싸움의 싹을 품게 된다.

대죄인 백의종군 이순신의 등장

사람이 법을 이용하고 만들 뿐이다. 법이 지배하는 세상이란 존재할 수 없다. 그것은 거짓말이다. 어떤 경우에도 사람이 법을 만들고 사람이 법에 평계를 대는 것이다. 법이 지배하는 조선에서 죄인이 패전을 조사하고 수습하려고 단신으로 파견된 일은 조선 개국 이래 최초이자 최후의 사건이었다.

1597년 7월 16일 칠천 해전에서 이순신 장군이 5년간 장악했던 수군 약 5,000명과 전함 약 60척 모두가 이순신의 분신이라고 할 수 있는 전라좌수사 이억기 장군의 지휘하에 칠천량에서 전멸했다. 누가 누구를 조사한다는 말인가?

배설은 전의를 상실하고 전쟁 공포증?

나는 단신으로 백의종군한 이순신 장군을 환대했다. 동료 장수로서 연민도 있었고, 그의 복권을 진심으로 원했기에 육지로 올라 육전을 하라고 했다. 왕과 조정은 민심을 잃었고, 이리저리 도망다니면 되었지만, 도망할 곳 없는 백성들은 이 국제 규모의 살육전에 고스란히 희생되었다. 전공을 세워 출세하고자 하는 외국군과 부패하고 탐욕스러운 관군이 백성들의 하나뿐인 목숨을 탈취하고자 혈안이 되어 전란을 부채질하였고 의지할 곳 없는 백성들은 일부 조선군 진영을 '시체 굴, 귀신 소굴'이라 칭했을 정도였다. 이항복은 한산도 이순신의 진영을 '귀신소굴'이라고 말했으니 조선군 장수들의 오만함이 어느 정도였는지 알 수 있고 백성들의 목숨을 지키려는 부대는 의병뿐이었다.

조선 함대는 왜군들보다 배가 크고 높아 왜선들이 가까이 와서 밧줄을 타고 들어오기 전에는 안전했다. 왜선들은 함포라는 게 없이 조총을 빗 발처럼 퍼부을 뿐이었고 두꺼운 송판으로 갑판을 둘러싼 경상 우수영의 장작귀선은 가장 안전한 곳이었다. 조선의 선박은 높고 튼튼하게 만들어 졌기 때문에 일본 배를 압도하였다. 우선 조선 수군 쪽에서 화기에 의한 공격이 있었는데, 이것이 일본인을 몹시 애먹이고 괴롭혔기 때문에, 일본 인은 이 성가신 장작귀선에서 벗어나기 위하여 바다 쪽으로 멀리 나아가 는 전술로 응전했다.

영리, "왜군의 전멸이 아니라 함포로 타격을 입혀 방어하자는 것이다. 어떻게든 왜군의 의지를 꺾어 철군시키려 도요토미와 싸우고 있었기에 전멸을 선택할 수 없었다."

칠천량 패전 후 이순신이 조정에 올린 장계에 '배설은 패전으로 전쟁 공포증에 걸려있다.'면서 사실상 배설 장군의 해임을 건의하니 선조는 망 설인다.

동인 조정의 이순신 장군 급파는 내가 애써 세운 공을 이순신 장군에 게 다 넘기라는 의미였다. 10만 왜군이 서해로 군산 해망포나 인천 제물 포로 바로 진격해서 조선 수군을 전멸시키는 대규모 살육으로 조선이 항 복하게 하려고 했기에 나는 조정의 전멸하라는 명령을 거부하고 서해 해 로인 '울돌목'으로 430km를 기아 상태에서 왜군보다 먼저 도착해서 진을 꾸린 것이다.

울돌목에서 왜군의 대량학살을 막고자 천신만고 끝에 수백 리를 항해 해서 전투 준비를 하는 나를 누군가 모함하는 장계를 올려 내가 도주하 여 '전의를 상실하고 전쟁공포증에 걸렸다.'고 전쟁터의 장수라고 할 수 없는 사람을 만들어 버리고 조정과 나를 이간하고 경상 우도 병력과 전함을 털도 뽑지 않고 냉큼 빼앗으려고 하는 게 동인 군인들의 전쟁 준비인가?

동인 조정은 대죄인 신분인 백의종군 이순신을 절도사로 파견하여 나의 재주만을 이용하고 병력과 전함을 뺏으려는 불편부당한 타락한 처사를 했고 실망한 나는 구국의 일념으로 할 도리를 다한 후 귀향하기로 했다.

내가 장작귀선 12척으로 적에게 심대한 타격을 가하고 노량포로 귀환함에 이순신 장군의 명량 해전이 성립된다.(전라도와 한양의 대학살이 저지됨) 만일 다른 곳으로 퇴각했더라면 역사가 바뀌었을 것이다.

임진왜란에서 사람 단위가 아니라 배 단위로 부대 단위로 탈출한 것은 경상 우수영 12척의 장작귀선 선단이 처음이자 마지막이다.

명량해전 당시 병력이 경상 우수영 병력만으로 구성됐다고 할 수는 없겠지만 12척에 장작귀선을 가동할 수 있을 전문 병력이 있었다. 장장 약 430㎞를 '울돌목'을 향해 항해했는데 결국 모함으로 군권을 넘기는 쿠데타를 지켜보아야 했다.

지혜롭기도 어리석기도 비판하기도 하고 분노하기도 하고, 그들은 반목하고 고통스러워하고 몸부림치고 저항하면서 난세에 한 인간으로서 존엄을 지켜가길 바랐다.

부하가 없는 통제사란 명목상 최고의 관직이긴 했지만, 사실은 실질적인 군권이 없는 자리였다. 특히 백의종군 장수로서 죄인 신분의 그는 원균 통제사와 갈등이 있었다. 나 역시도 동인 조정에 대한 원통함으로 그와 아무런 감정이 없지 않았다. 조정의 명령을 어기고 왜적의 상륙을 허락해 언제 목이 날아갈지 모르는 죄인의 신분이었던 그는 조정 대신인

유 대감과 도원수 권율의 월권으로 방면되었고 나를 찾아왔다.

명량에서 진을 치면, 좁은 수로의 호랑이 12마리가 좁은 해로를 막을 경우, 물소 330마리가 앞장서 나올 수 없다. 나는 그것을 강조했다. 꼭 내가 아니라도 누구라도 그렇게만 한다면 나는 육지로 올라갈 것이다. 앞에 나오면, 격침되는데 누가 서해로 갈 수 있나? 김억추 장군에게 신신당부하면서, 앞에 나서는 지휘부를 강타해야 한다, 왜군들 그거 죽여 봐야 전쟁에 별 영향 없다, 대장들만 잡으면 된다, 절대 대첩 같은 거 하지 말라고 당부했다. 왜군은 수가 굉장하니 지키기만 하면 된다고 했다.

전쟁 준비 없이 공을 세워야 하는 문신들의 붓 실록은 훌륭하다. 누가 '펜'을 이기겠나? 420년간 누명 씌우는 후손들에게, 장수들의 모함과 누명 씌우기도 실력은 실력이긴 하네요.

원균은 권율에게 곤장을 맞았는데, 권율이 선조 임금에게 보낸 장계에는 삼도 수사들은 자신에 군령을 무시하고 장군은 전장에서 왕명도 따르지 않는다고 전했다. 나는 영남의 '융무대장'으로 권율보다 군세가 세었고, 부정부패 척결에 대한 시무 상주로 권율과 여러 번 충돌한 적이 있었다.

임진왜란의 분기점은 경상 우도 성주 전투에서의 구로다 분신黑田句沈의 전사로 일본군은 전국에서 철군하고 전투를 회피했다. 특히 경상 우도의 의병들과 향병들의 유격전이 전세를 바꾸었다.

정유재란의 분기점은 칠천 해전에서의 일본 육군, 수군의 연합 기습공격 실패였고 만약 그들이 조선 수군을 섬멸했다면, 바로 14만 대군이 아니라 당시 1만 병력만 싣고 한양으로 들어가도 1천 명이 안 되는 도성 수비군을 제치고 선조 임금을 사로잡는 것은 시간문제였다. 그러나 왜군은 칠천 해전서 막대한 피해를 보았다. 특히 경상 우도 수군이 삼중 포위망을 깨부수고 퇴각함으로 청야 작전이 펼쳐졌다. 일본의 일방적인 승리라면 곧바로 조선 패잔군을 추격하지 않을 리 없고, 상륙작전을 하지 않을 이유가 없다. 진도해협서 양측이 맞서 약 60일간의 전투 준비를 한 것만 봐도 경상 우수군의 전투가 대단한 충격을 주었음을 알 수 있다. 구로다 요시타카는 나의 패잔군을 추격하지 말라고 명하여 결국 호남으로 육로로 진격하게 된다. 칠천 해전은 정유재란의 종전 분기점을 만들었다.

일본군 십만 명이 서진한다고 해도 배와 배가 백병전을 한다면 서해안 어선을 동원하고 군사를 모았을 때 누가 병력의 우위에 있느냐가 승패의 열쇠가 되며, 명량의 좁은 수로에 수천 함선이 몰린다면 그때 장작귀선이 144발의 함포가 높은 명중률로 때리고 일본의 수군은 순식간에 괴멸되는 것이다. 경상 우수군이 명량에 진을 치고 있으니, 일본군은 해남에 기지를 구축하여 대치한 지 두 달이다. 제발 저들이 모두 몰려왔으면 좋겠다. 왜놈들의 숨통을 끊어놓을 절호의 기회다.

영리, "장군께서 계시는데 저들도 바보 아닌 이상 공격하지는 못할 것입니다. 배설 장군께서 귀향하지 않는다면 지루한 대치만 계속될 뿐 해상전투가 일어날 가능성은 없습니다."

그만큼 일본은 경상 우수군을 두려워하고 있었다.

하지만 나는 귀향의 뜻을 굳혔다.

영리가 다시 말했다.

"동인 조정 작자들은 오직 군권 찬탈의 쿠데타에 골몰하는데 저들의 흉계로 장군께서 실각할 수도 있습니다."

"내가 실각되어도 이 장군에게 전술을 얘기해두었느니라. 그가 나의 전술을 통해 충분히 이 전쟁을 승리로 이끌 수 있다. 백병전은 어선을 동원하면 일본의 서진은 막을 수 있다. 이것이 나의 최후의 비책이다. 나는 김억추 장군과 이 장군에게 말했느니라. 일본군이 퇴각하게 되면 추격하여 오우라 항으로 야간 기습하여 모조리 괴멸시키라고 했으니, 그리될 것이다."

"안 됩니다. 장군. 전투 중에도 붓이나 들고 있는 모습을 보십시오. 문관이라면 이해라도 하겠습니다. 그들은 전투를 모릅니다. 장군께서 명량을 지키고 있는 한 일본군들은 서해로 나오지 못할 것입니다. 그들에게 이 전장을 맡겨서는 안 됩니다."

| 배중손(1270~1273) |

고려 백성의 지지로 구성, 유지되어야 했던 자주 정권으로서 최초의 인민人民이라는 단어를 사용, 삼별초는 고려 무신정권武臣政權 때의 특수 군대를 말한다. 몽고에 대항해 삼별초는 왕족인 승화후 온을 왕으로 추대하여 1,000여 척의 배로 진도로 옮겨가 용장산성을 근거지로 항몽 투쟁을 벌인다. 삼별초군은 진도에 용장성龍藏城을 새로 쌓고 방위태세를 갖춘 다음 궁궐을 크게 조성하여 도성의 면모를 갖추었다.

나아가 인근의 남해, 창선, 거제 등 해안 도서지방은 물론 전라도와 경상도 일대의 내륙지방까지 세력권에 넣고 세수를 거두어

들였다. 따라서 개경 정부는 조운이 막혀 재정에 커다란 타격을 입게 되었다. 고려 정부는 김방경을 추토사로 삼아 토벌을 명하였고. 몽골 원수 아해阿海가 이끄는 몽골군과 여·몽 연합군을 형성하여 여·몽 연합군은 명량 벽파진에서 1천여 척의 배가 격침되어 대패를 당하였다. 삼별초 정부는 일본과 연합 항몽 전선을 유지하고자 사신을 일본에 보내고, 몽골의 일본 침략 기지인 제주도를 점령하여 몽골에 타격을 주었으나 제주가 점령되자 1274년 몽골 고려 연합군에 의해 일본 주민이 몰살당하는 참변을 겪었다. 배중손은 고려 후손이 세운 일본과 동맹으로 대륙세력에 대항하여 고구려 구토를 회복하고자 했다. 2백 년이 지나 일본에 의해 다시 대륙 정벌론이 제시되었다.

"그 정도만 하고 오늘은 진도의 용장산성과 남도산성에 제사나 올리러 가세. 배중손 장군은 몽고의 혼도 장군과 처절히 싸운 우리 선영이라네, 배중손 장군께서 끝내 몽고군을 이기지 못했네. 고려조에 배중손 장군은 몽골과 끝까지 항전하였지. 고려 몽골 연합군의 일본 침략을 거부하면서 몽골의 제주 목장을 빼앗기도 하고. 중손 장군은 고구려 구토를 지배, 독재하는 세력을 괴멸시켜 백성의 국가를 만들고자 했지. 백성을 탄압하는 대륙의 악당들을 쳐부수고 백성을 해방하여 대륙을 지배하고자 했지."

배중손 장군은 일본은 우리 후손들이므로 어떻게든 몽골군이 침략해서는 안 된다고 했다. 사실 조선과 일본은 전쟁을 할 것이 아니라 동맹을 했어야 한다. 그리고 중국과도 전쟁이 아니라 선의 경쟁으로 인류를 구제할 기술을 교류하는 것이 바람직하다. 중국 또한 반만년 이웃사촌으로 말갈 여진족들이 우리 민족이었으며 이들이 다스린 땅이었다. 세태만 이렇지 않았다면 배중손 장군의 후손인 배설이 한반도의 영토를 중국 전역까지 확장하고 대륙을 손에 얻을 수도 있는 시기였건만 무능한 조정에 발이 묶여 그들을 따를 수밖에 없었다.

'꿈에 신선이 이렇게 하면 이기고 저렇게 하면 진다고 현몽을 해줬다.'는 기록이 있다. 김억추 장군의 현무공 실기에 진도의 뱃길은 배설 장군만이 알고 있다는 내용이 있다. 바닷길에 대해 벽파진에서 진을 쳐야 함을 알려주었다. 명량대첩의 영웅 이순신은 장병들에게 조용히 타일러, 적이 1000척이라도 우리 배를 당하지 못할 것이니 동심하지 말고 진격해 적을 쏘라 하고 말했다.(난중일기 9월 15일)

(배세루 장작귀선이 우수한 전함임을 이순신 장군도 인정하고 있다.)

장작귀선 12척이니 12,000명쯤 왜군들을 막는 것은 어렵지 않다. 장작 귀선은 탑승인원이 약 200여 명으로 일본의 전함들보다 배 정도 큰 군함들이다. 김억추의 배는 90명이 탈 수 있는 판옥선이고, 등자룡의 배는 30명이 타는 호선이었다. 귀선 12척을 운용하는 이순신 장군을 중국 측에서도 대단하게 여겼다.(중국기록)

울돌목

칠천포 해전 이후 '청야 작전'까지 장장 430km 항해해서 노량에 배를 매달기까지 줄곧 바다 너머 산마루에는 보름달이 항로를 따라왔고, 항몽 전에서 배중손 장군은 100만 몽골군을 '울돌목'에서 수장하겠다 했거늘 십만 왜군을 '울돌목'에서 수장시키지 못하랴! 왜군에게 한양을 내줄 수 없으니, 어서 빨리 '울돌목'으로 가자!

전쟁에서 전투란 싸우는 곳이다. 적이 항구에 상륙해 있기 전에 공격 함이 매우 유리하고 이를 놓쳤다고 해도 상륙하는 적들을 뒤에서라도 공 격하게 된다면 감히 적들의 발걸음이 무거워질 것이다.

말과 글로써 큰소리만 치고 빈번히 적의 침략에 길을 열어 준다는 것 은 장수의 기본이 아니다. 적의 침입을 몰랐다고 해도 이는 용서될 성질 이 아니다. 물론 적의 입장에서는 칭찬받을 일이다. 왕명을 빙자해서 적 의 침략을 용인한 것이다. 그리고 물러갈 기미가 보이는 적을 오래 지켜 보다 벌인 싸움을 대승으로 포장한다는 것은 크나큰 오판에 기인한 요행 이다.

청야 작전 후 명량 해협을 항해하는 조선 수군은 '울돌목'에 대한 기대 에 부풀어 있었고 나의 '월파검'은 손에서 한시도 떠나지 않았다. 희미한 여명 속에서도 가는 곳마다 산봉우리엔 백성들이 횃불을 밝히며 때로 모여 '강강強強술래'를 외치고 있었다. 아마도 백성들은 누구랄 것도 없이 경상 우도군의 마지막 남은 함대가 수리되어 전투를 재기할 수 있기를 기원하고 있었을 것이고 실제 등대 역할을 자처했다.

선조가 한산도로 퇴각하여 수군 본영을 수습할 장수가 없느냐고 묻고 있을 때에 나는 약 5,000여 명의 병력과 약 50여 척의 전함으로 왜군의 삼중 포위망을 뚫고자 교전을 한 끝에 40여 척의 병선과 약 3,000명 병력을 잃었다. 적선 8척을 격침하고 견내량을 통해 5척 대열과 7척 대열을 유지한 채 동로로 서로로 반대되는 방향으로 왜적 함대 포위망을 뚫고 퇴각하여 한산도 수군 본영에 도착했고 '청야 작전'을 시행했다.

혹여 적에 추격을 염려하여 실탄이 있는 전함들이 앞과 뒤에서 호위하면서 눈물을 머금고 퇴각했고 왜군들의 추격을 염려하여 무기와 탄약을 모두 충진하고, 한산도 주민들을 긴급히 육지로 대피시켰다. 그리고 수군 본영과 무기고 등의 시설을 소각하고 남해로 퇴각했다. 선조 임금이 그토록 한산도를 걱정하던 그 시간에 나는 한산도 청야 작전을 시행하고 있었다. 그러나 군 수뇌부는 이를 감추었고, 내가 장작귀선 12척을 숨겼다고 보고한 후 이순신 장군이 찾았다고 보고했다.

동인은 나의 청야 작전을 아예 거론조차 하지 않았다. 조정에서 임금이 그렇게 애타게 잔여 수군이 한산도로 퇴각했으면 좋겠다는 희망을 말하고 놀라서 우왕좌왕할 당시 나는 군인으로서 선조 임금이 시키지 않아도 그런 역할을 하고 남해로 퇴각하여 왜군의 서해 진출을 방어하고자 진도 울돌목을 향해 항해하고 있었다. 그리고 몇몇 번의 왜군 추격대와 전투도 있었다.

강강술래

칠천포~진해만~통영~자란만~삼천포~남해 보리암~여수 돌산~보성만~완도~해남~명량 노량진에 이르기까지 백성들은 산봉우리에서 왜군의 추격을 망을 보아 주었고 '강강술래'를 외쳤다. 벌교에서 꼬막으로 허기진 배를 채울 때도 산봉우리엔 난민들이 '강강술래'를 외치며 적이 없다는 것을 신호해 주었고, 경상 우도 수군들이 10만 왜군의 삼중 포위망을 뚫고 장장 430km를 '울돌목'에서의 일전을 위해 항해한 것이다.

이번에야말로 모조리 격침하여 설욕하리라 다짐했다. 동인 조정은 쌀한 톨, 무기 하나 지원하지 않았고 '어명'이라는 전투 출병 교지 종이 한장으로 수만의 조선군이 불타고 수장되지 않았던가?

나는 대마도 수복을 위한 수군 활동을 염두에 두고 장작귀선을 건조했다. 칠천포에서 보름날 밤에 전멸하고 남은 패잔군, 피항하는 경상 우도 수군을 향해 백성들이 산봉우리에서 횃불을 지피면서 '강강술래'를 외치면 백성의 신호와 항로를 따라 청야 작전이 실행되어 낮에는 전함을 수리하고 밤에는 항해했다. 와키자카 야스히로는 퇴각한 조선 경상 우도 수군을 추격하지 않는다. 육지에서 조총 앞의 조선군은 왜군의 상대가 되지 않았다. 왜군 1천 명이 진격하면 조선군 1만 명이 도주하고 패전하였다. 전투가 벌어지면 허세 좋은 관군들은 도망치기 급급했고 그래도 마지막 남은 경상 우도 수군은 태풍 앞에 꺼져가는 등불이었다.

나는 회령포 만호 민정붕을 시켜서 전선에서 음식물을 피난민에게 나누어 주도록 하였다. 피난민도 당연히 전쟁 준비에 모두 참여하고 있었기에 음식물을 나누어 주는 것은 당연하였다. 삼남의 백성들이 신분 고하를 떠나 십만 왜군의 발을 묶어 주기를 간절히 바라는 '강강술래'를 외치는 절박함을 보고, 수군들은 지친 상태에서도 용기를 얻고 울기도 했다. 전사해도 아무런 후회 없을 만큼 칠천포에서 장렬히 싸웠고, 다시 밤을 틈타 명량으로 향하는 기아 상태의 경상 우도 수군에게는 백성들의 응원이 칠천포에서부터 명량 해협에 이르기까지 있었다.

1597년 7월 보름이 지나 칠천포 패전 이후 한산도 본영으로 귀환한 후 명량 해협에 이르기까지 백성들이 산봉우리 곳곳에서 횃불을 밝히며 '강강술래'를 외치며 패전한 마지막 남은 조선 수군을 자신의 아들들인 양 뜨겁게 응원해 주었다.

'강해저라', '힘내라'라는 소리가 바다를 항해하는 경상 우도 수군들에게까지 들렸다. 칠천포 전투가 끝나 지치고 기아상태가 된 수군들은 백성들로부터 물자를 뺏거나 징발할 수 없었다. 그래서 그들은 벌교에서 꼬막을 잡아 허기진 배를 채우기도 했다.

조선 수군은 힘내어 노를 저어 노량포구까지 도달한 것이다. 경상 우도 수군이 노량에 도착하여 수리하고 있을 때인 7월에 이순신 장군이 나타나 함대의 상황을 둘러보았다. 나는 전의를 다짐하지만, 놀란 조정은 이순신에게 3도 수군통제사 사령장을 7월 23일자로 소급해서 8월 3일 도착시켰다. 이순신이 통제사 재임명 교서를 받은 곳은 정성 손경례의 집(하동)으로 8월 3일 이른 아침이다. 그리고 그때 12척의 배는 하동 노량진에 있었다.

영리, "난중일기에 배설 장군의 기세가 가히 오만방자하고 그 기세가 하늘을 찌를듯하다 기록되어 있다. 전쟁 공포증에 걸린 장수가 잘난 체 하겠는가?"

뭔가 큰 오해가 있었던 것 같다.

8월 3일자 통제사 임명장을 취소한다는 교서가 8월 18일 왔다. 19일 취임식으로 경상 우수사의 배 12척을 인수하고 군대를 인수받을 상황에서, 선조 대왕은 신하들이 강요한 이순신 복권에 반발하여 '명공육전', 이순신에게 다시 육지 배속인 육전을 명령했다! 선조 대왕은 이순신은 명장(부하가 없음)이니 육군에 합류하라는 말이다.

이때의 이순신의 심정을 노래한 것이 '한산도가'라고 적혀 있는데 이날은 이순신이 조정으로부터 조선 수군이 아닌 육지 배속을 명령했던 날이다. '한산 섬 달 밝은 밤에 수루에 올라, 큰 칼 어루만지며 깊은 시름 하는 차에, 어디서 일성호가는 다시 시름을 더하네.'(정유년 중추)

이순신 장군의 '한산도가'를 보면 그의 아픈 마음이 보인다. 육지에선 군대를 만들어 본 경험도 없고 전투 경험도 없었다.

이 장군의 심정이 이해가 간다.

우리 조선은 어떻게 해야 하나?

쿠데타 8.19

1597년 8월 19일 이순신 장군의 취임식을 한다고 조카와 가족들이 모였다. 그러나 8월 18일 육지 배속 교서가 선조 대왕으로부터 왔음으로 숙배식이란 것은 취소되어야 한다.

하지만 선조의 반대에도 이순신의 임명을 유성룡이 관철하고 권율, 이순신을 통해 군부 전체를 장악하려고 하였다.

"순신 일행은 14명이었다. 그 14명은 이순신李舜臣, 아들(장남) 이회(李薈, 당시 31세), 아들(삼남) 이면(李葂, 당시 21세), 조카 이분(李芬, 이순신의 맏형 이희신李羲臣의 차남, 당시 32세), 이순신의 조카 이완(李莞, 이순신의 맏형 이희신의 사남, 당시 19세), 이순신의 조카 이봉(李菶, 이순신의 둘째 형 이요신李堯臣의 장남, 당시 35세) 이순신의 조카 이해(李荄, 이순신의 둘째 형 이요 신의 차남, 당시 32세), 군관 정상명(송강松江 정철鄭澈의 조카로서 임진왜란 내내 이순신을 도와줌, 당시 53세 이순신과 동갑), 군관 이희남李喜男, 충청도순변사忠淸道巡邊使 윤선각(尹先覺, 권율이 보낸 사람, 당시 55세), 군관 변존서(卞存緖, 권율이 보낸 사람), 이순신의 하인 경庚, 이순신의 하인 인仁, 이순신의 하인 경京이었다."

선조 임금이 부산 해전 패전의 책임은 권율에게 있다고 했지만 동인은 군권 장악을 계기로 신군부 주도로 패전 책임을 묻게 된다. 왜군의 육지 상륙을 억제한 원균의 공은 곧 패전의 책임으로 바뀌게 된다. 선조 임금의 칠천 패전에서 살아남은 장수를 가장으로 차정하라는 명령을 권율은 정면 거부하였고, 더 나아가 백의종군한 이순신을 방면하여 사태 수습의 책임자로 파견하고 그의 보고에 의존한다. 이는 선조 임금을 우롱하는 처사였지만, 선조로서는 속으로 분노를 가라앉히고 전후를 기약하는 수밖에 없었다. 도무지 이놈의 조정은 누가 움직이는지 모를 노릇이었다.

조선 수군에게 불어닥칠 재앙을 막고 왜군의 서해 진출을 억지할 필요성이 있었다. 또 이미 왜군이 상륙한 지 오래되었고, 호남의 요로가 적에 수중에 떨어진 상태에서 왜적이 위험을 안고 서해진출로 때문에 대규모 해상 전투를 할 필요성은 없었다. 그들은 조선 수군의 진도만 진지 구축을 비웃기라도 하듯이 육지점령에 신이 나 있었다.

이 세상에서 가장 유혹적인 것은 재산도 돈도 아니다. 바로 절대 권력이다. 인간의 마음은 절대 권력을 쟁취하는 과정에서 극도로 부패해지고 비뚤어진다. 상상하기 어려운 비인도적인 모함도 서슴지 않는다. 더욱이 군사 반란인 쿠데타의 경우 더욱 그런 현상이 적나라하게 나타난다. 그 과정에서 인간성이나 우정 그런 것은 아무것도 아닌 것으로 밀려버리고 만다. 험악한 전란 와중에 언제 목숨을 잃어도 전혀 이상하지 않았던 그 혼란한 시대에 그 권력투쟁이 없었다면 정국은 상대적으로 안정되었을 것이다. 정치군인들의 승리가 전투의 승리로 이어지는 것은 아니다.

> 징비록, 초본의 이 날 광경에서 경림군慶林君 김명원金命元과 병조판서兵曹判書 이항복李恒福이 조용히 대답하였다. "이는 원균元均의 죄입니다. 마땅히 이순신을 기용하여 통제사에 임명할 수밖에 없습니다." 임금께서 아무 말 없이 가만히 있다가 나가셨다.(이순신을 통제사에 '지늘를 얻었다.'라 한 것을 본다면, '선조실록' '징비록' 초본에서 선조가 이순신 임명을 노골적으로 피했다.(선조실록)) 신하들의 강요로 '인재'를 임명한 것이다. 동인 조정이 의심된다.

인생 뭐 별거 있던가. 빈손으로 오고 가는데, 명예와 권세 군권에 집착한 모함이 난무하는 전쟁터에서 오직 구국의 일념 나라를 구해야 한다는 절박감 때문에 조정의 인사에 불만은 있었지만, 동인들의 전폭적인 지지를 등에 업은 이 장군이 잘 해내겠지. 그러면 주의 사항을 알려주고 지휘권을 넘겨주리라. 전라도에서의 적과의 전투에서 그의 능력이 충분히 발휘될 수 있으리라.

악은 절대로 평범하지 않지만, 인간은 평범한 경우가 많다. 그러므로 인간은 어떠한 조건으로든 악과 흥정해서는 안 된다. 악은 극악무도하고 사람은 평범하다는 바로 그 사실 때문에 더 나쁜 것을 막기 위해 악과 손잡을 때 그 사람 또한 악의 도구가 된다. 나는 이순신 재등용의 기획자 역할이었고 역사의 뒤안길로 사라져야 했다. 이미 호남이 무너진 상태에서 조선 수군의 역할은 방어 즉 서해 해로의 봉쇄만이 가능했고, 진도만의 명량과 벽파진은 그리 하기에 아주 좋은 곳이기에 내가 진지를 구축했다. 권율과 유성룡의 지원 그리고 전라도민들의 지원이 있어 이순신 장군이 나를 대신하는 것도 나쁘지 않았다. 그래서 나는 그에게 군권을 넘겨주기로 스스로 결정했다.

이순신이 지휘하던 전라 좌수영의 병력과 함선은 모두 전멸했던 상황에서 나의 결정이 큰 도움이 되었으리라.

병가를 영리를 시켜 도원수부와 절도사 이순신에게 신청하자, 이순신 장군은 곧바로 휴가공문을 보내왔다. 내가 병가를 통해 자연스럽게 군권을 이양함으로써 그가 부담을 한결 덜 수 있게 된다.

1597년 8월 5일(선조실록 4번째 기사) 패전 책임자가 권율에서 배설과 배홍립으로 바뀐다. 조정 대신들은 앞서 올라온 장계들을 무시하고 패전 책임자인 권율을 통해 새로(7월 18일 권율의 부탁으로) 이순신이 조사한 내용으로 패전 책임을 배홍립과 배설에게 돌린다. 조정에서는 배홍립은 바로 군령을 시행하고 배설은 바다를 지키고 있으니 뒷날 처치하라고 한다. 배홍립은 처벌받지 않고 이순신이 조사를 하러 다닐 때 함께 다닌다.

이순신은 통제사로 임명되어 아직 배 한 척을 갖추지 못한 상황이었으나 배설은 전함 12척과 군사 최소한 1000명 이상의 규모인 경상 우수영 수군을 갖추고 있었다.(13. 1597년 8월 18일, 선조실록 4번째 기사)

조정 대신들은 전쟁을 수행 중인 배설을 참형에 처하라고 재차 요구한다. 이순신을 통제사로 만든 권율과 조정의 대신들은 경상 우수사 배설 장군 휘하의 전함과 장수들과 군사들을 이순신에게 넘기도록 하기 위해 갖은 방법을 다 동원하고 있다.(난중일기 14. 1597년 8월 18일)

영리, "김시민 장군이 유숭인 장군을 받아들이지 않았듯이 우리도 이 장군을 받아들이지 않으면 됩니다. 우리가 어떻게 사지를 헤쳐 나왔는데요?"

나는 구국의 길을 생각했다. 수군 대장이 배에서 내리는 순간, 전투력은 당연히 급감하고 마치 '스텔스기' 조종사가 '전투기'에서 내려서 소총수가 되는 것과 똑같이 될 것이다. 그래서 가능하기만 한다면 계속 배에 탑승한 채 전투를 해야만 이순신도 사면을 받아 살아날 수 있다.

조선의 주력 수군은 패몰하였다지만 우리의 장작귀선 12척이면 왜군이 1만 명이 온다고 해도 명량과 벽파진에서 얼마든지 막아낼 수 있다. 왜군이 호남의 육지로 진격하여 해안으로 다시 돌아 나올 이유도 거의 없는 상태이다.

영리, "이순신은 말단 비장에서 일거에 파격 특진을 한 조선 역사에서 유례가 없는 승진을 한 인물이다. 그가 전투를 진두지휘할 전략적 능력이 있는지, 장수로서의 지녀야 할 자질이 있는지, 그는 전공으로 입증받은 사실이 없는 상황이었기에 당연히 다른 장수들의 존중과 존경의 대상이 아니었다."

장흥 땅 백사정에 이르러 점심을 먹은 뒤 군영구미(장흥군 안양면 해창리)에 이르니 일대가 모두 무인지경이 되었다. 수사 배설은 내가 탈 배를 보내지 않았다.(군령과 군권이 배설에게 있어 명목상 상관인 자신에게 배를 보내지 않음) 8월 19일, 여러 장수들이 교서에 숙배하는데 경상 수사 배설은 숙배하지 않았다. 그 업신여기고 잘난 체하는 꼴을 말로 다 나타낼 수 없다. 너무 놀랍다. 이방과 그 영리에게 곤장을 쳤다.(난중일기, 8월 17일)

1597년 9월 29일(정유년 8월 19일) '정축' 맑다. 여러 장수들이 교서에 숙배를 하는데, 경상 수사 배설(배설)은 받들어 숙배하지 않았다. 그 업신 여기고 잘난 체하는 꼴을 말로 다 나타낼 수 없다. 너무도 놀랍다. 이방(이방)과 그 영리(영이)에게 곤장 쳤다. 회령포만호 민정붕(민정붕)이 그 전선(전선)에서 받은 물건을 사사로이 피난민 위덕의(위덕의) 등에게 준 죄로 곤장 스무 대를 쳤다. 왕 이연의 임명교서에 장수들이 돌아가면서 숙배하므로 통제사에 대한 위엄과 권한을 부여하며, 지휘에 복종하며 나라위해 충성하겠다는 의식이었다. 숙배하지 않았다. 이순신을 자신의 상관으로 인정하지 못하겠다는 것이다.

전쟁 공포증에 걸린 장수가 잘난 체 하겠는가?

해병대인 수군의 편제를 보면 경상 우도 수사 또는 첨사가 야전군 사령관으로 군권을 장악하고 절도사나 도원수는 실질 지배권이 없었다. 따라서 백의종군하던 이순신의 죄는 무죄가 된 게 아니었다. 어떻게든 비상 국면에서 이순신 장군은 공을 세워야 할 절박한 상황에 있었다.

　8월 19일 경상 우도 함대에 해남과 순천 벌교 나주로부터 공출미와 식량 이외 악기인 '통소', '대금', '꽹과리' 외 '징'이 8개가 공출로 새로 들여왔다. 나는 음주 가무를 하지 않아서 대장선만 제외하고 골고루 나누어 주어 병사들의 사기를 크게 올려주었다.

　영리, "조선 수군이 진도 해안에 진지를 구축한 것은 지키기는 공격하기보다 쉬운 것이다. 해로를 모르면서 하는 공격은 선발 부대의 자살공격을 감행해야 할 만큼 치명적인 손실을 의미한다. '스위스'도 방어하는 입장에서는 거의 패한 적이 없었다. 해박한 지리를 잘 이용해 수비만 했기 때문에 패한 적이 거의 없었으나, 자신들이 싸움을 잘한다고 오판한 나머지, 이웃 나라로 침략했을 때 '스위스'는 모든 전투에서 패전했다."

　조선 수군 특히 배설 장군의 전함은 일본군보다 사정거리가 훨씬 긴 화포가 있었고, 포탄 대신 장딴지 만한 통나무를 대포알로 사용한 무시무시한 함포가 큰 힘이 됐다. 해전에서는 사거리가 거의 모든 걸 좌우할 만큼 비중이 크다. 장작귀선 자체가 근접 조총 사격에서 절대 안전하다면, 병사들의 사기에 큰 영향을 미친다. 사거리가 긴 화포를 장착하면 10척의 함선으로도 100척의 함선을 충분히 박살낼 수가 있었다. 조선 수군 무기 기술의 승리였다.

맑았다. 이른 새벽에 길을 떠나 백사정白沙汀에 도착해 말을 쉬게 했다. 군영(軍營, 강진) 구미仇未에 도착했더니 온 지역에 이미 사람이 하나도 없었다. 수사水使 배설裴楔은 내가 탈 배를 보내지 않았다. 장흥長興 사람들이 많은 군량을 마음대로 훔쳐 가져갔기에 잡아다 장杖을 쳤다. 이미 해가 저물었기에 그대로 머물러 잤다. 배설이 약속을 어긴 것이 아주 한탄스러웠다. 8월 18일 맑았다. 아침 늦게 곧바로 회령포會寧浦로 갔다. 경상 수사 배설은 뱃멀미를 핑계로 나오지 않았다. 다른 장수들을 만났다.

(1597년 8월 18일(선조실록 4번째 기사))

전쟁 수행중인 배설을 참형에 처하라고 재차 요구했다.

선조에게 이순신이 12척을 장악하고 있다고 하여 통제사로 만든 조정의 대신들은 경상 우수사 배설 장군 휘하의 전함과 장수, 군사들을 이순신에게 넘기도록 하기 위해 갖은 방법을 다 동원하고 있음.

장수들에게 교서敎書와 유서諭書에 숙배를 하게 했는데, 경상 수사 배설은 순순히 받들지 않았다. 그 마음이 매우 경악할 일이었기에 그의 이방吏房과 영리營吏를 장杖에 처했다. 회령포 만호 민정붕閔廷鵬은 위덕의魏德毅 등에게 술과 음식을 얻어먹고 전선戰船을 내주었기에 장杖 2회에 처했다.(난중일기 8월 19일)

정말 중요한 것은 전쟁의 본질에 대한 통찰력이 있다면 사천 리 밖의 일도 알 수 있다. 그러나 통찰력이 없으면 적군이 부산에 상륙하고 한양을 점령해도 바로 눈앞의 일도 이해하지 못하는 것이다.

자신들의 권좌에서 밀려날까 전전긍긍 하는 사이에 사천리 조선 강토가 유린되었다. 이런 위중한 시기에 일기나 쓰고 있을 시간이 어디 있단 말인가? 선조 임금과 유성룡과 직통하던 송익필의 인척 연락병 송희립은 매우 중요한 조정의 승낙과 보고에 관여하였다. 또 서인 쪽 정철 대감의 친척 정상명이 군관으로 이순신을 보좌하고 있었다. 그러니까, 기축옥사의 주역들이 모두 이순신 장군 진영에 있었다.

전쟁터에서 적군을 관찰하는 것은 모든 것에 우선한다. 세세하고 시시콜콜한 적군에 대한 동태의 파악이 승패를 가르기 때문이다. 병사든 장군이든 몸을 움직이는 장군이 긍정적인 해답을 찾아내는 것이다. 입으로 보고서로 일하는 장수의 성과가 현실에서 얼마나 가치가 있겠는가. 주어진 시간에 승리하려면 모든 신경을 적에게 초점을 맞추어 유리한 입지를 끊임없이 확보해야 부하들을 살릴 수 있다.

전쟁의 본질과 사안의 심각성을 파악할 수 있는 통찰력이 문제를 풀어내는 첩경이다. 통찰력이 없다면 바로 눈앞의 일도 이해하지 못한다. 통찰력이 있다면 사천리 조선 강토 밖에서 일어나는 일도 훤히 알 수 있다. 오우라 항으로 진격하여 침략 기지를 급습하는 것이 전쟁을 종전으로 이끄는 최선임은 분명하였다. 그러나 원균 통제사나 이순신은 그러한 전략적인 사고가 안 되어 있었고, 원균 통제사는 백병전으로 적에게 피해를 주자는 것에 집중하여 오직 일심 순국을 주장했다. 국가를 위한 일심 순국의 충은 높은 가치임에는 분명하지만, 나라는 어찌할 것인가?

어란진 해전

1597년 8월 26일(또는 28일) 이순신의 숙배식은 8월 18일 취소된 것이고 이후에도 전함의 실질 지휘권은 내가 행사했다. 참으로 안타깝다. 그는 나에게 명령하고 나는 병사들에게 명령했다. 병사가 없는 장군이었고 품계도 같았다. 이는 다른 말로 군부 내의 지휘권 분쟁의 소지가 매우 컸다. 이러다간 사달이 날 것이다. 드디어 8월 28일 우리 함대가 해남 왜군 기지에서 출발한 왜의 전함 50여 척을 발견하고 추적하여 정탐선 8척을 격침시켰다. 우리 조선 수군은 진도의 벽파진과 명량, 해협의 좁은 수로에 적선들이 몰려오기를 기다렸고, 일본 수군들은 해남에 진지를 구축하여 대치한 지 달포 만에 첫 전투였다.

12척의 함대가 뿜는 화력에 8척이 전소되고 나머지 배들이 해남의 일본군 기지로 모두 도주했다. 나는 평소 주장한 전략을 실전에 보여주었다. 이렇게 하는 거다. 조정에 실망했기에 적극적으로 나라를 위해 해전을 가르쳐야 했다. 웅천 전투에서 왜선 600척을 부순 경험을 전수한 것이다. '절대 백병전하면 안 된다.' 문제는 그다음이었다. 전투도 끝나기 전에 이순신 장군은 조정에 승전보고서를 작성하여 송희립에게 주고 있었다.

어란진 전투로 왜의 수군들은 서해 진출을 더욱 고심하게 됐다. 문제는 이순신 장군이 독점적으로 장계를 올리고 나의 전공에 대하여 따로 기술하지 않음으로써 지휘권 분쟁에 불을 붙였다는 사실이다. 오래 전장을 함께했던 동료 장수로서 매우 실망스러웠다.

이런 저런 아쉬움을 뒤로한 채 나는 귀향을 결심했다. 백의종군 대죄인이 복권되어 수군의 혼란을 가중시키는데 조정에 대한 분노로 잘못하다가는 작전에 실패할까, 두려웠다. 원균 장군에 대한 처사나 나에 대한 처사 이 모든 것에 실망했다.

> 적선 여덟 척이 뜻하지 않게 들어와 여러 배들이 두려워 겁을 먹고 피하려고 하니, 경상 수사가 피하며 후퇴하려고 하였다. 나는 꼼짝 않고 있다가 적선이 바짝 다가오자 호각을 불고 깃발을 지휘하며 뒤쫓게 하니, 적선들이 물러갔다. 갈두葛頭까지 뒤쫓아 갔다가 돌아왔다. 저녁에는 장도(獐島, 해남군)로 옮겨 머물렀다.(난중일기 1597년 8월 28일, 맑음)

경상 우도 수군은 어란진에서 일본 연합함대의 정찰 병선을 격침하였다. 이것은 나의 마지막 전투가 된다. 징 소리와 통소 소리에 놀란 왜군 정찰선 8척을 명중시켜 격침했다. 조선 수군은 승리에 모두 환호했다. 기뻐하는 이는 이순신 장군도 예외는 아니었다.

군권 이양

　일본군이 십만 명이 서진한다고 해도 배와 배가 맞부딪쳐 백병전한다면 서해안 어선을 동원하고 군사를 모으면 누가 병력에 우위에 있느냐가 승패가 되며, 명량의 좁은 수로에 많은 적에 함선이 몰린다면 그때 장작귀선이 144발의 함포를 때리면 거의 명중될 것이고, 그리하면 일본의 수군은 괴멸되는 것이다. 경상 우수군이 명량에 진을 치고 있으니, 일본군이 해남에 기지를 세워 대치한지 한 달이 넘어가는 시간이 흘러도 적은 접근을 못 하고 있었다.

　영리, "장군께서 계시는데 저들도 바보 아닌 한 공격하지는 못할 것입니다."

　배설 장군이 귀향하지 않는다면 지루한 대치만 계속될 뿐 해상 전투가 일어날 가능성은 없었다. 그만큼 일본은 경상 우수군을 두려워하고 있었다.

　"내가 믿고 맡길 수 있는 장수가 나의 부대를 이끌 것이다. 이순신 장군 말고도 김억추 장군에게도 부탁하였느니라." 나는 김억추 장군을 돌아보면서 말했다.

　"장군이 알다시피 경상 우도 12척의 전함은 백성들의 피땀으로 건조한 것이오."

　"전쟁 준비가 안 된 동인 조정이 전공을 세우고자 눈이 멀었고, 이순신 장군은 얼마 전에 복권이 되었으니 전장의 감을 아직 찾지 못해 언제 적에게 전함을 잃게 될지 모르오. 백병전과 화전을 피해 함포로 왜적을 격침해야 하오. 이순신 장군 함에는 대장기 두 개와 북을 넘겼으니, 군권은 장군이 맡아주시오.'라고 신신 당부했다.

영리, "장군은 하야를 밝히며 후일 성웅이 될 재목이니 전함에 지휘권을 맡겨 전사하거나 전함을 소실시키지 않도록 밀명을 내렸다."

"실질적인 수군 작전은 김억추 장군이 맡아주시오."

이양된 대장기 두 개로 명량 노량 해전 내내 장군기를 신이 나게 흔들 수 있었다. 경상 우도의 수군은 나름 지휘권과 신호체계를 가지고 있었다.

"나라의 운명이 김억추 장군에게 달렸소."

이때 이순신 장군이 갑판 위로 들어왔다.

"칠천포에서 전사하는 쉬운 길을 두고 나라의 존망과 호서의 대학살이 염려되어 퇴각 명령을 내린 것을 제장들은 기억하시오. 내가 심혈을 기울여 만든 장작귀선이오. 단 한 척이라도 망가뜨린다면 배를 넘길 수 없소."

그는 말한다. "배 장군, 이렇게 훌륭한 전함을 망가뜨린다면 미친놈이 아니겠소?"

나는 말했다. "만일 적과 교전에서 등선 육박전을 펼치면 어떻게 하겠소?"

이순신, "당연히 피해야겠지요. 전함을 만들려면 몇 년이 걸릴 텐데."

"좋소, 좋소! 장군이 유 대감과 친구이고 권율 장군과도 친구이니 내 장군에게 나라의 운명을 맡기고 육지로 오르도록 하겠소."

"고맙소 배 장군, 장군이 만든 이 배 소중히 쓰겠소."

"고마울 것이 뭐가 있소. 우리가 나라를 지키려는 것에는 다름이 없는 것 같소. 나는 이순신 장군께서 육지의 병력에 힘을 보태기를 원했고, 주상

전하께서도 이 장군을 육지에 배속할 것을 명령하긴 했지만 어찌 되었든 다 같은 나라를 지키는 것 아니겠소?"

"배 장군, 아시다시피 전쟁이 끝나면 대왕께선 나를 죽이기로 하였소. 아무리 공을 세운다고 한들 내가 살아날 수 없음은 장군이 더 잘 알 것이오"

"알고 있소, 그래서 육전을 권하였소. 육전으로 공을 세울 수 있으면 좋으련만 장군이 육전을 어려워하시니 어쩌겠소. 본래 배를 만들 땐 일본을 추격하여 오우라(대포 항)항구로 진격해서 모조리 쳐부수려고 만들었으나, 원균 통제사가 내 뜻을 알아주지 않았소. 장군을 믿겠소, 나를 따르는 병사들을 잘 챙겨 주시오."

맑았다. 벽파진碧波津에서 머물면서 정탐꾼을 나눠 보냈다. 늦게 배설이 적이 많이 몰려올 것을 걱정해 도망가려고 했다. 그래서 그의 부하의 장수들을 불러 거느렸다. 나는 그의 속마음情을 알고 있지만 이때는 분명히 드러나지 않았고, 먼저 그런 말을 하는 것은 장수의 계책이 아니기에 그런 생각을 숨기고 있을 때, 배설이 그의 노비를 시켜 소지所志를 올렸다. "병이 아주 심해 몸조리를 하고 싶다"는 것 등이었다. 육지로 올라가 몸조리하도록 제송공문을 써 보냈더니 설(楔, 배설)은 우수영右水營에서 육지로 올라갔다.(난중일기 8월 30일)

그래, 이순신이 충분히 해낼 수 있으리라! 내가 권율과 이순신 장군에게 병 치료 차 귀향을 통보하자, 이순신 장군은 선뜻 허락했다. 전쟁 중이라 영내가 가장 안전하고 전 국토가 유린된 시기였다. 적군이 사방이 있었기에 돌아다녀 봤자 죽기 딱이었다. 그래서 허락했을 것이다. 1597년 8월 30일 나는 공문에 따라 부하들을 인수인계해주어 이순신이 전권을 가지고 함대를 운영할 수 있게 해준 것이다. 물론 김억추 장군과 동생 배즙 조방장에게 실질적인 군권을 이양하여 이순신 장군과 함께 전투를 승리로 이끌라고 지시했다.

임진왜란에서 후퇴하는 일본군 제1번대를 무계진까지 추격한 영남 의병이 고니시 유키나가와 평의지를 포위하고 전 방위 일본군 수송을 차단하고 여러 날 대치하자 일본군 진중과 의병 사이에서 평의지와 고니시가 나의 손에 죽는 것은 시간문제라는 시각이 있었고, 고니시와 평의지는 두문불출 무계진에 갇힌 상황이니 답답한 고니시가 튀어나올 것은 분명했다. 그러나 조정에서 나를 합천군수로 보내는 결정이 내려졌다. 아무리 한탄하여도 소용없는 결정이 동인 조정에서 내려졌는데 고니시를 살리기 위한 동인들의 수작인지 의병을 지휘하는 나를 합천군수로 보냈듯이 또다시 이순신에게 군권을 이양하는 결정을 내린 것이었다.

선조 대왕의 '명공육전' 명령이 배설에게 내려진 것이라 속여서 소수의 병력만으로 육지로 오른 배설은 해남 일대 육지에서 일본군과 유격전을 개시하였다. 명량 해전에서 수군이 대승하자, 동인 군부가 배설을 모함하여 참형하려는 숙청심사에 부담을 주지 않기 위해 병 치료차 군 수뇌부에 귀향허가를 신청하여 공문에 따라 귀향길에 올랐다.

이순신 장군과 불편한 동거 끝에 그를 살리고자 30일 병가를 신청, 육전 휴가를 결정했다.

난중일기 정유년 10월 14일 자 기사

"배裵설의 종이 경상도로부터 와서 적의 형세를 전하였다."

배설이 탄핵당하던 10월 11일 다음 날 배설의 후임 경상수사 이응표에 대해서 난중일기에 단 한 번도 기록이 없다? '김인호 교수'는 '배설이 휴가를 얻어서 떠난 것은 전장을 떠나는 퇴역'으로 본다. 9월 2일 자 '도망쳤다' 이 표현 자체가 모함이고 자신들의 탄핵으로 퇴역당함을 도망이라 우기고 있다. 단순히 며칠 쉴 정도면 허가를 받을 필요도 없고, 그냥 쉬면 된다. 이순신도 난중일기에서 몸이 아파서 며칠씩 쉰 이야기가 자주 나오는데, 이런 경우, 휴가 같은 것은 아니다. 당시 휴가란 요즘의 퇴역으로 군이 싫어서 떠났다면 바로 낙향하여 산속에 은거했을 것이다. 더욱이 자신들이 죽이라며 모함하고 탄핵을 계속 주장한다면 말이다.

나는 '숙청 심사'에 따라 처벌을 기다리며 휴가(퇴역)를 얻어서 경상 우수사로 전장을 떠나서 경상도와 전라도의 경계지점에서 보직이 없는 장수로 우수영에 대기하였다. 그리고 종을 시켜 이순신에게 적진 상황을 수시로 보고했다. 이순신 장군은 배 한 척 없는 상황에서 유성룡 권율을 배경으로 통제사로 복귀하였다.

선조 대왕이 이순신 장군에 내린 '명공육전'은 유격전 경험이 없는 장수에게 죽으라는 이야기가 아닌가? 내가 대신 '명공육전'을 수행함으로 이순신 장군이 명량 해전에서 대승을 거두는 토대가 되었다.

일본 전투부대의 사무라이(기병) 오백 명을 괴멸시켜 보병대로 만든 나의(배세루) 부대가 보병 수백 명과 사무라이(기병) 두세 명으로 구성된 수송대를 공격하면, 일본군은 식량을 두고 도망쳤다. 식량 약탈을 전투라고 하기엔 뭐하지만, 경상 의병 3만, 관병, 백성을 먹이기 위한 식량 쟁탈전이 5년간 최소 230회~500회 이루어졌던 것으로 추정되는데, '사무라이 킬러 배세루'의 공격에 식량을 빼앗기고 도망쳐서 공포심과 굶주림에 지켜보기만 해야 했던 일본군은 전의를 상실하고 벌벌 떨었다.

화왕산성 전투와 황석산성전투

일본군은 부산항에 상륙하여 7개월간 해로 봉쇄로 고통을 받은 후에 칠천 해전에 성공하고 배고픈 일본군이 본격적으로 호남으로 진군하였다. 화왕산성과 같은 산성은 직접적인 공략 대상은 아니다. 훈련 삼아 공격해본 정도였다. 코끼리가 사슴을 건드려 보는 것과 같은 것이다. 곽재우의 2천 병력이 결사 항전하자 일본군은 선봉군의 피해를 우려하여 점령하지 않았다. 그러나 그 전투로 많은 사람이 전사했다. 동인 조정은 화왕 산성 전투를 단 한 줄도 선조실록에 기록하지 않았다. 대구 달성공원 영남 호국단에 화왕산 전투 전사자로 영천 이씨 문중에 '이번'이 배향되어 있고, 등암 배상룡의 전기에도 화왕산 전투가 기록되어 곽재우 장군과 전투를 해서 적을 물리친 것으로 참모인 김천택의 전사 기록이 있다.

이뿐 아니다. 고령 전투의 전사자들도 역사는 단 한 줄도 기록하지 않고 있고, 선조실록에 기록이 없다. 동인 조정은 김천택과 이번은 자살한 것이라고 하는가? 누구는 살랑살랑 바다 한 바퀴 돌기만 해도 일본 배가 다 격침되고, 보인 병사는 다 죽었다는 식으로 묘사하면서, 원균의 해전을 영남 비하의 당파적 시각으로 역사에서 묻어버린 것이다. 원균뿐만 아니라 영남의 전투 자체를 인정하지 않았다. 백제 정신을 승계한 조선 왕조에 호남 동부(동인) 세력이 집권하던 시절, 영남 추풍령 이남 인물은 등용 자체가 안 되었다. 임진왜란 이후 영남은 고려조처럼 조선에서 주류로 등장하게 되는 것이다. 피의 대가라고나 할까? 백제 정신에 대해 생각해보게 된다.

| 전삼달 |

　　1570년 영천 호당리(녹전동)에서 태어났고, 향인 가운데 먼저 떨쳐 일어나 오 형제 중 사 형제(백형伯兄 전삼락全三樂 예조 좌랑, 중형仲兄 전삼익全三益 봉화 현감, 제弟 서강西岡 전삼성全三省, 제弟 훈련원訓練院 첨정僉正 전삼득全三得)들과 함께 의병을 일으켜 화산 권응수 장군 등과 1592년 6월 9일 문천 회맹(경주복성전투), 1596년 3월 3일 팔공산 회맹(팔공산 전투), 정유재란에 방어사 곽재우 장군이 지휘하는 1597년 7월 7일 화왕산 회맹(창녕, 화왕산 전투)에 참가하여 여러 고을 의사들과 수성에 공을 세웠다.

| 이운(李雲, 성산 이씨) |

합천군읍 소사리 출생, 임진왜란이 발발하여 '향토 의병 창의 격문'에 따라 합천에서 이운李雲, 제 이춘정李春亨, 종제 이영李瓔, 아들 이영원李永源, 조카 이영해李永海, 종질 이종인李種仁 등 12종 숙질이 가동家僮 100여인을 거느리고 임란창의壬亂倡義하는데 선창先唱을 하였다.

화왕산 전투동고록, 구전, 검간문집, 상산지에 화왕산 전투 사실 기록이 있다. 합천 의병의 본거지인 야로 주학정住鶴亭에서 군사훈련을 받고 부대를 편성 각 전투지에 배치하여 그 해 6월 6일 1차 고령 무계 전투에서 합천 의병장 정인홍 군사와 고령 의병장 송암松菴 김면金沔군사가 연합하여 싸울 때 공의 12종 숙질과 400여 의병이 왜군과 격전 끝에 크게 공을 세웠다. 성주성 탈환작전 안언安彦 전투 등에서도 큰 공을 세웠다. 곽망우당郭忘憂堂 휘하麾下에서는 낙동강 연안 전투지에서도 참전하였다.

7월 27일 왜군 75,300여 명이 가토, 모리 데루모토 나베마시 우데히를 선봉으로 침입하므로 밀양, 영산, 창녕, 현풍 네 고을의 군사를 거느리고 7월 21일에 화왕산성으로 이동하였다. 그때 사방에 장수와 선비, 백성들이 곽재우 장군을 믿고 모여들었다. 죽음을 각오한 각처의 군사들만의 성명을 기록한 책이 곧 '화왕산성 동고록'이니 여기에 참가한 수는 990명에 달하며, 방어사 곽재우, 종사관 성안의, 조방장 이영(밀양부사), 조전장장웅기(창녕현감), 전재(영산현감) 이숙, 성정국 신초(현풍현감), 신방로 김충민, 장서기 배대유, 성안인, 노극홍, 이응원, 안담, 장무관, 박효선, 문홍도 등이 있다. 일본군 대군이 황왕산성을 몇 차례 공격하다가 별반 이익이 없자 포기하였다.

일본군은 화왕산성을 두고 지나치다가 황석 산성은 훈련 삼아 공격을 하여 구로다 나가마사는 호남의 길목인 함양의 황석 산성(일부 병력 18일 까지 체류)을 공략 3,500여 명을 학살하고, 남원성(8. 14)을 함락한 일본군과 조우하여 전주성을 향해 북진하게 된다. 이 거리는 하루면 도달할(100km) 거리임에도 9월 7일에 겨우 전주성에 도착하자 겁에 질린 전주성 조선군의 도망으로 무혈입성하게 된다. 100km를 전진하는데 22일이 소요되었다. 일본군들이 배세루(배설)에 겁 먹어 전진을 거부하는 사태가 본격화하였다. 전주성 무혈입성에도 북진을 거부하는 상태로 왜군 장수들이 애를 먹었다. 가토 기요마사는 도요토미에게 20일 이내에 한양을 점령하겠다고 장담했는데 100km에 22일이 걸렸으니 이미 목이 열 개라도 살아남을 수 없게 되어 자포자기하고 한양 점령을 전주 회의에서 공식으로 포기하는 결론을 내리고 본국의 명령을 기다리게 된다.

남원성 전투

1597년 8월 16일 일본군 좌군左軍은 부산, 웅천, 안골포 등 해안기지에서 남해안을 따라 이동을 개시하여 고성→사천→하동을 거쳐 8월 7일에 구례를 점령함으로써 우군右軍보다 앞서 전라도에 진입하였다. 이때 일본의 수군도 하동에서 섬진강을 거쳐 구례에 진출하였다. 일본군이 구례를 점령하고 남원으로 북상하고, 남원성에는 명의 동정군 부총 병 양원이 3천여 병력을 거느리고 지키고 있었다.

양원은 6월 중순부터 7월 하순까지 성벽을 증축하고 총안銃眼과 포안砲眼을 증설하는 등 방어시설 보강에 주력하였으나, 8월 들어 일본군 5만여 명이 남원으로 진격하고 있다는 정보에 따라 양원은 전주에 주둔하고 있던 유격장 진우충에게 구원을 요청하고, 전라 병사 이복남에게도 조선군의 증원을 요청하여 이복남과 구례 현감 이원춘 등이 병력 1천여 명을 거느리고 남원성으로 들어오고, 구례에서 북상한 일본 좌군左軍은 다시 부대를 2대로 나뉘어 1대는 남원성 서쪽으로 1대는 남원성 동북쪽으로 공격했다.

정유재란 칠천량 전투의 패전으로 호남을 거쳐 아산으로 올라간 왜군들에 의해 이순신의 아들 이면李葂이 20세의 나이로 전사하였는데, 나의 아들 상룡은 이때 23세로 곽재우의 참모로 화왕산성을 지키고 있었다. 이 장군 아들의 사망에 가슴이 너무도 아프다.

8월 12일에 남원 교외에 진영을 설치한 일본군은 성 외각을 포위하고 소수 병력으로 조총 사격을 가했다. 이에 조·명 연합군은 승자총통과 진천뢰 등을 발사하여 이들을 격퇴했다. 양원은 성 주위에 마름쇠를 대량으로 매설하고 4대문 밖의 석교를 제거하여 일본군의 접근을 어렵게 했다. 14일부터 일본군은 공성 기구를 제작하고 참호를 메우는 등 본격적인 공격 준비를 하여 총공세가 임박해짐에 따라 양원은 전주의 진우충에게 두 차례나 구원을 요청하였으나, 진우충은 전주성을 비울 수 없다는 핑계로 증원 요청을 거부했다.

양원은 대규모 병력의 일본군의 포위 공격을 받게 되었다. 16일 일본군은 본격적으로 공격해 성 밖의 해자를 메워 사다리를 타고 성벽을 기어올랐다. 조·명 연합군이 필사적으로 저항하였으나 이날 밤 일본군은 명군이 지키고 있던 서문과 남문을 돌파하여 성 안으로 진입했고 이어서 동문을 점령하고 북문을 수비하고 있던 조선군을 포위, 배후 공격을 받게 되었고, 병사 이복남, 방어사 오응정, 조방장 김경로, 구례 현감 이원춘 이하 제장들은 최후의 순간에 적들에게 무차별로 학살되었다. 재침을 감행한 왜적은 악이 극에 달하였고, 코를 베고, 귀를 자르고 전유물로 염장하기 바빴다.

영리, "풀뿌리와 나무껍질을 먹는데, 나라에서 건강을 증진하고자 염분 값을 소금 값으로 만들었단 말이냐?"

"관이 썩을 대로 썩었고, 관군과 명나라군, 일본군이 민가의 쌀과 보리를 한 알도 남김없이 다 탈취해 간단 말이에요. 그런데 무슨 수로 소금을 구할 수 있나요?"

일본의 조선 재침 소식을 들은 명나라는 마귀 장군을 총군 제독으로 20만(199,307명) 대병력을 원병하여 파죽지세로 전라북도 남원 쪽으로 진격하고 있었다. 명나라 마귀 제독은 우군, 좌군 주력부대를 이끌고 남원에서 격전하였지만, 대패하고 말았다. 마귀 제독은 잔여 병력을 추슬러 후방 충남 은진에 머물고 있던 병부상서 중군 제독 편갈송 장군에게 모든 군무를 위임하였다. 명나라군이 남원 전투에서 패하자 왜적은 공주와 천안을 연이어 함락시켰고, 왜적의 사기는 더욱 치솟았다.

명군은 이 전투에서 동문을 지키던 중군 이신방, 남문의 천총 장표, 서문의 천총 모승선이 전사하였으며, 부총 병 양원만이 50여 기를 이끌고 겨우 포위망을 탈출하였을 뿐 3천여 명의 명군과 조선군이 이 전투에서 전멸하였다.

일본군은 전투에서는 승리하였다. 그러나 육지에 상륙한 일본군들의 진격은 매우 늦어진다. 부산포에서 장작귀선(배세루)에 놀란 왜병들은 진격을 지연하고 있었다. 왜군 장수들의 호령도 명령도 소용이 없었다.

가토 기요마사는 외쳤다.

"조선 수군 배세루는 전멸했다. 무한 진격하라!"

일본군 14만의 총력을 다한 기습 포위망을 깨트리고 유유히 사라지는 배세루를 두 눈으로 봤기에 병사들은 이구동성으로

"가토 장군도 허풍이 심하시군, 우린 안 속아!"

"배세루가 퇴로를 막으면 다 죽게 될 거야! 이래저래 죽을 바엔 병사는 가능한 천천히 진격하는 거야, 알겠어?"

"이거 조선에서 귀신 되는거 아냐?"

"배세루의 포탄에 죽지는 않겠지만, 수군 총대장 쿠키 요시타카와 도도 다카도라마저 도망 다니는데, 우릴 조선에 두고 장수들만 일본으로 도망 가버리면 우린 어떻게 되는 거야?"

왜군의 대장들이 아무리 채근해도 왜군들은 내륙으로 들어갈수록 진

격이 안 되었다. 호남으로 들어가서 전주성에 무혈 입성하지만 직산까지 진격이 모두 죽으러 가는 듯이 늦어진다.

'혹 배세루에 바닷길이 막힌다면 우린 독 안에 든 쥐 신세가 된다. 다른 부대가 먼저 진출하게 가능 한 늦게 가야 한다.'는 병사들의 태업을 달래는 게 장군들의 일과였다. "이래 가지곤 전쟁이 안 되겠는데, 너무 사기가 떨어졌어."

일본군은 남원에서 코 베기를 시작했다. 조선에서 세수를 확보하고자 염분에 소비세를 전가하여 백성들의 건강도 지키고 세금도 거두는 것으로 염분이 소 값처럼 황금 가치가 되었다고 소금이라 불리게 되었다. 일본군들은 조선의 염분 값 급등에 소금을 팔아서 식량을 구하고자 도요토미에게 조선인의 코와 귀를 소금에 절여서 보내겠다고 하여 본국의 영주들로부터 소금을 공수 받았다. 전쟁 중에도 조·일 간에는 수입수출 경제가 작동되고 있었다.

나는 신병 치료를 위해 군권을 넘기고 귀향(퇴역)을 요청하는 공문을 보냈다. 1597년 8월 30일이었고, 휴가 허가를 공문으로 받았다. 9월 2일 새벽에 병영을 나가자마자, 동인 군부는 탈영 보고를 해버렸다. 분명히 선조의 왕명인 '명공 육전'을 이행하여 이순신 장군의 입지를 넓혀 주고, 집요하게 해남 우수영을 공략하려는 일본군 장수를 급습 제거하기 위해 육지에 올랐음에도 나는 오도 가도 못하게 되었다. 이들은 백성들과 임금을 속이고 있는 것으로 보였다. 나를 속이는 것은 괜찮으나, 조선의 역사를 왜곡하여 조선이 쇄국정책을 펼치게 만든 것은 민족 앞에 중죄가 아닐까? 왜놈들을 손 좀 봐줄 일이다.(병영을 나서자마자 탈영 보고가 되었다는 것을

몰랐다.) 당시 모함과 술수가 난무할 때라 군대의 인심 또한 비정하니 뭐라
못 하겠다.

전주 무혈입성

조선 왕조 백제 정신의 대표적인 경기전이 모셔진 전주성은 남원성 학
살 소식에 놀라 전투도 없이 성을 내주었다. 8월 19일 전주성을 지키고
있던 전주 부윤 박경신과 명의 유격장 진우충은 남원성이 함락되었다는
소식을 듣고 공주로 달아났다. 일본군은 전주성에 무혈입성할 수 있었다.
조선 왕실의 절망은 극에 달했다. 왕조의 정신적 지주가 무너진 것이다.
그렇게 동인들을 감싸고 말끝마다 호남이 나라의 근본이라고 외친 왕조
로선 허탈했다.

나는 일본군의 우군도 좌군이 남원성을 함락시킬 무렵에는 황석산성
을 유린한 뒤에 전주로 들어와 좌군과 합류하였다. 전라도 진출에 성공
한 일본군은 전주에서 다시 좌우 군의 역할을 재조정하여 우군은 계속
북진하여 충청도 지방을 점령하고 좌군은 전라도 지방의 점령 상태를 고
착시키면서 해로를 차단하여 조선군 각 부대의 상호 연결을 봉쇄하기로
하였다. 전라도를 석권한 일본군은 북진을 계속하여 충청도로 진입, 9월
3일에 공주를 무혈점령한 뒤 연기 청주를 거쳐 천안으로 북상하였다. 일
부 병력은 청주에 진출하였다. 일본군은 9월 중순까지 충청도의 중요한

지역을 모두 장악하는 데 성공하였다. 가는 곳마다 닭도 소도 먹을 수 있는 것은 모두 먹어 치웠다. 조선인들이 그들의 이러한 걸신 들린 모습을 보는 순간 모두 죽여 코를 베어 자신들의 치부를 숨기려 했다.

전주에서 조선 진출 일본군 장수들이 회합한다. 그들은 모든 부대가 그런 하소연이다.

"우리가 조선군과 전투에서 승리함에도 병사가 태업을 하고 있으니 어떡하면 좋겠소."

"하긴 부산항에서 너무 박살난 게 원인이지요. '배세루' 때문이니 어쩌겠소?"

"우린들 늦게 육지로 오르고 싶은 것이 아니지 않소."

"도요토미 각하께서 서울로 들어가지 않아도 좋다고 하니, 후퇴하여 병사들을 안정시킵시다. 조선 수군이 전멸했음을 알립시다. 하나 병사들이 '배세루'가 탈출하는 것을 모두 보았으니 어쩌면 좋겠소? 아무리 배세루지만 그 대포에 맞을 확률이 얼마나 되겠소?"

"그러나 맞으면 죽는 것이니 문제가 안 되는 것 아니오? 일본의 전함들이 본능으로 피하게 되오. 조선 수군의 장작귀선 앞에서 동시에 대포 7발 맞고 살 사람이 누가 있겠소? 도요토미라 해도 도망갔을 것이오."

백제 정신의 본향 전주에는 조선 왕조의 발상지를 뜻하는 경기전慶基殿을 지어, 이성계의 어진御眞을 봉안해 오고 있었고 섬진강의 시원始原인 마이산馬耳山과 섬진강이 바다로 드는 남해 금산錦山에서 신神들로부터 개국開國을 인정받아 건국에 성공했다는 어진은 일본군에게 무참히 짓밟히고 말았다.

직산전투

1597년 9월 7일 명군은 이후 수원으로 퇴각하고 일본군은 천안으로 퇴각했다. 선조실록에 의하면 일본군이 안성과 죽산 일대를 노략질하는 동안 공세 행동의 전개는 매우 신속해서 제독 마귀의 예상을 완전히 벗어났다. 명군의 후속 주력부대가 아직 작전이 전개되지 않았으므로 한성 일대에 주둔한 병력은 8,000명으로 대응할 수 없었다. 이에 반해 전주를 거쳐 북진하고 있는 일본군의 병력은 12만 명을 넘었다. 이처럼 명과 일본의 병력 차이가 현저했고, 더구나 남원, 전주에서의 패전 소식이 연달아 전해진 상태였으므로 마귀는 작전 결심을 주저했다.

9월 초 경략 양호가 주력을 이끌고 진주해 왔으므로 마귀도 남진하여 한성 남쪽 90리에 위치한 수원으로 이동하고, 또한, 부총 병 해생, 유격 우백영, 양등산, 번귀 등 4명의 장수로 하여금 정예 기병 2,000명을 지휘, 계속 남진하여 직산 남쪽에 지형의 측방에 위치한 고지를 점령하였다. 이원익이 지휘하는 조선군은 죽산으로 전진하여, 청주로 향하면서 마귀 부대의 좌익을 엄호하고 있었고, 명군은 정면에서 일본군과 방어적 성격의 결전을 하였다. 지형으로 보면 명군은 병력의 열세에도 불구하고 유리한 위치를 점했다.

새벽녘에 일본군 우로 군 선봉 부대가 직산 남쪽 지점에 도달하여 일출 순간 일본군은 산과 들을 가득 메운 명군을 발견하고 조총이 일제히 발사되어 연기와 함성이 산과 계곡에 가득하게 일본군은 응전하여 오래지 않아 흑전 장정이 지휘하는 일본 제3군 소속 3,000명이 전장에서 나는 소리를 듣고 급하게 증원됐으나 일본군은 점차 수세 국면으로 밀리자, 장정은 '내가 죽을 곳'이라고 맹세하고 예하 병사들을 지휘하여 역전하여 고지를 점령했다.

오후 서너 시 무렵 일본 우로 군 주력이 전장에 도달하자, 명군은 후퇴를 시작했다. 명군의 의도는 일본군을 유인해, 수원지구에서 타격을 가하는 것이었다. 하지만 일본군은 이 전투에서 중대한 손실을 보고 천안 방면으로 후퇴했다.

명군은 겨우 4,000명의 병력으로 일본군 3군 소속 1만 명의 병력을 상대하여 상당한 손해를 끼치고, 작전 정신 측면에서 중대한 타격을 가했다. 일본군은 12만 명의 병력을 보유했지만, 고니시와 가토 기요마사의 갈등은 일본군의 좌우 군의 합동작전이 순조롭지 못했다.

가토의 우군의 진격이 직산에서 좌절됐을 때, 고니시 좌로 군은 금강 하류 일대의 용안, 서천 일대에서 배회하면서 사태를 관망했을 뿐 전진하지 않았다. 명나라군이 취한 수급은 30두로 놀란 명나라군은 직산에서 엄청나게 먼 거리인 수원까지 일단 후퇴했다. 명군 선봉은 수원으로 퇴각하면서 구릉지역에서 명군 8만이 매복하여 일전을 준비하고 있었다. 일본군의 기록에는 그 일본군 5,000명은 구로다 나가마사가 지휘했고, 명군을 맞서 싸우다가 천안 쪽에 있던 모리군 일부의 도움을 받아 명군을 격파했다고 한다.

명군은 3일 뒤에 화평을 촉구하는 사신을 보냈다. 임진년에 1차로 조승훈이 3천, 2차로 이여송이 5만 4천, 휴전 이후 재전이 발생했을 때, 마귀가 8만, 이후 만세덕 땐 14만이 지원군으로 조선에 오는데 여기엔 마카

오의 포르투갈이 일본군이 정유재침에 부산항에서 발이 묶여 어려움이 처하자 중국 명나라 측의 용병으로 참전하여 은화를 벌게 된다. 포르투갈은 아프리카 희망봉을 돌아 인도양을 거쳐 일본에까지 이르는 항로를 장악하고 있었고, 중간에 거점 도시를 확보할 필요로 마카오를 강점한 것은 1557년이었다.

포르투갈은 임진왜란 참전을 결정한 명나라 군대에 백인과 흑인이 다수 포함된 군대를 파견했고, 직산 전투에 일본군과 전투를 벌이게 된다. 즉 부산항 봉쇄로 일본의 조선정벌이 실패했다고 판단하고 일본으로부터 발을 빼고 중국 명나라 측에 군대를 파견한 것이다.

남원성 공략 직후부터 도요토미가 한양을 무조건 공격할 필요는 없다고 한 것 등으로 딱히 한양을 공격할 필요성을 못 느낀 것이다. 선조라는 양반은 임란 때 한양을 먹어도 항복을 안 했는데 무조건 줄행랑치는 선조를 잡을 가능성이 없었다고 가토 기요마사도 판단한 것이다.

전주와 충주를 비롯한 충청도 여러 고을에서 주둔했던 명군은 남원성의 패전과 함께 대규모의 일본군에 겁을 먹고 북쪽으로 수원까지 퇴각했다.

명나라군 조선군 일본군이 뒤엉켜 싸우는 통에 농사가 포기되어 무성한 들판에는 메뚜기 떼가 극성스러웠는데, 백성들의 소금값 급등으로 염분이 부족해서 생긴 염병들이 메뚜기와 개구리를 잡아먹어서 치료되었다. 천지신명이 보살펴 주는 강토답게 백성들이 살아가도록 메뚜기와 개구리가 번성했다. 이는 염병과 버짐병 같은 각종 질병을 퇴치해주었다. 조선 조정은 백성들의 염분 섭취를 줄이고자 염분값을 급등시켰다. 세금을 거두어 명나라 군대에 지원하려고 한 것이 아니라 오직 백성들의 건강을 위해서였다.

소금값이 황금 값이 되었을 때 일본군은 엄청난 소금을 가지고 왔다. 그리고 거기에 조선인의 귀와 코를 재워 일본으로 운송해갔다. 금보다 비싼 소금에 절여 일본까지 가서 코 무덤 귀 무덤이 되었다.

'종군승이었던 케이넨의 일기에 의하면. 9월 중순부터 '항구'로 가기 위한 후퇴를 하는 모습이 나온다.'

일본군은 전투의 승리에도 불구, 한양으로 진격하지 않고 천안 안성의 놋그릇 장인들의 납치를 위해서 움직였다. 안성은 신라 때부터 황동 제품을 사용하여 조선의 사대부들이 제수용 유기를 주문 생산케 하였는데 그로 인해 '안성맞춤'이라는 말이 생겨났었기 때문에 이곳의 공예품과 장인들 노비들을 쓸어 담으려고 했다.

선조 30년 9월 8일(을미)의 접대 도감接待都監의 보고 와 30년 9월 9일(병신)의 제독접반사提督接伴使 장운익張雲翼의 보고, 같은 날의 접반관接伴官 신충일申忠一의 보고, 먼저 9월 8일 접대 도감의 보고는 경리아문經理衙門으로 들어온 것으로 명군이 직산 남쪽 10리쯤 되는 지역에 매복해 있다가 일본군과 교전을 벌이고 추격하여 수급首級 30개를 베었다는 내용이다. 해생解生과 양등산楊登山이 각각 수급 2개씩을 베었다는 내용이다.

일본의 사료인 『구로다 가보』와 『모리 히데모토기』는 모두 행장行狀의 성격을 띠고 있다. 다만 실제 참전한 무장의 기록이라는 점에서 한국의 사료들에 비해서 지형이나 전투 과정, 참전 무장 등이 상세하게 서술되어 있어 다른 사료에서 확인이 불가능한 과장된 내용을 제외하면 전투 경과에 대해서는 비교적 자세히 알 수 있다.

중국 사료로 『명신종실록明神宗實錄』이 있는데 마귀가 직산에 주둔했다는 내용과 마귀가 청산靑山, 직산에서 큰 승리를 거두었다고 보고를 올리자 숙응궁贖應宮이 전투를 하지도 않았다며 비난하여 양호와 형개가 노하였다는 기록이 있다.

부산항에 상륙하고 오랫동안 진격을 못한 일본군들은 지쳐 있었다. 전쟁이란 것이 매일 하는 것도 아니고 지루하게 병영을 지키는 것이 대부분으로 일본 도요토미가 독전을 촉구해서 진주성 백성 6만 명이 대학살당하고 왜군도 약 2만여 병력이 살상당한 타격을 입게 된다. 전쟁이 이전과는 다르게 살육전으로 바뀌어 가고 있었다.

일본군의 칠천 해전 승리를 기점으로 도요토미는 전라도에 공포심을 조장하기 위해 전라도 침략을 명령한다. 이로 촉발된 칠천포 전투에서, 경상 우도 함대는 조총 난사에 대비한 두꺼운 송판으로 둘러싸여 총탄이 들어오지 못하긴 했지만, 왜선이 서너 척씩 둘러싸고 줄을 걸어 기어오르는 백병전에 취약했다.(명량 해전 사상자 2명)

해로가 막혀 고심한 일본군은 점차 악랄해지고 극악해진다. 이런 엄중한 사태에 나는 노량진에 전함을 매달고 수리해서 해전을 준비한다. 그런데 뜻밖에도 권율은 왕명을 어기고 압송된 죄인 이순신을 절도사로 파견하였다.

군권을 넘기기엔 너무도 위중한 현실로 진도 해전을 준비하던 상태였기에 더욱 군권을 넘기지 못하고, '이제 조선은 끝이구나!' 생각되어 분노했다. '기어코 동인이 나라를 말아먹는구나!'

때가 어느 때인가? 진주성 6만이 학살되고 칠천 해전에서 14,000여 수군이 살상된 중차대한 시기이자 일본군이 백제 정신 말살을 핑계 삼아 전라 백성들을 학살하는 시기인데 군권을 넘기지 못했다.

"이순신은 천운의 정치군인으로 '럭비공' 튀듯이 백의종군 대죄인에서 수군 총사령관에 임명되었다. 난중일기를 중심으로 필자가 대규모 밥을 배식했을 때, 길게 늘어선 줄 선 사람들에게 밥을 퍼주면서 느낀 것은, 배식 배달하는 사람들은 실제 식사 취향과 관계없이 자신의 기준으로 밥을 요구한다. 즉 자신이 많이 먹는 사람은 밥을 많이 퍼 달라고 해서 배달하고 소식가는 소식 배달을 한다는 점이다. 거의 모든 사람이 그러하고 어쩌면 인간은 객관성이 없다고 볼 수 있다. 남은 밥이 짬통에 버려짐에도 먹는 사람의 취향이 무시되고 배식 되어 낭비되고 먹는 사람도 불만이 있어도 배식자의 취향은 고쳐지지 않는다. 역사에서도 다르지 않다. 부처님 말씀에 부처의 눈에는 부처가 보이고 도둑의 눈에는 도둑이 보인다는 말이 있다. 이순신 장군의 난중일기는 이순신의 마음이 고스란히 쓰인 것이지 사실과는 분명히 다르다는 점이다. 배설 장군은 이순신 장군에게 군권을 이양하고 병 치료를 위해 귀향길에도 왜군의 적장 막사를 단기 필마로 급습하여 일본에까지 용맹을 남겼다. 병 치료를 허락하고 하루 만에 도망갔다고 생각하는 이순신 장군은 누구나 도망가고 싶지만, 그러지 못하고 공을 세워야 하는 절박한 심정에서 그런 착각을 한 것이 아닌가 생각한다. 무거운 짐을 짊어진 이순신 장군에게 기대를 해본다. 동인 조정은 왜졸 하나에도 피해 도망 다니던 자들로서 도망이 끝나자 본격 선조 수정실록 편찬하면서 자신들은 당당하고 영남인은 비루하다는 사실을 그대로 기록하였다. 동인은 입과 붓으로 공을 세워야 하는 자들로 모함과 시기는 당연하였고 명망이 두려워 역모 죄를 씌웠다."

(작가의견)

영리, "선조는 재임 중 1605년 배설 장군을 선무 원종 1등 공신에 책록함으로써 임란시의 공적과 함께 그에 대한 모반이라는 죄과에 대해서는 허위임을 입증하였다. 배설 장군은 임란시의 공적으로 가선 대부 호조참판(광해군)과 자헌대부 병조판서(고종)로 증직됨으로서 역사는 그에 대한 단죄가 잘못되었음을 왕조 스스로 입증했다."

명량대첩 鳴梁大捷

1597년 9월 18일 조선 수군이 명량에서 일본 수군을 대파했다. 12척의 전함으로 330척의 적함을 격침하고, 왜군 18,000명을 격멸한 세계 역사상 전무후무한 대승이다. 사실 명량대첩의 신화는 장작귀선이란 무기의 우수성에 있었다. 내가 1597년 9월 2일 전함에서 내려 귀향하고 2주 후 16일 명량 대첩이 있었다. 명량대첩에서 이순신 장군은 세계 역사에 남을 해전을 성공시켰다.

1597년 10월 26일 (음력 9월 16일) 맑음

이른 아침 정찰병이 달려와 무려 200여 척이나 되는 적선이 울돌목을 향해 곧장 진격 중이라고 보고했다. 각 배의 장수들을 불러 미리 정해준 군령대로 움직일 것을 다시 한 번 신신당부하고 닻을 올려 바다로 나갔다. 삽시간에 적선 133척이 내 배를 향해 달려들었다.

나는 물러서지 않고 대장선으로 몰려드는 적선들과 마주했다. 그리고 포탄을 퍼부었다. 화살 날아가는 소리에 바람이 일었고 대포 소리에 하늘이 울렸다. 그런데 아군의 다른 배들은 멀찌감치에서 구경만 하고 있었다. 정말 한심한 놈들이다.

죽기를 각오하고 몰려드는 왜적에 맞섰다. 그런데 장졸들은 낯빛을 잃고 두려움에 떨고 있었다. 나는 자신만만한 마음으로 그들을 안심시켰다.

"걱정하지 말아라. 저놈들의 배가 만약 천 척이라 할지라도 절대로 우리를 이길 수 없다. 그러니 용기를 내어 포와 살을 날려 저들을 꺾어버려라."

한참을 싸우다 돌아보니 아군의 배들은 이미 수 km 뒤쪽에 물러나 있고, 우수사 김억추의 배는 아예 보이지도 않았다. 군율을 엄중히 세우기 위해 비겁하게 꽁무니를 빼기에 급급한 중군 김응성을 잡아다가 목을 치려 했을 정도로 여러 장군에게 배신감을 느꼈다.

속수무책으로 적들에게 둘러싸일 수밖에 없는 지경에 이르러 황급히 영하기와 초요기를 올렸다. 그제야 김응성과 안위의 배가 다가왔다. 나는 뱃전에서 건너편에 있는 안위에게 소리쳤다.

"너 정말 죽고 싶으냐 이놈아!" 화가 풀리지 않아 다시 한 번 소리쳤다.

"야 이놈아 너 혼자 도망가면 살 것 같으냐?"

우리 쪽에서 쏘아대는 화살이 비처럼 적군들의 머리 위에 쏟아져 내리고 안위 배에 타고 있는 수군들도 죽음을 무릅쓰고 맹렬하게 싸웠다.

견디다 못한 적선 두 척이 울돌목 회오리 바다로 빨려 들어갔다. 나도 모르게 하늘을 우러렀다. 하늘이시여 감사합니다. 살려주셔서 정말 감사합니다. 왜적들의 기선을 제압하고 자신감을 얻은 우리는 12척이 힘을 합하여 울돌목으로 들어오고 있는 적선 삼십 척을 깨부쉈다. 적들은 뒤로 물러섰다.

그렇게 울돌목 바다 명량에서의 오늘 전쟁이 끝났다.

우리는 우수영(해남)으로 물러났으나 썰물로 인해서 배를 댈 수가 없어 건너편으로 이동했다가 열엿새 달빛에 젖은 바다를 달려 암태도 옆에 있는 '당사도'로 가서 우리는 모두 오랜만에 평화로운 밤을 맞았다.(난중일기)

일본 측 기록엔 '장작귀선, 거북선이 참가했다고 하면서 거북선이 13척 때문에 지형지리를 알지 못해서 후퇴한다고 하지만 12척 vs 133척의 싸움이다. 와키자카 야스히로가 후퇴했다. 물살에 휘말려 나머지 100척이 부서졌다고 해서 완파가 아니었고 혼란한 상황을 일본은 원하지 않았다. 결국 물살에 휘말린 327척 중에서 133척을 부순 셈이나 일본군은 곧바로 후퇴하여 피해를 최소화했다.'고 적혀 있다.

나는 이순신 장군이 기피하는 '명공 육전' 명령에 따라 육지인 해남 등지에서 일본군을 공격하였기에 진도 수군 기지가 유지된 것이건만, 명량

대첩의 승리에 고무되어 동인 군부는 내게 부산 해전 패전의 책임을 물어 군사재판을 한다고 하니 장수로서 귀향하지 않을 수 없게 되었다. 조선 수군은 진도 기지를 운영할 수 없게 되고, 섬과 섬 사이인 고금도 등지로 피항할 수밖에 없게 되어 서해를 완전히 일본군에게 내주게 된다. 호남에서 본격적인 코 베기가 시작된다.

왜군들은 명량 해전 이후에 무안까지 들어와서 약 600여 척의 적선들이 나타났다.(간양록) 명량 해전에서 출현한 배들보다도 훨씬 많은 수다. 그런데 명량 해전으로 결정적인 타격을 입어서 퇴각했다고 보기엔 일본의 배들은 더욱 많아졌고 포로를 납치하는 것도 제지되지 못했다. 보급이 끊겼다는 내용은 없고 '히데요시'가 경상도로 퇴각을 계속 명령했다.(정유재란 시작부터) 직산 전투에서 잡은 일본포로 '복전감개'도 똑같은 증언을 했다. 가토 기요마사가 북진을 주장하지만 도요토미가 '9월까지 하 삼도만 청소하고 10월에 경상도로 퇴진하라!' 한 것은 명량해전 이전부터 이야기다. 단순히 명량 해전에서의 승리가 일본의 퇴각에 결정적이라는 사료가 없다.

일본군이 작전회의를 한 정읍 회의와 전주 회의 내용에서도 전라도 충청도 소탕이 끝나는 대로 남해에 축성한 성곽으로 이동할 순서를 정하고 있었다. 일본은 임진왜란 초기부터 조선에서 천대 받던 노비 노동력의 납치에 사활을 걸었고, 그다음이 도자기와 바느질하는 사람들의 납치에 초점이 맞춰져 있었다. 일본이 조선에 힘자랑 하려고 쳐들어온 게 아니었다. 임진왜란 때 일본 침략자들은 최소 30여만 명의 조선 노동자들을 끌고 갔으며 수많은 도자기류와 인쇄술, 상공인(노비) 등을 약탈해 갔으니 전쟁의 목적은 이루어진 것이다.

임진왜란 이전에 이미 북 규슈 등의 무사, 상인, 농어민 중에는 무장한 대 선단으로 조선으로 건너와서 쌀이나 콩 등의 식량을 탈취하거나 사람을 끌고 가 노예로 파는 사람들이 나타났다. 조선에는 이들을 왜구라 부르며 두려워 하였다. 왜구는 중국 연안도 습격하였기 때문에 동아시아 각국에 공통의 문제가 되었다. 왜구는 이키 쓰시마 등을 근거지로 한 일본인이었고, 이들이 일본 통일 신흥세력들을 이끌고 쳐들어온 것이 임진왜란이다.

원균 장군과 3도 연합 수군이 정유 재침의 1월 24일부터 7월 16일까지 부산 일대에 발을 묶어 둔 사실 하나만으로도 조선은 승리한 것이다. 임진왜란 때 육지 상륙 하루 만에 동래성이 무너지고 20일 만에 한양이 무너진 것은 이순신 장군과 원균 장군이 해전을 꺼렸기 때문이라 보는 것이 적당하다. 이순신이 칠천 해전 이후 복귀하고 일본군이 물러간 것이 아니다. 오히려 복귀와 동시에 남원 전주가 차례로 공격당했고 전라남도 해안 일대에 왜구가 바글바글 거리며 전남 해안을 짓밟고 조선인을 무차별 납치해갔다.

영리, "이순신 장군이 명량해전에서 일본군의 수에 놀라서 40십 리나 떨어진 고금도로 후퇴했다고 합니다. 영광, 무안, 진도 주민 3만 명이 잡혀 일본으로 끌려갔다고 합니다."
"그럴 리가 있나? 이순신 장군은 명장 중의 명장인데, 울돌목 방어를 못 했을 리 없다. 내가 충분히 알려줬으니 믿어보자꾸나!"

"장군! 이순신 장군이 섬 고금도로 피항하여 10만여 명의 조선인이 납치되었습니다. 그리고 죽은 사람의 수는 셀 수 없고, 교토의 코 무덤에는 12만 6천 개의 조선인 코를 묻었다고 합니다."

아무리 명장 이순신 장군이라고 해도 12척으로 어떻게 하겠단 말인가? 명량 해전의 대승을 보라! 역시 이순신 장군이 아닌가? 내가 수군을 지휘했다면 한민족의 가장 위대한 전승 명량해전을 해내지 못했을 것이다.

명량 해전은 어리석은 단병 접근전을 결단코 반대한 용맹하고 지략이 뛰어난 김억추 장군과 배즙 장군이 이순신 장군을 보필하였기에 대승할 수 있었다. 명량 해전을 헐뜯는 것은 배즙 장군과 경상 우도 병력에 대한 모욕이다. 내가 비록 패전 군사 재판에 회부되겠지만, 기적적인 명량 해전을 이룬 이순신 장군의 능력을 보니 내가 군권을 넘긴 것이 옳았다는 생각에 너무 기쁘다. 이순신 장군의 찬연히 빛나는 명량 해전 대승 신화는 한 민족이 길이 기억해야 할 승전의 역사로 남았다. 절대 불리한 여건에서 기적을 창출한 이순신 장군의 업적은 한 민족의 전승신화로 바로 평가되기를 바란다.

영광 무안 불바다

1597년 9월 14일 왜군에 의해 영광이 불바다가 되자 많은 사람이 바다로 탈출하려다 '보트피플'이 되어 방황하다가 일본군에게 붙들려 일본에 끌려갔다.(강항을 붙잡은 자는 이요노카미 사오토 부하 신시치로) 강항은 포로가 되자 형제자매들과 물에 뛰어들어 자결하려 했으나 실패했다. 사람이 살고 죽는 것이 어떻게 마음대로 되나? 잘 죽어야 한다고 동인들은 말하지만, 그건 쉬운 게 아니다. 일본군에 옮겨진 강항은 장인이 결박을 풀어주어 밤중에 투신자살을 기도했으나 일본군이 날쌔게 건져내 밧줄에 꽁꽁 묶이는 신세가 되었다. 이때 수은의 혈육으로 하나뿐인 아들 용과 첩의 소생인 딸 애생은 배 안에서 죽고 사랑하는 첩도 끝내 세상을 등졌다. 또 종형의 아들이 배탈이 나자 왜병은 그 아이를 산 채로 물속에 던져버렸다.

생포되어 9일 만에 왜선이 순천 좌수영에 이르러 큰 군선으로 옮겨져 일본 압송 길에 올랐는데, 당시 약 3만여 명이 납치되었다. 닥치는 대로 죽이는 판국에서도 일본군은 어떻게든 살려서 본국으로 납치하였고, 강항에 배는 순천항을 떠난 지 8일 만에 일본 이요에 입항, 이곳에서 오사카에 옮겨지고 얼마 후 일본의 수도 교토 후미 시성에 들어가 일본의 지식인 중에서도 뛰어난 사람들과 교제했는데 그중 일본 주자학파의 선구자로 일본 유학사상의 중요한 역사적 위치를 차지한 '후지하라'와 교제를 갖기 시작했다.

　강항은 딸도 잃고 용꿈을 꾸고 낳았다는 하나밖에 없는 아들도 잃는다. 그나마 다행한 것은 가족, 친지들과 헤어지지 않고 같은 곳에 억류되어 있었다는 정도일까. 조카들이 하나하나 죽어 나가고, 일본인의 조선인 포로에 대한 횡포와 조선인의 변절을 지켜보며 어찌 가슴 아프지 않았겠는가? 육지에서의 싸움만 보아왔던 강항은 일본 수군에게 붙잡힌 뒤 처음으로 남해안 무안현에 있던 적들의 본거지를 본다. 600~700척의 적선이 바다를 메운 그곳에서, 강항은 실로 놀라지 않을 수 없었다.

"…배 안에 실린 무리들은 우리나라 남녀와 놈들의 무리였는데, 그들이 서로 뒤섞여 울며불며 아우성치는 소리가 산을 울리고 바다를 뒤흔들더이다."

드디어 일본 땅 오쓰성大津城에 발을 디뎠을 때 강항은 천 명도 넘는 조선인 포로들을 목격하였다. 바다를 건너는 도중 많은 사람들이 죽었다. 강항의 여덟 살 난 어린 조카가 구토와 설사를 하며 병이 나자 왜군들이 바다에 던져 버리기도 했다.

바다에 던져진 아이가 아버지를 부르는 소리가 오래오래 끊이지 않았다. 강항은 오즈성에서 한양을 방문한 적이 있다는 슈세키지出石寺의 승려 요시히도好仁와 친교를 맺기도 하고, 탈출을 시도하다가 붙잡히기도 했다. 1598년 6월 강항은 오사카를 거쳐 교토의 후시미伏見성으로 이송되었고 그곳에서 도요토미 히데요시가 죽었다는 소식을 접했다. 이곳에서 약 1년 8개월을 지내고 풀려나 1600년 4월 귀국했다.

"조완벽전은 정사신의 문집인 '매창 집'에 실린 진주에 살던 선비 조완벽에 대한 기록이다. 조완벽은 정유재란 때인 1597년에 일본으로 납치되어 끌려갔다. 그는 유학자로서 학문이 뛰어나고 문장을 잘하였으므로 교토의 무역 상인에게 고용되어 1604년 이후 세 차례나 안남(지금의 베트남)에 가서 진귀한 사물을 견문하였고, 여송, 유구국 등에도 다녀왔다. 정사신 '매창 선생집'에 조완벽전으로 다음과 같이 실려있다. '일본에서 노예 생활을 하다가 동남아시아 지역까지 다니며 무역을 하며 큰 부자가 되었다. 10년 만에 돌아와 가족과 상봉하고 안락한 만년을 보냈다.'"

회령포 만호 민정봉, "장군, 이 장군의 명량해전 이후 엄청난 적군이 몰려와서 호남 사람들이 노예로 끌려갔습니다. 강항이라고 형조 좌랑 일가족도 끌려갔습니다."

명량 해전으로 일본군의 서해안 진입을 막았다는 것은 전혀 사실이 아니다. 일시에 일본 수군은 사람 납치와 약탈을 하기 위해서 서해안으로 들어온 것이다. 조선 수군은 명량해전 이후에 보급품 부족과 전력의 열세 때문에 서해로 물러나야 했고, 일본군은 전라도 서해안까지 진입했다. 간양록을 남긴 강항이 서해안에서 일본군에 잡혔고, 그때 일본군은 700척의 선박을 동원하여 납치와 약탈을 했다. 쇼소카베 모토치카의 부하인 노부시치가 전북 부안까지 배를 타고 다다랐음이 기록에 있다.

일본 측 기록에는, 도요토미 히데요시는 주둔지에서 조선 내륙으로 진격하여 초토화하고 다시 주둔지로 철수하는 이런 패턴을 몇 차례 하여 조선의 정신적 지주인 호남을 청소하여 기죽여 굴복시키라고 부하들에게 명령을 내리므로 선조 대왕을 항복시키려 했다.

들도 산도 섬도 죄다 불태우고 사람을 쳐 죽인다. 그리고 산 사람은 금속줄과 대나무통으로 목을 묶어서 끌고 간다. 어버이 되는 사람은 자식 걱정에 탄식하고 자식은 부모를 찾아 헤매는 비참한 모습을 난생 처음 보게 됐다. 적국인 전라도라고 하지만 검붉게 치솟아 오르는 연기는 마치 이런 상황을 분노하고 있는 것처럼 보이는구나. 감옥에 넣어 물을 먹이고, 목에 쇠사슬을 채우고, 달군 쇠를 대어 지지는 것은 이 덧없는 세상에서 일어나고 있는 일이다. 조선인의 코와 귀를 무더기로 잘라 일본으로 가져간 일본군의 악랄한 만행이 본격적으로 시작된 것도 조선 수군이 패배한 칠천 해전 뒤부터다. 도요토미 히데요시가 정유재란 때 조선으로 출병한 일본 다이묘(영주)들에게 '전공의 증명은 수급의 수로 하지 않고 베어서 가져온 코의 수로 계산한다.'는 군령을 내린 것이 1597년 8월이다.(케이넨 일기)

"그때 해상의 안개 속에서 돌연 한 척의 낯선 배가 나타나 빠른 속도로 접근해 왔다. 왜선이었다. 해상은 순식간에 아수라장이 되었다. 그 혼란 속에서 강항의 딸 애생과 아들 용이 물에 빠져 죽었다. 강항 일족은 모두 일본군의 포로가 되었다. 왜선은 왜 수군대장 도도다카토라藤堂高虎의 가신家臣 신시치로信七郎가 지휘하는 병선兵船이었다. 강항의 장인이 몰래 포승을 풀고 알몸으로 바다에 뛰어들었으나 곧 일본군에게 다시 붙잡히고 말았다. 일본군의 배는 무리를 지어 영산창, 우수영을 지나 순천의 왜성倭城을 지났다. '붙잡혀 여기에 오기까지 9일간 물과 음식을 먹지 못했지만 그래도 아직 죽지 않는구나. 목숨은 이렇게 질긴 것일까'라고 강항은 『간양록看羊錄』에서 썼다. 밤중에 옆의 배에서 울고 있던 여자애가 울음을 그치고 노래를 불렀는데 그 목소리가 옥을 깨는 것 같았다. '일가가 몰락한 이래 두 눈의 눈물은 말라버렸지만 이날 밤은 다시 눈물이 옷소매를 적시누나'라고 강항은 읊었다. 다음날 적선賊船 한 척이 지나갈 때

여자의 목소리가 '영광 사람, 영광 사람' 하고 외치는 소리가 들렸다. 형수가 나가서 물어보니 애생의 어미였다고 한다. 왜군에 붙잡힌 후 이미 죽은 줄 알았는데 여기서 처음으로 살아있는 것을 알았다. 나중에 들은 소식에 의하면 그녀는 이날 밤부터 매일 통곡을 하여 왜놈에게 두들겨 맞았고 끝내 굶어 죽었다고 한다. 강항은 슬픔을 견딜 수 없어 견우직녀의 이야기를 인용하여 그녀와의 영원한 이별을 고하는 시를 읊었다."

"둘째 형의 아들 가련은 여덟 살인데 목이 말라 바닷물을 먹은 후 토하고 설사를 했다. 왜놈이 오더니 그 애를 번쩍 들어 바다에 던져버렸다. 아버지를 부르는 소리가 언제까지나 귓전에서 사라지지 않았다. 강항 일가는 큰 배로 옮겨졌다."

"물도 음식도 없는 항해는 계속되었다. 어른은 그래도 참을 수 있었지만 아이들은 그렇지 못했다. 둘째 형의 아들 가련은 여덟 살인데 목이 말라 바닷물을 먹은 후 토하고 설사를 했다. 왜놈이 오더니 그 애를 번쩍 들어 바다에 던져버렸다. 아버지를 부르는 소리가 언제까지나 귓전에서 사라지지 않았다. 강항 일가는 큰 배로 옮겨졌다.(간양록)"

약 3만 명이 영광 앞바다로 붙들려 강항과 같은 신세가 되었다. 전쟁은 인류의 범죄행위이며, 미화하거나 낭만적으로만 보아서는 안 된다. 전쟁이란 소용돌이에서 주인공이 되는 장군이 될 확률은 극히 낮다. 아마 대부분의 사람은 자의든 타의든 강제 동원되어 목이 잘려 죽는 것이 전쟁이다.

이러한 인류의 범죄행위를 일방적으로 미화해서는 곤란한 것이다. 우연히 군인이 되고 장군이 되어있다고 해도 전쟁을 냉정히 보아야 한다. 전쟁의 목적이 무엇이든 간에 살인 행위에 불과한 것이다. 왜군 병사들이라고 무조건 죽이려 한 다른 조선군 장군들과는 달리 일본군의 지휘부와 장수들만 공격하여 왜군들이 스스로 도주하게 하는 전투를 함으로 일본군 후발대의 상륙(이에야스)을 망설이게 했고, 기존 출병한 왜군들의 귀국을 종용했다. 나는 귀향 자체를 '철군 메시지'로 활용하고자 했다.

　동인 조정은 백성과 한 면천의 약속을 헌신짝처럼 버리고자 장수들의 눈과 귀를 가리고자 광분했다. 백성에게 위대한 조선의 동인 군부가 새를 잡는 조총을 들고 온 형편없는 일본군을 격멸했다고 속이고 있었다. 정신력으로 전쟁에서 이긴 것이라는 위대한 조선에 대해 백성들의 변함없는 충성을 강요하는 푸닥거리를 시작했다. 그러는 사이에 만주 요동은 누르하치가 접수했고, 대마도는 고니시가 접수하여 영원히 우리의 대륙인 땅을 잃어버린 것이다. 난신들은 이를 숨기고자 광분하며 같지도 않은 전승을 만들어 푸닥거리를 하였다.

귀향

　나는 과거에 급제하여 남명 조식 선생이 제수받은 전생서 주부(현감급)에 올랐는데, 임진왜란이 터져 국가는 없어지고, 패잔군이 되어 아무런 지위도 없는 백성으로 추락했다. 그리고 임전백퇴'臨戰白退'의 천신만고 끝에 향병을 모아 조경 장군을 구출하고 유격전을 개시할 때 나는 빈손이었다. 내가 가진 것은 수없는 총알이 박힌 몸뚱이 하나뿐이었다. 그리고 앞날이 전혀 보장되지 않은 전쟁터 막사에서 찬 이슬을 맞으며 되새긴 구국의 일념뿐이었다. 내게 남은 것은 상처뿐인 몸 하나였다. 구국 일념의 전투를 위해 전쟁터로 다녔고, 영남 '융무대장'이 되어 영남 지방의 전세를 바꾸자 두 번에 걸쳐 공수특전단인 영남 수군절도사에 임명되어 장작귀선을 만들어 일본을 격파하려 했으나, 군령권만 있던 권율, 원균에 의해 계획은 부서지고, 이순신을 감싸고 도는 동인 조정은 나를 탄핵하였다. 군인으로서 명령을 거부할 수 없었고, 다시 빈손으로 돌아가는 것이다.

고루모 아이가 나를 보고 말했다. "쌀가마를 가져다 주신 쌀집 아저씨 안녕!"

"너는 매화 그림을 너무도 훌륭하게 그리는구나!"

그래! 침략군이 땅과 거기서 나는 곡식을 모두 가져가는 것 때문에 사람들이 고통을 받고 있지? 약탈 뇌물 비리 멸시 차별대우 그리고 존재를 부정당하기도 하지. "고루모야 이제 내가 갈 때가 되었어, 기특한 아이 고루모야! 이제 갈 때가 되었어! 어떻게 어디로 가야지?" 고루모 아이는 천진난만하게 말했다. "네, 저 아래로 90번 버스를 타고 가세요. 그리고 저 많은 투구는 뭐예요?"

"아! 그 투구는 너무 무거워 주인을 잃은 투구들이란다. 가장 아래 파란 풀을 수북 엮은 투구가 내 것이란다. 그 위에 이름 없는 저 투구를 차곡차곡 쌓아 두려무나! 나중 찾으러 오마! 고루모야! 세상 사람들이 골고루 잘살게 되도록 나라의 힘이 강성해지면, 그 때 다시 오마!"

고루모 아이는 이별이란 말에, "아저씨, 외눈박이 강아지가 인사한대요."

"그래! 해 뜨는 곳을 언제나 지켜보렴, 고루모야 안녕!"

"사람들은 이 높다란 집을 알지 못할 거야! 일이 끝나면 찾으러 올 거야! 기특한 매화 그림을 잘 그리는 아이 고루모! 세상 사람들이 골고루 잘살게 하려고 아저씨가 이 무거운 투구를 쓰고 다녔단다. 이 땅에 법의 권세는 백성에게서 나온다는 것을 보여주려 했단다. 고루모야! 내가 다시 올 때까지 매화 그림을 그리렴, 고루모야 내가 다시 올 때까지 절대 투구를 쓰면 안 된단다. 그때까지 너는 매화 그림을 그리고 있어라! 쉿! 누구에게도 비밀이야! 고루모는 내가 다시 올 때까지 매화를 그려!"

나는 그야말로 단기 필마로 적진에 뛰어들어서 온갖 상처를 입고 위기를 겪으면서도 적장의 목을 베어 무사히 진지로 귀환했던 성주 부상현 전투를 떠올리며, 개선장군의 모습을 상상하면서 바람처럼 말을 달렸다. 모리 가문의 군관(사무라이) 지도부 기마병 오백 기를 섬멸하여 5만 명의 부대를 보병대로 만들어 주었던 지난 일들이 주마등처럼 스쳐 지나갔다. "그 무엇이라도 베고 말리라!"

나는 일본군(시마즈 요시히로鳥律義弘, 그의 아들 시마즈 이에히사(도진가구)) 진영 적장의 막사를 향해 달려 적장의 막사에 이르자 왜군은 아무도 제지할 엄두를 못 했다. 나의 기세가 워낙 당당해서 앞길을 막으면 언제라도 단 칼에 베여버릴 태도는 관우가 '청룡언월도'를 치켜들고 나아가는 모습에 비해 부족함이 없어 왜군들은 당당함에 넋을 잃고 누가 시키지 않아도 길을 비켜나게 된다. 사무라이들이 줄행랑치고 군졸들도 길을 비키니 시마즈 요시히로 장군 막사가 나타났고, 이윽고 시마즈 요시히로 장군과 아들은 이런 나의 모습에 크게 당황하여 어찌할 바를 몰라 했다. 이윽고 적장 막사 앞에서 나는 단도직입적으로 병든 몸의 죽을 힘을 다해 칼을 들이밀었다.

너무 순식간에 일이었다.

"시마즈야, 고국으로 돌아가라!"

일본군들은 허를 찔려 손을 쓰지도 못했다. 시마즈 요시히로를 급습하여 목에 칼을 들이대고 고국으로 물러날 것을 요구했다. 이는 언제라도 적장을 암살 시해할 수 있다는 신호였다.

영리, "시마즈 요시히로와 시마즈의 이에히사는 들어라! 배설 대장님이시다."

시마즈 요시히로와 아들은 화들짝 놀라 나자빠진다. 완전히 얼굴색이 변해 정신조차 없게 된 상태에서 나는 칼을 만지며 그의 대답을 들고자 큰 소리로 말했다. "시마즈야 당장 물러가라!"

시마즈 요시히로 부자는 너무 놀란 나머지 "잘못했스므니다. 용서해 주셔요! 살려만 주신다면 당장 돌아가겠습니다." 하며 두 손을 싹싹 빌고 있었다.

영리, "너희의 죄상이 하늘이 무섭지 않으냐?"

나는 다짐을 받고자 했다.

"시마즈야! 일본으로 돌아가라! 철군하란 말이다."

시마즈는 말했다.

"우리도 좋아서 온 것이 아니오, 도요토미 폐하의 명령 때문이오. 오! 배세루 장군, 우리 일본이 전쟁에 졌소, 인정하오! 나는 일본으로 돌아가서 후손들이 대대로 배세루(배설) 장군을 이길 것을 연구하도록 하겠소."

시마즈 요시히로가 말하자 아들 시마즈도 맞장구쳤다.

"저희들을 용서해주세요. 우리는 일본으로 돌아가서 조선의 훌륭한 선박 건조 기술을 능가하는 것을 만들어 내고자 할 뿐입니다."

시마즈, "저는 귀국하여 큰 배를 만들 것이오. 그것이 300년이 걸리든 500년이 걸리든 배세루 장군님을 능가할 때까지 계속 후손들에게 시킬 작정이요. 배세루 장군 같은 쇼군이 우리 일본에 있었더라면 중국과 인도를 점령하였을 것이나 우리는 조선 정벌에 실패했음을 인정하오."

시마즈는 아들 도진도 말한다.

"이 전쟁의 원인은 고려가 일본을 침략하고 조선의 지도층이 오만하게 도자기 수출을 금지했기 때문입니다."

나는 말했다. "조선의 도자기 기술은 조선만의 것이 아니라 인류의 것이오, 조선이 도자기를 수출하지 않고 무역을 봉쇄한 것은 조선 양반들이 사용하기에도 부족해서 그렇소."

시마즈 장군, "살려만… 주신다면, 귀국하게…스무니다. 가토 기요마사 장군도 돌아가도 패전 책임으로 살아남기 어렵게 되었소. 배세루(배설) 장군님에게 정말 패배를 인정하고 있소."

시마즈 장군, "배세루 장군, 우리가 졌소. 일본의 병사는 배세루에 놀라 육지 진군이 되지 않고 있소. 우리도 하루빨리 일본으로 귀국하고 싶소."

나는 다시 외쳤다.

"돌아가시오! 무고한 조선인을 또다시 살육한다면 나는 언제든지 그대들의 목을 벨 것이오, 병사가 아무리 많다고 해도 나는 개의치 않고 장군의 목만 취할 수 있다는 사실을 잊지 마시오."

시마즈, "우린 돌아가도 처형되어 살길은 없소, 조선정벌 실패는 전함이 없어서였소, 나는 살고자 하는 욕구가 아니라 일본이 뒤처진 조선술 때문에 실패한 전쟁에 충격을 받았소, 일본으로 귀국하여 나는 죽겠지만, 내 후손들에게 대대로 조선술을 발전시키라는 유언을 하고 죽으려

하오."

나는 일본으로 돌아가겠다는 다짐을 하는 시마즈 장군에게 말했다. "장군이 살 방법이 있소, 그것은 바로 전범 도요토미가 사망하면 되오. 잘 생각해보시오."

영리, "네 이놈! 시마즈! 우리 배설 대장님이시다. 무릎을 꿇어라! 네, 이 ~노 옴!" 영리는 분노해서 시마즈 요시히로 장군의 싸대기를 철썩 올려붙였다.

"그만해라!" 나는 영리를 제지하고 시마즈가 패배를 인정함에 철군을 약속받은 후에 병 치료를 위해 고향으로 말을 달렸다.

영리, "그들은 배설 장군님이 떠난 뒤에도 한참 떠난 곳을 향해 고개를 숙여 묵도하였습니다."

역시 총사령관이다. 마음만 먹으면 왜장 목 하나쯤은 그냥 거둘 수 있었을 텐데, 시마즈 요시히로 왜장은 계속 고개 숙여 감사하고 칭송하고 있었다.

"시마즈 장군이 배설 장군을 흠모하여 아직도 고개를 숙이고 있습니다. 정말 배설 장군이 자랑스럽습니다."

시마즈 요시히로, "저 고래고래 고함만 계속 지르는 부관 놈을 체포하여 심문하라!"

체포된 영리는 말했다. "위대한 조선의 배설 대장께서 동인 조정의 쿠데타를 용인하고 병력과 전함을 넘겨두고 사표를 내고 고향으로 귀향하는 중이시다. 배세루 장군 정도면, 너희들 정도는 바로 목을 따 버릴 수 있는 실력 있는 장군이시다. 비록 단기 필마라지만, 구로다 분신의 목을 벤 장수로 왕명으로 이순신을 임명한다고 하여 왕명을 거부하고 고향으로 귀향하시는 중이다."

시마즈 요시히로는 "오! 배설 쇼군의 귀가라, 훌륭한 무장이다!"라고 말했다.

숱한 생사의 경계를 넘어온 나날들이 아니었던가? 부귀공명은 헛된 망상일 뿐, 헛된 망상을 쫓는 동인 군부의 몸부림을 비웃어 버렸다. 물론 진도까지 피항하여 해남의 적과 대치한 이유는 고려조의 배중손 장군이 몽골 혼도 군을 격파한 '벽파정'에서 적을 방어함이 실수가 없으리라고 생각해서였고, 신신당부를 하고 귀향길에 올랐다. 경상 우수사의 작전 반경은 경상도 전역으로 경상도 선산 땅으로 병 치료를 가는 공문을 가지고 귀향길에 올랐다.

나는 고민한다. 임진왜란은 조선이 계승했던 고려 영토 중 하북 산동 지역의 일부를 전후戰後 보상의 대가로 명에게 잃어버린 것이다. 또 왜에게 치명적인 상처를 입게 되어 대마도의 주권을 완전히 상실하였다. 그렇게 천치같이 순박한 조선의 선비 정신 뒤에는 실제 임진왜란에서 명과 일본 사이에서 대동강 이북의 땅을 명이 관할하고 그 이남의 땅을 일본이 담당한다는 비밀회담이 있었다. 이것은 역사적 사실이며 실제 감사해야 할 곳은 이 일이 성사되기 전에 죽어버린 전쟁의 책임자 도요토미(도요토미 히데요시豐臣秀吉)에 감사해야 할까?

시마즈 장군 급습 사건은 조선 땅에서 원귀가 될 수밖에 없는 자신들의 처지를 돌아보게 하였다. 시마즈 장군 진영 급습 사건의 소문은 일본군 진영에 빠르게 퍼져 나갔다. 일본군의 로망은 부귀명예와 전쟁으로 인한 목 베기가 아닌 나와 같은 휴머니즘, 멋진 귀향이었다. 단기 필마로 돌아가는 조선 수군 대장의 소문에 왜군들은 자신들도 귀향할 수 있을 것이라는 일말의 기대를 품게 했고 모두가 나를 부러워하는 이런 현상이 전선을 종전으로 내몰고 있었다.

시마즈 요시히로는 임진왜란의 패전을 인정하고 일본으로 돌아가서 320년간 '규슈 공업단지'를 만들어 '비행기, 조선, 대포'까지 만들게 했다. 일본군의 모든 군수 산업은 규수의 시마즈 요시히로의 신념에서 비롯하여 후손 대대로 이어져 갔다. 그에 비해 임진왜란을 행주치마로 승리한 조선은 정신력이 얼마나 강해졌을까?

상대를 모함하고 누명을 씌워 당쟁과 사화를 지속했는데, 사실은 권력 쟁탈로 먹고 살려고 한 것이었다. 동인 조정 중신들이 비난하고 조롱하였던 임진란 당시 영남의 장군들이 비겁하였을까?

선조 대왕과 신하들은 용맹스러웠을까? 사실은 전혀 반대이다. 무기도 군사도 없이 강한 적과 장수들은 싸웠고, 중신들은 조금 가능성만 보이면 자신의 파벌을 보내 강도처럼 접수하여 공을 세우려 했다. 그렇게 해야 관직을 유지하고 백성들의 고혈을 수탈할 수 있었기 때문이었다. 다 먹고 잘 살려고 한 것이었는데, 서로 모함하였으니 온전히 몸 하나 보전하기 어려웠던 시절이었다.

이 사건은 '시마즈의 전진철수島津の背進(배설 장군계 배움)라 칭송받았고 무명武名을 높였다. 요시히로의 무명武名은 시마즈의 큐우슈우九州 후손들이 후일 메이지 유신의 주역이 되었다. 세키가하라 전투에 패배하고 살아남은 유일한 장수로 도쿠가와 이에야스는 철군 요청 인연으로 영지를 봉해

주고 일본의 3대 가문으로 성장하게 지원해주었다."

나라에 법도가 있으면 은거해도 된다. 선조 이연과 동인 조정은 자신들에게 복종하면 살고 아니면 죽는다는 공식이 있었다. 나는 구국을 위한 행동으로 군 지휘권 분쟁의 처리를 해줘야 했다. 경상 수군들은 나를 따르고 있어 언제 어떤 불상사가 날지 알 수 없었다. 나의 부관들이 백의종군 장수에 복종하고자 하지 않았고 나는 그들의 격한 반응을 엄히 통제했다.

나는 시마즈 장군의 목을 벨 수 있었다. 그러나 내가 숱한 전투에서 군량을 나르는 가엾은 일본군 병사들이 도주할 때 그들을 추격하여 목을 베지 않았듯이 나는 단기 필마로 시마즈의 진영을 벗어났다. 모리 휘원의 중간 지도자들인 군관들을 수십 차의 전투로 기병의 씨를 말려 5만 왜군을 보병대로 만든 내가 시마즈 요시히로 목 하나쯤은 언제든지 벨 수 있었다.

가토 기요마사든 고니시든 적장 하나의 목은 언제든지 벨 수 있었다. 이곳은 조선 땅이지 일본은 아니지 않은가? 내가 동래 부사로 임명되어 부임하자 일본군은 전투를 회피하고 부산진으로 철수했고, 부산진 첨사로 부임하자, 일본군은 사천성으로 철수했다. 그러고 보니 일본군은 나와의 정면 대결을 피했다.

시마즈는 나의 영리와 부관에게 말했다.

"오메! 배세루 쇼군의 귀향, 정말 훌륭하므니다. 아들아, 우리도 저렇게 고향으로 돌아갈 수 있을까?"

시마즈 부자는 눈물을 흘린다. 감명을 받은 시마즈 요시히로는 자신의 목숨을 거두지 않은 감사의 뜻으로 부관과 영리를 포박한 밧줄을 풀어

주며 고이 돌려보냈다. 시마즈 요시히로는 이날 바로 도쿠가와 이에야스에게 철군 요청서를 보낸다. 이는 곧 도요토미의 명령을 거부하는 움직임으로 일본 내전의 불씨가 된다.

이후부터 조선 수군은 왜군이 철수할 때까지 전라도 땅에서 육전과 수전을 번갈아하면서 싸우던 중에 비변사의 패전 책임문제로 병가를 신청하고 군문을 나선 것이다. '종전 카드'를 목숨과 바꾸어 조선에서 대학살을 막으려 했다.

철군요청서

선산 배 골에 도착한 나는 앞마당의 큰 배나무 아래에서 경상 감사의 영접을 받았다.

"장군 어인 일이오?"

"동인 군부의 쿠데타로 군대를 빼앗겼소, 그러나 전쟁은 끝났소. 조선이 전쟁에서는 이겼소, 이제 곧 왜군들은 철군하게 될 것이오!"

경상 감사와 도제찰사는 근심 어린 표정으로

"조선의 운명이 큰일이군요."라고 말했다.

"동인은 전쟁이 없다고 하지 않았소? 이제 전쟁은 끝났소, 종전 절차만 남았소. 일본군은 내가 귀향했음을 기회로 다시 서진을 꾀할 것이오. 그러나 이순신 장군이 충분히 명량 해협에서 적들의 서진을 막을 수 있을 것이오. 다 김억추 장군에게 비책을 일러두었소. 전쟁이 곧 끝나면 군인이 할 일이 무엇이 있겠소? 병 치료를 하여 조정(동인들)에 건강한 목을 진상해야겠소."

경상 감사, "내 기어코 동인들을 모두 용서하지 못하겠소."

도제찰사, "동인 놈들, 두고 보자!"

"신성하고 위대한 조선에 병든 목을 바칠 수 없지 않겠소, 병을 치료하여 조정에 바치려 하오."

경상 감사의 눈에는 뜨거운 눈물이 흘렀다. 아무 말도 못 하고 경상 감사는 고개만 끄덕였다. 밤은 깊어 달도 어두운데, 오랜 고목의 배나무 아래 백마의 모습만 하얗게 보이고 스산하게 나뭇잎만 떨어지고 있었다.

무슨 말이 필요할까?

극심한 당쟁으로 동인과 서인 사이에는 왜적보다 더한 증오심으로 모함이 난무하였고, 군권을 놓지 않으려는 동인 조정은 선조 임금이 이순신 복직에 거부의 뜻으로 퇴청했음에도 사관들과 승지들이 복직 사면을 강행했다. 선조 대왕 또한 양위 파동으로 이미 임금의 역할을 할 수 없었다. 선조실록의 기록을 보면 당시 이순신 복직을 모든 동인 대신들이 요청하자 선조는 자리를 피했다. 그것을 암묵적으로 복직에 동의한 것으로 하였다.

나는 선산 땅 고향으로 무거운 대장군을 이렇게 내려놓고 훌훌 날아갈 듯이 바람처럼 달려왔다. 백마의 방울 소리, 지르르 귀뚜라미 울음소리가 간혹 가을이 가고 있음을 알리는 것 같았다. 그믐의 밤하늘의 감나무에는 이미 떨어지고 난 까치밥만이 덩그러니 흔들리고 있었다.

'간양록'에 실린 강항의 증언을 보자.

'잡혀서 여기(오사카)까지 오는데 아흐레가 걸렸다. 그간 물 한 모금 마시지 못했는데도 죽지 않고 살았다. 사람의 목숨이란 것이 이리도 모진 것일까. 도착한 뒤에야 왜녀倭女가 밥 한 공기를 가져다주는데… 선루船樓에 묶인 채 대마도 이키壹岐 시고쿠四國를 거치는 여정을 9일간 계속했다. 묶였던 손은 3년이 지난 지금도 굽히고 펴기가 어렵다. 시고쿠에 상륙했지만 굶주려 허기진 나머지 제대로 걸을 수가 없어서 열 걸음을 걷다가 아홉 번은 넘어지고 말았다.'

'어린 놈 용이와 첩의 딸 애생의 죽음은 너무도 애달프다. 모래사장에 밀려 물결 따라 까막까막하다가 그대로 바다 깊숙이 떠내려가 버리고 말았다. 엄마야! 엄마야! 부르던 소리 아직도 귓결에 들려온다. 그 소리마저 시들어질 때 산 아비가 살았다 할 수 있겠는가!'

간양록看羊錄 중에서 게다가 중형의 아들 '가련'이마저 갈증을 참지 못하고 바닷물을 들이켰다가 토하고 설사를 하자 왜놈들이 바다에 던져 버렸다. 여덟 살의 가련이는 아버지, 어머니를 부르며 물속으로 사라져 갔다. 대항할 수 없는 폭력 앞에 선 존재의 한없는 무력감이다.

| 정기룡 장군 |

1586년(선조 19) 무과에 급제, 1590년 경상 우도 병마절도사 신립申砬 휘하로 들어가 이듬해 훈련원 봉사, 1592년 임진왜란이 일어나자 경상 우도 방어사 조경趙儆의 돌격장이 되어 금산과 거창에서 일본군 500명을 격퇴, 임시로 상주 판관이 되었고, 1597년 정유재란이 발발하자 체찰사 이원익李元翼의 부름을 받고 대장으

로 임명되어 9읍邑의 장관과 함께 금오산성을 지키고 고령에 나
가 적을 격파해 적장을 참수했으며, 일본 장수 중 하나인 가토
기요마사加藤淸正의 군대를 보은 사암에서 수십 명 격살하고 그
공으로 경상 우병사가 되었다. 또한 명나라의 장수 양호楊鎬의
선봉으로 울산 전투에서 공을 세웠다. 1598년 명나라 군대의 총병
摠兵을 대행해 경상도 방면에 남아 있던 일본군을 소탕하여 용양
위 부호군이 되고 이듬해 경상 우도 병마절도사가 되었다. 1610년
(광해군 2)에 상호 군, 1617년 삼도수군통제사가 되었다.

조선 수군의 경상 우도 수군은 장비와 무기에 있어 일본군에 압도적이
었다. 안골포 해전 당시 쿠키 요시다카, 가토 요시아키의 적선 40여 척을
격침해 적 1,800명이 사망했다. 조선 수군은 총 전사자가 19명에 불과했
으며 함선의 손실은 없었다. 부산포 해전은 5번의 소규모 기습을 당하나
왜군을 바다에서 격침, 적선 130여 척을 박살냈고 왜군 사상자는 33,780
명으로 조선 수군 전사자는 6명에 불과했다. 함선의 손실은 없었다. 명
량 해전은 13척(2,400명)으로 적 330척(10만 대군) 격퇴했고 적선 29척을 격파
했다. 전선으로서 기능을 잃은 전선이 133척 이상이었고 조선 측 전사자
는 11명에 불과했으며 함선의 손실은 없었다. 노량해전은 적선 350척 이
상을 격침했고 적 사망자가 6만 명이었으며 조선 수군은 200명이 전사했
다. 함선의 손실은 없었다. 도도 다카도라, 와키자카 야스하루, 쿠키 요시
타카, 가토 요시아키, 고니시 유키나카, 구루지마 미치후사, 시마즈 요시

히로 일본 수군 장수들이 지휘한 전투에서 침몰선은 0척으로 사상자를 합하여 100여 명(부상자 포함)밖에 안 되는 숫자다. 배세루(배설) 장작귀선의 놀라운 활약을 보여준다.

공약의 파기

도요토미가 포로로 잡힌 왕자 둘을 풀어주면 최소한 의리는 무시하고 서라도 계속 속임수로 일관한 외교정책으로 명나라에 주권을 위임하고 군대를 위임하고 질질 짜면서 나라를 구해달라고 하는 대왕이 전쟁이 끝나자 면천 약속도 없는 것으로 해버렸다.

선조 91권, 30년(1597 정유 / 명 만력萬曆 25년) 8월 18일(병자) 4번째 기사, 어전에서 도망친 장수들을 참형에 처하도록 사헌부가 건의하다. 사헌부가 아뢰기를, "주사舟師가 패한 것은 실로 조정에서 계획을 잘못 세웠기 때문이니 다른 것은 탓할 것이 없습니다. 다만 변란이 있은 이래로 군정軍政이 엄하지 못하여 한 사람도 군법에 의해 처벌하지 않았으므로 시간이 가면 갈수록 인심이 더욱 분통해 하고 있습니다. 지난번 한산閑山 싸움에서도 여러 장수들 중에 어떤 자는 주사 전부를 이끌고 도망해버렸고 어떤 자는 해안으로 올라가 도망해버리고 주장主將을 구원하지 않았는데도 한 달이 지나도록 군법으로 다스려 군중을 경계하지 않고 있습니다. 오늘날 호남의 군졸이나 백성이 제각기 흩어져서 성을 비워둔 채 지키지 않는 것도 이와 같이 군법이 문란한 데에서 빚어진 것이니 지극히 통탄할 일입니다. 주사의 각선各船을 거느렸던 장수들로서 주장을 구원하지 않은 자는 공을 세운 자를 제외하고 도체찰사로 하여금 군법에 의하여 참형에 처하도록 함으로써 군정軍政을 엄숙하게 하소서."

11월 3일에 이원길이 배설을 처단할 일로 왔을 때 이순신은 배설은 벌써 성주 본가로 갔는데 왜 이곳으로 왔느냐고 적고 있다. 앞뒤가 맞아 떨어지지 않는다. 성주에 간 줄 알고 있었으면 장계를 올릴 때 성주로 갔다고 했으면 배설을 체포하기 위해 성주로 갈 수 있었을 터인데 도망가는 자는 행선지를 알리지 않고 가는 법이니까 성주에 갔다는 말을 못 했을 것이다. 그런데 이순신은 이미 배설이 사직서를 내고 고향으로 간 것을 알고 있었기에 그만 실수를 하고 그렇게 적었다.(난중일기)

11월 3일 조에 배설이 또 한 번 간접적으로 등장하는 바, 이는 『난중일기』에서의 마지막 언급이다. 11월 3일 기축, 맑다. 일찍 새집 짓는 곳으로 올라갔더니 선전관 이길원李吉元이 배설을 처벌할 일로 들어왔다. 배설은 벌써 성주星州 본집으로 갔는데도, 그곳으로 가지 않고 곧장 이리로 왔으니 사사로운 정을 보아주는(이길원의) 죄가 컸다.(난중일기)

원균 장군의 출전 병력을 추정해 본다. 임진왜란 중中 전투병력이 가장 많았던 정유재란丁酉再亂(1597년) 직전인 선조30년의 상황을 살펴보면, 1597년 5월에 체찰부사體察副使 한효순韓孝純이 우리 수군 전체규모를 보고하였는데, "대개 진중津中에 있는 삼도三

道 수군水軍의 전선戰船의 수가 이백삼십사一百三十四척이며, 격군 格軍의 수는 일만 삼천이백一萬三千二百 명입니다.'라고 보고한 바 있다.(선조실록 권88)

원균장군 출전병력 집계 분석:

1) 1597년 5월: 전체 삼도三道의 수군水軍의 전선戰船의 수가 일 백삼십사一百三十四척

2) 1597년 7월 16일: 도원수 권율의 장계=대소100여척

3) 선조 34년(1601년) 1월 17일자 어전회의에 우리 舟師(주사)九十 隻(90척)이 바로 적진을 향하여라고 보고된 상기 보고내용으 로 볼 때, 원균장군은 90~100여척 가량으로 출전함이 논리 論理적으로 타당하다.

군사軍事 -조선왕조실록 해석.

나는 그렇게 성주로 돌아왔다. 임기는 매우 짧았지만, 치선을 다하여 일의 능률은 대단히 높았다. 정치군인들의 무임승차와 같이 요행을 바라서 전투하려 하지 않았다. 아무런 준비 없이 정신력으로 전공에 광분한 장수들이 임진왜란을 초래했지 않았던가?

나라라는 이름으로 얼마나 많은 죄악을 저지르고 있는가, 나라라는 그 실체도 없는 권력을 등에 없고 나라의 법이라는 이름 하에 법치라는

괴변으로 얼마나 많은 사람들의 선택의 자유를 빼앗고 목숨을 요구하였던가, 조선이라는 나라의 수많은 노비들을 만든 것도 법이었고, 면천 약속으로 얼마나 많은 백성들이 죽어 갔던가, 이런 시대에 내 목숨 하나 부지하고자 하겠는가, 왕을 허수아비로 만든 군부의 쿠데타 가운데 할 수 있는 일이란 군대를 넘겨주어 전쟁에서 성공하기만 바랄 뿐이었다.

백성들은 조선이 이기든 왜구가 이기든 관심이 없었다. 모두들 이 빌어먹게 만든 전쟁이 하루 속히 끝나기만을 바랐다. 천하태평의 옛날을 그리워하며, 눈물을 흘렸다.

| 배즙裵楫 |

1564년(명종19)에 태어남. 배덕문의 3남이다. 일찍이 가풍을 몸에 익혔으며 학문에 전념하여 경서와 사기에 통달하였다. 1590년(선조23) 무과 별시에 급제하여 훈련원 습독에 올랐는데 조정에서 말하기를 "지방 고을에서 이와 같이 빼어난 인걸이 배출되리라고는 미처 생각지도 못했다."라고 했으며 다시 사직司直에 제수되었다.

1592년(선조25) 임진왜란이 일어나자 부친 배덕문이 의병을 일으켜 왜장 黑甸甸의 목을 벨 때에 공도 참여하였고, 개산진의 싸움에서도 크게 전공을 세우고 돌아오자 행재소(임금이 임시로 거처하는 곳)로부터 선무사宣撫使에 제수되었다. 1597년(선조30) 정유재란 때는 조방장으로써 백씨 설(경상 우도 수군절도사)과 함께 한산도에서 대승하고 노량에 이르러 갑자기 불어난 적에게 포위되었

다. 이때 공은 비분강개하여 호령하기를 "바다의 기운을 맑게 할
수만 있다면, 이 한 목숨 미련 없이 바치리라." 하고 적진을 종횡
무진 유린하다가 유탄을 맞아 순절하였으니 향년 35세였다.
1610년(광해2) 선무원종 2등 공신에 녹훈되고 가선대부 병조참판
에 증직되었으며 의금부와 훈련원의 지사에 추증되었다. 이 같은
공의 사실이 경산지와 영지에 등재되어 있으며 도남 1리 후포(뒷
개) 숭조대에 유허비가있고, 묘소에는 시신이 없어 갑옷을 대신
묻었다. 경북 고령군 노 2리 명곡 서우재에 있다.

도요토미 히데요시는 절명시絶命詩 "ベッセル いたい…(배세루 아프다…)"라
고 하면서 숨을 거두었다.(이는 거북선과 경상 우도 수군이 얼마나 조선 점령에 영향을
미친 것인지 보여주는 부분으로 세키보네, 아다케, 보고 등등의 자신들 전함 이름 대신 지금도
일본에서는 선박회사들 이름이나 바다의 배들을 'ベッセル배세루'라고 하고 있다.)

1598년 8월 17일 후미성에서 도요토미가 전쟁 중 절명하자 5대로(5봉행)
모리 가문이 철군을 결정한다. 임진왜란 사상 최대 군대를 파견한 모리
휘원 및 범 모리 가문은 약 6만 병력을 파견하였고 5대로로서 5백 기의
사무라이(군관)를 잃어 심유경에게 오백 필의 기마를 공급받았으나 전력
이 회복되지 못해 가토 고니시 구로다의 철군을 불러일으킨 책임자로 일
본으로 돌아가서 히로시마와 쵸수번의 최대의 영지를 보유했다가 몰수
당하는 비운의 범 모리 가문이 되었다.

순천 왜교성 패전

1598년 9월 19일~11월 19일 칠천량 해전의 패배로 이순신과 권율이 군권을 장악하였다. 순천 왜교성은 삼면이 바다로 서쪽만 육지로 조·명 연합군은 약 5만 5천 명, 소서행장(고니시) 왜군은 1만 4천 명이었다. 명나라 유정 등자룡 진린, 조선군 김완 이영남 권율 등이 참여한 조·명 연합군 서로군이 왜성을 동시에 전면 공격하여 왜군을 섬멸하자는 작전은 모두 실패했다.

1598년 9월 19일 우의정 이덕형 도원수 권율이 지휘하는 조선 서로군 총사령관 유정은 '조선군은 명나라군의 명령에 절대복종해야 하며 명군의 모든 행동과 명령에 항명해서는 안 된다.'고 명령을 내렸다. 이때 모든 조선의 군대가 동원되어 약 30만 병력은 9월 21일 명군의 지원병 1만 5천 명이 도착하자 해남 현감이 적진을 공격, 일본군 8명을 사살하는 대승리를 하였다.

22일, 23일 유정은 조선군을 질책했고 서천 만호 한산 대장 홍주 대장 금갑도 만호 회령포 만호 외 조선군 장수들을 곤장 7대에서 15대씩 처결하고 30일 명군 수군 전함 100여 척이 이순신 장군과 합세하여 10월 2일 조·명 연합군이 총공세를 퍼부었고 반나절 도중 오히려 왜군들이 밧줄을 타고 내려와 오광의 군대를 공격, 조·명 연합군 약 1,000명이 전사했고 조선 수군 사로 첨사 황세득 이청일 외 29명이 전사했으며 연합군이 100보 후퇴했다.

10월 2일 유정은 쓰촨 성의 악명 높은 시마즈군을 봉쇄한 조·명 연합군의 중로군 동일원 장군이 시마즈 요시라 왜군에 대패했다는 보고를 받았다.(울산성 가토 기요마사에 조·명 연합군 동로 군도 후일 패배함) 놀란 조·명 연합군은 긴급히 순천 왜교성의 봉쇄를 풀고, 2일부터 9일까지 7일간 조선과 명나라 군대는 무기도 버리고 밤낮으로 후퇴했다. 부유창 방면으로 퇴각은 계속되어 9일까지 계속된 퇴각(조선군 전사 200명 부상 600명)으로 군량미 3천 석을 빼앗겼고 무기들도 엄청나게 빼앗겼다.

사로병진작전

"조·명 연합군은 동로군, 중로군, 서로군 3개 왜성을 동시 전면 공격하여 왜군을 섬멸하자는 작전에서 모두 실패하고 왜군은 유유히 약탈한 재물들을 싣고 철군을 종료했다. 고니시에게 강화회담 요청 공문을 발송해 '양 진영 중간에서 호위병만 데리고 만나자.'고 하자, 고니시가 동의하고 20일 고니시는 호위병 10명으로 회담장으로 나왔다. 이때 유정은 회담장 십여 리에 음식을 즐비하게 하였으며, 회담장 양측에 장사들을 배치하고, 왕문헌에게 유정의 복장으로 위장, 백한 남은 권율로 위장, 전라 순찰사 황산이 직접 고니시를 영접하게 명령하며, 비둘기 20마리로 고니시가 오면 날리라고 시켰는데, 벌벌 떨다 고니시 일행이 해룡창에 도착하자 비둘기가 날아올랐고 명군들이 대포를 쏘아대고 매복 병들이 튀어나오자 고니시는 되돌아가는데 왜군 기병이 구원하여 실패했다. 봉쇄 기간 중에도 왜군은 자유로이 돌아다니는가 하면 총을 쏘아대기도 하고, 조·명 연합군은 퇴각으로 군량미 3천 석을 빼앗겼으며, 무기들도 엄청나게 빼앗겼다. 이 군량미는 조선의 어린이들과 노인들이 굶주리며 수레와 등짐으로 짊어지고 조달했다. 고니시는 흰 바탕에 가운데 붉은 그림을 그려 넣은 '부족한 군량미와 무기를 보내주어 대단히 감사하므니다.'라는 깃발을 길 곳곳에 걸어 놓고 유유히 철수했다. 시마즈는 쓰촨 성에서 많은 재물들 (포로와 도공들)을 가지고 순천성과 합세 일본으로 돌아갔다."(왜교진병일록 1598)

이순신은 권율과 함께 수륙 합동으로 순천 왜교성을 집중적으로 공격하였으나 6차례에 걸친 공격에도 작전은 완전히 실패하였다. 철군하는 해로는 비워 두고 성을 에워싸고 대치하여 피해만 증가했다.

사천성 패전

1598년 10월 1일 지휘관은 조·명 연합군은 동일원董—元 장군, 일본군은 시마즈 요시히로島津義弘였으며 조·명 연합군은 20만 일본군은 7,000명이었다. 조선군 3만 명 이상, 명나라군 8만 명이 전사했으며 일본군은 약 400여 명이 사상한 것으로 추정(대부분 일본군 귀국)된다. 누가 봐도 이제 일본군은 사천성의 독 안에 든 쥐 꼴이었다.

조선군의 창은 2m가 안 되는 경비용으로 일본군의 5m가 넘는 장창 부대와 전투 자체가 되지 않았다. 창의 길이와 병력 수에 있어 장창 부대를 만나 조선군이 한 명을 제쳐도 두세 명이 동시에 찌르므로 조선군은 한 명의 적에게도 타격을 입히지 못했고, 적을 보면 도주하게 되어 있었다. 조선군은 임전무퇴의 정신으로 도주하지 않는다 해도 적에게 타격을 입힐 수는 없었다. 용맹한 조선군이 싸우려 해도 무기가 없는 것과 같았다. 있어도 소용없는 짧고 몽당한 창과 칼로 적에게 먼저 죽은 다음엔 짧은 칼마저도 소용이 없었다. 수첩 대왕 선조가 2m 삼지창 부대를 양성하여 투입한 전투에서 5m의 아시가루 부대에 전멸 당했다. 일본이 장창을 잘 쓴다는 보고로 창설된 삼지창 2m 부대는 헛짓거리였다. 수첩에 적은 것이 도리어 화근으로 차라리 죽창을 들고 나갔더라면 하는 아쉬움이 있다.

1598년 10월 사천에서 시마즈 요시히로島津義弘이 이끄는 시마즈군島津軍 (조선 노비 부대와 일본군) 7천 명이 명군의 장군 동일원이 이끄는 수만의 조·명 연합군을 격퇴한 전투로서 압도적인 전력 차임에도 불구하고 조·명 연합군이 대패하였다. 명군의 수가 3만 7천에서 20만까지이며 명군의 사망자가 수천에서 8만으로 기록되어 있으며 자료마다 차이가 있다.(일본 측 기록)

중국 측 기록에 8만 명 사망으로 되어 있어 이보다 피해가 큰 것으로 추정된다. 1598년 9월 말부터 10월초까지 조·명 연합군은 순천왜성(고니시군小西軍), 사천왜성(시마즈군島津軍), 울산왜성(가토군加藤軍)에 대하여 동시에 공격을 개시, 동일원이 이끄는 20만이라 칭하는 조·명 연합군이 사천왜성을 공격했다. 사천에 주둔하였던 일본 병력은 시마즈 요시히로島津義弘과 시마즈 다다츠네島津忠恒가 이끄는 시마즈군島津軍 7천 명이었다. 시마즈 요시히로(시마즈가島津家)의 군세만으로 조·명 연합군의 대군을 맞아 격퇴하였다.

시마즈 요시히로 측에서는 목을 벤 것 3만 두, '전투 중 사망한 시체 수는 알 수 없을 정도'라고 전하고 있다. 이 전투에서 시마즈 요시히로島津義弘는 '귀석만자鬼石蔓子'라 불리어 공포의 대상이 되었고, 그 무명武名이 조선뿐 아니라 명나라까지 전해졌다.

"'회본태합기繪本太閤記'의 기록에는 쓰촨 성(사천고성)을 수비한 것은 이세병부소보정정伊勢兵部少輔定正(정창貞昌)이라고 기술하고 있다. 또한 사천신성은 신세성新塞城이라 했다. 또한 '오니鬼·시마즈島津'가 아니고 '파怕ろしのしまんず'라고 기술하고 있다. 명군의 병력은 4만여 명이고, 시마즈군島津軍의 병력은 요시히로義弘의 5천, 다다쓰네忠常의 1천, 이세병부소보정정伊勢兵部少輔定正의 3백 합계 6,300여 명이고, 취한 명군의 수급은 3만 여로 기술하고 있다."

한 번의 전투에서 전사자 8만 명이라는 것은 세계사에 남을 엄청난 숫자이다. 사천 전투에 앞서 8월 18일 이미 도요토미豐臣秀吉가 사망했지만 이를 숨기고 10월 15일부로 일본군에게 퇴거명령이 내려졌다. 시마즈 요시히로島津家가 이 사천 전투에서 명군을 격퇴함으로써 일본군의 조직적인 탈출이 가능하게 되었다. 또한 11월 18일의 노량에서 고니시小西軍의 온전한 탈출을 가능하게 했다. 일본은 이 전투를 세계 전투사에서도 비교될 만한 일본의 전설적인 승리의 전투로 기록하고 있다.

1598년 10월 2일, 조·명 연합군의 동일원董一元 장군은 오전 사천 왜성에 대한 총공격에 나서 중로군中路軍은 목책까지 진군하여 화살과 총탄을 우박처럼 발사했다. 조선의 소를 마구 잡아먹고 고량주로 취하여 '취권 쿵후 스타일'로 한 손에 3척 이내의 반달형 무쇠 칼을 들고 한쪽 다리는 들어 올려 일본군의 목을 벨 준비를 한 20만 대군이다. 그 사이에 낀 조선군도 두 자 정도의 환도 칼을 들고 8자 걸음의 택견 모습으로 가문에 공을 세울 기회로 일본군의 목을 베고자 한양에서 천리 길을 마다치 않고 달려와서 쓰촨 성에 집결했다. 조선의 법전에 따라 대장군이 석 자 칼을 사용하고 병졸은 그보다 짧은 몽당 칼이 주 무기였다. 일본군이 거의 철군하고 남은 잔병은 7천 명이다. 조선의 관심 사병은 정유재란이 끝나게 된다는데 고무된 조선의 양인들과 중인들이었고 이들은 대거 조선군에 자원하여 상국 명나라군 일본군 사이에 끼어 전투를 하였다. 일본군은 잘 훈련된 장창으로 일정한 방향으로 가라데 자세로 장창을 휘둘러 명나라군 쿵푸 군대의 맨 앞줄 병사들은 환도를 들고 전진 자세로 목이 날아가고 목 없는 시체는 반 보나 걷다가 쿵하고 수백 명씩 쓰러지고, 목에서 떨어진 병사의 머리들은 자신이 죽은 줄 모르고 눈만 휘둥그레 살아 움직이면서 여기 저기 굴러 다녔다.

　　전쟁이 막바지에 이르러 가문을 빛내고 입신의 수단으로 또는 구국에 충정으로 명나라군 수를 압도할 조선군이 모여서 일본의 잔병을 퇴치하려고 하였다. 일본군 대 명나라군, 조선 양반 부대 간의 최후의 일전에서 조·명 연합군은 대패하고 말았다. 아버지를 아버지라 부르지 못했던 조선 노비들은 명나라군 약 8만 명을 사살하고 거의 비슷한 수의 조선 군도 피해를 보았다. 드디어 중로군中路軍이 성문을 깨고 담을 넘으려고 했다. 바로 그 순간, 공격군의 후방에 거치돼 있던 성문城門 파괴용 대포가 과열로 파열하면서 그 불꽃이 날아가 화약 상자에 옮겨 붙어 연쇄 폭발 사고가 일어났다. 이에 놀란 명군明兵들이 공세를 멈추고 도주하려고 했다. 기회를 포착한 왜병(조선 노비)들이 일본도를 휘두르면서 돌격했다. 백병전에서는 예리한 일본도가 위력을 발휘, 시마즈 요시히로島津義弘가 본대를 이끌고 달려 나와 도주하는 명군明軍을 추격하기 시작했다. 중로군中路軍의 선봉장 모국기는 적敵의 주장主將 시마즈 요시히로島津義弘까지 출성하자 성 안의 수비가 없을 것으로 판단하여 군대를 이끌고 바로 성문을 향해 찔러 들어갔다가 시마즈 타다나가島津忠長가 100기騎를 이끌고 사천 왜성과 명군明兵 사이로 뛰어들었다. 가바야마 히사다카樺山久高 부대도 가세했다. 이때 데라야마 히사가네寺山久兼 부대는 중로군中路軍의 후미에 있던 치중輜重 부대를 향해 화살과 철포를 발사했고 대소동에 놀란 모국기 부대는 사천 읍성 방면으로 도주했다.

동일원董一元 직속의 4,500기騎는 영춘 왜성과 사천 읍성 사이의 석교石橋 전면前面에 최후 방어선을 치고 전세의 역전을 꾀했다. 그러나 가와카미 히사토모川上久智의 부대가 달려 나와 중로군中路軍은 완전히 붕괴하여 무수한 사상자를 남기며 합천 삼가까지 수일을 도주했다. 명나라군은 조선의 소를 도살해 먹어 힘이 남아돌아서 짜리몽땅한 무쇠 칼을 들고 취권과 소림무술 폼으로 일본군과 장렬하게 맞섰으나, 조선군도 무쇠 칼로 적군의 목을 베려고 최선을 다했다. 그러나 일본(노비) 군들은 약 6m의 장창으로 명나라 조선군을 인정사정 보지 않고 찔러 죽였다. 결국, 일본군이 오후 들어 대승을 거두었다. 조·명 연합군의 시체가 산을 이루고 있었다. 조·명 연합군의 사천성 패전은 충격 그 자체이다. 세계사에 드러내 놓고 말할 수 없어 숨겨야 할 전투로 기록되었다. 사실 조선군의 전사자는 기록보다 훨씬 많았다. 도대체 어떻게 이런 전투가 있을 수 있나?

시마즈 요시히로의 군대가 출병할 때 7천 명이었다. 그러나 조선에서 관노들을 대거 일본군으로 흡수하여 실제 군세는 약 1만 명이 넘었고, 조선의 노비로 형성된 군대가 얼추 4천 명은 넘었다. 이들은 시마즈군을 따라 일본으로 가려고 했다. 그래서 전투를 회피하고 사천성에 주둔하고 있었다. 그러나 조·명 연합군이 포위하여 퇴로가 막힌 불가피한 전투가 치러졌다. 조선의 관노들은 사실 조선의 최상층 양반들의 자손으로 어머니를 잘 못 만나 노비가 된 우수한 병력이었다는 점을 주목해야 한다. 머리도 좋았고, 노동으로 단련된 강인한 힘을 가지고 있었다. 중국의 명나라군은 매일 소를 잡아먹고 술만 먹던 군대이니 상대가 될 수 없었다. 시마즈군에 주력 선봉대인 조선 노비군은 바로 선조 임금의 아들들과 정승들의 혈통이었고, 또는 사대부의 자손들이었다. 이 전투에서 명나라군은 약 100대 1의 전력 차이를 보였다. 한마디로 노비들의 반란이었다. 조선의 패배는 참으로 아픈 기록이 되어 남았다.

일본첩자 손문욱과 권율의 밀계로 칠천 해전 패전을 기회로 동인 군부가 이순신을 앞세워 군권을 장악해 나가면서 내가 양성한 죽창을 주 무기로 한 영남 의병을 관군에 강제 편입하기 시작했다. 영남 죽창 의병의 철통 항전과 부산항 봉쇄를 위한 웅천 해전, 물마루 해전 대승으로 조일 임진왜란은 승패의 분기점에 거의 다다르고 있었다. 한번만 더 웅천 해전과 같은 전투가 있었다면 전쟁이 끝났을지도 모르는 상황에서 도망만 다니던 선조 대왕과 동인들에 의해 장수와 병사들은 사지로 내몰린 것이다.

전 세계 역사상 민중의 저항으로 전쟁을 승리로 이끌 상황에서 조정의 무지로 3도 연합수군은 전쟁을 승리로 이끌지 못했고, 결국 순천 왜교성, 사천성, 울산성 전투에 관군으로 편입된 의병들은 죽창은 강제 폐기되고 환도라는 두자 정도의 칼을 줘서 일본군과 전투에서 대량의 살상을 당하였다.

피난민

사천 전투 때 남원의 김여립이란 한 백성이 피난민을 따라 왜적을 피해 경상도로 달아나던 중이었다. 하루는 느닷없이 뒤쪽에서 돌진해 오는 일본군 시마즈 요시히로의 7천 명 군대와 맞닥뜨리게 되었다. 뒤에는 일본군 약 7천여 명이 넘는 조총 교대 연발 병사들이 산과 들을 가득 메우며 엄습해 온 것이다. 앞에는 명나라군 좀 20만이 칼을 들고 있었고, 그 사이에는 선조 대왕이 수첩에 메모하여 창설한 조선의 삼지창 2m 부대로 피할 만한 곳은 어디에도 없는 상태였다. 앞에는 명나라 동일원 장군의 20만의 병력이 취권을 추면서 칼춤을 추고 있었다. 너무 갑작스럽고 경황이 없어 가슴이 '쿵당 쿵당' 어찌할 줄을 몰랐다.

그런데 한쪽 길가 소나무 아래를 내려다보니 한 선비가 말에서 내려 쉬고 있었다. 하인 두 명이 채찍을 쥐고 그 앞에 서 있었고, 몇 폭이 되는 하얀 보로 길가 양쪽에 장막을 쳐 놓았는데 마치 길의 먼지를 막는 모양새였다. 남원의 백성 김여립은 선비가 앉아 있는 나무로 달려가서 사람들이 죽게 되었으니 어떻게 하면 살 수 있겠느냐며 다급하게 호소하였다. 그러자 선비는 빙긋 웃기만 할 뿐이었다.

"너는 왜 이리 호들갑을 떨며 다급해 하느냐? 우선 내 곁에 앉아서 지켜만 보면 될 것이니라."

이 백성 김여립이 선비를 보니 아주 편안해 하며 두려운 기색이라곤 전혀 없어 보였고, 한 손엔 대장군 칼과 같은 칼도 차고 있었다. 김여립 백성이 스스로 생각해 보아도 달리 살 방도도 없었기에 안절부절 못하면서 그 큰 칼을 찬 선비 곁에 앉아서 지켜보기로 하였다. 일본군은 긴 창으로 명나라군 조선군을 닥치는 대로 휘둘러 목이 수박처럼 뚝뚝 떨어지고, 용감한 조선의 2m 삼지창 부대도 힘겹게 가까이 가려고 했으나 일본군은 허용하지 않고 죽이기도 하고 사람들 목에 밧줄을 매고 포로로 끌어가기도 하며, 닭과 개도 닥치는 대로 죽여 없애서 이 화를 모면하는 자는 아무도 없었다. 보아하니 옆집에 살던 '이몽'이라는 아무개가 포로로 끌려가는 것이 보였다. 너무도 끔찍하여 눈 뜨고 볼 수 없는 광경이었다.

그런데 왜놈들은 큰 칼을 차고 있는 선비가 앉아 있는 곳만은 보지 못한 듯 모든 부대가 다 통과하면서도 그냥 지나칠 뿐이었다. 저녁이 되어서야 명나라군의 시체는 산을 이루고 그 속에 조선군들의 시체도 산을 이루고 있었다. 일본군은 전쟁에 승리하여 유유히 성안으로 시야에서 사라졌다. 큰 칼을 찬 선비와 이 백성은 온종일 왜군의 발굽 아래에 앉아 있으면서도 아무 일도 없었다. 김여립 백성은 그제야 선비가 특별한 재주를 가진 줄 알아차렸다. 절을 올리고 존명과 사는 곳을 여쭈었다. 그러나 선비는 끝내 말하려 하지 않고 말을 타고 바람처럼 내달려 가버렸다. 준마의 속도가 너무 빨라 도저히 뒤쫓을 수도 없었다.

이 김여립이란 백성은 훗날 우연히 그때 당시 포로로 붙잡혀 갔다가 도망하여 돌아온 이몽 아무개와 만나 이야기를 나누게 되었는데, 그의 말이 "시마즈 장군의 왜구 군대에 붙잡혀 끌려가다가 요행이 성벽 아래 소나무가 있던 해자(연못)에 뛰어들어 살아났다."는 것이다. 그런데 그곳은 바로 그 백성과 선비가 앉아 있었던 곳이 아닌가? 이 김여립이란 백성은 그에게 그곳만 적에게 화를 당하지 않은 까닭을 자세히 물었다.

그랬더니, "왜군에 끌려가다가 그곳에 이르렀을 때, 올려다 보이는 것은 높이 솟은 성채와 험준한 천혜의 해자가 있었지요. 그 요새는 너무도 가파른 절벽 같아서 도저히 인력으로 닿을 수 있는 게 아니었어요. 그래서 적군은 다만 그 아래를 지나갔을 뿐이었지요. 저도 그 해자에 죽고자 뛰어들었는데, 요행히 살아났습니다. 그 선비가 바로 진도에서 대장군을 내려놓은 배설 장군이라는군요."

이에 김여립과 이몽은 동쪽을 향해 큰절을 하였다. 그리고 그들은 남해안에 살면서 그 후손들이 대대로 이날을 기려 제사를 올리게 되었다. 구국의 서남해안 청야 작전을 펼친 배설 장군이었다. 정유재란 8개월간 조선 백성을 일본군의 말발굽에서 지켜낸, 수많은 백성을 살린 장수였다. 불통의 수첩 대왕이 아니었다면 일본군은 부산에서 모두 괴멸하여 항복하였을 것이었음에도 일본군 입안에 자국 수군을 몰아넣어 괴멸시킨, 일본의 첩자들과 궁중에서 소금값을 폭등시켜 놓고 있는 선조 대왕이 백성 삼분의 일을 죽이고 말았다.

전쟁의 총탄은 한순간 스치지만, 그 상처에 장애를 입은 백성은 고통 속에 죽어 가야 했다. '똥차가 길을 막으면, 에쿠스도 갈 수 없듯이' 눈물로 울부짖으며 동양에 로마를 건설하려던 도요토미의 야욕을 속임수로 막아낸 심유경과 난신이 궁궐에서 새로운 최신 패션 의상을 갈아입고 승전 파티를 하고 있었다. 풍악이 크게 울리자 왕의 웃음소리가 들리고 이내 백성은 속으로 울어야 했다.

노량 해전

1598년 11월 18일 조·명 연합군이 왜교성을 공격하려고 하자, 시마즈 요시히로는 중로군 동일원 장군을 대파한 후 요시토모의 군대와 함께 500여 척의 함선을 이끌고 순천 왜교성으로 가 고니시를 구원하려고 했다. 순천 왜교성의 고니시 군은 18일 밤부터 지휘부와 중요 병력이 밤새 불야성을 이루며 빠져나가기 시작했다. 적을 죽이려면 순천 왜성에서 철군하려고 집결한 일본군을 함포로 두드리는 게 효과적임에도 순천 왜교성의 봉쇄를 풀고 조선 수군은 관음포로 이동해서 야간에 시마즈 군대와 교전을 한다. 조선군이 야간 전투에 함포사격을 하는 것은 크게 불리하다. 아무리 철군하는 일본군이라고 해도 전쟁이 끝났는데 남은 총알을 아끼겠는가?

이순신의 조선 수군은 노량 근처의 관음포에 매복해 있었고 19일 새벽에 일본 수군이 노량에 진입하자 관음포에 매복한 조선 수군이 기습을 가해 노량해전이 시작된다.

고니시는 순천 왜교성을 나서 자신의 함대를 이끌고 앞을 가로막는 진린이 이끄는 명나라 수군을 유유히 뚫고 나가는데도 순천 왜교성을 수복하지 못했다. 이순신은 관음포로 후퇴했고 노량해전은 해가 뜰 때까지도 계속되었으며 왜군들의 철군이 계속되고 있었다. 이순신은 이 전투에서 시마즈 요시히로의 철군하던 병졸들의 총탄을 맞고 쓰러지며 '나의 죽음을 알리지 말라.'는 유명한 말을 남겼다고 전해진다. 조·명 연합 수군이 많은 포로를 납치하여 퇴각하던 일본 고니시와 고위 장교들이 먼저 떠난 후 잔병들을 추격하는 치열한 전투가 벌어졌다. 조선군 270명, 명군 500명의 사상자가 발생하였고 이순신을 비롯하여 가리포 첨사 이영남, 낙안군수 방덕룡, 명나라 수군 부총관 등자룡 등이 사망했다.

이순신이 전사할 당시 그 주위에 참모가 단 한 명도 보좌하지 않았고, 한 번도 전투에 참여한 바 없는 아들과 조카, 몸종 세 사람만이 있었다. 통제사이었던 이순신이 전사했다면, 당연히 차상급자 조방장이나 군관, 혹은 측근들이 지휘권을 당연히 넘겨받는다. 이분 행장에는 이순신이 전사한 뒤, 조카 이완이 수군의 신호체계도 모르면서 깃발만 흔들었다고 한다. 이완은(20세) 야전 경험이 전무全無하다. 이날 전투는 이전의 전투에는 한 번도 참전한 기록이 없는 이완과 회가 관음포 해전에 처음으로 출전했고, 일단의 군병들이 관음포에서 하선하였다.

노량해전 당시 몇 개월간 포위했던 순천 왜교성 내 고니시 군의 철군을 위해 적선들이 항구로 집결한 시점에서 포위를 풀고 지원 나온 시마즈 군대를 맞아 전투하였을까? 적함이 항구에 접안했을 때 공격하는 것이 실제 효과 면에서 백 배는 안전하게 적을 공격할 수 있었다. 그럼에도 좋은 기회는 포기하고 관음포에 밤새 매복하여 일단의 군병이 하선하고 새벽 해전을 하게 된 것이다. 노량 해전에서 송희립도 여러 발의 조총을 맞고 머리에 총알을 맞아 기절했고, 유형은 6발의 총탄을 맞아도 살았다. 그 순간 한발의 총탄이 이순신을 맞혔다.

　이순신 장군 자신도 '12척의 중요성은 적이 감히 업신여기지 못할 것'이라 장계를 올렸다. 이 장계는 그가 전함을 보고 감격하였음을 보여준다. 그 후 한 달 후에 전함을 인수받았고 노량해전을 실질 지휘한 용맹한 배줍 장군이 노량해전 내내 전투한 것이 전쟁을 승리로 이끈 원동력이었다. 노량 조선 수군은 유효사거리 1Km 함포 위주로 운용되고 일본군은 50m 조총이 주 무기이다. 도주하는 적군을 500m 거리에서 두들기면 결딴이 나는데 조선군이 도주하는 적과 백병전을 시도했다는 것은 믿기지 않는 바보짓이다.

　내가 귀향하고부터 경상 수군을 실질 지휘하였던 동생(배줍 장군)이 노량해전에서 "이 한 목숨 미련 없이 바치리라." 하고 선봉에서 전투에 임했고 적의 비탄이 가슴을 관통하고 등창을 뚫어 순절하였으니 향년 35세였다. 선무 원종 2등 공신에 녹훈되고 가선대부 병조참판과 의금부 훈련원의 지사에 추증되었다. 이날 동생의 전사는 일본군의 첩자였던 손문욱의 총탄으로 인한 순사이고 이에 노량해전을 지휘하여 신화를 세운 손문욱이 절충장군으로 승진한다.

반면 노량해전 비사를 간직한 경상수군 조방장 동생이 끝내 어둠 속에서 순사하고 무덤에는 갑옷만 묻었다. 조선군이 야간 전투를 해서 얻을 것이 없었고, 배즙 장군은 총탄을 맞고 어두운 날씨를 원망하는 '유언'을 남겼다. 손문욱 그가 배즙 장군을 등 뒤에서 총으로 쏜 이유는 많은 비사를 간직한 것 때문이었다. 배즙 장군의 전사 소식에 모든 수군이 슬퍼하였다.

박동량(朴東亮, 1569~1635)이 쓴 행장, 공(유형, 柳珩)은 평생에 이충무공이 자기를 알아준다는 것에 감격하여, 그의 아들과 조카를 형제와 같이 하였으며, 사당과 비석을 세워서, 무릇 이공(순신)을 위해서 하는 일이라면, 성의(誠意)를 다하지 않는 것이 없었다. 그 행장도 또한 공(유형)이 기초한 것이었다.

유형의 행장을 기초로 하여 181년이 지난 1796년 윤시동(尹蓍東, 1729~1797)이 『시장(諡狀)』을 썼는데 똑같은 내용이며, 그는 다음의 가장(家狀)을 썼다. 공(유형)은 이충무공의 지기(知己)를 감격하여 충무공의 아들을 보기를 형제(兄弟)와 같이 하였으며, 사당을 세우고 비(碑)를 세우기를 선영(先塋)에 같이 하였다. 일찍이 집안 사람에게 말하기를 "이공(순신)의 무덤에 비(碑)를 세우지 않는다면, 내 무덤에 비(碑)를 세우지 말라"고 하였다.

유형(柳珩, 1566~1615)은 해남 현감을 했으며, 이순신의 휘하에서 적극적으로 보좌했던 사람이다. 그런데 여기서 자신의 무덤에 세울 비는 이순신의 비가 세워진 다음에 세우라는 우언을 남겼다는 것이 특이하다.

이순신 장군이 전사하고 난 다음 해에 1599년 명나라 황제는 이순신 장군에게 명나라 벼슬을 하사하였고, 1614년 어라산에 이순신 장군의 묘지가 새로 조성되어 묘비가 이때서야 세워졌고, 유형의 묘지에도 후일 비석이 세워졌다.

조선은 뒤끝이 좋지 않다?

조선의 밀고로 유경을 금의옥(錦衣獄, 명나라 황제의 직속으로 두었던 금의위錦衣衛의 옥)에 가두고 3년 만에 저잣거리에서 베어 죽였다. 황제는 남원에서의 패전한 소식을 듣고 크게 노하여 정전을 피하고 음식의 가지 수를 줄이며, 풍악을 정지하고, 석성을 옥에 가두고 '왜와 통하여 우환을 자아내고 나라를 팔아 위엄을 손상시켰다.'는 죄목으로 베어 죽이기로 논죄하니, 형부 상서 소태형蕭太亨이 힘껏 말렸으나 황제가 들어주지 않아 석성이 마침내 옥중에서 병이 나서 죽으니 사람들이 매우 원통하게 여겼다.

조선의 모함과 발고로 인해 조선 전쟁에 참전한 명나라 장수 치고 이름을 더럽히지 않은 장수가 없었다. 심유경은 조선 조정의 주장을 대변하여 일본과 협상하였으나, 끝내 조선에서 그를 밀고하여 그는 간첩 혐의로 체포, 사형당했다. 당시 조선 조정이 밀고와 고변에 능통하였음은 분명하다. 일본의 도요토미마저 농락할 정도였으며 이는 중국 명나라 장수들마저 모두 해치우는 대단한 외교술 같아도 조선 사람들이 뒤끝이 좋지 않다는 오명을 남겼으며, 일본에 조선 신하들의 약속은 믿을 수가 없다는 인식을 심어준 것은 분명하다.

　고구려 신라 고려로 이어진 역사의 단절을 가져온 내부 공격형 국가인 조선의 조정 중신들 중에 전쟁이란 참화 앞에서 정정당당히 나서 도요토미를 만나 협상을 할 만한 인물이 없었다. 모두 겁나서 뒤로 숨고 아무런 권한도 없는 나의 부관이었던 사명대사와 역관을 사신으로 파견한 것에 도요토미가 분노하였다. 하다못해 전란을 종결지을 의지조차도 없었다. 포로에서 도요토미의 은혜로 사지에서 풀려난 왕자들마저 겁을 먹고 숨어 버린 것이다. 고니시 유키나가의 부장 일본군 첩자 손문욱이 이순신 장군을 전사로 위장하고 조선군을 인수하여 전투를 지휘하여 일본군이 무사히 철수하게 도와준 것이 노량해전이었다.

　나는 동양의 인물들끼리 싸우지들 말아야 한다고 생각한다. 서양 국가들이 넘보지 못하는 중국, 일본, 한국이 로마처럼 아시아 강국으로 인류 문화에 기여하려면, 지역감정 따위로는 힘들 것이다. 한·중·일 3국의 백성들이 인물 본위로 지도자를 평가하고 지지해야 하는 것이다. 우물 안 개구리처럼 모함하고 지역감정만 주장하는 사이에 서양의 인물들이 부추긴 싸움을 하는 것은 좋지 않다. 조선이란 나라의 개인의 존재감을 극대화하기 위해서는 통제는 방법일 수 없다는 것이 분명하고 질서 있는 자유를 최대한 보장하는 것이 백성의 은혜를 바로 실천하는 권리로서 지역 경제의 가장 실효성 있는 정책인 것이다. 한·중·일 3국의 부국강병에 앞서 올바른 인물이 등장하여 역사를 경쟁시킬 필요성이 있다.

유성룡 파직

1598년 11월 19일 선조 31년 북인의 공격을 받던 유성룡은 연려실기술에 따르면 "국정을 담당한 6, 7년 동안에 그가 경영하고 배치한 것은 모두 유명무실한 것이며, 고집스럽고 강퍅하여 자기 마음대로 일을 하여 정사에 해롭게 하였습니다. 빙자하여 이익을 탐내어 백성들로 하여금 도탄에 빠지게 하고, 촌락이 퇴락하게 하여 원망은 임금에게 돌리고 이익은 자신이 독차지하였습니다.(중략) 서예의 천한 신분을 발탁하여 줄 때"(연려실기술 선조조 고사본말)라 기록하여 평가하고 있다.

조선의 왕조와 사대부들은 왜적을 보면 도망치기 바쁘면서 왜적의 목을 친 노비가 벼슬하는 것은 용납하지 못했다. 그들 백성들은 경복궁을 불태우며 사대부에 대해 강하게 분노했다. 왜군을 보면 도망치고 명나라 앞에서는 온갖 비굴함을 보이면서 자국의 백성들을 깔보고 무시했던 육법전서 법치法治의 나라 바로 조선의 사대부와 조정, 조선은 백성과 왕이 따로 움직이는 책임자 없는 유령이 지배한 것이다. 서류 위주의 형식주의 나라에서 지도층은 도망만 다니고 노비들은 총 맞아 죽으러 가는 것은 '자동차가 엔진 따로 바퀴 따로' 움직여 내리막길에서는 엄청난 속도를 내는 것과 같은 것이다. 당연히 오르막길에선 타국이 밀어주어야 움직이는 것이다. '세월호'도 빠르게 뒤집히지 않았나? 엄청난 속도의 고도성장은 내리막길이고 뒤의 'IMF'는 오르막길과 같은 것이다.

'방산비리, 깡통 자원외교, 신분제'에서 'MB'뿐만 아니라 누구라도 할 수만 있다면 그 자리에서 챙기려 한다. 비난하다가도 그 자리에 가면 돈은 제 주머니에 챙기고 백성보고 맨주먹 정신력으로 싸우라 할 것이다.

비리부패, 그 원인인 노비해방이 먼저다. '과도한 대출, 신용불량'은 옛날로 보면 역적죄로 몰린 것과 같은 고통이다. 노동정책으로 일하는 사람들인 노비 해방이 먼저이고 근본적인 해결책이다.

조선은 사대부와 왕조가 백성을 속이는데서 시작하여 속이면서 끝맺은 나라였다. 요즈음도 부정부패 척결이라는 무슨 '명란' 법이 만능인 냥 백성을 속이려 하고 있고, 백성은 그런 법이 통과되면 무슨 수가 나오는 것으로 알고 있다. 몰표가 나온다 이 말이다.

악마의 경전이란 법을 가진 나라, 관료가 봐주지 않으면 살아갈 수 없고 할 수 있는 일이 없는 구조에서 처벌을 능사로 하는 법들은 아무런 가치도 없는 '범죄 양산, 바지 양산'의 악법이 되고 말 것이다. 근본적으로 백성의 활동이 보장되고 자유가 주어진 상태에서 인간의 양심과 상식이 법으로 만들어지는 세상을 기대해본다. 백성이 주인 되는 나라라면 근본적으로 불법도 부정도 없는 것이다. 백성이 축복을 누리는 삶의 질을 획기적으로 끌어올리는 노비가 해방된 전체 사회의 번영을 꿈꾸면서 도요토미 하나에 엄청나게 당해야 하는 국력을 총화하여 만주와 대마도를 품을 만한 국력을 배양해야 한다는 것이다.

정유재란 당시 일본군의 총 병력은 141,400여 명(조선 잔류 병력 20,300명 포함으로서 임진왜란(15만 명)으로 임진왜란 당시와 거의 비슷하고, 동군 예비대 도쿠가와 이에야스와 대기 병력 15만 명을 포함하면 30만여 명이다. 조선의 총 병력은 25,100명으로

　동로군(東路軍): 경상좌병사 김응서(金應瑞, 1564-1624) 5,500명

　중로군(中路軍): 경상우병사 정기룡(鄭起龍, 1562-1622) 2,300명

　서로군(西路軍): 전라병사 이광악(李光岳, 1557-1608) 10,000명

　수로군(水路軍): 삼도수군통제영 7,300명(웅천해전 당시는 최대 13,200명)

이었으며 명나라군(용병)의 규모는 5만에서 약 20만 사이로 명나라 은화 투입금액과 비례한다.

8.
종전 끝

전쟁이 끝나다

육법전서의 나라에서 지록위마가 계속되는 한 정본 청원은 있을 수 없다. 조선의 뿌리부터 좀 뽑아내고 말을 해라, 괜한 희망 품게 하지 말고, 누구나 조선이란 나라에 들어오면 제도의 지배에서 벗어날 수 없는 환경이었다. 어린아이들을 노예로 만들어 부려 먹는 훌륭한 나라의 법을 부숴버리고자 하는 사이에 그렇게 애태우던 조선 강토를 쑥대밭으로 만들고 수백만 명의 참화를 부른 전쟁이 드디어 끝났다. 백성의 처참한 상황을 지켜보고 보고 눈물을 흘려온 내 마음이 민들레 홀씨처럼 가벼워진 춘삼월이 왔다. 도요토미가 사망하자 나에게 시달리던 5대로 중 최대파벌인 모리 가문이 철군을 결정하였다. 조선의 구국 전선은 성공했다.

장군의 유문遺文

동서東西

석양지문夕陽之門 노동서로東西 양가지호兩家之好 만복지원萬福之源

'동서 화합만이 나라 부흥의 근원이다.'

동서 양가지호兩家之好 만복지원萬福之源이라는 글귀이다.

현재도 이 글귀는 종손가의 보관된 혼 함에 잘 보존되어 있다. 동인과 서인이 화합하여야 국가에 만복이 온다는 뜻으로 해석한다. 배설 장군은 패장으로서 한편의 시도 남기지 않고자 했으나 이것은 세상의 어지러움에 극심한 당쟁을 빗대어 쓴 시구이다.

드디어 전쟁은 1598년 끝났다. 도요토미는 지치고 병들어 병사한다. 이로써 조선의 백성들은 7년 전쟁을 승리로 이끌었다. 전쟁은 백성들이 승리했으나 조정은 전공 다툼으로 혼란스러웠다. 배설 장군의 무공을 인정하면 진주성 대첩과 명량대첩, 노량해전까지 동인들의 전공은 여지없이 무너져야만 했다.

참형 직전에 쓴 '월파정' 시조이다.

월파정月波亭,
청산靑山아, 됴히 있던다.
녹수綠水가 다 반갑다.
무정無情한 산수山水도
이다지 반갑거든 하물며 유정有情한 님이야 닐러 므슴하리오.
엊그제 언제는 지
이러로 져리 갈 제 월파정月波亭 발근 달애
뉘술을 먹던 게 고 진강鎭江의 휘든는 버들이
어제런가 하여라.

민족의 앞날에 무한한 영광이 있기를, 그리고 우리 민족의 앞날에 찬란한 평화가 있기를 기도한다. 그리고 우리 민족의 뿌리인 여진족(누르하치), 선비족, 말갈족, 몽골(징기즈칸)족 이들이 스스로 중국으로 들어가 중국인이 되었다. 오직 동아시아에 조선의 백성만이 속국 지위에 만족하는 조선의 교육에 의해 약소민족으로 전락하여 중국과 일본과 이유 없이 대치하고 있다. 조선의 지도자들도 백성을 놓아주어 조선 중국 일본 3국을 통일하여 하나의 국가로 만들 웅지가 있어야 한다.

"영남 지방에 피난해 있으면서 그곳의 어른들로부터 전에는 들어 보지 못했던 것들을 더욱 많이 듣게 되었다. 그 뒤로 매번 공을 찾아가 연로하고 덕이 있는 분으로 섬겼는데, 지난해에 공이 별세했다는 소식을 듣고 침문寢門 밖에서 곡하였으며, 장사 때에도 공을 위하여 애사哀詞를 지었다. 공은 재주와 식견이 남보다 뛰어났으며 젊어서는 한강 선생을 사사하여 군자의 가르침을 받았다. 공은 힘써 배워서 여러 번 과거에 급제하였지만 불행히도 선장군先將軍이 비명에 작고하자 다시는 과거를 보지 않았으며, 이름을 숨기고 세상에 나오지 않고서 농사를 지어 어머니를 봉양하였다. 어린 아우가 하나 있었는데, 공이 마음에 더욱 안쓰러워 가르치고 훈계하기를 게을리 하지 않아, 잘못이 있으면 눈물을 흘리며 종아리를 때렸으므로 학업이 날로 성취하여 남쪽 지방에 이름이 알려졌으니, 이 사람이 바로 계장季章 배상호裵尚虎이다. 그는 성균관에 들어갔지만 박복하여 요절하였다. 공은 매우 애통해 한 나머지 더욱 세상사를 싫어하여 무흘산武屹山 골짜기로 들어가 노년을 보내며, 별호를 등암이라 하였다. 공은 평생 선행을 매우 좋아하였으며, 남의 잘못을 지적할 때는 마치 자신에게 그 잘못이 있는 것처럼 부끄러워 하였다. 그 독실한 행실은 친족을 친애하고 사랑하는 것에서부터 소원한 관계에까지 넓혀갔으므로 일가가 모두 권면되었다. 집안 사람을 가르칠 때는 엄하면서도 은정이 있었으며, 소중히 여긴 것은 관혼상제冠婚喪祭였다."(등암 처사藤庵處士 묘명 기언 제 19권 중편 구묘丘墓 3)

배설의 그의 아들에 관해 한 칭찬이 여러 기록에서 발견되었다.

우의정을 지낸 허목이 지은 배설의 아들 배상룡의 묘비를 보면 배상룡은 신의가 있고 평생 선행을 하며 군자의 도를 갖춘 훌륭한 인물임을 알수 있다. 부친의 잘못을 부끄럽게 여겨 15세에 과거 급제하고도 벼슬을 사양하고 등암 처사를 자처하며 숨어 지냈다. 곽재우 장군의 참모로 임진왜란에 종군하였고, 얼마나 훌륭한 인물이면 '우의정 허목이 존경한다.'라고 묘비에까지 썼겠는가? 등암 자장은 끝내 죽음 앞에서 자신의 묘비에 조정에서 내린 관직 대신 처사로 써줄 것을 유언으로 남기고 평생벼슬을 사양했다.

부친이 친일하여 동족을 핍박했음을 자랑스럽게 여기고 '국회의원'도여러 번 하게 해주고 제 민족을 탄압 고문함을 자랑으로 아는 얼굴 두꺼운 시대에 등암 배상룡은 조정의 관직을 사양하고 농사를 지으며 평민으로 일생을 마쳤다. 아버지 배설이 노비와 평민을 이끌고 전쟁에 임했듯이그는 평범하게 살다가 평민 처사로 죽었으나, 소원과는 달리 우의정 허목이 묘비를 올렸다.

내가 선조 대왕이었다면 백성을 사지로 몰기 전에 도요토미를 만나 이야기라도 들어 봤어야 한다. 누구든 조상이 있어 이 세상에 나왔는데, 대부분 사람들은 자신의 선대를 지배자인 양반으로 생각할 것이지만, 사실은 대부분이 70%의 노비였거나 중인 이하였다는 것이 사실이다.

찬란한 태양이 오가는 이 땅 위에 마구간에서든 물레방아 또는 도자기 가마에서든 태어난 순간부터 유령 같은 악마의 경전에 지배를 받았다. 인간으로서가 아니라 법이 그려둔 모습 속에 갇혀서 법치라는 모순

속에서 희생되어야만 했다. 법이 요구하는 모습대로 죄수가 되거나 노비가 되거나 역적이 되거나, 인간이 아닌 법이라는 악마의 경전의 지배 속에서 태어나고 죽어야만 했다.

조선의 사대부와 관리들은 백성과 노비에게 '너희는 못나서 못사는 것으로 개나리 진달래 같은 색깔 있는 옷을 입으면 안 되며, 상복인 흰옷만 입어야 한다.'고 명했다. 백의민족이란 곧 죄인이란 뜻이었다. 그들은 절망으로 가득한 육법전서의 나라를 만들어 이를 상국에 자랑했다. 특사로 파견된 홍순언과 함께 동행한 '운창중'이란 사신 일행은 양국의 친교를 위한 '서비스 차원'에서 병부상서 부인의 엉덩이 오른쪽을 슬쩍 만져주었는데 '향우회에서 한쪽만 만져서 짝 궁덩이가 되었다.'고 상국 포도청에 밀고하여 비밀리에 조사가 이루어졌고 나라의 국위가 추락했다.

역시 조선다운, 빈곤 대물림은 영원하니 '양복을 입힌 노비제도'가 전 세계에 독창적이고 창조적 제도로 극찬을 받고 있다.

'조세제도로 빈부격차가 개선되는 효과(지니계수 감소율)가 핀란드 4%, OECD 평균 35%, 미국 25%인데 우리나라는 9%다. 재력세습과 빈곤 대물림의 끝은 파멸이다.'

모든 권력은 백성에게서 나온다. 모든 권력은 상속되는 돈으로부터 나온다! 국가 내 자원을 유능하고 훌륭한 지배층만이 향유함은 지극히 당연하였으며 개와 닭처럼 축생과 같은 노비는 밥 먹여주고 종신 고용해주는 것만 해도 감지덕지였다. 사오정으로 퇴출해 버릴 수 있었음에도 종신 고용을 보장했다. 위대한 국가란 위대한 인물이 있어야 가능한 것이다. 조선의 조정은 유능하고 박식하였지만 한편으로 세상물정과 현실에서는 무지했다.

명량, 임진왜란의 역사 왜곡은 일부 집권층에서 자행되었다. 누구를 위해서 역사 왜곡이 필요한 것인가? 선조 대왕 이연은 송익필 정철 등과 정여립 역모 사건을 날조하여 무고한 양민 2천여 명을 법에 이름으로 살해하는 만행을 즐긴 살인자에 불과했다. 중국인보다 더 성리학을 즐기고 공자 왈 맹자 왈 할 정도로 당시 지도층이 머리가 비상했다. 그러니 백성들이 무슨 전쟁이 났는지조차 알 수 없었다.

도요토미가 중국, 인도를 비굴하게 구질구질하게 정벌하고자 했던 것이 아니라 그래도 멋지게 용맹한 가토를 주 선봉장으로 세워 정유재란의 대성공을 꾀했다. 하지만 영남 의병 죽창 부대라는 복병을 만나 부산항에 고립된 채 조선인 짐꾼마저 잡아먹을 정도의 참극이 벌어지고 이것이 '케이넨 일기'에 등장한다. 일본군이 일본군 전사자를 먹어야 할 정도로 곤경에 처했다. 일본의 앞잡이 손문욱의 대활약으로 칠천 해전을 성공시킨 일본군은 퇴로를 겨우겨우 열어 나갔다.

유성룡은 일본 사신 귤강강의 영접사로 예조판서였으며 전란의 중심에 있었던 인물이다. 선조 대왕은 무능한 것이 아니라 무지했고 도요토미와의 협상에는 책임 있는 관료가 나서야 함에도 끝내 조선은 역관(중인) 양신과 일개 스님인 사명대사를 사신으로 보내 당장의 위급함만을 모면하려 했고 조선의 입장은 없었다. 산적한 조선인 포로 송환과 이씨 왕실 혈연 송환 협상을 시작하지도 못 했는데 사실 이것은 일본이 두려워 누구도 사신으로 나서지 않아서였다. 국사를 유기하는 범죄를 저지르고 전쟁 종전 협상을 회피했다. 사천성 시마즈 전투가 만주에서 벌어졌더라면 그런 전투 하나로 명나라는 붕괴하였을 것이다.

무지하고 무능한 조정에서 '회전문 인사'로 불리는 전쟁 책임자 김성일을 초유사로 돌려막았다. 외교는 처음부터 끝까지 기만전술이었다. 제 백성을 탄압하여 고혈을 빨아먹기에만 급급했다. 악마의 경전 육법전서만 외우면 잘사는 나라이기 때문이었다. 재물을 빼앗기 위해 천륜을 갈라 감옥에 가두는 만행을 법에 이름으로 자행하는 무책임한 괴뢰 조정의 고통으로부터 백성을 구하기 위해서 구국 전선에서 살아온 나날이 역모 죄의 누명이었다.

1597년 4월 부산항에서 해로가 봉쇄되어 굶주린 병사들이 복어를 내장 채 끓여 먹다가 복어 독에 중독돼 많은 병사를 잃게 되었다. 도요토미 히데요시는 복어를 먹는 것을 법으로 금지했다. 배고픔을 이겨내지 못한 일본군 장수들이 부산 바다에서 통통하게 생긴 흔한 물고기를 잡아 맛있게 먹고 굶주림의 허기를 채웠다. 지천으로 흔한 물고기는 다름 아닌 복어였다. 다음날 많은 일본군이 죽었다. 놀란 도요토미는 조선에서 물고기에 독이 있으니 먹지 말라는 명령을 긴급히 내린다.

심유경 석성 명나라의 입장은 분명하다. 무력으로 일본을 제압할 수 없기에 일본의 요구는 모두 들어주어 전선을 한반도 이내에서 억제하기 위한 시간벌기였다. 어리석고 무지한 선조 대왕과 동인은 70만 대군을 동원하여 일본군을 압살해 달라고 부탁한다. 심유경이 보기에 당장 1만 명분 식량도 없는 주제에 70만 대군을 동원해 달라는 선조 대왕의 요구에

기가 막힐 일이지만, 속으로만 비웃고 최선을 다하겠다고 약속한 것이다.

조선이란 나라에서는 백성에게 눈을 낮추라고 말하는 것이 당연한 일이다. 대부분의 양반은 경작 반수(임대료)의 소득으로 존립하고 중인(중소기업)들은 미래를 전혀 바라볼 수 없는 저임으로 생활이 없는 노동시간을 강요당했다. 밤낮이 따로 없으니 퇴근 후 자기계발은 꿈도 꿀 수 없었다. 대부분이 인건비에서 쥐어짜서 수익을 내는 구조다 보니 외거 노비나 관노에게 눈높이를 낮추라고 생활의 질을 낮추라고 강요하고 소금값이나 올려 간접세나 뭉텅 뜯어내는 게 '창조 조선의 비전'이었다. 도요토미는 질그릇에 대나무 통에 밥을 먹는 백성의 질을 향상하고자 전쟁을 하고 도공을 납치하여 1백 년의 기술 틈새를 좁히며 눈을 위를 쳐다보라며 노비 약탈에 혈안이 되어 있었다.

사대부는 노비들을 사오정이라면서 45세가 되면 길들인 노비들을 내보냈고, 자신들의 경장 반수(임대료) 수입을 극대화하기 위해 쥐어짰다. 사실 이 수입의 반절은 국세임에도 징수하지 않았으며, 백성의 목구멍에 간접세를 부과해서 재정 문제를 해결하고자 했다. 경작 반수의 소득의 반절은 국세로 들어와야 할 것이나 온갖 평계로 징수하지 않았다. 양반들의 밀약이고 자신들의 수입에는 세금을 걷지 않는 것이 법치이며 공평과세라고 우겼다.

진도 맹골 수로에 '여객선'이 침몰하는 참사가 터졌고, '용산 참사'가 났다고 한다. 빈둥빈둥 멀쩡히 있다가도 어디 불났다 참사 터졌다 하면 뒷북 행정 난리를 치면서 '숙박업소'나 '사업장'에 무슨 점검을 한다고 난리이다. 왜냐고? 삥 뜯기 위해서 아닌가? 권력이 관청에 있으니 사고를 핑계로 '사업허가'를 좌지우지하고 죽일 수 있는 생살여탈권 때문이다. 누가 일부러 화재를 내는 사업자가 어디 있겠나? 불나면 업자는 망하니, 모두 화재예방에 최선을 다하겠지만, 그게 예방만으로 되는 일인가? 대왕이 요지경이란 거울에 어금니를 깨물고 나오는 대형 참사는 곧 관료들의 주머니가 두둑해지는 보너스이다.

조선이란 나라는 이미 나라이기를 포기했고, 왕도 조정도 백성을 버리고 도망갔다. 정치인과 사대부(대기업 재벌) 1%를 위해 백성을 노비로 생각하였다. 공자 왈 맹자 왈 중국인보다 중국어에 똑똑하였을 정도로 유능하였으며, 멋대로 경전인 육법전서도 자기에게 유리한 대로 정하고 이건 뭐 더러워서 이 나라를 떠나는 게 살길이건만 그럴 수 없으니 백성은 독안에 갇힌 신세였다.

꼴통 국가, 신분제 고수세력이 이민족에 의해 겨우 근대화됐으나 이민족이 떠난 후에는 동족끼리 수백만 명을 학살하고, 세계 유일한 검찰 권력 군인이 왕조 국가를 수립하고 뿌리 깊은 미개함으로 전 세계적인 비웃음거리가 되도록 노비에게 양복을 입혀 부려 먹는, 지도층의 머리 회전이 너무 빠른 위대한 민족의 역사 재평가를 위해 '다큐멘터리 역사 소설'은 진실을 찾아주었으면 좋겠다.

존경과 같은 감정을 법으로 강제한 것이 조선의 신분제도이다. 열심히 한다면 인간은 자연스레 존중해 주는 것이다. 법으로 신분을 강제하는 노동의 질적 향상은 한계가 있다. 사회적 분업질서에 따른 자원 분배와 협력을 인간의 욕구에 맡기지 않고 법으로 강제한 것이다. 법으로 강제된 신분사회에서 낙오자인 아랫것들의 서비스에 감사하거나 고맙거나 하지는 않는 것이다. 법으로 강제된 노동은 의무이다. 때문에 신분제는 혁파되어야 했다. 법은 세상을 있는 그대로 존중하고 최소한 최후의 조정자로서 그쳐야 한다. 사회적 갈등을 가능한 스스로 해결되도록 해야 한다.

칠천 해전 패전을 기회로 동인 군부가 군권을 장악해 나가면서 내가 양성한 죽창을 주무기로 한 영남 의병은 관군에 강제 편입되기 시작했다. 결과 순천 왜교성, 사천성, 울산성 전투에 동원되어 죽창은 폐기되고 환도라는 두 자 정도의 칼이 주어져 전투에서 대패하였다.

모든 조선의 관리가 부패했던 것은 아니었고, 나름 사명감으로 봉사를 한 관리도 많았으나 조선의 법체계상 조직 원리상 그들은 도태되거나 쇠락하였고 부패한, 사회 문화에 적응한 관리들이 잘 나갔다. 세계에서 노동을 즐기는 유일한 민족인 우리 조선이라면 국제 분업 질서에서 중국과 일본을 견인하고 지배할 충분한 능력이 될 것이다. 위대한 인물을 만들고 그 아래 잘난 사람과 못난 사람이 자유롭게 역할을 만들어 가야 한다. 생동감 있는 타고난 소질을 발휘하는 삶을 보장하여 위대한 백성을 만들어 위대한 국가를 만들어야 한다.

조선의 의병에 자유를 주고자 하는 이유는 인간의 몸은 노동을 기피하는 본성을 가지고 있다. 따라서 노동에 보상이 주어지는 체제가 노동에 발전을 가져오고 이는 인류문화 건강에 기여하는 것이다. 그러나 우리 조선은 국법으로 신분제를 만들어 노동을 강제하고 보상을 억제한 희망이 없는 나라였다. 나와 전투에 임한 영남 의병이 보상을 바란 것은 아니었지만 구국의 전투에도 보상이 주어지는 나라를 만들어야겠다는 것이 역모 죄가 된 것이다.

죽창 영남 의병의 철통 항전과 부산항 봉쇄를 위한 웅천 해전, 물마루 해전 대승으로 조·일 임진왜란 승패의 분기점에 거의 다르고 있었다. 한 번만 더 웅천 해전과 같은 전투가 있었다면 전쟁이 끝났을지도 모르는 상황에서 도망만 다니던 조선 동인들에 의해 사지로 내몰린 것이다.

전 세계 역사상 민중의 저항으로 전쟁을 승리로 이끌 중대한 상황에서 유능하고 위대한 대왕과 중신들이 인도·중국 정벌이라는 남의 나라 전쟁에 백성들을 끌어들여 그들의 목을 내어준 무지로 3도 연합수군은 전쟁을 끝내 승리로 이끌지 못했다.

납치한 포로들과 명나라 황제까지 접촉하고 교황청에 소년을 파견하는 도요토미의 전방위 첩보활동에 나는 조선의 피란민과 적치하의 난민들을 활용한 첩보에 의존했는데 이런 것을 다른 장수들은 하찮게 여겼다. 사람이 산다는 것은 무엇일까? 저마다의 기억 속에서 기뻐하고 슬퍼하며 나름 모두 최선을 다한 전쟁터였다.

199년 3월 6일 이율곡의 십만 양병설에 영향을 받아 구국의 일념으로 최선을 다한 나는 1599년 3월 6일 강원도 오죽헌이 있는 이율곡 사당을 향해 삼배를 올린 후 참수대에 올랐다. 아들과 아버지가 이를 보고 일가친척들이 지켜보았지만 역모 죄는 3족이 멸하는 중죄라서 아무도 시신을 수습치 못하였다.(선조실록 1599년. 선조 32)

역모모반 누명

"조국은! 어디에 있는 거야?"

나는 성주 고향 집 앞에 겨우 도착했다.

"내가 찾던 곳이 여기지!"

그렇게 말하며 나는 지친 몸으로 스러져 가는 고향 집의 문을 열었다. 전란으로 폐허가 된 고향집! 아무도 기다리는 이 없는 찢어진 일기장 하나뿐. 아무것도 없는 집안 폐허 속에 일기장이 놓여 있었다.

나는 살그머니 손에 들어 읽기 시작했다. "내일은 우리 아기 배설의 9해 태어난 생일날, 매우 즐거운 날." "어제는 매우 즐거웠다. 아빠에게서 선물을 잔뜩 받았다." "장필무 장군이 생일 선물로 준 칼과 이율곡 선생께서 주신 병서(기문갑)"

그렇지만 이상해!

장필무 장군이 준 칼과 이율곡 선생이 붓(주자학)을 버리라면서 준 병서,

그 선물을 어디에 둔 거지? 밖에 나가 보았다. 그랬더니 사람이 아주 많이 모여 있었다.

아주 많이 모여 울고들 있었다.

그리고 모두 이상한 백색의 죄인 옷차림이었다. 어째서일까? 나는 돌연, 일기장을 덮었다. 그 순간 이 세상이 이미 변하고 전쟁도 끝나고 이제 영웅이 필요 없는 시대라는 것을 나는 깨달았다.

그래! 내가 찾던 평화는 이것이었구나!

그토록 수많은 일본군의 목을 벤 내가 죽음을 두려워하겠는가? 단지 우리 민족이 나아갈 길을 잃고 일본군을 피해 도망 다니던 저들이 나의 목을 갖고 싶어함에 웃음이 나왔다. 인생은 배우고 무엇인가 하려고 할 때가 참으로 행복한 것이다. 모든 것을 알고 배워서 결국 전쟁이란 이름으로 광란 속에서 나는 무수한 살인을 저지르고 있었고 그것은 참으로 불행한 것이었다. 40년의 세월이 한순간의 꿈이 되어 내 곁으로 돌아왔고 나는 9살 일기를 바라보았다.

경상감사 한준겸이 시신을 거두어 사대부의 의례로 장례를 지내준다. 비록 동인들에게 역모 모반죄로 참수되지만 경상감사의 영으로 대장군의 예로 영면한 것이다. 놀란 조정은 경상감사 한준겸을 탄핵하고 파직을 강행한다. 한준겸은 경상감사에서 파직되었으나, 인조반정을 일으킨 정권을 잡는 중요한 인물이 된다.

드디어 도요토미의 병사로 전쟁은 1598년 끝났다. 이로써 조선의 백성들은 7년 전쟁을 승리로 이끌었다. 전쟁은 백성들이 승리했으나 조정에는 전공 다툼으로 혼란했다. 배설 장군의 무공을 인정하면 진주성 대첩과 명량대첩 노량해전까지 동인들의 전공은 여지없이 무너져야만 했다.

나는 나라를 구하기 위해 싸웠고, 동인 장수는 '왕실(정권)과 관피아(공무원) 자신들'을 위해 열심히 모함하면서 싸워야 했다. 일본 침략군 장수들의 본국 귀환을 거부한 도요토미가 병사함으로써 가토 기요마사와 고니시, 구로다, 모리, 시마즈는 일본으로 속속 철군하여 도요토미의 원대한 구상인 인도·중국 정벌 계획은 역사에서 영원히 사라지게 되었다. 또한 배중손이 꿈꾸던 고구려 구토 만주 대륙 회복 염원도 나의 대마도 수복, 일본 오사카 공격 계획도 영원히 역사에서 사라지고 말았다. 그리고 대항해용 장작귀선 12척은 주인을 잃고 영원히 사라지고 말았다. 장작귀선? 그것은 바로 일본을 공격하려던 확실한 증거였다.

배세루 2의 등장

1600년 10월 21일 세키가하라 전투에서 도쿠가와 이에야스의 15만 대군에 서군이 포위되어 절체절명의 순간에 시마즈 요시히로 진영에 '배세루'라는 외침이 홀연히 나타났으니, 그 유명한 '적의 본진통과'이다. 동군 15만 대군의 포위망을 '배세루!'를 외치며 이에야스를 공격하자 포위망이 꽁치가 상어를 피하듯이 갈라지는 틈을 돌파하여 자신의 영지로 80여 명만이 살아 돌아갔고 1,500명이 학살되었다. 칠천 해전에서 14만 대군의 포위를 정면 돌파한 데서 영감을 받았다고 한다.

도쿠가와 이에야스 편에는 가토 기요마사, 구로가 나가마사가 진을 펼치고 동군에는 모리 테루모토를 총수로, 고니시의 약 10만 군대가 마주보고 있었다. 도요토미의 오른팔인 구로다 요시타카가 이에야스를 지지하자 서군은 포위되어 패색이 짙어가고 있었다. 일본은 패전하면 스스로 자결하는 상식이 있었다. 시마즈 요시히로는 기병을 이끌고 이에야스의 본진을 향해 '배세루!'라는 외침과 함께 진격한다. 시마즈는 포위망을 뚫고 자신에 영지로 무사 귀환하였다. 동군의 모든 장수가 죽음에도 '배세루'의 신화로 시마즈는 살아남아 일본의 3대 가문이 되었다. 그를 칭찬하자, "조선의 배세루 쇼군은 단기필마로 적진을 돌파하고 적장을 척살하는데 나는 그에 미치지 못한다."고 스스로 말했다.

세키가하라 전투島津の背進

요시히로의 포위망 탈출은 '시마즈의 전진철수島津の背進'(배설 장군에게 배움)라 칭송받으며 그의 무명武名을 높였다. 요시히로의 무명武名으로 시마즈의 큐우슈우九州 후손들이 후일 메이지 유신의 주역이 되었다. 그는 세키가하라 전투에 패배하고 살아남은 유일한 장수로 도쿠가와 이에야스는 철군 요청의 인연으로 영지를 봉해주고 일본의 3대 가문으로 성장하게 지원해 주었다. 일본의 역사를 바꾸게 한 배설 장군은 고향에 돌아가는 길에 부장 둘만 거느린 상태로 시마즈 요시히로의 본대와 맞닥뜨리나 그대로 강행 돌파하여 지나가버리고, 포로로 잡힌 부장에게 사정을 들은 요시히로의 장남은 "'배설의 귀가'라, 훌륭한 무장이다!" 하며 부장을 풀어주고 그대로 고이 보내준다. 훗날 세키가하라 전투에서 시마즈군이 보여준 '시마즈 가의 적본진 돌파'가 사실은 이날 배설의 돌파를 본받은 것이라는 사설이 붙었다.(엔하위키 미러)

내가 먼저 귀향을 실천해 적군들이 무도한 대살육을 내린 도요토미에게 저항하고 반기를 들도록 몸소 보여주었다. 비굴하게 목숨에 연연하지 않는 대장군大將軍다운 귀향을 실천했다.

침략군들이 도요토미에게 칼을 겨누게 하려고 인륜을 저버린 대의를 깨닫게 해주었다. 시마즈 요시라는 도요토미에게 철군 요청서를 보내 거절되었다. 이에 도쿠가와 이에야스에게 철군을 도와달라고 편지를 보낸다. 이로써 조선 출병 제16군 나고야에 주둔하던 이에야스 군대는 확실하게 출병을 거부하였다.

무언의 고도의 정치행위인 취할 수 있는 시마즈 요시히로의 목을 취하지 않은 '무혈귀향無血歸鄕'으로 깨달음을 받은 시마즈 요시히로와 왜장 가토 기요마사는 곧바로 철군 요청서를 도요토미에게 보내게 된다. 시마즈 요시히로는 조선 정벌의 패배를 시인했기 때문에 일본으로 철군하였고 세키가하라 전투는 이렇게 시작되었다.

영리는 말한다.

"정유재란 당시 배설 장군이 '적 본진 통과'로 시마즈 요시히로 부자의 목에 칼을 겨누었다 살려준 이후 그들은 일본으로 철군하여, 도쿠가와 이에야스에 맞서다가 세키가하라 전투에서 대패하고도 살아남았다. 패장 시마즈 요시히라는 320년간 메이지 유신, 정한론, 근대화 산업화의 기수가 되었다. 그리고 끝내 한국을 병합하는 데 성공해서 한국을 식민지로 다스렸다. 시마즈 가문은 미국에 쫓겨 1945년 해방으로 일본으로 돌아갔다. 한국을 근대화시킨 규수 일대(조선 대포 군수 산업) 산업의 근본적인 토대는 시마즈 가문의 300년간 배설 장군을 이기겠다는 집념의 결과였다. 최정예 15만 대군 속에서 잔병을 규합하여 모리 테루모토의 지휘부 사무라이 5백여 명을 섬멸하고 총사령관 구로다 분신을 단기 필마로 사살하는 조선의 훌륭한 무장 배세루에 비하면 나의 적진 돌파는 장난에 불과하다고 시마즈 요시히로는 말했다."

모리 휘원의 부대가 세키가하라 전투에서 서군의 총수였는데 심유경으로부터 오백 필의 말을 지원받았음에도 지휘부 기병이 이때까지도 회복되지 못했던 것이 결정적인 패인이었다.

명량 대첩의 진실은 호남의 제해권을 포기하여 조선 백성 10만여 명이 납치되고 조선 수군이 심해로 철수한 것이다. 이로 인해 엄청난 사람이 죽었으며 코 베기로 교토에 코 무덤이 생기게 된 것은 역사적 진실이다. 최소한 배설이 어란진 해전에서 일본 수군 8척을 격침할 때까지는 약탈은 불가능했다. 칠천 해전 이후부터 코를 베어 염장하는데 중국, 인도를 정벌하겠다던 도요토미의 군대가 초라하게 조선인 납치마저 불가능해지자 코 베기를 한 사실은 역사에 남았다. 도요토미 히데요시, 그는 중국과 인도를 통일하려던 야망가로서 조선의 배설 장군과는 전투를 하지 말라고 명령을 내렸으며, 배설 군대를 피해 도주한 쿠키 요시타카. 도도 다카라 같은 장수에게 포상을 내렸다고 한다. 적을 피해 도주한 자국에 장수에게 잘했다고 포상을 한 도요토미의 전략가다운 모습과 자국 장수의 목을 베려고 미쳐 날뛴 대왕이 있었다. 임진왜란에는 조선군의 머리를 베어 약탈한 도자기와 일본으로 보냈으나 정유재란에 해로가 봉쇄되자 도요토미는 조선군의 코를 베어 소금에 염장하였다가 철군할 때 운송하도록 허락하여 교토의 코 무덤이 생기게 되었다. 조선 수군의 해로 봉쇄가 없었다면 부피를 줄이고 장기 보관하는 코 영수증이나 코 무덤이 생기지도 않았을 것이다.

시대 상황 상 일본이 광둥, 절강, 산동으로 가지 않고 조선으로 '정명가도'를 요구함은 일본은 중국을 점령할 언어 소통 수단이 안 되어 있었기 때문으로 봐야 한다. 이에 반해 조선의 양반들은 광범위하게 중국과 소통할 학문에 열중하고 있었다. 일본의 무력은 중국을 지배하는 데 충분하였지만, 통치할 언어 소통의 문제를 조선의 협조로 해결하지 않으면 중국 정벌은 불가능한 것이 현실이었고 그래서 민족의 운명을 명나라에 맡긴 무책임한 주권을 포기한 조선 지도층에게 두려워 말라고 포로로 잡힌 두 왕자를 풀어주어 환심을 사려고 했으며 배설 장군 휘하에 있던 사명대사를 국빈으로 대우해주었다. 그러나 끝내 조선 지도부는 책임 있는 자세를 포기했다.

거대한 집단최면인 육법(유령)이 지배하는 나라에서 대왕도 대신도 관료도 각자의 위치에서 유령이 주인이고 사람은 바지에 불과했다. 누구라고 말은 하지 않았지만, 모두가 같은 문제에 빠져 있었다. 그 유령과의 싸움에서 이기지 않고서는 일본군과 싸울 수 없다는 것을 의병의 활동에서 확인할 수 있다. 의병(민중)의 열망은 희망이 있는 조국으로의 구국 열망을 기초로 하였으나 그들은 거대한 기득권 관료에 의해 모두 역모로 몰려 죽고 말았다.

도쿠가와 이에야스로 하여금 조선 출병을 거부하게 한 직접적인 동기가 '조선 수군으로 인해 부산 상륙전에서 전멸할 수도 있다.'는 해로 봉쇄이다. 배설 장군은 단기 필마로 시마즈 요시히로의 적진을 기습하여 도요토미의 심장에 비수를 꽂았다.

정유재란에 일본 본토 백성의 주 대화가 "배설이 본격적으로 달려드니 우리 일본군은 지옥을 경험하고 있고, 얼마 안 가 모두 죽을 거야. 가토 기요마사도 고니시 유키나가도 부산항에 포위되었다고 하는데 살아남지 못할 거야.", "모리 테루모토 대로가 5만 군을 두고 은밀히 조선을 혼자 탈출하였다고 해.", "도쿠가와 이에야스는 배세루 때문에 절대 부산항으로 출진하지 않을 거야."라는 세 가지 대화였고 결국 도쿠가와 이에야스는 '배세루' 무서워 조선 출병을 거부함으로써 가토 기요마사, 시마즈 요시히로, 구로다 나가마사는 살아남을 수 있게 되었다.

부산항에서 고립된 일본군은 '배세루'가 일본 본토로 출격하는 두려움의 악몽으로 가토, 시마즈, 고니시 모리는 이에야스에게 철군을 도와줄 것을 호소하였다. '배세루'는 연안용 함정이 아니다. 콜럼버스가 남미대륙을 횡단한 대항해용과 같은 것이다. 조선 수군이 칠천 기습을 당하지 않았다면 광양 망덕포구에서 '배세루(장작귀선)'는 계속 건조되어 오사카와 나고야는 쑥대밭이 되었을 것이며, 세계 최대의 조선 선박 건조 항구가 '규슈'가 아니라 '광양항'이 되었으리라~

영국인 토마스 '배설3'

   토마스(Eernest Thomas Bethell)은 1904년 《런던 데일리 뉴스》지 특파원으로 한국에 온 영국 언론인에게 고종 황제는 배설裵說이라는 이름을 하사했다. 《대한매일신보》의 영문판 《코리아 데일리 뉴스》에서 일본의 침략정책을 과감히 비판하여 국민의 의분을 북돋워 배일사상을 고취했다. 고종은 1873년(고종 10년) 배설을 병조판서에 가중하는 '해원식'의 제사를 올렸고, 다시 자헌대부, 병조판서에 가중한다. 나라의 위기에서 고종이 찾은 이는 다름 아닌 배설이었다.

   배설 장군을 해원하고 추가 증직시킨 후 고종황제는 영국인 토마스에게 배설 장군처럼 조선을 구해 달라며 '배설' 성과 이름을 영국인 토마스에게 하사했다. 조선 왕실의 최대 위기에 생각나는 사람이 바로 '배설'이었다. 대원군도 직접 구미의 금오산성을 방문 금오산성 수송준공비를 건립한다. 즉 나라가 망할 지경에서 고종과 대원군은 배설 장군을 찾아 나선 것이다. 조선의 멸망을 막고 명성왕후 시해와 같은 비극을 막고자 고종황제와 대원군은 눈물을 흘리며 선조 임금의 원한을 풀어주고자 토마스에게 배설이란 이름을 내린 것이다. 토마스는 배설이란 이름을 받아 항일활동 중에 1907년 10월과 1908년 6월 서울 주재 영국 총영사의 재판에 회부되어 1909년 서울에서 간악한 일본 총독이 '배설'이란 이름을 두려워하여 3년 만에 죽이고 말았다.

   시마즈 요시히로 규슈 가문의 이토 히로부미伊藤博文는 이렇게 말했다.

"이등伊藤의 백 마디 말보다 신문의 일필이 한국인을 감동케 하는 힘이 세다. 그중에도 일개 외국인 배설의 대한매일신보는 일본 시책을 반대하고 한국인을 계속하여 선동함이 끊임이 없으니 통감으로서 가장 힘든 일이 아닐 수 없다."

비운의 장수 배설 장군, 꺼져가는 조선 왕조를 구해주고 역모 죄를 받았던 잊힌 장군에게 조선 왕실은 장군이 작고한 지 320년이 지나 조선 왕조 스스로 원한을 풀어주고자 했으나, 고종과 대원군의 눈에 비친 위기는 바로 다름 아닌 간악한 일본인에 의한 명성왕후의 강간 시해사건과 일본 식민지로의 이행이었고 이는 민족 시련의 시작이었다. 억울한 한 조선의 장수 배설의 원한은 풀렸을까?

일제의 탄압과 억압 속에 희망을 잃지 않고 항일 운동의 구심점이 되어준 영국인 토마스, 그리고 그가 마지막으로 말한 한마디 "내 눈으로 조선의 독립과정을 보고 싶다. 날 한국에 묻어 달라!"

그의 죽음에 애도의 물결이 양화진 묘소까지 인산인해였다. 한 이방인의 조국사랑, 애국 활동을 잊어서는 안 될 것이다.

1895년(고종 35) 일본 공사 미우라의 지시로 일본 건달들은 새벽에 광화문을 넘어 경복궁에 난입하여 조선의 국모 명성왕후의 옷을 벗긴 후 '우에노'가 여러 차례 가슴에 올라타고, 끝내 살해했다. 고종이 이를 만류하다 폭행당해 용포가 찢어진다. 분노한 왕세자가 달려들자 건달들이 칼등으로 내리쳐서 기절시켰다. 왕후의 시체는 난도질당해 불태워지고 대원군은 눈물만을 흘렸다. 수천 명의 궁궐 수비대는 총 한 방 쏘지 못했고, 총으로 완전히 무장한 '훈련대' 50명은 왕후 시해를 뜰에서 지켜봐야만 했다. 고종은 밤새 바들바들 떨다 러시아 공사관으로 피신하게 된다.(을미사변, 아관파천) 훈련대 병사들이 총을 우에노에게 한 방만 쐈더라도 역사는 바뀌었을 것이다. 병사 그들이 주인공이 아니라 상부의 대첩과 기적을 기다리다 닥친 비극이었다. 누군가 속삭였다. "내가 총을 쏘면 배설 같은 도망자로 남겠지, 장군들이 알아서 명령을 하겠지?"

"민비처럼 보이는 여자가 많아 확인할 방법이 없었다. 모두 옷을 벗겨 유방을 살펴보고 민비의 나이인 44세가량으로 보이는 여자를 칼로 베어 살해했으며, 이를 저지하다 일본인의 총을 맞고 쓰러진 궁내부 대신을 다시 칼로 베었다고 범인들이 자백했다."(일본 측 기록)

전 세계 역사상 유례가 없는 조선의 지도력은 '조총(새총)'이라고 적군의 총을 새총으로 명명하여 죽음의 전쟁터로 백성을 줄기차게 내몰 수 있는 능력에 있었다. 일본이 조선을 병합하고 최초로 한 것이 추풍령에 일장기 휘날리기다. 임진왜란 추풍령 유격대에 당한 악몽 때문에 바람밖에 없는 추풍령에 외사국장 고마쓰와 총독은 일장기를 걸어 놓고 쳐다보며 기쁨의 눈물을 흘렸다. 1910년 일제가 한국을 강제 병합했을 때, 초대 총독이었던 테라우치 마사타케寺内正毅가 "가토加藤清正, 고니시小西行長가 이 세상에 살아 있다면, 이 밤의 달을 어떤 기분으로 볼 것인가"라고, 통감부 외사국장 고마쓰小松綠에게 묻자, 고마쓰는 "타이코(太閤, 즉 도요토미 히데요시) 전하를 되살아나게 해 추풍령(강산)에 높게 나부끼는 일장기를 보여드리고 싶다."며 추풍령에 일장기를 휘날렸다. 조선 반도에 일장기를 가장 먼저 휘날리게 한 곳은 경복궁, 명량해협이 아니라 인적 없는 추풍령이었고, 일본의 320년간 염원이 얼마나 집요한가 하면, 신의주, 평양, 서울, 부산이 아닌 바람뿐인 추풍령의 배롱나무에 일장기를 휘날리는 것으로 일제의 제1호 우체국(파출소)을 추풍령에 개설하게 했다.

조선 건국에 저항한 영남 세력(최영, 정몽주) 때문에 추풍낙엽처럼 차별을 받았던 영남, 그러나 사심 없이 구국 행동을 하는 실질정신이 임진왜란 이후 동인의 붓을 이기고, 영남 인물의 시대를 열어갔다. 조선이 건국되어 백제정신 아래 2백 년의 수모와 지역 차별을 인내하고 음지에서 흘린 피는 후기 조선의 주도세력으로 성장하는 원동력이 되어 지역 차별을 극복해냈다. 이제 한국은 중국 일본의 지역 차별을 넘어서는 대항해를 시작해야 할 시점이다.

의병, 아! 민중의 구국적 활동 동력이 국가경영에까지 영향을 끼쳤더라면 조국의 미래에 긍정적으로 영향을 끼쳤으리라, 선조 대왕과 동인 군부가 의병장들을 모함하고 숙청하니 백성의 삶을 절망으로 몰고 간 관료와 사대부의 승리였다.

조선의 사대교린 정책은 중국만 상국으로 인정하고 일본과 여진족은 깎아내리는 것이었으나 결국 만주 여진족 나라와 일본이 상국이 되고 중국은 몰락하면서 200년 만에 조선이 약소민족이 되었고 오백 년 사대 사상의 뿌리 깊은 전통의식은 자연스럽게 일제 식민지배 앞잡이들을 존경 추모하는 풍토가 되었다. 독립군을 탄압하고 동료를 밀고한 선조가 없는 경우에 지도자가 될 수 없는 사대사상이 뿌리를 내렸다.

"너희는 못난 것들, 천하기에 양반이 귀한 것이다."

이는 조선 백성과 노비 인력의 하향 활용이다. 반면 도요토미가 노비로 약탈한 이들을 장인으로 양성한 것은 인적자원의 상향 이용이었다. 납치된 노비마저 명인 장인으로 상향 활용하여 일본의 국력이 단시일에 성장 가능하게 되었고 조선과의 격차가 크게 벌어졌다.

선조실록宣祖實錄, 선조 37, 1604년 6월 25일자에는 임진왜란의 공신들에 대한 포상기록이 담겨 있다. 무신으로는 이순신, 권율, 원균이 선무일등공신宣武一等功臣으로 기록되어 있다. 선조는 재임 중인 1605년 배설 장군을 선무 원종 1등 공신에 책록하였다.

극한 당쟁과 파벌로 역모로 참수되자 경상 감영에서 "잠깐!" 모함으로 인한 형장에 한 떼의 청색 바탕에 붉은 도깨비 입이 그려진 방패를 든 기병들이 쏜살같이 달려와서 장군의 시신을 낚아채 동대문 방향으로 쏜살같이 빠져나갔다. 감사 한준겸이 보낸 기병들로 그들은 조기를 달고 호상을 하면서 여주 문경 새재를 넘어 갔다. 놀란 조정은 경상 감사를 파직시킨다.

배설 장군의 묘소 옆 바위에 각자로 기록된 조정으로 하사받은 토지는 '주회周回 20리二十 里'로 되어 있다. 장군의 묘소를 기준으로 지름 16km, 이것을 면적으로 계산하면 200㎢로 성주 전체면적의 약 3분의 1에 해당되고, 약 6,000만 평의 땅이다. 성주 땅의 넓이는 약 614만 ㎢(1㎢=30만 평)이다. 임진왜란에 전사한 수많은 장수들에게 땅 한 평 내리지 않았던 조정에서 임진왜란의 최대 비겁자라면서 최대의 땅을 하사하였다. 더구나 역적으로 몰려 죽은 6년 후에 복권과 더불어 임진왜란 공신 중에 가장

넓은 땅을 하사한 것이다.

하지만 선조 임금은 뻔뻔하게도 무책임 외교 부분을 회고하는 수정 실록을 편찬하게 했다. '방위산업 비리, 자원외교, 4대강 전투'라든지, 임진 왜란 때 있었던 대기업들의 특혜 문제가 정당함을 주장했다. 정경유착 문제라든지 조선 포로가 세계로 팔려간 문제, 그다음에 조선이 인도·중국 정벌에 함께 할 수 없는 당위성과 약소민족이 되어야 하는 이유에 대해 변명과 괴변으로 일관했다.

조선의 새들이 부리를 얻기까지는 수십만 년이란 엄청난 세월이 필요했고, 부엉이는 부리를 버릴 수 없으며 끈질긴 참을성이 요구된다. 호랑이는 사냥 중 털에서 생긴 열(더위)이 다시 사냥을 하는데 큰 장애가 된다.

나는 의병이라는 새 옷으로 갈아입었고, 유격전에 있어 새의 부리처럼 고정 부착된 관병의 무기를 버리고, 필요에 따라 그때그때 죽창과 방패 등으로 일본군을 이길 수 있는 무기들을 선택해서 사용했다. 무기의 처분권을 가졌다. 무기의 필요성이 소멸했을 때 내려놓는 자유를 말하고, 조선의 무기와 법을 내려놓고 필요할 때 자유롭게 선택 사용하는 것이다.

내가 죽창을 깎는 순간에 이미 일본군의 '아시가루'장창을 만든 도요토미의 30년의 세월을 초월하고 승리의 길로 들어선 것이다. 엄청난 일본 내전의 결과물인 장창과 인류가 수백 년 시간 속에 만들어 낸 조총을 장작 방패로 막아냄으로 조선은 기술에서 그들의 엄청난 노력과 시간을 분명하고 확실하게 앞섰다.

문화와 기술(무기 신분 도구 이념 종교)의 본질은 어떤 때는 착용하고, 어떤 때는 불용하는 마음대로 사용할 수 있는 선택의 권리에 있다. 주자학과 '육법전서'라는 괴물이 선택의 권리를 제약해서 조선은 패전하고 있었다. 인간이 부엉이, 호랑이, 또 다른 생물들처럼 부리나 털이 돋아나기를 기다리고 있었다면 조선의 발전은 없을 것이다.

조선의 '장작 귀선' 그것이 한·일 간의 물마루를 마음대로 건널 수 있었던 것은 조선의 수천 년 기술을 선택했던 결과로 이 영광을 안겨주었음을 기억하고 감사했더라면, 종전 후에도 '장작 귀선(배세루)'으로 도쿄와 오사카와 교류(공격)할 수 있었을 것이다. 조선의 기술이 총집합되었던 결과물이 허무하게 역사 속으로 사라지지 않았으면 했다.

'세월호 참사'와 같은 상황이 닥치면 법보다 먼저 유리창을 깨든지 배 밑창을 뚫든지 수단 방법을 다해 승객을 구해내야 하는 것이다.

법 제도와 신분 이념도 인간이 만든 도구이다. 전쟁에서 무기를 선택하듯이 제도와 법을 활용하는 나라가 승리하는 것이다. 진도에서 '여객선 침몰'로 진상규명된 게 없어 사망신고를 못 한 '유족들(세월호)'에게 만 18세가 되어 주민증 발급을 하지 않았다고 과태료를 부과하는 나라는 사람 사는 이치보다 법리(법이론)가 앞선 정의라 여기는 사람 잡는 나라다. 사법제도와 제도도 선택할 수 없다면 미래는 암담한 노예가 아니라고 할 수 있는가?

조선의 수많은 백성은 살아가면서 성공과 실패를 한다. "적에 침략으로 나라의 종말이 왔다고 해도 나는 내가 해야 할 일을 할 것이다. 순간에 할 수 있는 것이 없다면 지켜라도 볼 것이다."

나는 조선 민족이 유독 동아시아의 약소민족이 되어야 한다는 데 반대하였고 만주와 대마도의 회복하고 나아가 인도·중국의 정벌에 무식한 일본군을 활용하고자 했다. 조선이 인류 문화에 기여할 바를 비용 측면에서 다투어 볼 필요가 있고, 전쟁이 터졌다 하면 백성이 맨주먹으로 침략군과 싸워야 했던 임진왜란 같은 전쟁은 다시는 이 나라에서 일어나지 말아야 한다.

끝.

그리고 조선 중국 일본 3국을 평화적으로 통일하여 황제에 등극할 인물을 기다리면서.

감사합니다.